公元787年,唐封疆大吏马总集诸子精华,编著成《意林》一书6卷,流传至今
意林：始于公元787年,距今1200余年

轻小说 青春最美,梦想出发
中国式优质轻小说第一品牌

玫瑰帝国
黑羽蝶之翼

步非烟 作品
BUFEIYAN WORKS

吉林摄影出版社
·长春·

轻小说 出品

图书在版编目（CIP）数据

玫瑰帝国. 4, 黑羽蝶之翼 / 步非烟著. —— 长春：吉林摄影出版社, 2014.1
ISBN 978-7-5498-1595-1

Ⅰ.①玫… Ⅱ.①步… Ⅲ.①长篇小说 - 中国 - 当代 Ⅳ.①I247.5

中国版本图书馆CIP数据核字(2013)第311449号

玫瑰帝国·黑羽蝶之翼
Meigui Diguo·Heiyudie Zhi Yi

著　　者	步非烟
出版人	孙洪军
顾　　问	杜务
总策划	安雅　张星
责任编辑	施岚　胡晓路
图书统筹	流木
特约编辑	李佳勍
封面绘图	白树
书籍装帧	胡静梅
美术编辑	夏冬
开　　本	700mm×1000mm　1/16
字　　数	300千字
印　　张	20
版　　次	2014年1月第1版
印　　次	2014年1月第1次印刷

出　　版	吉林摄影出版社
发　　行	吉林摄影出版社
地　　址	长春市泰来街1825号
	邮编：130062
电　　话	总编办：0431-86012616
	发行科：0431-86012602
网　　址	www.jlsycbs.cn
经　　销	全国各地新华书店
印　　刷	北京市兆成印刷有限责任公司
书　　号	ISBN 978-7-5498-1595-1　　定价：25.00元

版权所有　侵权必究

如发现印装质量问题，请与印务部联系，联系电话：010-51908584

目录
CONTENTS

001		楔　子
019	Chapter01	龙鳞项链
032	Chapter02	排　练
039	Chapter03	米兰的公主
045	Chapter04	铭记之盟
050	Chapter05	泰坦尼克号
056	Chapter06	少女的战争
062	Chapter07	哈梅伊之死
069	Chapter08	阿尔芒医院
076	Chapter09	歃血为盟
085	Chapter10	妙手回春
092	Chapter11	孤儿院
101	Chapter12	星　印
107	Chapter13	烛光晚餐
112	Chapter14	退　赛
118	Chapter15	妮可的心愿
125	Chapter16	宫廷礼仪
133	Chapter17	特别测试
141	Chapter18	路西法
149	Chapter19	圣　灵
158	Chapter20	三强诞生
166	Chapter21	篡改的请帖

176	Chapter22	生日晚宴
181	Chapter23	破　镜
188	Chapter24	桃色照片
197	Chapter25	众矢之的
202	Chapter26	重　逢
207	Chapter27	兰斯洛特
215	Chapter28	决　裂
225	Chapter29	作茧自缚
234	Chapter30	替　身
239	Chapter31	天使之眼
248	Chapter32	决战之夜
254	Chapter33	丑闻独幕剧
262	Chapter34	不可原谅的爱
270	Chapter35	最后的谢幕
277	Chapter36	忘　却
283	Chapter37	加百列
289	Chapter38	风之精灵
297	Chapter39	守护的真义
305	Chapter40	御　龙
311		尾　声

目录

CONTENTS

楔 子

❋ 1.纪念日 ❋

对于住在温莎小镇上的居民来讲，3月14日是个普通的日子。

这天，天气特别晴朗，英格兰半岛上的天空难得一扫阴霾，纤云不染。风把一切遮挡都吹走了，天空就像一块通透的琉璃。在这个仲春的早上，一切都让人愉悦。

站在小镇的任何位置，一抬头就能看到温莎城堡淡青色的城墙。这个中世纪风格的城堡直到今天还在使用着，是历史与现实的见证。温莎小镇上的居民都以此为荣。如果有旅行者向他们打听城堡的方向，他们会热情地将旅行者一直领到城堡正前方，指着城门前女王的青铜铸像，骄傲地说：“喏，这就是温莎城堡！进去吧，晋见女王！"

乔瑟夫老爹就非常愿意这么干，在他看来，这有点为女王服务的感觉，所以他乐此不疲。但是，今天，当有几个旅行者找他问路时，他却将头摇得像拨浪鼓一样。

"今天，你来得太不巧了。温莎城堡今天关闭了！"

见到旅行者露出失望的表情，乔瑟夫老爹露出开心的笑容。他用长满老茧的大手拍着他们的肩膀，大声说：“但是，我的朋友，你们的运气真不错，你们今天能见到……不，是'望见'女王！每年的这天，女王都将驾临温莎城堡，在圣乔治教堂中举行盛大的仪式。所有的嘉德骑士也都会来，就因为这个温莎城堡才关闭的。但是，守在这条道路上，你就能望到女王的马车！"

失望的旅行者立即露出了兴奋的表情。他们匆忙跑向温莎城堡，想占个好位置。但是这样的算盘注定要落空了。大批警卫拉起了黄色警戒线，将所有人隔绝在城堡大门外。即便如此，不断汇聚的民众仍将城堡入口挤得水泄不通。人们努力向前拢，踮起脚尖，试图让目光越过攒动的人头和警卫们的玻璃盾牌，远远向大门内望一眼。这个机会太难得了，除了国庆大典之外，这是唯一能让全部嘉德骑士出席的仪式，又岂容错过？

人群中，有一位少女的背影。她戴着贝雷帽，一身红色套装，衬得身材纤细而高挑，和身后巨大的旅行包形成了鲜明对比。她没有回头，朝着乔瑟夫老爹挥了挥手：

"多谢你,乔瑟夫老爹!"

乔瑟夫老爹习惯性地用发红的笑容回应她,却突然怔了怔,喃喃地说:"这人的声音怎么这么熟?"

他想再多看那位少女一眼,但少女的动作很快,迅速就钻入人流,拐进了一条小巷子里。乔瑟夫老爹挠了挠头,喃喃说:"听起来倒有些像是公主……"但他随即否定了自己的想法,已经整整三年,公主没有来温莎了。而且,她要是来的话,一定会跟女王在同一驾马车上的。他笑着摇了摇头,登上了自己的阁楼。

这个阁楼狭小,逼仄,但是在阁楼的顶上,却可以俯瞰温莎城堡,尤其是圣乔治教堂。阁楼上只有一张椅子,宽大,舒服,几乎占据了小半个阁楼的面积。这是乔瑟夫老爹给自己留的VIP专座。他打开一瓶啤酒,在椅子上坐下来,将酒杯向上举了举,做了个致敬的姿势。

"这些年轻人,已没人知道这个仪式是纪念您的吧,伟大的A……"

在椅子上方,挂着一张小小的画像。画像很简略,只有寥寥几笔,勾勒出一个极为瘦削的身影。他单薄而羸弱,却有着阳光般温暖的笑容。在画像的右下角,用炭笔写着一行字:*给我的朋友,乔瑟夫。*

乔瑟夫老爹重重叹了口气,脸上现出苦痛的表情。

"没有您,这个世界多么寂寞啊……"

上午10时,久候的人群开始沸腾起来。

一驾金色的马车,从远处缓缓驶来。身着黑红色标志性制服的扈从,宣示出这正是女王的车队。人群中发出一阵欢呼。女王从马车里探出身来,远远地向他们挥手。

无论什么时候看起来,女王都是雍容与古典的代名词。纯黑色的宫廷礼服,让她的美丽更增加了几分不容谛视的高贵。与之形成对比的是,她的笑容却是那么的亲和,让围观的群众情不自禁地纷纷脱帽,向她致敬。

能见到女王,他们分外感动。

在金色马车之后,是一辆红色的马车。它的规格,竟不比女王的座驾小多少。围观的群众中不乏有识之士,立即惊呼了起来:"红衣主教!"

这辆马车,竟然是梵蒂冈的大主教的座驾!那可是仅次于教皇的传说人物!人群中再次掀起沸腾的浪潮,他们赞颂着女王的美德,在胸前画着十字,最后将手指指向天空。当两驾马车驶入温莎城堡后,一匹匹骏马,两两成对,缓步走了过来。

人群终于不再压抑,发出一阵欢呼。

楔 子

那是嘉德骑士们。

所有的嘉德骑士,全都穿着天蓝色与白色相间的制服,骑在雪白的骏马上列阵而来。他们的制服带着军装的风格,英挺俊朗,却又包含着复古的宫廷元素。制服上装饰着繁复的花纹,肩章与袖口上缝着王室的标记,这说明他们平时虽分布在不同的大区,却在名义上效忠于共同的君主——玛薇丝女王。胸口前是嘉德骑士的勋章,两柄剑交叉在一起,中间缠绕着玫瑰。这表明他们愿以武力,捍卫王室的尊严。但是,他们身上全都披着一袭亚麻布的长袍,没有任何装饰,将制服、徽章全都遮蔽起来,似乎预示着,他们的威严与武力只有在受到侵犯时,才会展露锋芒。

他们的坐骑,也披挂着与他们的制服同款的布制铠甲,这使他们看上去像中世纪的骑士一样,庄严肃穆。

以女王的守护骑士H为首,格蕾蒂斯紧随其后,第二大区的R、穆、薇薇安,第三大区的W、I、T,一队队缓缓走过,群众的呼声也越来越响。

仪仗是如此庄严,就连一向桀骜不驯的卓王孙,也披挂整齐,在队伍中不苟言笑。他作为嘉德骑士中的一员Z,当然也必须出席这一仪式。

当所有的成员进入后,温莎城堡的大门缓缓闭合。属于群众的狂欢结束,等傍晚嘉德骑士们撤出时,会有另一次狂欢,现在,他们只能在热烈的讨论中等待了。

而在城堡中,属于嘉德骑士的庄严仪式,却刚刚开始。

被乔瑟夫老爹忽略的小巷里,背着旅行包的少女快步地走到了巷尾的小门处。这是个极为隐蔽的小铁门,上面挂着一只巨大的铁锁。少女走到门口,拿出一枚钥匙,将铁锁打开。一阵枪栓声齐刷刷地响起,却在下一刻齐齐停住。

"芙瑞娅公主……"

少女将手指竖在嘴唇上,做出嘘声的手势。卫兵们从暗处走出来,列队向她行礼。卫兵队长激动地说:"公主,您回来了!我立即通知总管大人,为您准备欢迎仪式。"

少女微微皱眉:"嘘,小声点,一会我还要从这个门出去。不要告诉任何人。带我的'小黑'来。"

队长怔了怔,立刻明白过来,行礼退下。很快,他和卫兵们押送来一辆略小的马车,马车被漆成黑色,上面还有厚厚的丝绒窗帘。少女向他挥了挥手,弓身钻入了马车。

在卫兵的护送下,马车缓缓挪动起来,向未知的方向走去。

窗帘后的车厢一片昏暗,只能听到隆隆的礼炮声,由远到近,声声入耳。

少女将背包放下,熟练地打开。里边叠放着一袭白色的宫廷礼服,缀满蕾丝与珍

珠,有着和这个背包格格不入的奢华。少女轻轻呼了口气,脱下外套,无声而迅速地将礼服一件件穿上。如童话故事中所言,那些繁复的礼服配件,和她修长的身形完美地契合起来,仿佛经过了魔法的点化,具有了新的生命。当她摘下栗色的美瞳片,轻轻眨眼时,一对湛蓝色的眸子如秋夜星辰般亮起,让阴郁狭窄的车厢满室生辉。

只片刻间,她便从一位独自背包旅行的少女,变成了即将参加宫廷晚宴的公主。

礼炮响到了最后一声,马车无声无息地停在圣乔治大教堂门口。

这里,已隔绝了所有民众的目光,只有与会的骑士们能见到。下车前,她随手将贝雷帽摘下,扔回车上。伴着这个动作,她一头淡金色的长发瀑布般流泻而下。在嘉德骑士们惊讶的目光中,她踏着铺满白色玫瑰的红毯,一步步向教堂走去。

费尔舍烈红衣主教用肃穆严整的声音念诵着《圣经》中最著名的章节,所有的嘉德骑士整齐地站立在圣乔治教堂的两侧。最前端,是玛薇丝女王与芙瑞娅公主,第一大区的第二顺位继承人克莉丝塔也盛装出席。教堂金色的花纹在圣烟的缭绕下显得格外庄严,主教沉稳的声音仿佛天外传来的圣音,令所有听者都心生敬畏。

圣乔治教堂的正中心是受难圣像,在圣像的前面,放着一块很不起眼的石头。不知内情的人很难相信,这块石头下面沉眠着的,就是合众国最富传奇色彩的骑士——A。这次盛大的仪式,就是为A而设的。由于A出身于教皇的圣殿骑士团,又是女王的王夫,所以每年的祭典,都由红衣主教亲自主持,而女王也一定会莅临。嘉德骑士们,也会在这一年一度的祭典中聚集,重申对女王的效忠,并处理骑士团中的大事。

秋璇静静地望着那块石头。

A,一个不起眼的名字。女王的王夫,她的生父。民众只知道他是第一位嘉德骑士,不败的战神,对他的具体事迹却知之甚少。他像是隐藏在女王光芒中的透明者,被历史所忽略。只有极少的人才知道,他究竟有多么伟大。而这么伟大的人,却立下遗嘱,希望自己的墓碑只是一块什么都不铭刻的石头。无论生前还是死后,他都简单得宛如一张白纸。又或许,一道阳光。

注视着这块石头,秋璇的眸子中渐渐有一丝伤感。

她不禁看了卓王孙一眼。一身制服,不苟言笑的卓王孙,恰在此时向她望了一眼。童年的往事,同时浮上他们的心头,令两人不由地相视一笑。

卓王孙4岁的时候,就被送到了温莎城堡,由女王教养,接受正规的宫廷礼仪训练。两个小孩子自然而然地整天玩在一起。那时的卓王孙调皮至极,他有一次偷偷地翻进圣乔治教堂,在这块石头上刻下了一行字。

楔 子

"卓王孙到此一游。"

这件事第二天就被女王发现了。女王少见地大怒，准备狠狠惩罚他一顿。可是，卓王孙却抱着她的腿，忽闪着大眼睛，认真地说："妈妈，你为什么打我？难道就是因为我不是你亲生的吗？"这句话立即化解了女王的怒火。从此，A神圣无比的墓碑上，就多了卓王孙这歪歪扭扭的一行字，还没人惩罚他。

或许，注定了，他会在上一代人的丰功伟业上，任意涂抹，肆意毁弄。

他有这个气质。

秋璇忍不住展颜。她又想起了卓王孙刚进入温莎城堡时，一见到女王，就扑上去一把抱住，开始叫妈妈。他的自来熟让他以后屡犯错误，女王也不忍苛责他。

从一踏入这座城堡，这些记忆就不断地涌入秋璇的脑海。甜涩甘酸，似乎在提醒她，这就是她的家，她不须离去。秋璇一时心中百感交集。

女王转头看了她一眼，轻声说："芙瑞娅，你似乎有很多心事。"

秋璇沉思了片刻，说："是的。母亲大人。我正想跟您谈谈呢。"

女王点了点头："我也一样。"

两人在仪式的间隙，走到圣乔治教堂的一间小厅。这个厅非常朴素，里面只陈列着一把造型古朴的剑。女王示意秋璇坐下来。

"选秀的事情怎样了？"

秋璇："选秀已举行了两场，决出了二十强。虽然第一场比赛唱歌，第二场比赛跳舞，但是实际上，我一直在进行着暗地里的甄选，希望找出您说的那位公主。既然她拥有王室血脉，又和您面貌相似，那她一定有淡金色的发色。这就淘汰了几乎绝大部分选手。而您知道，我们家族的血型是很奇怪的，全都是阴性血，这也成为我甄选的标准。在目前的二十强中，有十三个人完全符合淡金色发色与阴性血的标准。所以，如果我那位王室近亲真的存在，她应该就是这十三个人中的一个。"

女王点点头："你做得很好。"

秋璇："但是，接下来，我却遇到了一个困惑。我利用一个借口，取得了她们的血样。本来我打算进行DNA比对，这样就可很轻松地将她找出来。但是，比对的结果却显示，没有一个人跟我的DNA相似。难道，这位'公主'，并没有参加选秀吗？这似乎有些不可能。"

女王："这是有可能的。因为你不知道，真·神谕会改变DNA的表象，所以，拥有真·神谕的人，DNA会发生变异，不再跟他们的亲人相似。所以，通过比对DNA的方式，是无法找出她来的。"

秋璇有些恍然地点点头。

这打消了她最大的顾虑。她问出下一个问题的时候，踌躇了一下。她轻轻拉起女王的手，露出小女孩的娇憨来："母亲大人，我的下一个问题，您或许会不快，可是，您一定要原谅我——她又有真·神谕，又和你容貌相似，她是不是我的亲妹妹呢？"

女王皱了皱眉头，这个问题太尖锐了，让她难于回答。她仔细斟酌着字眼，缓缓说："芙瑞娅，我只能告诉你，第一大区的顺位继承人，只有两位：你和克莉丝塔。"

她的回答很间接，但秋璇却似乎听懂了，她与女王挨得更近，说："母亲大人，选秀的事情我们就先聊到这里。我一定会找出她来的。您知道吗？SEVEN的领袖青帝子也参加了选秀，而且，想要杀掉我。"

女王惊讶地看了她一眼："青帝子想杀死你？"

秋璇将二胖报信，青帝子想要杀她，却临时变意，以及华伦梦境、孟婆汤的事情全都告诉了女王。女王皱眉沉思了片刻，缓缓说："看来，关键在那串项链上。"

秋璇点点头。二胖报信时青帝子出现，想要杀死她，却又突然住手。她那时就怀疑，青帝子是看到了什么，才放弃了原来的计划。如今，她已能确认，让青帝子住手的就是这串项链。

秋璇轻轻抚摸着脖子上的龙鳞项链："我也这么认为。这正是我找您的原因。这串项链是父亲留给我的。我出生时他就去世了，也没跟我说项链的来历。您是否知道呢？"

女王沉默了片刻。

这一问，将时光拉回了二十年前。让女王想起了A去世前的一幕。

那时，阳光透过窗棂，照在病榻上。A就像是一位天使，浑身闪着柔光。他勉强起身，从玛薇丝手中接过秋璇，充满爱怜地抚摸着她柔软的金发。

金碧辉煌的寝宫里，屏退了一切侍从。此刻只有他，玛薇丝以及襁褓中的秋璇。阳光照亮了层层幔帐，也照出玛薇丝眼中的悲伤。这在寻常人家中极为常见的一幕，对他们而言，却是如此珍贵。

A静静地抱着秋璇，对玛薇丝温柔地微笑着。他的笑容是如此静谧，仿佛一个普通的男子，在午后安享妻女的陪伴。却也计算着生命中最后的分秒。

终于，他拿出龙鳞项链，轻轻戴在秋璇的脖子上，叮嘱无论何时都不要取下来。

他的笑容有些苦涩，说，无论如何，这串项链会保佑小公主一生平安。

这是他留在世间的最后一句话。尚在懵懂中的秋璇，还不明白他的话的意思，这串项链对她的吸引力，还不如一个苹果。

没有人知道，这串项链将会怎样深刻地影响这个世界。

楔子

女王轻轻叹息,将自己从回忆中拉了回来。

"我看得出,你父亲曾经非常犹豫,是否要将这串项链交给你。但最终还是这样做了。关于项链的来历,他并没有提起过,只是要你永远都戴着它,无论何时都不能摘下。他说这串项链会保护你,令你一生平安。不过,也许另一个人知道项链中究竟隐藏着什么秘密,他就是龙皇。"

秋璇问:"龙皇?"

女王道:"是的。青帝子是超级生命体,她将项链戴在苏妲身上。苏妲是九尾妖狐,她们都拥有强大的力量。这串项链却在苏妲现身时离奇消失,出现在龙皇手中,绝非偶然。而青帝子见到这一幕,却并未再有任何动作。这说明,龙皇或许知道些项链的秘密。"

秋璇皱眉道:"我也有过这样的怀疑。演唱会上发生了很多诡异的事情,可能都与龙皇有关。小卓还中了蓝毒,您知道,小卓身上有多少高科技的防护,他是根本不可能中毒的。还有,龙皇曾给我了SEVEN抗体。这可是莉莉丝牺牲生命都未提取到的。"

女王点头说:"你要好好调查一下这位龙皇。也许,他才是人、妖两族战争的关键。在华伦的梦境中,青帝子虽然想借助孟婆汤杀死你,但是,这或许并不是她参加选秀的终极目的。她的目的应该还跟这串项链有关。找出这个秘密,也许,就掌握了战争获胜的关键。"

秋璇点了点头。选秀,SEVEN族,项链,孟婆汤,青帝子,这一连串事件扑朔迷离,似乎彼此并不相关。但现在,却有一条隐秘的线索,似乎将它们全都串了起来。

项链中究竟隐藏了什么秘密,让青帝子放弃了杀死她?

项链中究竟隐藏了什么秘密,让青帝子一定让它出现在演唱会上?

项链中究竟隐藏了什么秘密,让龙皇将它送还秋璇手中?

青帝子,龙皇,华伦梦境,孟婆汤,选秀,人妖大战,似乎全都被这枚项链串在了一起。找出项链的秘密,这一切,也许就全都有了答案。

但如何找出来呢?秋璇锁紧了眉头,静静地思索着。

圣乔治教堂里的仪式在持续了整整两个小时后,终于结束了。在红衣主教的祝福声中,嘉德骑士们站起身来,向女王行礼,然后列队向温莎城堡行去。他们将在嘉德堂聚合,召开骑士团会议,决定新的骑士排序,以及任免。

女王静静地坐在座位上,一动不动。秋璇与克莉丝塔向女王行礼,退了出去。每年这个时候,女王都会在墓碑前多待一会。

当所有人都离开后,教堂的大门缓缓关上。圣乔治大教堂内显得极为静谧,阳光穿透了彩绘玻璃的穹顶,聚集在女王的身上。

天堂,似乎在这一刻撕开些微罅隙,将它的荣光普照在洁白的王座上。王座上的女王盛装华服,美丽高贵,有着宛如神祇的庄严,让人不忍谛视。

但这一刻并没有持续太久。一声不易察觉的轻叹打破了这种肃穆,她缓缓起身,走到那块无名墓碑前。金色的光芒随着她,包围她,守护着她,如同眷顾她的天使的影子。

她的手指轻轻地抚在石块上。细腻的触感,令她眼角浮起一抹悲伤。

"A……"这一瞬,女王的冷静、坚强,为之瓦解。

"如果你还在……"她摇了摇头,话音中有深深的无奈,再也说不下去。光晕旋绕在她身边,令她如站在浓重太阳光中的金色影子。她的全身皆被照亮,仿佛全部融化在光中,没有半点渣滓。只有一个淡金色的五芒星,在她的胸口处浮动着。

"你所说的认识项链的人,终于出现了。难道,人类的历史,真的走到了尽头吗?"光影无言,轻轻在她身周旋转着。女王也不再说话,与光晕相融在一起。良久,似是过了某个隐秘的时间点,那些光晕缓缓消散,重新化成无数金色的符号,回归到教堂的每个角落。女王抬头看着它们。

它们,有云在天上的纹迹。

"没有人,能颠覆合众国。"

她的话音轻柔,却坚定无比,似是穿越了无数轮回时光,与天使诉说。

楔子

➤ 2.嘉德骑士 ➤

温莎城堡女王寝宫不远处,就是嘉德厅。

这个大厅有着极为悠久的历史,在英格兰乃至整个合众国的子民心目中,都有着崇高的地位。嘉德骑士们在这里聚集,以女王的名义商讨骑士团的要务。这里挂满了历任骑士团的勋章,使它显得庄严而肃静。

大厅的正中央摆着一张白色石质圆桌,周围放了二十七把椅子。圆桌沿用亚瑟王的传统,象征平等公正,不区分贵贱。但是,有一把椅子的靠背比其他的椅子高出许多,似乎又让它们有了区别。

这张座椅属于女王。女王是嘉德骑士团的名义元首,因此,每次嘉德骑士的会议,都由女王主持召开。其余的26把椅子环着桌子摆列,按照字母的顺序,女王左首以A起始,最终到右首的Z结束。

圆桌极为简洁,只镂刻着几条优雅的线条作为装饰,但椅子却由极为昂贵的胡桃木做成,雕刻着繁复的花纹。椅背中心处是花体的字母,上方是女王的族徽,左方是嘉德骑士团的徽章,右方则是该名骑士的族徽。三个徽章联合在一起,庄严而尊崇。宽大的扶手以及底座上都覆盖着厚厚的天鹅绒羽缎,呈现出沉沉的蓝色。

圣乔治教堂的仪式结束不久,女王率领着嘉德骑士们进入了嘉德堂。此时的骑士们都脱去了外罩的战袍,只穿着里面的骑士服,英挺而高贵。他们在门口分列两行,以最隆重的礼仪,恭候女王首先落座。

骑士团里身份最特殊的两个人——格蕾蒂斯与卓王孙,他们既是骑士团的成员,也是其他大区的王储,地位与众不同。这两个人本来骄纵惯了,最不习惯拘束。但恰好因为从小就在女王身边长大,威严早著于心,此时也不敢放肆。骑士们静悄悄地肃立着,仿佛中世纪的庄严一幕再现于世。而后,他们按照字母顺序,次第找到自己的座位,却不坐下,而是一手按在椅背上,一手按住佩剑。等所有的骑士都找到座位,他们一齐将佩剑拔出,竖在胸前,整齐地喊:"荣誉即吾命!"

女王也微微颔首:"为正义而战。"

然后骑士们齐声回答:"为女王而战!"

声音在嘉德堂中回荡,堂中挂着的历代伟大骑士的画像似乎也在一齐应和,似乎宣

示着,中世纪遗留下来的骑士精神,从未断绝。

然后,女王示意大家入座。按照字母顺序,卓王孙作为骑士Z,最后一个入座,但他却坐在最靠近女王的位置。这令人怀疑,他选择这个字母是不是别有预谋。

二十六个座位,有两个是空着的。一个是女王左手边的A,这是为了纪念伟大的骑士A,自他逝世后,就再不将这个位子授予任何人。实际上嘉德骑士只有二十五位。而另一个空位置,就是刚阵亡的S。此次年会的主要事务,就是讨论接替S的人选。

女王:"请三个大区的代表各自推选一位候选人。"

一般来讲,每位大区的骑士代表,就是该大区的守护骑士。守护骑士与主君关系密切,而且都是本区最高战力,成为代表无可非议。

第一大区的守护骑士H首先站了起来。作为守护骑士,民众对他的刻板印象就是他一直都站在女王身后,只有在年会上,他才会跟女王分开,坐在自己的序列座椅上。他如一贯一样面容肃穆如铁,沉声说:"第一大区考虑的关键要素是战斗力。本区推选的候选者,其战斗力极强,有足以成为嘉德骑士的实力。"

第二大区的守护骑士R起身。他跟H的风格不同,始终带着和煦的微笑:"第二大区考虑的要素却是对战斗的判断及控御力。战斗力固然重要,但是,具有掌控战斗的能力,却可以让骑士成为优秀的统帅。"

两人有点针锋相对的味道。其他的骑士不由地将目光投向第三大区的守护骑士T。没见过T作战的人,绝对想不到与H、R并列的第三位守护骑士T,是个看上去只有十一二岁的小姑娘!她长得极为可爱,梳着两个长长的马尾,一笑左右腮边各有一个酒窝。大家讨论得火热,她却充耳不闻,只顾低着头玩手中的游戏机,抬手向卓王孙一指,一副懒得理人的神情。但这些个个眼高于顶的骑士,却没有一个人敢对这个看上去粉嫩无比的小萝莉有丝毫的蔑视。他们最多只是摇摇头,望向卓王孙。

卓王孙:"我就只考察过一个骑士,我觉得他挺合适。我敢保证,你们所推举的候选人,绝对没有他那么合适。"

三位大区的代表都说得这么确凿,让大家的兴趣一下子提了起来。嘉德骑士的任命是国之大典,当然不可能只通过推举就能确定,还要经过相当严格的筛选考核。但是,被推选者会享受到更优先的筛选资格,晋级的可能性也就更大。

女王:"三位都说得很有道理,现在,将你们的推选人呈上来吧。"

三位骑士离座,将早就写好的人名递给女王。女王打开后,明显地怔了怔。随即微笑:"这或许是历史上第一次,三个大区如此统一。你们写的,是同一个人。"

她将三份报告亮了出来,上面分别写着:

楔 子

"兰斯洛特。"

"杨逸之。"

"小杨。"

骑士们都表现出了不同的诧异。三个大区同时推举同一个候选人！这还真的不多见。照他们先前所说的，兰斯洛特战斗力又高又能统御战局，还能让卓王孙青睐有加亲自考察，那他不是全才了吗？

女王简单地为这件事做了总结："我会将兰斯洛特少将纳入S的第一考察人选。骑士们，也许你们已经知道，人类与SEVEN的战斗随时都可能打响。我们的国家面临前所未有的危难。SEVEN族中出现了几个'超级生命体'，他们的肉体拥有极强的力量，可以匹敌甚至超越最强大的机体。在未来的战场上，他们也许是你们最可怕的对手。我希望诸位能加紧训练，磨炼自己的武技，为守护合众国而战。至于有什么办法对付他们，我希望听听你们的意见。"

SEVEN之乱及"超级生命体"的事情，骑士们早就有所耳闻。他们立即各抒己见，热烈地讨论了起来。他们明显地分为两个派系，一个派系觉得SEVEN不堪一击，他们仅凭肉体怎么可能是高科技的对手。另一派则忧心忡忡，认为SEVEN的确很强大，S都被轻易格杀，别的骑士也未必是对手。两派讨论了很久都没有什么结果。女王一直认真地听着，她见卓王孙没有说话，就偏头问："骑士Z，你有什么意见？"

所有骑士都静下来，望向卓王孙。这位少年暴君的脾气是出名了的，他们可不想得罪他，招致他的怒火。哪知卓王孙微微一笑，向女王鞠了个躬，说："女王陛下，我觉得现在应该吃午饭。"

大家一愕。午饭？这从何谈起？更让大家没想到的是，女王对这种突兀的提议仿佛见惯不惊。她微笑着点点头："的确到午饭时间了。在餐桌上议事向来是东方传统，我们不妨也尝试一下。"

卓王孙起立，为女王挪开椅子，笑着说："H，今天你就休息一天，我暂时做女王的守护骑士。"他亲手送上女王的披肩，引导着女王向圣乔治宴会厅走去。其他的骑士不由地面面相觑，女王也太宠着他了吧，他说吃饭就吃饭！堂堂嘉德骑士年会，居然一面吃饭一面议事，这成何体统？不过，随着H一言不发，跟着走了过去，T抱着游戏机头也不抬地随之上前，其他的人也只好妥协了。

圣乔治厅是温莎城堡中最大的厅，极高的弧形穹顶制造出极为恢宏的气势，而厅两边的墙壁上，则挂满了历代骑士的徽章，周围摆着著名骑士的雕像。一座座真人大小的

雕像披铠贯甲，持枪而立，令人有热血沸腾之感。

厅里早就摆好了丰盛的宴席。骑士们依次入座。这里的座次，就极为讲究了。

嘉德骑士团作为合众国的最高武力，禁止私下争斗。所以，嘉德堂中的桌子是圆桌，象征着骑士团成员人人平等，没有等级高低。无论骑士其他身份如何，一旦出现在此地，便只得以骑士的身份出现，遵循骑士团内部的规矩。

但文无第一武无第二，要这些高手们不排出个谁高谁低，那是不可能的。因此，骑士团内就出了个不成文的规矩，圣乔治宴会厅里的座次，才是他们真正的武力名次。圣乔治宴会桌是个很长的方桌，女王自然坐在最尊崇的首位上。谁离女王越近，就意味着谁的排位越高。更改这一排名的方法只有一个，挑战。任何骑士都可向另一位骑士挑战，对方必须接受挑战，而若是挑战成功，则挑战者将获得被挑战者的名次，而被挑战者及其后面的骑士都将下降一名。所以，一旦有人挑战成功，则排名靠后的都将遭受池鱼之殃。这也是为了鼓励挑战，保持骑士们的荣誉感。由于王室的尚武传统，在圣乔治厅设宴的时候，允许骑士们献武助兴，这也成为唯一合法的骑士团内斗的机会。

当然，也不是没有例外。卓王孙加入骑士团后，离女王最近的位置上，就堂而皇之地换成了他。不但如此，他还在女王的另一侧放了个空座，说是给A的。这让人根本无法反驳，因为A的确是骑士团的一员，而且的确没有人敢承认比A强。至于卓王孙……反正他是未来的大公，加入骑士团也就是好玩而已。爱玩玩吧！而且他又是女王的女婿，从小就在身边长大，挨着女王坐合情合理至极。

于是，这一位置就被保留下来了。然而，这并不代表骑士们都承认卓王孙的实力能坐稳第二的位置。他们想出了个折中的办法，加封卓王孙为"Royal Knight"（皇家骑士），A为"Eternal Knight"（永恒骑士），将两人直接供了起来，不记入实力排名。真正的高手，排位是从卓王孙的座位后开始的。

卓王孙座下，是三位守护骑士H、R、T。这三人默契地按照大区顺序坐着，显然，他们三位对彼此间精准的实力排名没有兴趣。只要知道，他们是最强的三巨头就可以了。再往下，坐的是格蕾蒂斯，以及她的守护骑士，穆。格蕾蒂斯以暴力闻名，牢牢地坐住了三巨头之下第一的位置。而穆虽然出手极少，但每次格蕾蒂斯都找他对练而穆从来没受伤的事实，让人亦不敢小瞧。而且基于格蕾蒂斯王储的身份，以及不亚于卓王孙的嚣张，根本没人愿意找他们挑战。

再往下，是第三大区的骑士W，机体为少司命；第一大区的骑士V，机体为维纳斯，亦是女王的胞兄，约克郡亲王查尔曼；第一大区的骑士B，驾驶机体俾斯麦；第二大区的S，亦是刚被青帝子杀死的暗杀之王。第三大区的骑士I，隶属于印度行省，机体为帝释

楔 子

天。这十人号称十大骑士，乃公认的嘉德骑士中的高手。但由于有Eternal Knight、Royal Knight的存在，他们只能坐在第2至第12的座位上。十大骑士全都是备经战争洗礼的悍将，每人都有极为独到的绝艺，骑士J虽然排名第13，仅弱了一位，但实力比起他们来，弱了不止一筹。圣乔治厅的宴会每年都要召开，但十大骑士却从未受到过挑战。如果不是SEVEN战争爆发，所有人都觉得他们会永远占据当前的位置。

第一梯队排完后，就是骑士J、薇薇安等人。他们的实力就比较接近，资历相对不足，是挑战赛的主力。当然，被挑战赛排除的还有一人，就是坐在最末尾、显得畏畏缩缩、开会时从不发言的韩青主。他谁都不敢挑战，能厕身于此会，已经非常满足了。

当卓王孙举杯为女王祝酒后，宴会正式开始。J突然站了起来。

"每年在圣乔治厅聚会时，我们都像是被先辈们注视着。作为骑士，我们只有用战功来向先辈们致敬。不知今年谁会挑战呢？韩青主？"

缩在座位上唯恐别人注意到他的韩青主慌忙摇手，脸憋得通红。

J说："你身为最末一名骑士，难道就不想证明一下自己吗？"

韩青主拨浪鼓一样摇头，没有人比他更清楚自己的实力了，也没有比他更清楚这些嘉德骑士的实力！要是真打的话，他绝对会被狂扁一顿的！

J轻蔑地看了他一眼，举起了酒杯："我要挑战。"

他的话令全场骑士一惊。J在骑士团的排名是第13，在他前面的，除去根本不管排名的卓王孙、荣誉成员A，可都是实打实的前十名啊，每一名都是战斗力超级强悍的强人。J敢挑战他们？

J道："正如刚才女王所说，SEVEN会成为我们未来的敌人。可惜，我们很多人都未能跟他们接触。最多就是打打三猫两狗，那根本就不能称得上对手。但有一位骑士，却跟真正的敌人作战过，作战委员会甚至将他的对手——苏妲，称为'超级生命体'。他不但作战而且取得了胜利。鉴于S已经阵亡，他就是我们团中唯一对超级生命体获胜者。我所挑战的，就是他。"

"他就是……K。"

韩青主一口酒刚吞了去，"噗"的一声全喷了出来，惨叫着跳了起来："什么？"

J冷冷地说："骑士团可没有规定，高阶骑士不能向低阶骑士挑战！你必须应战，荣誉即吾命！你有什么可损失的呢？输了仍旧当你的最末一名。来吧，我在外面等你！"

说着，他向女王行了一礼，当先向外走去。

3. 挑战赛

韩青主拿着酒杯,发了半天呆,灰溜溜地向外溜去。他一脸苦相,实在想不明白为什么 J 会找上自己。自己只是排名最后的一名差劲骑士而已,一向是骑士团的耻辱,击败自己,有什么好称道的吗?

在座的骑士们对 J 要挑战 K 都表现出了一定程度的惊讶,但并未当成什么大事。毕竟,第13名跟最后一名的差距是鸿沟,这场挑战会是一边倒的形势。战况激烈程度,只会取决于 K 被扁得有多惨。一旦交战双方的实力差距过大,也就无所谓的精彩可言了。

卓王孙举起酒杯:"尊敬的女王陛下,以您慧眼所见,这场挑战的胜者会是谁?"

女王微笑着摇头:"这还有什么悬念? J 的赢面要超过九成。"

卓王孙:"排名并不能作准,比如我,虽然排名第二,但要真打起来,至少有十名骑士能轻松将我斩于马下。"

女王笑了:"你倒是有自知之明。若是你跟J决战,胜负倒真难料,但是 K……他始终缺乏一个真正高手的决断之气,就目前而言,恐怕无法胜过曾在三战战场上血战过的J。"

卓王孙:"那一向英明的女王陛下,为什么会任命一个废物为公主的守护骑士呢?我对这点可一向耿耿于怀。"

这一问,显然蓄谋已久,是他这番话的真正目的所在。女王的笑容更加温和:"我之所以选 K,是因为我相信,当真正的危险来临时,K 能保护芙瑞娅。而没有真正的危险时,芙瑞娅足能保护自己。"

卓王孙摇了摇头,用一种开玩笑的语气说:"女王陛下,您这个故事说得太简略了,儿臣表示没有听懂。"

两人从一开始,就用中文在交谈。卓王孙故意用了"儿臣"这个词汇,颇有在女王面前确定和秋璇的关系的架势。好在,这过分滑稽的词汇,让这句话充满了开玩笑的意味,让人不忍责怪。女王忍不住展颜,笑着回答:"这一点,你可以去问芙瑞娅。不过跟你一样,也并不太认同我的决定,但我想等遭遇到真正的危险时,也许你们会明白的。"

她的话让卓王孙露出思索的神情。他随即将这个念头放弃,笑说:"那么,陛下愿不愿意打个赌呢?如果J赢了,我主动去掉这个名不副实的头衔,让骑士团排名恢复正

楔 子

常。若是K赢了，儿臣有个小小的要求——好久没有吃到陛下亲手做的比萨了，希望陛下能满足一下。"他此刻的语气，倒颇有些像秋璇当年在皇宫中的样子。能跟女王如此说话的人，除了秋璇，就只有他。本来格蕾蒂斯作为大公之子，也是从小在女王身边长大的，也有如此亲密的情分，但格蕾蒂斯自十五岁后就觉得这样做有些恶心，于是就只剩下卓王孙如此厚脸皮了。离得最近的三位守护骑士，R一直在找H聊天，T一直在打游戏机，都根本不管他们说些什么。

女王微笑着摇头："这只不过是场比赛而已，K虽会惨败，但不会遇到真正的危险，所以，不会出现我所说的状况。"

卓王孙显得胸有成竹："士别三日当刮目相看，我敢打这个赌，自有十足的把握。至于理由嘛……这可是我和秋璇近几个月来的战果，要等比完才能公开。"

他这样说，倒让女王沉默了片刻。难道最近发生了什么大事，让K得到足够的磨炼，战技有了提高？若真如此，也不妨一看。女王终于点了点头。

卓王孙脸上露出胜利的微笑，向身后挥了挥手："将窗子打开！"

圣乔治大厅靠外的窗子被一齐打了开来。高三米多的长方形窗子几十个全开，几乎让大厅变成了个一面全空的亭子。骑士们坐在宴会桌上，就对外面的景色一览无遗。

城堡外的空地上，两台机体已整装完毕，相隔着十米，互相对峙。

卡俄斯体内，韩青主重重叹了口气，脸臭到极点。他无精打采地操纵着机体，头脑里不时闪过种种自暴自弃的想法。

爱丽丝轻柔的声音如朝阳带着露珠欢快地响起："主人，您好像很不高兴哦。"

她的兴高采烈跟韩青主的低沉形成鲜明的对比。韩青主"哼"了一声，没有搭茬。他有种不好的预感，这个嘴毒的家伙，又要来臭他了……当初自己为什么要设定个这样的圣灵？早知道还不如要红桃皇后。

爱丽丝："主人，我跟你说，一会挨揍的时候，你可以想着，挨揍的不是你，而是对手。反正机体互相撞击，他揍你就是你揍他，作用力与反作用力是相等的。如果你的心理足够强大，无论你被揍得多么惨，你都精神胜利了哦。"

韩青主："爱丽丝，闭嘴！"

爱丽丝幽幽地说："主人，你不喜欢我啦？还是你觉得红桃皇后更适合你？"

这一点上，两人倒是达成了共识。韩青主的愤懑再也无法忍受，忍不住大喊："J，为什么？为什么你要选择我？"

屏幕扭曲了一下，显示出J的图像。他细长的面容让他的冷笑如刀，显得特别阴刻、残忍。他冷冷注视着K，笑容似是要慢慢地切割进他的身体。

"K,为什么死的人不是你?"

韩青主愣了愣:"什么?"

J的声音低沉缓慢,却有种莫名的锐利,令如刀的冷笑切割得更深。

"S是第三大区中排名极靠前的骑士,在第三大区中仅次于格蕾蒂斯大人与穆,比我还要高一名。在嘉德骑士团中,他排在第11位。他在三战中都有着卓绝的战功,他的暗杀手段令人胆寒!可是,在与超级生命体的对战中,他竟连暗杀都没有发动,就被杀掉了!这是骑士最大的耻辱!但是,同样与超级生命体交战的你,却不但毫发无伤,还赢得了胜利!若是别人还罢了。偏偏是你,该死的嘉德骑士团的耻辱,排名最末的废物!这岂不让人说,第二大区的优秀骑士,还不如一个废物吗?"

韩青主大惊失色:"怎……怎么还可以这样理解?这只能说明,我的对手比较弱,S的对手比较强啊!"

J道:"这正是我想要向世人说明的,也是我要挑战你的目的。只有用最屈辱的方式打败你,才能证明,第二大区的骑士的确很优秀,你当初的胜利只不过是狗屎运,遇到了个很烂的对手!像你这样的废物,是不知道什么叫真正的骑士荣誉的。现在,用你的身体来好好感受一下,我们第二大区的优秀骑士,这段时间承受了什么样的屈辱!"

核动力轰鸣声自J的脚下响起,大天使雷米勒纯银色的机体上爆出一团团乳白色的粒子光芒,在体外迅速交织成一层厚厚的白色装甲,令修长身材的机体显得格外皎洁神圣,宛如从云端降临的天使。一柄几乎透明的细剑从它右手出现,随着一团炫目的光芒闪过,细剑竟变成了八个,呈相等的八角形排列着,就像是蛛网。粒子光芒凝结成一道道丝般细芒,紧紧缠缚在剑身上,向卡俄斯刺了过来。

面对排名第13的著名骑士,韩青主不敢怠慢,慌忙启动粒子装甲,青铜巨剑上的粒子能量也迅速充满,向细剑迎了上去。"嚓"的一声轻响,一柄细剑跟青铜剑撞在了一起。细剑的体积跟青铜剑比起来就跟树枝跟大树一样,孱弱到不成样子。但一接触,细剑上缠绕的丝状粒子光芒立即炸开,巨大的青铜剑竟被震荡得笔直向后倒飞,差点儿劈回卡俄斯身上。

韩青主大吃一惊,急忙摧动全力止住剑势,拼命前推,第二柄细剑又撞了上来。同样巨大的撞击力摧枯拉朽般地将韩青主的抵抗瓦解,随着第三柄细剑攻至,青铜剑已被完全压制住,第四柄细剑已轰至卡俄斯的粒子装甲上,第五柄细剑将它的防御完全瓦解。细剑组成的光轮倏然急转,第六柄、第七柄、第八柄一齐飙射而至,在卡俄斯的胸前、左右两肩炸开。韩青主完全来不及做任何应急反应,卡俄斯的全身已遭重创,攻击力已几乎被完全瓦解,巨大的机体仰天向后坠落。

楔　子

韩青主拼尽全力，竟然无法挡住 J 的一招！这就是排名13的骑士的实力吗？韩青主顾不得惊骇，用尽全力呼喊着："爱丽丝，马上升空！离开J！统计卡俄斯的损伤！"

爱丽丝也顾不得再毒舌，全速运转，调动着卡俄斯的每一分力量，竭力拉开战距。但卡俄斯只轰响了一声，庞大的机体竟停在空中，一动不动，任由爱丽丝摧动，都不再动分毫！雷米勒战甲爆射出炽亮的银芒，它双手展开，无数细如毫发的银丝从它掌心吐出，缠绕在卡俄斯的身上。这些细丝钻入卡俄斯的关节，将核动力装置传过来的动力轻易截断，令卡俄斯瞬间瘫痪。

韩青主甚至没有发觉，这些细丝是如何缠过来的！

J阴冷的声音再度传来："感受到高阶骑士与低阶骑士的差距了吗？"

韩青主拼命点头："是的！我认输了！你赢了！"

J 说："赢了？哪这么简单？K，我说过，我要以最屈辱的方式打败你！现在，跪下来，向我求饶！"

韩青主大吃一惊。要是真这么做，他以后就别想在骑士团立足了！

"J，你不要放肆，这可是在女王面前！你可以打败我，但不可以侮辱我！骑士视荣誉比生命还要高贵！"

J 冷笑："骑士信条倒是背得很溜。如果你的招式也有这么溜的话，就不会这么轻易落败了。可惜，K，我并不是在跟你商量，只是告诉你，你接下来要做什么！"

雷米勒双手一抖，密密麻麻缠在卡俄斯身上的银丝，突然波动起来。韩青主惊骇地发现，这些银丝竟已剥夺了他的控制权，卡俄斯已不再接受他的指令，而被这些银丝完全操纵，像个提线傀儡般，双膝屈倒，缓缓向J跪下。

J脸上露出胜利的笑容。

韩青主惨叫："不！卡俄斯，求求你，站起来，不要做这样的事情！我虽然是个废物，让你受尽了白眼，但是，我仍然是个骑士啊，我在尽最大的努力为你争取尊严！"

J冷笑："一个废物的号叫，能起什么作用？记住，K，你永远是个废物！"

韩青主大叫："不！卡俄斯，你不能败给他！"

"卡俄斯！"他的意志随着他的大喊，全部灌输到卡俄斯的操作系统里。他不能让自己蒙受如此大的耻辱，他要做一个合格的骑士。

"伟大的骑士！"在某个隐秘的角度，卡俄斯的脑后猛然闪过一阵极为奇异的光芒。那是不同于粒子或者某种电极的光，竟有种生命的感觉。一个低沉的声音自卡俄斯的操作系统中响起，笔直地穿入韩青主的脑海。"我，听到了你的召唤！"

卡俄斯身上的粒子光芒本已被银丝切断，此刻倏然全部熄灭。就连腿部的核动力装

置,也在此刻完全熄火!J与韩青主同时一怔。他们从来没遇到过这种情况,机体竟然自己切断了能源。但在下一刻,动力装置却自动重启。

沸腾的动力,猛然向卡俄斯的身体冲去。这一幕,同样诡秘无比。J立即指挥银丝,再度要将这些动力切断!但这次卡俄斯的动力流动竟像是有生命一般,它们分成无数的细流,竟自发地避开了银丝,迅速地传达到卡俄斯的体内。只用了十分之一秒的时间,卡俄斯全身闪起一阵强烈的光,再度重启完成!

这道光是如此强烈,竟令密密缠绕在卡俄斯机体上的银丝全部斩断!J大吃一惊,急忙命令雷米勒产生出更多的银丝,向卡俄斯席卷而来。但是,卡俄斯身上的粒子光芒却变得坚固无比,而且亦产生出无数激烈旋转的晶涡,将细丝全部缠住,一一瓦解!

"不可能!"J发出一声惊呼。这变化实在太出乎他的意料,令他完全无法接受!

卡俄斯对着他冷冷一笑。这令J再度陷入了惊愕。机体,竟然会笑?但是,这个笑容的确逼真地刻在卡俄斯的脸上,就跟人脸露出的笑容一样鲜明。

机体,竟然会笑?这是J失去意识前的最后一个念头。

卡俄斯庞大的拳头倏然袭至,一拳轰在了雷米勒的脸上。雷米勒完全来不及防御,整个头部被"轰"地炸了开来。巨大的冲击波自轰中的位置扩开,身在控制舱中的J首当其冲,昏厥了过去。

一招制敌!卡俄斯慢慢收回拳,昂首挺立。动力装置缓缓熄灭,再度打开时,一切又回归正常。获得胜利的韩青主,却惊恐至极。刚才,他与机体的联系完全被切断。这具机体竟然完全是自主行动的,跟他这个骑士没有半点儿关系!

就算战胜了J,他也感不到半点欢喜。因为这具机体让他感到陌生至极。

卡俄斯,他的卡俄斯,究竟是怎么了?

圣乔治大厅里,所有的骑士都被这突然的变化震惊了。

一边倒的屠杀式战斗,竟然以弱者突然战胜强者结束。这样的战果,谁能相信?

废物K,居然打败了J?而且是如此干净利落?

那他以后不是就排名13了?排名13以后的骑士莫不是一脸不满。

唯一没有吃惊的,是卓王孙。他微笑转头看着女王。

"怎么样,女王陛下?我已为您的比萨准备好刀叉了哦。"

女王脸上也有同样的惊愕。没有人会想到这样的结果!

她微微皱眉,轻声道:"小卓,你是不是知道什么?"

卓王孙露出抹狡诈的笑容:"当然。不过,女王陛下,您要想知道详情,可要去问芙瑞娅了!"

Chapter 01
龙鳞项链

慕尼黑演唱会影响之深远，远远超过了任何人的想象。

龙皇出演超级电影的男主角，这一新闻，经过现场与观看直播的千万观众，以及记者们的刻意宣传，瞬间便传遍了整个世界。

首先受到影响的，就是民众。他们展开了一场旷日持久的大讨论。

流行天王与好莱坞之子的结合，究竟是一个奇迹，还是一场灾难？

坦白地说，两人的差距的确很大，大到没有人会将他们俩放在一起比较。但不可否认，他们都是各自领域的王者。而王者都是相似的。

不管赞同者还是反对者，都不得不承认，由龙皇来饰演加利·亚当斯，这的确是个天才的想法。媒体们为此兴奋起来，发起了种种讨论。民众们也乐于参与其中，讨论着这两位最有影响力的人物。

其次受到影响的，是秋璇。这场演唱会以及之后的梦境之旅，发生了很多事情，多到连她都无法掌握。青帝子参加选秀，必定不是为了获得冠军，而另有目的，从一开始，她就看出了这一点。但青帝子另有的目的是什么，她却始终未能看透。这场演唱会，却让她有了些端倪。

答案就在那串项链之中。演唱会上，青帝子借走了项链，让苏妲戴上，出现在龙皇面前。说明这串项链，一定与龙皇有关系。

秋璇心中突然灵光一闪。也许，青帝子真正的目的，不是项链，而是龙皇！否则，她又为什么费尽心机，非要龙皇看到这串项链？难道真正能左右人、妖战局的，竟是龙皇不成？这绝非不可能！

在超级电影发布会上，龙皇竟然展示出比卓王孙还强的剑技，已让秋璇大为吃惊。而后，他为了说服自己成为选秀艺术指导，给了自己能治愈SEVEN病毒的疫苗。

这已不仅仅是神秘可以概括的。天皇巨星、艺术天才……重重光环组织起来，秋璇突然发现，自己其实从未看透这个人。

他对自己的想法，秋璇并非一无所知。从一见面开始，他就展开了狂热的追求，让卓王孙醋意大发。为了接近自己，石星御已到了不择手段的地步。

若是将这一切串起来，很多事情就可以解释了。

青帝子真正的目标，是龙皇。龙皇也许拥有某种神秘的力量，足以左右人、妖之间的战局。龙皇一直在寻找自己曾经的爱人——九灵儿。也许，这串项链跟九灵儿有某种联系，青帝子正是知道这一点，才放弃了杀死自己，而通过种种手段将项链借到手。

演唱会上，她让苏妲戴着项链出现在龙皇面前，也许是因为她想让龙皇以为，苏妲就是九灵儿。那么，九灵儿会不会是自己呢？

秋璇很快就否定了这一可能。从母亲的话里她已知道，这串项链是父亲在临终时交给她的。而那时，他也曾非常犹豫，是否应该将项链交给自己。之后，他就去世了。

这串项链里有保护她平安的力量。难道正是看到了这种力量，父亲才经过一场苦战，特地将项链取过来，给她戴上？他的去世，也许就是那场苦战的结果。

这似乎更证明了，这串项链并不属于秋璇，而是父亲从别人手中夺来的。

她相信，自己不可能是九灵儿。九灵儿另有其人，很可能就是蕾切尔所认定的苏妲。蕾切尔替龙皇找出苏妲，可能是为了邀宠，也可能是想用苏妲向龙皇交换什么。

这一切都顺理成章了，关键点就在于，龙皇究竟握有什么力量，竟然让青帝子如此大动干戈。只有确认了这一点，所有的推理，才能有证据支持。

秋璇不禁将目光投向训练厅。

那里，所有的选手正在两位艺术指导的带领下，进行训练。

一位是卓王孙，而另一位正是龙皇。

正在参加集训的选手们，是唯一没受这场演唱会影响的。她们正在接受如火如荼的特训，被折磨得身心俱疲。第三场比赛的主题是演技，她们将在舞台上演出剧目，获得晋级的机会。由于选秀的目标是为超级电影选出女主角，这场比赛的重要性可想而知。

今天她们训练的是背台词。

关于演技，Candy已帮不上忙了。卓王孙亲自担纲艺术指导。坦白地说，演戏对他而言也十分陌生，但是，卓王孙用一种奇特的方式训练她们。

B组成员每个人脖子上都套着一个银亮闪闪的项圈，超现代的造型让它神秘优雅，冷艳照人。但不要认为它是多昂贵的首饰，它是个止吠圈。

止吠圈是种很恶毒的道具，被一些宠物的主人用在宠物身上，只要叫声稍大，项圈就会发出电流，惩罚宠物。当然，套在选手脖子上的止吠圈高级得多。必须按照既定的顺序，以既定的语调念出既定的台词，才可以免除电流的惩罚。

台词从几百字，渐渐过渡到上千字，全凭死记硬背。

Chapter 01
龙鳞项链

十位选手无一例外地，全被电得惨叫连连，集训场简直变成了电击地狱。但是，没有一位选手叫苦。她们全都紧紧地盯着屏幕，照着上面的提示念着台词。不得不说，卓王孙的训练方式虽然残忍，但效果很好。仅用了小半天，选手们已念得很好了。

尤其重要的，她们站在镜头前时已不再紧张。这本是新手们最大的障碍，很多人在没人的时候都能顺畅地表演，但一面对镜头，就紧张得一个字都说不出来。当然，这也可以说是一次次电流让她们的神经已经麻木了，想紧张都紧张不起来。

秋璇仔细地看着他。她没有忘记，演唱会上的那个吻，让他的千百年前的记忆复苏，他为此还偷入执念梦境，想用孟婆汤来让自己忘掉过去。虽然她已说服他放弃了这一想法，但是他的记忆仍在，仍然困惑着他，尤其是当他面对那个叫相思的小姑娘时。

秋璇稍微有点后悔，不该让相思顶替，参加选秀的。谁能料想到，这个随意的安排，竟招致如此复杂的局面。唯一值得欣慰的是，这个吻并没有对相思造成什么影响。这个思想简单的学生妹仍然是呆呆的，一副很忙乱但是什么都没做成的样子。

这是唯一庆幸的了。

卓王孙的表现也让秋璇感到欣慰。他并没有避开相思，而是像指导别人一样指导她。虽然他的表情仍有些不自然，却没有逃避。这说明，他的确在勇于面对，尽力克服过去带来的困扰。

秋璇点点头，将目光投向龙皇。相对于卓王孙来讲，龙皇就显得专业多了。他将选手们分成两两成对的小组，互相配戏、练习。由于对手都是很熟悉的人，选手的紧张情绪得到了大大的缓解。而从未涉足演艺的龙皇，竟对表演很有心得，他随意地在五组选手中走着，每次提出的意见都让选手有醍醐灌顶之感。

秋璇不禁皱起了眉头：还有什么是他不会的吗？他似乎是无所不能的。

她沉吟着，将目光投向第三个人。

蕾切尔。亦是青帝子。在执念梦境中，蕾切尔设计用孟婆汤将秋璇引入轮回。却被秋璇将计就计，以其人之道还治其人之身。如不出意外，蕾切尔的本体将在世界上消失。但她不仅没有消失，还来到训练场，和别的选手一起训练，看不出任何异常。

是谁救了她？她又怎敢面对秋璇？秋璇思索着，训练结束后，她淡淡地说："蕾切尔，到我办公室来一下。"说完，她转身走了出去。

卓王孙的眉峰挑了挑。

他自然知道秋璇找蕾切尔是什么事。这位神秘的青帝子，恐怕有大麻烦了。

门被轻轻推开。

蕾切尔身上仍然裹着那件斗篷，将精致的眉目遮住，看不到表情。她转身将门掩上，站在秋璇面前，嘴角沁出一丝笑容。

"您找我？"她的面容镇静如常，似乎早就料定秋璇一定会找她。她的态度令秋璇稍微皱了皱眉。这个青帝子太嚣张了，竟对刚发生的事情一点悔过之心都没有。

秋璇决定敲打她一下。她用指尖钩起了胸口那串龙鳞项链："蕾切尔，你曾经说过，我将项链借给你，你会给它祝福，让我可以量产疫苗。现在，时间到了。我需要你恪守承诺。"

蕾切尔向她躬身行礼："公主殿下，那个祝福仪式，我已经施加了。只要您制作疫苗时，将项链浸入其中，疫苗就可顺利制成。对您的许诺，我绝不会违背。"

她的回答稍微出乎秋璇的预料，秋璇沉吟了片刻，点点头："那么，我问你个问题，在执念梦境中，你为什么要让我喝下孟婆汤？你想杀我，为什么当时不动手？"

蕾切尔的目光中流露出一丝古怪："没有人能够杀死您。如果您遇到任何危险，我一定会全力救护您。这一点，您不须怀疑。至于为什么要您喝下孟婆汤，有一个很奇特的原因，我现在还不能告诉您。"

这次她的回答，并未出乎秋璇的预料。她仔细地咀嚼着蕾切尔的话，缓缓地说："那么，苏妲是九灵儿吗？"

蕾切尔吃惊地看了她一眼，面容随即沉静下来："您猜得不错。这就是我将她带到龙皇面前的原因。"

秋璇："那么，龙皇为什么没有认定她就是九灵儿？是因为那串项链离奇消失了吗？"

蕾切尔："我还是不能告诉您。不过我期待着，有一天您能自己找出答案来。"

秋璇："好吧，我没什么再问你的了。现在，是需要你告诉我，你准备怎么说服我，让你留在选秀中。"

蕾切尔笑了笑："您可真是个实际的人。您有没有发现，您的守护骑士身上，发生了某些不同寻常的事？他竟然在嘉德骑士例会中，战胜了骑士J，排名跃居到了第13。"

秋璇："连这件事你都知道？你的消息可真是灵通。"

蕾切尔："您难道不想知道，他身上究竟发生了什么吗？"

秋璇："看来你知道。"

蕾切尔："其实，变强的不是他，而是卡俄斯。卡俄斯之所以变强，是因为在执念梦境中，华伦的精神与卡俄斯合二为一了。你可以说，现在的卡俄斯就是华伦，华伦就是卡俄斯。华伦以某种方式，将精神寄宿在了卡俄斯体内。也就是说，卡俄斯拥有了生命。但是，这样的生命状态非常不稳定，毕竟卡俄斯是机体，而机体是不适合精神寄宿的。所以，随着

Chapter 01
龙鳞项链

韩青主跟卡俄斯一次次作战，机体与骑士间的联系越来越加强，华伦的精神就进入韩青主体内，并慢慢侵蚀、占领韩青主的肉身。您总该明白，华伦的生命力有多顽强。"

她的话让秋璇的脸色立即冷峻了下来。当年白檀山庄中，那个苍白的少年，给她留下了深刻的印象。连死亡都无法杀死他，只能让他变成嗜血的丧尸，她当然明白，华伦的生命力，绝不是普通人类能比的。

蕾切尔："我有办法，让华伦永远被禁锢在卡俄斯体内。这样，卡俄斯的实力也会暴增，拥有精神的机体，也就有了生命，绝非人类科技所制造出的机体所能抗衡……"说到这里，她意味深长地看了秋璇一眼："您应该再清楚不过，只有那样的机体，才配得上守护一位公主。"

秋璇不禁沉默了。她当然清楚。世界上只有两台机体是有生命的，一是路西法，另一台就是A的机体。三战中，A驾驭着这台有生命的机体，守护女王，让其他国家不敢小觑第一大区的实力。而这，本该是只有第一大区几位最高层才知道的秘密。

蕾切尔注视着秋璇，脸上浮起一丝微笑："尊贵的公主殿下，不知这样的交换条件，是否够让我留下来呢？"

秋璇问："你有什么办法阻止华伦？"

蕾切尔不答，缓缓伸手，她枯瘦宛如鸟爪般的手中捧着一个水晶球。一个黑色的薄片，从水晶球中慢慢浮出来。只看了一眼，秋璇就不由地失声叫了起来："堕天使之心？"

那个薄片，赫然竟是白檀山庄中，将华伦变为嗜血丧尸的堕天使之心！

秋璇问："它不是在Joker手中吗？"

蕾切尔道："您不用关心我是如何取到手的。华伦之所以有如此顽强的生命，就是因为这片堕天使之心。同样，堕天使之心也有禁锢精神的能力。只要将堕天使之心跟卡俄斯融合，华伦的精神就会被永远地禁锢在机体中，再也无法影响到韩青主。"

"而您的守护骑士，将收获天下最强的机体。"

她静静伸手，将堕天使之心递向秋璇。秋璇目中神光淡定，却又以某种方式急速地转动着，显示着内心极为不平静。

她犹豫了良久，伸手将堕天使之心接了过来。

"你说服我了。我可以准许你留下来，但你要慎用超能力，不能再惹任何事。否则，我必将会让你付出你意想不到的代价。"

蕾切尔躬身一礼："我对这一点一向深信不疑。我可以走了吗？"

秋璇轻轻点头，蕾切尔退后，闪出了门外。秋璇握着那片堕天使之心，陷入了沉思。这片神秘的金属片经过如此长久的辗转，又回到了她手中。这预示着什么呢？

青帝子为什么要将它交给她？一具拥有精神的机体，没有人比秋璇更知道，那会多么强大。蕾切尔竟然用它来做交换，换取让自己留在选秀中。如果蕾切尔没有说谎，那就只有一个可能。她留下来的利益，要远远大于付出的代价。

那样的利益，又究竟是什么呢？

就在秋璇沉思的时候，轻轻的敲门声响起。Candy推开门，走了进来，在她面前坐下："我想向您报告一件事。"

秋璇："请讲。"

Candy："我被绑架了。"

秋璇："什么时候？"

Candy："就在几天前。"

接着，她不动声色地将当晚被苏妲用香水迷倒的事情说了一遍。她说她并不知道作案者是谁，只闻到一阵香味，就失去了知觉。然后，直升机的钥匙也被抢走了。

秋璇眉头皱了起来。犯罪，在合众国是一件很严重的事情。绑架，更被认为是很严重的犯罪，一经确认，往往会遭到极为严厉的惩罚。

她自然知道绑架者是苏妲，绑架的手段并不高明，留下了许多证据，很容易就推算出犯案者是谁。但这件事，却绝非表面看上去那么简单。

Candy说："我希望你们能调查这件事。"

秋璇沉吟了片刻，才说："这不用你说，我们一定会调查的。"

Candy："如果可以，我希望让兰斯洛特少将来调查这件事。"

秋璇："兰斯洛特少将？"

Candy："是的。我只相信他。"

她的话让秋璇苦笑了一下。Candy追问："可以吗？"

秋璇："如果你执意如此，我会联系他的。"

Candy："我想知道，如果查出作案者的话，她会遭到什么惩罚？"

秋璇沉默了一下："具体的惩罚需要法院来判决。"

Candy："如果是选手的话，举办方会有什么动作吗？"

秋璇："如果真是选手所为，那么，她将会被取消参赛的资格。"

这句话显然是Candy想要的，她微笑着站起来，向秋璇轻柔地鞠了个躬。

"谢谢你。我希望早日见到侦破的结果。"

看着她离去的背影，秋璇又叹了口气。Candy的确是个很聪明的女子，她明知道作案者是谁，但并不说破。她希望由专家来侦破此案，给作案者定罪。在这个案子中，她只

Chapter 01
龙鳞项链

不过是个受害人而已。作案者会被找出来,然后会被取消参赛资格,她因此而去掉了一个强敌。这些事全都与她无关,只不过是司法程序而已。

但她却已得到了最想要的结果。

难道,选手之间的竞争,已经到了如此白热化的程度吗?

秋璇苦笑着摇了摇头。看来,想要让苏妲继续留在选秀场中,她必须摆平这个大麻烦。

而兰斯洛特少将……他绝对是个聪明的人,可以在最短的时间内将案子侦破。而他又是个极其重原则的人,绝不可能徇私舞弊,放过苏妲。这恐怕才是Candy要他侦破的原因。是到了要将兰斯洛特调进庄园的时候吗?

秋璇考虑良久,按响了电话:"杨老师吗?我们这里有个案子,指名要你接……"

"如果还有来生,我再遇到你,我希望你讨厌我,打我,骂我,侮辱我,但就是不要再爱上我。"

单薄而柔软的身影,躺在他怀中,向他轻轻诉说。刻骨铭心的疼痛,在身体上蔓延。她的话那么柔软,却又仿佛一条条绳索,绑缚在他身上。他只要轻轻一动,身体就会感到支离破碎的痛楚。而她,却转身而起,与另一个男子手牵手离去,越走越远。

无边的花海,在她身后盛开。

"站住!"卓王孙猛然惊醒。

黑暗中,是寂静,没有一点儿声音,只有他的心,在剧烈地跳动。他的思绪一片混乱,坐了良久,方才慢慢平静,想起那只不过是梦而已。

那是千百年前的记忆,借由蓝毒的力量,在他体内肆虐着。

他用力克制着,企图超越毒药的力量。他的心,只能由他控制。他要爱谁,只能由他决定。他不想让秋璇看不起他,他至少有爱谁的权利。

但显然,他低估了那记忆的力量。冷汗,不断地从卓王孙额头沁出,让他发冷。他用力握紧双拳,希望自己冷静一些。梦境与记忆混杂在一起,在他体内肆虐,就像是个杀伐到最激烈的战场。夜,慢慢褪却。

早上五点的时候,这个城市在慢慢复苏。夜晚的灯光挤出最后一丝昏黄的笑容,却已不能再照亮什么。大地等待的是一场更光辉的感动,以及车水马龙的喧嚣。在朝阳灿烂升起的时刻,所有物体都会变得光明,被来自远方的光源的线穿透,缝合成一具会笑、会爱、会感动的傀儡。

这种线,就叫作命运。卓王孙静静坐着,他甚至能感到,这些线,正穿过他,在他的身上交织。错综复杂,不可理喻。他像个自洪荒时期就已坐下来思索的巨人,被这些

线牢牢地束缚在大地上。他无法抗争。

他忽然禁不住幻想，如果他站起来，用尽全身力气去做这个动作，会有什么后果。是他的身体被切割成碎块，还是这些线被挣脱？而那之后，他的命运，将由谁来决定？

都怪那个叫相思的女孩！如果没有她，事情怎会如此麻烦？卓王孙恼怒地想着。这次，不用千百年前的许愿，他就很讨厌她了。

但讨厌中又有莫名的伤感，让他心慌意乱，无法自拔。

在变幻莫测的世事面前，芸芸众生，谁又不是傀儡？

他真的有选择爱谁的权利吗？

这个夜晚，睡不着的人并不止卓王孙一个。苏妲也同样无法入睡。

从北海道回来后，苏妲总会在半夜突然醒来，心中一阵莫名的悸动。

每次，她都做着同样的梦。华伦被禁锢在一个巨大的冰冷的牢笼中，静静地盯着她，默不作声。那牢笼就像是一座冰山，让他无法动弹。而他的身体，也仿佛已跟冰同化，只有那双眸子，还残留着一丝灵气，冷冷地望着她。

每次苏妲都会汗水淋漓地醒来，心痛得无法呼吸。

轮回梦境中，华伦为了从蕾切尔手中救出她，已魂飞魄散，永远消失了。他本已永眠，没有什么能再伤害他，但为什么她还做着这样的梦？梦是如此真实，让苏妲不由地怀疑，那并不是虚幻的，华伦的确正在遭受着那样的折磨。

她翻身坐起，将头埋在双臂里，无法呼吸。

这个苍白的少年，注定要成为她永远的痛，就算死去，都无法消退。

"想救他吗？"一个淡淡的声音随着月色飘进来。

苏妲一惊，九条如月色的狐尾倏然弹出，向声音的来向袭去。狐尾击中了人影，却如击在空处。那个人影在狐尾接触到的瞬间就已破碎，化为粉尘散去。一个人影在苏妲的房间中重新聚合，在墙角的椅子上坐下来。

"我们并不是敌人，狐妖。"借着苍白的月色，苏妲看清了那人的模样。

"青帝子。"

一袭黑袍笼罩下的蕾切尔笑了笑："不错。你杀不了我。现在，我重新问你一遍：你想救他吗？"

苏妲脸色变了变："你是说，我的梦是真实的？"

蕾切尔说："不错。"

苏妲："这怎么可能？华伦已经消失了，他怎么可能还被囚禁起来？再说，你怎么

Chapter 01
龙鳞项链

知道我做了什么梦？"

蕾切尔："在华伦的梦境中，我曾以孟婆的身份出现。但那并不是我的伪装，而是我的另一个身份。我，就是孟婆，拥有能看透并进出别人梦境的能力，因此，我才能带你进入华伦的执念梦境。尘世中的一切，无不展现在这里面，你的梦境亦不例外。"

她旋转着手中的水晶球，球内烟云弥漫，看不清楚。但在蕾切尔的眼中，却似乎有无尽的玄机，她看得很专注。

她的话，由不得苏妲不相信。苏妲试探着问："那你知道他在哪里吗？"

蕾切尔盯着水晶球，缓缓说："在执念梦境中，华伦为了救你，将自己的精神融入卡俄斯。所以，卡俄斯才能爆发出超越平时的力量，将你从我手中救出。但代价是，他的精神与卡俄斯融合，被永远囚禁其中。"

这番话，无疑晴天霹雳，震得苏妲脸色惨变："什么？"

蕾切尔并没有急于回答她，而是悠然道："人死如灯灭，这是任何人都不能改变的自然规律。但为什么华伦能留在执念梦境中？那是因为他体内曾嵌入过堕天使之心的碎片。你或许知道，嵌入堕天使之心的人会变成丧尸。他们的身体不停地腐败，但他们并没有死。堕天使之心的力量，就是让精神可以附着在没有生命的物体上——比如冰冷的机体。这也是华伦为什么能融入卡俄斯的原因。"

她收起水晶球，抬头注视着苏妲："我有一个好消息和一个坏消息，你想先听哪个？"

苏妲不答。蕾切尔的话，令她极为震惊。她本以为华伦已经死了，可蕾切尔居然告诉她，华伦不但没死，还跟卡俄斯融为一体！

这实在超出了她的接受能力。她心神大乱，不知如何是好。

蕾切尔："好吧，我先告诉你好消息。跟卡俄斯融合其实并不是坏事，因为华伦的精神经过堕天使之心增幅后，变得极具攻击性。每次K驾驭卡俄斯时，华伦都会侵吞一丝他的精神。长此以往，华伦的精神就会取代K的精神，也就是说，华伦将会占领K的身体，而K，将会烟消云散。"

苏妲的身子一震。

蕾切尔："那么，该告诉你坏消息了。坏消息是，秋璇已经知道了这一点。她也拿到了堕天使之心碎片。如果让她将堕天使之心碎片镶嵌到卡俄斯上，华伦的精神就再也无法转移，只能待在卡俄斯体内。华伦也就永远变成了卡俄斯，永远待在那个冰冷的巨大的钢铁牢笼里。"

苏妲的身子又骤然一震。

蕾切尔："你可以有两个选择。第一，从秋璇手中抢过堕天使之心，或者，求她不

要将碎片镶嵌到卡俄斯上。这样，K就会死去。你猜她会不会答应？"

苏妲默然。她知道，秋璇答应的可能性极小。K毕竟是秋璇的守护骑士，跟随她出生入死多次。秋璇虽然嘴上常说看不上他，但苏妲能感觉到，如果K的生命受到威胁，秋璇绝对会不计代价来救他。

主君跟守护骑士的关系，是某种隐秘的，甚至不亚于血脉的维系。只有经过相当长时间的共同战斗、相互扶持，才能建立。秋璇与K，显然已基本建立了这种关系。

她绝不会看着K被华伦侵蚀。

蕾切尔："第二个选择，就是来求我。我有办法，令华伦的精神从卡俄斯内脱出。"

苏妲沉默了良久，缓缓说："你有什么条件？"

蕾切尔笑了笑："我要你必须进入选秀前三名，然后，帮我做一件事。"

苏妲："什么事？"

蕾切尔："现在你还不必要知道。记住，你必须进入三甲。"

苏妲默然良久，随即坚毅地抬头："好，我答应你！"

蕾切尔："这并未出乎我的预料。"

此刻，第一缕朝阳正穿窗投入。阳光射在蕾切尔的身体上，她的身体变得越来越淡，终于在阳光中缓缓消失，完全不见。苏妲抬起头，面色极为复杂。

"华伦……"她如梦呓般说出这个让她心碎的名字，心痛的感觉，宛如潮水般汹涌而来，将她吞没。只要能让他解脱，无论付出什么代价，她都无怨无悔。

三甲。这场选秀，她还必须进行下去。

每位选手都将在第三轮比赛上上演一段经典的电影，集训的前半部分是提高她们的演技水准，而后半部分则是让她们熟悉自己将要演出的片段，尽可能地出彩，打动观众与评委。

主办方出于吸引人气的目的，决定让超级电影的第一主角与第一反派主角，跟她们配戏。第一主角，是龙皇；第一反派主角，是卓王孙。也就是A、B两组的艺术指导。这一消息宣布后，二十强选手眼睛全都亮了起来。

龙皇自不必说，超级巨星、无与伦比……种种光芒罩在他头上，每一个都让热衷追星的少女头晕目眩。卓王孙是大公之子，笃定的未来的大公。鉴于目前第三大公已是70多岁的高龄，他很可能会在即将到来的某一天，成为三分之一世界的主人。而且他年少英俊，身居高位，还是天下闻名的嘉德骑士团的一员，他的骑士模型，每年都是最畅销的商品。虽然暴虐而喜怒无常，他仍然是民众心目中王子的典范。在这个政治已经极度

Chapter 01
龙鳞项链

娱乐化的年代,他在少女们中的人气,丝毫不弱于龙皇。如果不是因为他早就被内定为女王的乘龙快婿,人气会再高上一大截。

显然,普通的指导已不能满足20强选手们对这两位的向往,而配戏,却刚好弥补了这一缺憾。于是,各个选手纷纷将参赛片段,换成了拥抱、接吻的镜头。其中不乏《廊桥遗梦》《查太莱夫人的情人》等经典电影的精华。

这个早上,选手们难得地都起了个大早,浓妆艳抹后,换上了最好的衣服,将自己的身材全都极为夸张地衬托起来。这个早晨,是她们在集训中最有斗志的时刻。

正是两位艺术指导亲自来配戏的时刻。

秋璇像往常一样,坐在大厅的角落里,面前的小桌子上摆着一壶刚泡好的红茶。她的面容有些憔悴,似乎昨晚熬夜熬到了深夜。她端起红茶喝了一口,让奶香的温暖缓缓流过身体,而后,静静地看着如群花璀璨的选手们。两位艺术指导,正并肩而来,引起选手们一阵群情振奋。秋璇的眼睛不由地微微眯起,仔细盯着他们。

龙皇如往常一样,一袭略带制服风格的紧身装,宽大的墨镜几乎遮住了半边脸,露出的另一半也显得格外冷峻,犹如岩石。紧身衣将他修长的双腿衬托得格外引人注目,配合着他略带卷曲的长发,巨星风范扑面而来,光芒令人窒息。

卓王孙的装束则随意了许多,面容一如往常的冷静,目光旁若无人。他的面色也略有点憔悴,眉峰浅锁,似乎在思索着什么,而有点心不在焉。他或许没注意到,正是这点少见的忧郁,中和了他平时过于傲慢凌人的王子气质。让他收获了与巨星气质迥然不同、却又足相匹敌的魅力。

两人的风格差异极大,并肩行来,竟让人有双星闪耀、目不暇接之感。选手们不由地屏住呼吸,目光一丝都不愿离开。

这次彩排,必将是一场难忘的经历。

彩排开始了。

如往常一样,A组占据着训练场的左半边,而B组则在右半边。

在彩排开始前,龙皇说:"前两场比赛,大公子突出奇兵,竟让Candy代替你做艺术指导,效果真是不错。但第三场比赛比的是演技,Candy在这一项上并无建树。不知大公子又会出什么奇兵呢?"

卓王孙冷然不答。

龙皇:"大公子并未带别的人来,难道想自己上场不成?难道大公子竟有信心,演技能胜得了我?"

卓王孙："至少有一点你是赢定了。"

龙皇："哦？何事能得大公子如此称赞？"

卓王孙："你擦的粉比我多。"

龙皇的笑容窒在了脸上。"大公子，真堪称是冷面笑匠。不知这场比赛，大公子是否还要打赌？"

卓王孙："当然！"

龙皇："不知这次大公子赌什么？真心话还是大冒险，或者别的游戏？"

卓王孙沉思了片刻，慢慢说："你想必知道，SEVEN是在一个叫伊甸园的地方，被人类培育出来的。上次SEVEN暴动时，冲入伊甸园，几乎带走了所有的同类。但是，十几个特别残暴的失败品，由于连SEVEN都不认同它们是同类，而被留在了那里。这次的赌约就是，谁若是输了，谁就进伊甸园里，跟它们住一天。"

他的话，明显地让龙皇吃了一惊。卓王孙静静地盯着他："你敢不敢应战呢？"

龙皇沉默了片刻，笑了笑："看来，这次大公子是稳操胜券了。"

卓王孙不置可否。

龙皇："既然大公子如此有信心，我若是不应战，岂非很煞风景？就依大公子所言。"

卓王孙深深看了龙皇一眼："我期待看到你在伊甸园中的上佳表现。"

龙皇躬身一礼："大公子若是进去了，想必会有回到家的感觉。"

两人的争论，并没有逃过秋璇的耳朵。听到卓王孙的条件，她微微皱起了眉头。因为从小生活在一起，所以，她跟卓王孙之间有某种微弱的灵犀联通。她可以轻易猜出卓王孙的念头。"伊甸园"这个词一出现，她就明白，卓王孙也已开始怀疑龙皇了。

伊甸园中剩留的SEVEN，极度暴虐。每一只都可生裂虎豹，而且没有理性，互相之间不停地厮打。若是有外人进入，就会立即招致所有SEVEN的疯狂群攻。在这样的情况下，没有人再能保留力量。那时，龙皇力量的秘密将无所遁形。

秋璇轻轻颔首。卓王孙的方法很直接，但不得不说，也很有效。她的目光转向蕾切尔，在听到卓王孙的话时，蕾切尔一直冷固不动的脸色，终于有了一丝悸动。

但令秋璇意外的是，龙皇却没表现出多么惊讶。他的脸色太自然了，以至于让秋璇都有些怀疑，他的身上并没有藏着什么秘密。

让选手们久候的彩排，终于开始了。

A组的彩排进行得很顺利，无论什么场景，龙皇都应付得游刃有余。他的嘴角甚至浮

Chapter 01
龙鳞项链

起一丝浅浅的笑容，这令他更增添了亲和力，宛如一缕冻在冰封中的阳光，令人沉醉。他的演技堪称精湛，而丰富的舞台经验，让他面对镜头时应付自如，丝毫没有演戏的感觉，就仿佛，他已化身成了剧中人，所有的戏，都是本色演出。这使跟他一起彩排的选手也放松下来，彩排的效果好到了极点。

秋璇静静地享受着红茶。她的目光看似随意，却将龙皇的一举一动全都纳入眼底。此时的龙皇，在她眼中，已不再仅是个超级巨星，而充满了神秘。尤其是看到龙皇如此精湛自然的演技时。龙皇的演技，已到了浑然天成的境界，演什么像什么，而且刻画得深入骨髓。跟那些久以演技著称的演员比起来，也不遑多让。一个不到三十岁的年轻人，怎会如此多才多艺？他的天才，难道真是永无止境、超越了人类的极限吗？

又或者说，他本来就不是人类？秋璇不由地陷入了沉思。

B组的彩排也进行得如火如荼。

卓王孙仍然心不在焉，他一场场地跟选手们配着戏，熟练地念着台词，走着台步。他曾进修过话剧课程，表演对他来讲并不是什么难事。但他似乎有着重重心事，目光几乎没落在那些选手身上。

这让精心挑选了一出出或浪漫或热情如火的剧目的选手们，不由地大感失望。

他的心在哪里？

Candy也在思考着同样的问题。不过，这并不是出于对卓王孙的觊觎，而是她对这些事天生的敏感。从第一眼看到卓王孙时，她就看出，卓王孙有心事。

她随即判断出，卓王孙的心事并不是源自秋璇。那难得一见、恰到好处的忧郁，也不是故意表演出来，而是带着一股浓浓的红杏的味道，一定是有第三者插足了！

Candy并不是个八卦的人，但卓秋之间的故事，合众国无人不知。她自然也听说过不少。以秋璇如此完美，卓王孙应该不会再移情别恋才是。那么，这第三者究竟是谁呢？连她也不禁起了好奇心，想看看究竟是谁，竟有这样的能量，改写王子与公主童话的结局。

直到卓王孙的目光偶尔落在相思身上，却又立即收走，Candy不禁震惊。

以她多年在情场打混的经验，她只用0.0001秒就做出判断，这个第三者，是相思！

怎么可能？这个呆呆傻傻的学生妹，竟然能从秋璇手中抢走卓王孙？她何德何能？

Candy太过惊讶了，以至于连彩排都忘了，她盯着相思仔细看着。看来看去，仍觉得相思绝对不具备如此实力。

Chapter 02
排练

流行之王与大公之子的贴身示范果然效力无穷。彩排才进行了不久,选手们的台词明显顺了许多。当然,这也归功于她们选戏有方,无论《乱世佳人》还是《廊桥遗梦》,都做到了本色演出。

如果说之前的特训是地狱,此刻则来到了天堂。但这些选手们并没有沉迷或堕落,反而,一个个都激发出了斗志。只要赢下去,就能跟偶像呆在一起,就能有更多的油水!她们绝不能接受失败!

唯一浑浑噩噩的,就是相思。她和往常一样,同妮可一起坐在最后一排,看着同伴们排练。她们能明显地看到这些同伴们的进步,宛如看着一颗颗明星,正在冉冉升起。可以预料到,在不久的将来,这些人必将照耀影坛。

不得不承认,她们中有很多人都是演艺的天才,天生就该生活在聚光灯之下。

这令她们自惭形秽。与这些人不同,她们的生活简单而平凡。唱歌、跳舞、聚会、表演,离她们俩太远了。她们自小就没有声色犬马的陪伴,也没有纵情歌舞的机会。从第一场特训开始,她们就是基础最差的两个人。两次比赛,要不是种种侥幸,她们早已被淘汰。虽然她俩一直都是选手中最努力的,但有些差距,远不是努力可以弥补的。她们无法流畅地背出一大篇台词,也无法在眼梢眉间传递出柔情万种。在强手如此云集的选秀中,她们又如何能获胜?

看来,她们只能止步于二十强了。相思叹了口气。她为什么要遗憾呢?她本就是临时顶替进入选秀的,这只是一次任务而已,当秋璇让她退出时,她就该立即退出。明星、银幕、梦想,对她来讲,都遥不可及。这个机会,本该属于那个叫Cindy的人,而不是自己。她已经超额完成任务了,不退出天理难容。

又何必害怕失败呢?只是,心中却总有一丝不甘……难道,难道我就不能站在聚光灯下面吗? 难道,我就不能真切地触摸一次梦想的光环吗?

第一次,她为自己的平凡感到了深深的失落。

与卓王孙对手演戏,享受完浪漫的视觉大餐后,选手们并没有忘记正事,退回后都

Chapter 02 排练

回味着场上的每个细节，锤炼着自己的演技。

直到蕾切尔上场。她如往常一样，穿着一件黑色的袍子，站在人群最后面。当韦弗叫到她的名字时，她缓缓拨开人群，向卓王孙走去。走到一半，却突然伸手，将黑袍的带子一拉。众人眼前都是一亮，一具丰满艳丽的女体，几乎完全赤裸地呈现在面前。

黑袍下面是几片薄薄的布料，用几根带子扎在身上。她的腰身极其纤细，脸上却涂满了苍白的铅粉，显得冰冷、高洁。

仿佛教堂里绘在大理石上的圣母，没有一丝表情，不容亵渎。

但当她的脚步挪移时，薄薄的衣带却掩不住致命的诱惑，让人心意缭乱。连同为女性的选手们都看得几乎窒息了。

唯有人群中间的卓王孙，却始终保持着冷漠。他的目光并未被蕾切尔吸引，而只是在不经意的瞬间，落在秋璇身上。

秋璇也在看着他。显然，他的心不在焉早已引起了她的注意。她没有说什么，只是轻轻叹了口气，眸子中流露出几分担忧，和一点小小的责怪。

看来，只靠你自己，还是消除不了蓝毒的影响啊。

迎着她的目光，卓王孙微微挑了挑眉头。

也许是为了证明自己不会为这点小事困扰，秋璇的担心纯属大惊小怪，他脸上难得地露出了一抹笑容。这几日来，他一直淹在千百年前的记忆中，心情抑郁。此时却有了一丝玩笑的兴趣。

原来，她也是会嫉妒的。

在他看来，秋璇如此担心自己受到蓝毒的侵害，无非是害怕他回忆起前生、爱上别人罢了。虽然她表面仍显得从容镇定，他却坚信，自己已从她眸子深处看出了患得患失。甚至一些小小的妒忌——这是十几年来从未有过的。

她终究还是害怕失去他啊。这个发现，让卓王孙心情愉悦起来。甚至有了一种恶作剧的冲动。他将目光转向朝自己走过来的蕾切尔。他很想看看，当这样一位妖孽在自己身上纠缠厮磨时，秋璇会有什么表情？

他可是完全无辜的哦，只是尽职尽责地在配戏而已。要怪，只能怪演艺圈这个大染缸太复杂了，什么事都可能发生。他又不禁望了龙皇一眼。如果秋璇因此而露出嫉妒之色的话，那绝对会是对这个该死的戏子的沉重一击。

有了这双重考虑，他完全没有退避，反而向蕾切尔伸出了手。

秋璇的确皱起了眉头，却不是嫉妒，而是担忧。

蕾切尔搞这么一出，必然有其用意——她究竟想做什么？

　　秋璇面色一冷。若是蕾切尔敢对卓王孙下手，那她绝不会留情。一定会让这位不知羞耻的青帝子得到创巨痛深的教训。

　　卓王孙的笑谑的眼神也没逃过她的眼睛，她对此的评价是"幼稚！"并嗤之以鼻。可惜卓王孙并不知道这一点，反而兴致盎然地准备让她吃上一醋。

　　这思维真是太简单了。

　　然而，因蕾切尔而变得妒火中烧的，却并非秋璇，而另有其人。

　　蕾切尔正以几乎完全原生态的猫步，向卓王孙走去，旁边，一个声音突然响起："你这是演的哪一出？"

　　蕾切尔转首，就见全身裹在一袭黑袍中的哈梅伊，正恶狠狠地盯着蕾切尔，眼睛中燃烧的怒火，既是对异教徒的诅咒，也是对狐狸精的妒恨。

　　蕾切尔的话语冰冷："《情人》。"

　　她看着卓王孙，就像是看着一具同她一样赤裸的躯体。随即，她无视哈梅伊，向卓王孙走去。

　　突然，"嗤"的一声响，她的衣角被哈梅伊踩住，裂了开来。

　　哈梅伊："真是对不起，我踩住你的衣服了。"她冷笑："看来你演不成了，还是换一出吧！"

　　蕾切尔转过头来，眼睛眯得细细的盯住她："你不想我跟他演戏？"

　　哈梅伊："关我什么事！"

　　蕾切尔："这令我想起一个消息，沙漠公主似乎曾暗恋过我们的大公子呢！"

　　选手们都恍然大悟。她们都是八卦杂志忠实的拥趸，哈梅伊是沙隆巴斯公爵的侄女，自小就混迹在上流社会。

　　在一次亚太共同体的高等酒会上，她对卓王孙一见钟情，陷入了热切的单相思中。卓王孙不仅毫不领情，甚至还在众人面前断然回绝了她一次，让她的少女芳心大受创伤。只是，上层社会的少女中，暗恋过卓王孙的实在太多，这样的事几乎每逢亚太区酒会就要流传出几件。充其量也不过在八卦杂志上占个一两页的篇幅。这些选手们看过也就忘记了。也只有蕾切尔才会记得。

　　哈梅伊心头一紧，不由地抬头看了卓王孙一眼。卓王孙淡淡一笑，不置可否。哈梅伊胸口一阵起伏。蕾切尔："既然衣服碎了，那这一出的确是演不成了。不如……直接来演床戏吧！"

　　她的话差点让所有人都大跌眼镜，哈梅伊气得差点昏过去："你……你敢！"

Chapter 02 排练

蕾切尔冷冰冰地说："有什么不敢的？反正这衣服已经破了，只能脱掉。"

她抓着衣襟，轻轻一抖，香肩便露了出来。她挑衅地看着哈梅伊，让对方气得全身发抖。

蕾切尔却突然将黑袍裹紧："不演了。"

她将带子系上，转身向人群后走去。这一转变同样出人意料，让哈梅伊措手不及。一旦被黑袍遮住，蕾切尔整个人都变得神圣而冰冷，她静静地立在人群后面，就连哈梅伊，都不敢再惹她。

这个突然发生的事件打乱了选手们的部署。能够这么近距离地贴近大公子，她们本都像蕾切尔那样准备了点亲热腻味的戏，趁机揩油，此时却只能放弃了。卓大公子虽诱人，但哈梅伊这样的人却太多，不定啥时候会冲上来咬她们一口。

还是不要招惹这个被妒忌冲昏了头的女人。

《廊桥遗梦》被砍掉了，《美国往事》也被砍掉了。

只有妮可的《泰坦尼克号》保留了下来。她选的是《泰坦尼克号》中最著名的场景，男主角与女主角相拥站在船头，一起迎接风的沉醉。

这幕戏并没有裸露或者过分亲热的镜头，但，这个拥抱却因杰克与露丝而被看作是只能在恋人之间才有的动作，充满了浪漫的象征。所以，当哈梅伊看到妮可保留了这一幕时，眼睛中几乎喷出火来。

她的怒火让妮可受到了惊吓，几乎就要改变决定。但基础与才华都不算突出的她，根本就没有演练过几幕戏。就连这一幕，也是她仅看过的几部露天电影，因为太经典而记在心中。要她换一幕，她就只有被淘汰这条路了。

她拼命地鞠躬："对不起。"

哈梅伊冷笑："跟我说什么对不起？这件事跟我有关系吗？"

妮可更加惶惑。

由于前两轮比赛的成功，制作方在第三轮比赛中投入了更多资金的支持。尽管不可能真的搭起泰坦尼克号，但仍然模拟一座高大的船体，作为布景。三根巨大的钢架搭在一起，形成三角形，被深色的帆布裹住，装饰成船头的形状。蓝色的灯光打在船下，伴随着干冰，仿佛是冰洋怒浪。鼓风机吹起的风从对面刮来，将船头上紧拥的两个人头发吹起，甩向身后，席勒·迪翁浑厚柔情的歌声响起。

一刹那，仿佛真的是那艘奢华而浪漫的游轮，缓缓驶来。游轮上有梦想、希望，有举止优雅的贵族，也有才华横溢的少年。有偶然回眸的惊艳，也有一生相守的怆然。

You jump, I jump.

生死的凝结,才会有那颗海洋之心的美丽。静静地滑过她的手,沉入海底。

九十六年的诺言,终于兑现。独自走过长命百岁、子孙满堂的漫漫时光,只为了当初和你约定,只为不辜负一句许诺,而后,在海洋深处与你相守。

天长地久。

鼓风机模拟出逼真的海风,让妮可的长发搅在卓王孙的脸上。歌声冉冉升起,就像是海洋上飞翔的女妖赛壬。卓王孙双手轻轻抱住妮可,任她的长发飘散到自己脸上。就像是情人的抚摸,温暖而宁静。

秋璇靠在大厅角落的柱子上,懒懒地抱起双臂。一直满不在乎的眼神中,也流露出一丝无可奈何。这一丝变化没有逃过卓王孙的眼睛,他嘴角缓缓浮现出一丝笑意,将这一幕戏的深情做得更足。

围观的选手们也都安静下来。《我心永恒》的歌声穿透她们,让她们备受感染。她们心底忽然都涌起了一丝悔意:我为什么不选这一幕!

这的确是少男少女心头最永恒的经典,恰是她们最纯最真的幻想,是最不能忘情的瞬间。而今,却是别人在演绎。

最纯真的,却是最动人的。比起那些亲吻、拥抱、抚摸、悸动,有着更为直指人心的力量,一旦相拥过,便不会忘记。

如果我选了这一幕,肯定能加分不少吧!

歌声缓缓沉淀,台上配戏的两个人似乎仍然沉浸在这一幕戏中,良久,才缓缓分开。这一幕实在太经典了,被无数人模仿过,是多少人对爱情最初的感动。

稀疏的掌声响起。妮可的表演,并不成熟,却已抓住了这一幕的精髓。尤其是她与卓王孙的配合,就像是真正的恋人一样。戏演完之后,卓王孙看着妮可的目光,似乎也变得更加温柔了。

哈梅伊双目中满含怨毒。她心底涌起一股强烈的悔恨:这一幕是属于我的!和卓王孙合作演出这场戏的,应该是我!

如果是我,或许也能让他冷漠的眼神变得温柔吧。

她看着妮可,忽然有一阵深深的嫉妒与仇恨。似乎,正是这个单薄纤瘦的小姑娘,搅了她的好事。她演技这么差,却竟敢演这么好的戏!而且,看着她含情脉脉地靠在卓王孙身上的样子,真是恶心死了!卓王孙居然还轻轻抱着她,一副很投入的样子。比较起蕾切尔直接裸露的挑逗,这一幕的投入与浪漫,更让哈梅伊无法容忍。

妮可却没察觉到哈梅伊的怨恨。她从钢架上小心翼翼地走下来,钢架颤颤悠悠,卓

Chapter 02 排练

王孙抓住她的手腕，防止她摔倒。哈梅伊紧紧盯着她们两人。

妮可笑着对卓王孙说："刚才我站在钢架上时，还真有点害怕。这钢架似乎有点不稳，会不会断啊？"

卓王孙仍然心不在焉地回答："当然不会。"

妮可："我好怕啊，要是有人在钢架上做点手脚的话，我肯定会掉下来摔死，没法再演出这幕戏了。"

哈梅伊的心，突然动了动。这句话，像一条纤细而灵巧的蛇，钻入了她的心底，令她禁不住一次又一次地回想着。

唯一没有与卓王孙彩排的，是相思。

学生妹完全没有走上舞台的勇气。无论做什么，她都比别人慢一拍。大家都在彩排了，她还没选好该演什么。她不知道，自己的懦弱，却无意中让卓王孙避免了最为尴尬的局面。如果她上了台，也许会发生某种令所有人都大跌眼镜的事情。

完全没有任何演戏经历的她，现在正将自己关在房间中，找来一整箱子录像带，一面看，一面揣摩。有时她按了暂停键，想照搬屏幕上明星的架势来上两句，但刚张开口，就卡住了壳，一个字都说不出来，徒自把脸憋得通红。

妮可穿着一件小吊带，在床上做着柔软体操。她的彩排很成功，让她有了些信心。她见相思如此难过，探过身来搂住了她的肩膀："姐姐，你一定能行的。"

她的话，却让相思更加沮丧。一整箱录像带都快看完了，她还是没找出来自己究竟该演什么。她又焦急，又难过："算了，我还是退出吧。我……我真的不是演戏的料。"

妮可："不！姐姐，你不能退出！"

她坚定地看着相思："我们从社会的最底层走出来，我们什么都没有。至少，我们应该有信心，对自己的信心！姐姐，你不是常对我说，我们跟那些贵族是平等的吗？我们虽然不如她们有钱，但我们的人格却不输于她们！我知道她们早就看不惯我们，觉得我们没有资格跟她们并列。但是，她们想要我们退出，就来打败我们，我们是绝不会主动放弃的！"

她苍白的小脸漾起一阵嫣红，倒颇有些慷慨激昂的感觉。

相思被她感染，也握紧了拳头，兴奋地喊了声"加油"，好像所有的困难都荡然无存。但这并未延续多久，她就又重新沮丧了："可是……可是快要比赛了，我却连演出哪一幕都不知道！我真的不会演戏啊。"

妮可："姐姐，我相信世上有两种人能演好戏，一种是天才，无论什么角色都能诠释得淋漓尽致。龙皇就是这种人。另一种是本色演员，他们无法演出别人，却可以演出自己。他们只挑选适合自己的角色，虽然千篇一律，却能成为经典。我觉得，最适合我们的角色，也许，就是我们自己。我们演不好别人，却有可能成为一个不错的本色演员。你要找的，不是一个多么经典的场景，而是电影中的自己。"

她的话让相思眼睛一亮，随即又沮丧了："可是，我都不知道我是个什么样的人。"

妮可笑了："在我心中，姐姐就是简·爱。姐姐就像简那样，自信，有尊严。虽然地位不高，没有庞大的家产，但在人格上却不输于任何人。姐姐，不如你就演《简·爱》吧。那串关于平等的话，从你嘴里说出来，肯定别有力量。"

相思被她逗笑了："我可没有那么凶，让我斥责别人，我可比那个人还要窘。"

说到这里，她忽然想起自己曾在课堂上怒斥卓王孙，而且打过他耳光。卓王孙震惊地看着她的眼神，无比清晰地出现在她面前，她的心骤然抽紧了一下。

刹那间，仿佛有什么东西突然化为感动，让她感到一阵慌乱。心底深处，仿佛突然泛起了什么东西，强烈得令她的心咚咚地跳了起来。脸一瞬间就红得发烫，她急忙用手挡住，生怕妮可看到。她像是个做错了事的孩子，将头埋在双臂间，心慌意乱。却不知道自己究竟做错了什么。

妮可并没有觉察到她的失态，她的神情也有些复杂，似乎想说什么，欲言又止。迟疑了良久，她终于低声对相思说："姐姐，其实有个角色，非常适合你，我相信你若选了这个角色，一定能晋级。"

相思："什么角色？"

妮可没有回答她，只是从那堆录像带里抽出一部，放到她面前。

Chapter 03
米兰的公主

第三轮比赛选在意大利,时尚之都米兰。足球豪门AC米兰队的主场,著名的圣西罗球场。当然,国际米兰的球迷从来不承认这个名字,他们叫它为梅阿查球场。这是唯一一座有两个名字、两个名字都大名鼎鼎的球场,每年米兰德比的时候,这个球场都会被狂热的球迷挤满,甚至让人惊讶意大利怎会有这么多人!

超级公主选秀由于一开始的造势,以及Candy的加入,众多明星争相闪耀,而从来都不缺乏fans(粉丝)的支持,因此,每次比赛都选在超级大的广场或体育场,而赶来的观众,无论多大的场子都能填满。第一轮的威尼斯广场、第二轮的巴黎Stede de France体育场,以及这次的圣西罗球场,都不例外。比赛还未开始,圣西罗球场就被早早赶来的fans占据了。只不过与第一轮、第二轮不同的是,Candy的fans占的比重,大为减少。这并不是说他们的人数少了,而是打着别的选手旗号的fans,正在增多。其中又以苏妲、蕾切尔的fans最多。他们举着绘有两人头像的大幅海报,兴高采烈地向Candy的fans叫着阵,大有选手未参赛前,fans先决一死战的架势。但出乎所有媒体的预料,她们并不是今天的主角。一匹更为生猛的黑马,在这个球场上诞生。

圣西罗永远是个足球场;意大利,永远是个足球的王国。来到这里的fans,都入乡随俗地穿上了球衣。有句俗话说,在米兰城,若你不是AC米兰的球迷,便一定是国际米兰的拥趸。所以,他们大都穿着红黑相间或者蓝黑相间的球衣。当然,今天是选秀,不是足球比赛,更不是米兰德比,他们没奢望能看到那些巨星。

所以,在他们刚入场后,就被震惊了。

球场正中心的舞台上,一列站了二十几位红黑相间的身影。

第一位,扎着马尾辫,有点龅牙的脸上,却带着极有感染力的笑容。

第二位,虽然年轻,却留着一脸刚长出来的络腮胡,极力想让自己显得成熟。

第三位,毫不起眼的脸,却有个鼎鼎大名的名字。

他们赫然是罗纳尔迪尼奥,帕托与伊布拉西诺维奇,AC米兰的三位当家巨星!刹那间,不管是哪位选手的fans,都尖叫了起来。足球,作为世界第一大赛事的魅力,显现了出来。这三位巨星,每一位的影响力都堪与阿布小汤哥(著名球星)相提并论!

他们随即看到,小罗、帕托、伊布身边,还站着一大群熟悉的身影。因扎吉、皮尔洛、内斯塔,他们的名气丝毫不弱于这三位巨星,在群星云集的意甲,他们"才貌双全",是最抢夺镜头的人!而旁边,加图索、安布罗西尼、博阿腾、罗比尼奥……一连串辉煌的名字,组成了AC米兰的全副阵容!但这不是最让这群fans疯狂的。

巨星的登场正在持续。单看他们球衣的号码,就足以让人疯狂。

10号,罗纳尔多。

22号,卡卡。

7号,舍甫琴科。

曾经在米兰效力过的巨星们,纷纷走了出来,引起fans一阵又一阵的尖叫。曾经只在幻想中出现的、跨越时空的梦幻组合,于今在场上对着大家挥手。

等众人的欢呼稍微小了一点,卡卡走上前来,握住麦克风:"我们今天来这里,并不是以足球明星的身份,而是作为一个普通的fans,来为我们心中的'偶像'拉票。她是我们共同疼爱的公主,如果你们支持我们,就去支持她,让她成为真正的公主。"

Fans全都呆住了。什么?这些人居然也看超级公主?而且,也有支持的偶像?

究竟是谁,能赢得他们的心?

卡卡放下话筒,跟大罗、小罗一起托起了一块两米多高的牌子。

"这就是我们的公主!请大家支持她!"

牌子上面,赫然是莱拉的大幅照片。旁边一行大字:

"莱拉,米兰的公主!"

居然是莱拉?这个在前两轮比赛中默默无闻的低调选手?这让所有的fans都懵了。但,如此众多的体育明星站台的威力,是任何人都不能忽略的。当他们从台上走下来,抱着个大箱子,与fans握手,将印着莱拉头像的牌子递给他们的时候,现场的格局迅速地改变着。最终结果是,足足有一半人,手中的牌子换为莱拉。这股浪潮随着电视直播,席卷全球。一位接一位的fans,临场倒戈。

早就紧跟比赛的博彩公司在开赛前的最后一刻,将莱拉的盘口由1:7改为1:1.1。前所未有的低位,意味着连博彩公司都认为,莱拉必定能晋级。

比赛终于开场了,随着主持人热情饱满的开场白,这场比赛,终于拉开了序幕。现场的fans几乎将这个能容纳八万人的足球场全部填满,高喊着各自支持者的名字,敲锣打鼓,期待着看到一场精彩的演出。毕竟这是一场演艺选秀,表演肯定是重头戏,比唱歌、跳舞重要多了。这场比赛,既然以演艺作为主题,当然会比前两场精彩!

Chapter 03
米兰的公主

评委们一一落座。这次邀请的评委阵容强大,总共135人,共分为三个组:导演组、编剧组、演员组,整齐地排成三个方阵。单是导演组里就有:

雅克·欧迪亚,《预言者》导演;

胡安·何塞-坎帕内拉,《谜一样的双眼》导演;

李·丹尼尔斯,《真爱》导演;

克劳蒂亚·罗萨,《忧伤的乳汁》导演;

隆尼·施弗格,《成长教育》导演;

亚当·莎克曼,《睡前故事》导演。

阵容华丽至极。这些人在普通人看来虽有些陌生,但在导演界却都是大名鼎鼎的人物。编剧组的阵容也不遑多让,马克·波尔、亚历克斯·库特曼、汤姆·迈克伊等人虽然声名不显,但他们的作品却脍炙人口:《拆弹部队》《星际迷航》《飞屋环游记》。真正引起观众欢呼的,是演员组的成员:《电锯惊魂》的托宾·贝尔、《拆弹部队》的杰瑞米·雷纳、《在云端》的维拉·法米加、安娜·肯德里克,都是观众耳熟能详的人物。众多名人荟萃一堂,更增加了他们对这场比赛的期待。

首先出场的,是Candy。出人意料的是,她选的场景并不是经典电影,而是一部小制作《洋葱电影》。她演出的段落是,一位歌星接受电台的采访。

电台主持询问,她的歌曲中有大量关于性的暗示,是否会给青少年带来不良影响。这位当红的少女歌星却矢口否认,说那些所谓性暗示完全都是别人的臆想,并以矫揉造作的语调,大谈自己如何纯洁,一定要在婚前保守童贞。

电台主持又问她,她的那些绯闻是不是真的。Candy所饰演的歌星声泪俱下,夸张地为自己申诉着。这部电影的知名度并不高,但观众们渐渐看了出来,这个少女歌星,正是Candy自己。主持人所问的那些问题,正是八卦杂志们一直喋喋不休对Candy的诘难。Candy也正因这些传闻而备受指责。

这部电影是用来讽刺她的,而Candy却偏偏选择演出它。这令观众们都感到惊疑。但出人意料的是,演出完之后,几乎所有的评委,都亮起了通过的绿灯。

雅克·欧迪亚拿起了话筒:"Candy,我们实在没有想到,你会选这部电影。你很勇敢。你知道,这部电影其实就是在调侃你。剧中的那个歌星,就以你为原型,却进行了辛辣的讽刺,对你以及你的歌曲都作出了让人难堪的解读。我相信你深知这一点。但你却恰恰选了它来表演。在剧中,你的辩解本苍白无力,是调侃的一部分,但在你演出时,我们却看到了真诚。你让那些本为讽刺你的台词具有了感人的力量。你演出的是你

自己,而且是被别人扭曲过的自己,但你却让我们感动了。如果我们还要说你演得不好,那就是对电影艺术的侮辱。Candy,不是我们让你通过,而是你让自己通过的。"

观众们热情地鼓掌。Candy鞠躬道谢。这在她的预料之中。在比赛之前,她征求了鲁特的意见。这位在好莱坞摸爬滚打了很多年的经纪人成竹在胸地提出这一方案,打包票Candy必定能过。他太了解好莱坞这些评委了。他们矫揉造作却又自命清高,过分看重对现实的批判却又只能理解表面的感动。Candy对《洋葱电影》的反向演绎,正是他们最喜欢的调调。于是,Candy就成了第一个通过的人。

第二个出场的是苏姐。她选演的是《埃及艳后》。舞台被布置成军营的样子,一个巨大的毯子被士兵抬了进来。毯子缓缓打开,一身艳装的苏姐躺在中间,抛出第一个媚眼。那一刻,所有人的人都相信,他们眼前的这个异域女子,就是千年前的美人,颠倒众生的艳后。她那一刻所表露出来的美艳,甚至胜过了完美诠释这部经典电影的伊丽莎白·泰勒。所有的人都屏住呼吸,看着这个艳媚绝伦的女子,在台上一颦一笑,一转一侧。她的每一个微小的动作,都宛如一只钩子,勾动着每个人心底最深的欲望。

这个舞台像是成了一个巨大的贝壳,华丽的布置宛如海水浮起的泡沫。而在这泡沫中,诞生了维纳斯。毫无疑问地,苏姐也获得了全票通过。

第三个出场的,是蕾切尔。这个精灵古怪的女子,还未出场,就挑起了所有人的兴趣。她在前两轮比赛中表现出来的叛逆,让她获取了极高的人气,每个人都迫不及待地等着看她有什么惊人的表演。

她最终选择的,不是《情人》,而是《圣女贞德》。她穿着白色的囚服,双手反绑身后,被一群扮演士兵的人抬了上来。那群人将她放在火刑柱前,却不急于行刑,而是嬉笑着,将石块、污水泼到她的身上。只片刻间,她身上已遍染污秽。而后,这些士兵痛骂她是女巫,将她推来推去。她的白袍很快被撕破,露出身体。而这些士兵的动作也更加猥亵。

他们是在用这种方式,践踏一位英雄、也是一位少女的最后尊严。

蕾切尔没有挣扎,任凭他们推搡,而她的脸始终仰望着天空,仿佛在聆听来自天堂的声音。终于,那些士兵明白了这种侮辱和先前的酷刑一样徒劳。只得兴趣索然地停止了这场闹剧,将她绑缚在火刑柱上。

她依旧仰望着,目光一动不动,苍白的嘴角渐渐浮起一丝笑意。

这笑容,竟带着惊心动魄的镇静——神圣得让人感到恐惧。

士兵慌乱起来,他们七手八脚地点燃了柴堆,火苗蹿起数尺高,瞬间将她吞没。

"啊!"现场所有的观众都禁不住惊呼出声。

Chapter 03
米兰的公主

因为这火苗实在太过逼真，随着舞台上的风势，轻轻摇曳着，蓬散出细小的火花。人们甚至能听到木炭爆散的碎响。若不是舞台上没有冒起滚滚浓烟，也没有烧灼的气味传来，人们几乎就要以为这是一场真火。

只一瞬间，蕾切尔破碎的白袍已化为灰烬，一切伤痕、污秽也似乎被烈焰洗净，露出她完美无瑕的身体。而奇怪的是，她的肌肤好像受到了神的庇护，在熊熊大火中安然无恙。只是，她的痛苦却是那么真切，每一寸肌肤都在火刑柱上颤抖。

苍白的肤色和血红的火焰形成了鲜明的对比，每一次的挣扎与战栗，仿佛都是一次神秘的律动，带来魔鬼的诱惑。但她的神色却是那么的圣洁、安宁。执着地凝望天空深处，等待死亡来临前上帝的救赎。只要你看到她的脸，就会对自己刚才兴起的邪念感到由衷的内疚。但当你的目光接触到她在火苗中颤抖的身体，则会再次心旌摇曳，不能自持。她身上仿佛有这种神奇的魔力，让罪恶与神圣、诱惑与牺牲、荒淫与圣洁，彼此交错，转换无痕。

如果说苏姐的演技比起伊丽莎白·泰勒不遑多让，那么，蕾切尔的表演，就已超过了因饰演贞德而成为奥斯卡影后的英格丽·褒曼。这一刻，仿佛不是演出，而是将数百年前那一幕的重现。站在舞台上的，也不再是蕾切尔，而正是贞德本人。

是被束缚在火刑柱上的自由女神，也是被愚昧者玷污、侮辱的伟大殉道者。

烟火散尽，舞台上空无一物，只有那只巨大的火刑柱，链索空锁，蕾切尔已不见踪影。这实在太逼真了。逼真到连看惯魔术与特技的现代观众，都难以置信。以至于在比赛结束后相当一段时间内，这一幕都被民众反复探讨，反复赞叹。

她的确是个天才，获得一个十强的席位又算得了什么。

只有秋璇，眉头微微皱起。她能看出来，那是真火。但蕾切尔当然不会死。在火苗侵身的瞬间，她运用超能力脱身而出。显然，她对自己在选秀期间循规蹈矩的承诺，履行得并不好。是该再提醒她一下了。

第四个出场的，是莱拉。如果说，在入场拉票时，观众看到了顶级豪华的足球阵容，那么，此时他们看到的，就是顶级豪华阵容加倍。

舞台被布置成球场的样式，球门与草地一应俱全。AC米兰的球员们穿着红黑相间的队服，在禁区线前一字排开。11人的超豪华阵容，顿时引起了观众席上一片尖叫声。但，当看到禁区内的另一支球队时，就算刚才还有些不屑的观众，也不由自主地跟着喊叫起来。蓝黑色的队服，天堂一样的颜色。斯内德、米利托、萨内蒂、雷克巴、阿德里亚诺、马特拉齐、菲戈、皮萨罗……那赫然是国际米兰现役及退役的明星阵容。

在这座城市,如果你不是AC米兰的球迷,那你一定是国际米兰的拥趸。如今,这两支球队一齐出场,重现米兰德比的奢华场面。整个选秀场,刹那间疯狂起来。

呼喊声一波一波冲开云霄,AC米兰的球员,慢慢分开,莱拉站在罚球点上,脚下踩着足球,一身红黑相间的队服,将她的身形衬得英气勃勃。她俨然是圣西罗球场上的王子。而她对面,国米的球队迅速组成一道人墙,守门员赛萨尔怒吼着,指挥着人墙填补着缝隙。因扎吉、小罗、伊布,全都紧绷着肌肉,准备着球被挡回后的补位。

主裁一声令下。莱拉注视着面前严阵以待的国际米兰的队员。突然地,她鞠了一躬,所有的国际米兰的球员也都习惯性地鞠躬还礼。就在此时,莱拉突然起脚,足球越过所有人的头顶,划出一道弧线,精准地落进了球门中。

观众们受到了感染,像是真的进了球一样欢呼起来。所有的AC米兰的球员也都欢呼着拥抱在一起,庆祝着胜利,就像这是一场真正的比赛。当然,这只是表演。这是韩日世界杯上百事可乐的广告,当时主罚的是如日中天的巴西球星卡洛斯。

莱拉演出的不是电影,而是这个经典的广告,比电影还要精彩的广告。

凭借着精湛的球艺与全明星阵容,莱拉毫无悬念地通过。

这么漂亮的任意球,也不是随便能踢出来的不是?

接下来的第五人,薇薇安凭借《女魔头》几可乱真的表演,也攫取到了一个十强的席位。仅仅不过一个小时,五位出场,就定下了十强中的五个席位。这使得下面的比赛,骤然紧张起来。因为,这已不是20选10,而是15选5,落选的比例从二分之一骤变为三分之二。所有没出场的选手,都神色复杂地看着台上微笑着的五强,深深后悔。

早知结果如此,为什么自己不先出场呢?

两位艺术指导的面容也格外严峻。前两轮比赛,B组的艺术指导是Candy,这场比赛,才是两位指导首次正面对决。两人都是输不起的,面容自然好看不到哪里。

果然,接下来出场的三位选手,全都惨遭淘汰。而后上场的赛琳娜与佩佩,却各自得了超过三分之二的票数,有惊无险地过关了。淘汰率变成了70%,剩余的十个人中,只有三人能够胜出。在中场休息的广告时段里,后台的气氛压抑到了极点。

突然,观众席里传来一阵骚动,惊呼声、掌声、感叹声不绝于耳,仿佛有什么大人物,意外莅临了会场。妮可侧耳听了一阵,对相思笑了笑:"姐姐,你能晋级了。"

她的眼眸中有光芒闪耀,温柔纯粹,仿佛不谙世事的天使。又仿佛,栖居着洞悉人情的小恶魔。

Chapter 04
铭记之盟

妮可的话，让相思感到迷惑。什么人物能左右比赛，让她这个演艺白痴得到升华呢？这根本是不可能的吧。但她来不及多想，因为下半场比赛中，她将第一个出场。紧张到手足无措的她，还在一遍遍地复习着台词呢。

不论她怎么害怕，终于，还是轮到了她出场的时刻。妮可轻轻推着她，将她送到舞台边，轻声鼓励着她。

"你一定能晋级的，相信我。"

相思想挤出一丝笑容，但极度的紧张让她的笑容有些僵硬。她不忍让妮可失望，壮起胆子，踏上了舞台。迎面而来的聚光灯以及观众的声浪让她几乎掉头跑回去。

"回来！"一声略带愠怒的喝声轻轻响起，让相思霎时停住了脚步。

按照剧本的要求，舞台上布置成了甲板的样子。卓王孙一身复古礼服，正斜倚栏杆而立。见到相思竟然不战而逃，他的面容有些不善。在观众与卓王孙之间权衡了一下，相思迅速得出结论，还是卓王孙更可怕，于是，她鼓起勇气，重新返回了台上。

妮可帮她选择的，是好莱坞黄金时代的经典电影《铭记之盟》（An affair to remember）。描写一次浪漫的邂逅：上流社会的大小姐在游轮上遇到一位初露头角的演员，陷入爱河。剧中的这位大小姐有点天然呆，和相思的个性真是不谋而合。如果说这世上还有相思能演的角色，那就一定是这位大小姐。

也正是这样的选择，让相思有勇气站上舞台表演。尤其是这位大小姐戴着跟她一样的厚厚的黑框眼镜，更是极大地获得了她的认同感。

这副黑框眼镜足够大，让她可以躲在后面，躲开别人的嘲笑。

"赶紧开始！"卓王孙低声发令，让相思不敢耽搁，急忙按照排练好的剧本开场。镁光灯让她头晕目眩，卓王孙更是让她害怕。她不敢抬头，只好盯着自己的袖口，一面努力回想着台词，一面结结巴巴地演绎着这一场浪漫的初遇。

卓王孙看着她。直到现在，在他心灵的防线松懈时，那个梦境还会倏而突入，让他错疑自己爱着的，就是眼前这位慌乱的少女。恍惚之间，剧中的角色、台词，开始与眼前的少女融汇在一起，难以分开。

仿佛,真的是在那艘远离陆地的游轮上,他与她邂逅。

波光上的一回眸,便永记心头。

卓王孙心中一颤,急忙摇头,将杂乱的记忆甩开。

千百年前的记忆的突然袭击,让他有些恼怒起来。不知不觉间,他真的像剧本中的失意小明星,变得忿忿不平、对眼前的女孩冷嘲热讽。

二十年前就已风靡影坛的经典台词,一句句从他口中说出,便模糊了时光,仿佛专为这一场景而生。恍惚之间,相思仿佛回到了她看录像带的时候。她独自缩在沙发上,抱着抱枕,盯着电视机。剧中男主角愠怒、敏感、喜怒无常,每句台词,都带着伤人伤己的痛。女主角受到的伤害,就这样亲身体验般烙在相思心上。她不再是在机械地背台词,而是化身为屏幕中的少女,随她一起念诵台词,随她一起喜怒哀乐。

这一刻,她深深地体会到女主角那怯生生的想要抓住爱的心。并为之柔肠百结。

这一刻,除了台词,她脑袋中空空的,什么都没有。

当最后一句台词念完后,她有种如释重负的感觉。她知道自己演的糟糕透了,她太过紧张,连台词是不是说对了都不知道。甚至根本不敢抬头看卓王孙。

"我一定会被淘汰的。"她懊恼地想着。忐忑不安地等着评委们亮出一片红叉,然后被扫地出门。

卓王孙一定会骂死自己的!她的脑海中,竟浮出这个古怪的念头。

评委席上并没有像往常那样,在选手表演完之后立即打出分数。

雅克・欧迪亚顿了顿,说:"鉴于本剧的创作者暨主演亚当斯先生就在现场,我们想先听听他的意见。"

这句话陡然增加了相思的紧张。亚当斯先生也在现场吗?完了,他看到自己将他的经典电影演绎成这个样子,肯定会非常生气的!联想到在发布会上自己拙劣的表现,竟将他认成了克拉克・盖博,相思几乎快哭出来了。

灯光聚焦到VIP包厢里。亚当斯大公还没说话,观众们就掀起了一阵欢呼。尽管已经息影多年,亚当斯先生仍然拥有超高的人气。能够将政治家做成明星,二十多年处于领袖位置仍广受人民的爱戴,已是前无古人。他拿起主持人送上来的话筒,沉默了片刻。

"我不知道该说什么……"他的每一次演讲都堪称经典,但这次,他的确是有些欲言又止。这有些反常的表现让观众们都停止了骚动,鸦雀无声地听他说下去。

他笑了笑,用他惯常的调侃来掩饰这短暂的冷场:"也许再过一会你们就会看到这个国家的大公在镜头前热泪盈眶……"

他真的伸手擦了擦眼睛,这个动作引来一串笑声。

Chapter 04
铭记之盟

亚当斯先生看着相思："我记得我第一次见凯瑟琳的时候,她也是这样不敢看我,只敢盯着自己的袖口。我不知道这位选手如何揣摩出这一点的,但她的确让我想到了凯瑟琳。"

他轻轻叹息："凯茜 从来不是能独当一面的女子,从相遇那一刻起,她就相信我、依恋我,将她的一生托付给我。但十九年来,她却独自一个人在天国,我真不知道她是如何生活的……"

他的低沉的声音中充满了感伤,现场热烈的气氛,不由自主地冷了下来。

第二大公与大公夫人的爱情故事,早就妇孺皆知,是这个国家的典范,也是上一时代完美爱情的楷模。第二大公对亡妻的深情早已无人不知,但当亲口听到这段话的时候,还是让很多人深深感动。在他看来,凯瑟琳从来都没有死去,她只是去了天国,在那里继续生活着,没有他。没有温柔相伴,只有寂寞的等待。

亚当斯大公像是意识到自己的失态,恢复了调侃的声音："我不知道在我人生的最后,再见到她的时候,她还会不会仍然只敢看自己袖口,每句话都讲得磕磕绊绊。"

他并不想因为自己的情绪,而影响这场欢乐的选秀。他微笑着看着相思,看着评委席："所以,如果让我评价这位选手的表演,我必须得说,我要感谢她,感谢她让我看到了天国中的凯瑟琳。让我在十九年后,再度重温与她初见的那一刻。"

观众响起了一阵雷鸣般的掌声。

他们太感动了。还有什么表演,能比这个更动人。

雅克·欧迪亚没有说话,他只是亮起了自己手中的牌子。

绿牌。一张张牌子陆续亮起,相思获得了全票通过。

观众们的掌声持续着,亚当斯先生也在包厢席上,微笑着向相思鼓掌。相思还没明白过来发生了什么事,直到主持人走到她面前,说："恭喜你,你晋级了!"她才蓦然惊觉,观众们的掌声,是向她而发的。第一次,她感觉到,聚光灯的灯光,并不再刺眼,她站在光芒中,整个世界都似乎在向她欢呼。

她获得了这个世界的认可,用自己的努力。

她的表演,也有着震动人心的力量。能令人想起美好的往事,令人感动。

是的,那是她的力量。

她不由地发出一声尖叫："我晋级了!我晋级了!"她不顾一切地冲到后台,想跟妮可分享这一喜讯。但,随即她被保安拦住了,因为所有的优胜者,都必须站在台上。相思狂喜的头脑这才冷静了下来,急忙返回场上,满脸通红地向观众鞠躬："对不起!对不起!"

观众发出一阵善意的笑声,他们根本不介意这个小姑娘的真情流露。亚当斯大公微微摇着头。他没有说谎,这个戴着厚厚黑边眼镜的小姑娘,实在太像凯瑟琳了。

他不介意用赞美,送她多走一程。

相思的晋级让接下来的比赛更加严峻。九位选手,争夺最后的两强席位。A、B两组晋级的人数,此时打成了平手,各有四人晋级。接下来的两个席位,将决定两位指导的输赢。随之出场的哈梅伊,以《天国王朝》的完美表演,夺得了又一席位。这不但使余下的八位选手,几乎陷入了绝境,也让卓王孙的心情,变得大好。哈梅伊是B组的,她的晋级,使B组已手握5个晋级席位,A组最多只能打成平局。

卓王孙:"看来,你该收拾行装去伊甸园了。那里的居民太热情了,你可要做好准备才行。"

龙皇却似乎胸有成竹:"何必那么着急呢?不到最后一刻,谁也猜不透胜负。"

终于轮到妮可出场了。

相思并不为妮可担心。她到现在都不明白,为什么妮可为她选择《铭记之盟》,就笃定她能晋级。但是,既然她按照妮可的安排都可以晋级,妮可自己当然就更没有问题啦!虽然只剩最后一个名额,但妮可将是这场比赛最后的幸运儿。

她在妮可上场的时候,打了个鼓励的手势。她心里面,已经为妮可在十强里留了个位置,就等着庆祝啦。莱拉,Candy,妮可,还有自己居然都杀进了十强!她所有的朋友都晋级了!这简直是梦想般的生活。她不由地由衷地感谢那场美丽的误会。胡里奥,Cindy,成就了她这一场愉快的选秀之旅。

秋璇给她的这个任务,带给她的不再是失落、怀疑,而是莫名的兴奋。这场选秀带给她的,也不仅仅是紧张、羡慕,她知道自己也可以站在舞台的正中央,发出不亚于任何人的光芒。就在刚才,亚当斯大公的伤感,深深地印在了每一个人的心上。

那是她的表演造成的。她不再是那个随时准备退出的loser(失败者)了。她也不再是凭着幸运勉强晋级的狗屎运者,她能靠着自己的努力晋级。她赢得了掌声与尊重。

这一刻,在她心中从不强大的自信心开始破土成长。她不再是个随时被淘汰的小人物,她有她独特的一面。她不能演好每一个角色,但她能演好自己。她可以做一个本色演员,令人感动。这个舞台的华丽,灯光的灿烂,掌声的热烈,笑脸中的羡慕,不再只属于别人,也有她的一部分。她可以尽心享受,而不必再遭受别人的冷眼非议。

她想夺得冠军!这个念头冒出来时,连她自己都感到震惊。这太疯狂了太不可能了。但是,冠军!这两个字仿佛带着迷人的魔力,让她禁不住着迷。她能晋级前十强,

Chapter 04
铭记之盟

谁说她就不能夺得冠军？

我想夺得冠军！她低声对自己重复着。

信心，像是刚破土而出的幼苗，点点成长。虽然弱小，但已有勇气迎接阳光迎接风雨。是的，她可以夺得冠军。她可以站在舞台的巅峰，向世界招手。

这一刻，她真正地把选秀当成了自己的战场。

相思走到前五强的身边的时候，已被喜悦冲昏了头脑。她没有看到，在亚当斯大公说完那段话之后，Candy的表情就变得极为难看。

妮可并没有她想的那么轻松，相反，她脸上表情极为忐忑。

随着缓柔深情的音乐，模拟巨轮泰坦尼克号的钢架缓缓升空，卓王孙从背后抱着她，做出飞翔的姿态。虽然莱昂纳多饰演的深情而浪漫的形象深入人心，但卓王孙略显冷漠的外表，也给了这个角色另一种诠释，让人耳目一新。尤其是当他望向台下某处的时候，眸子深处会泛起深情的光辉，有种令少女们忍不住尖叫的冲动。在他的拥抱中，妮可的演技得到了升华，戏与真实相融为一体，她闭上眼眸，全心全意地感受着迎面吹来的海风。

那一刻，她仿佛变成了故事中那个叛逆多情的贵族少女，在这艘豪华巨轮上，邂逅了一段铭记终生的爱情。经过彩排之后，妮可与卓王孙的配合更加自然，甚至不需要眼神的接触，就能够流畅配合，将这幕戏演得如行云流水。

但在这些专业的评委眼中，妮可的表演却破绽百出。

经典场景虽然讨巧，却有个致命的缺点：观众对它的期望也提高了。无论多精湛的表演，都抵不过第一眼的惊艳。等待它的，只会是过分的挑剔。只接受过七天训练的人，在专业的眼光看来，样样都显得太过火青涩。而且，跟前面几位选手比起来，妮可的表演不够独特。

这些好莱坞的评委们，从她的表演中看不到感情，看不到批判，看不到现实主义。他们有些不耐烦地等着表演结束。猛然，一声尖叫传来，承载着妮可的钢架突然从中折断，她像是一袋沙包，从钢架上摔落。卓王孙本能地将妮可推开，自己先触到了地上。妮可和折断的钢架一起，重重地砸到他腿上。

从十几米的高处摔落，虽然有卓王孙的身子挡了一下，妮可被摔得头晕眼花，剧痛难当。她眼前一片漆黑，强忍着没有叫出来，双手撑地，挣扎着想站起来。她的手撑在卓王孙腿上却被他重重地推开了。妮可回头看时，却见他眉头紧皱，似乎要起身，却一时没有站起来———一截尖锐的钢管刺破了他的膝盖，鲜血沁出，瞬间染红了衣物。

Chapter 05
泰坦尼克号

妮可慌了手脚，拼命地喊着"怎么办！怎么办！"。现场也被这突然的事故震惊，乱成一片。卓王孙庞大的fans团企图冲上舞台，照料她们的王子。保安急忙挡住她们，免得舞台被挤垮。幸好那位主持人还算沉稳，立即叫保安清理开钢架，火速召集队医。

体育场内顿时被一浪高过一浪的惊呼声充满。

"闭嘴！"卓王孙皱着眉头向台下挥了挥手，示意所有人不要吵闹。还不待队医上台，他已反手用力，将钢管拔了出来。大团鲜血涌出。赶到的队医们无不惊惶失色，赶紧围了上去，七手八脚地包扎起来。诊断结果是，伤口很深，需要缝合七针之多。万幸的是，并没有伤到筋骨，大概休息几天，就可以活动如常了。

队医们大大松了一口气，擦了擦冷汗。毕竟，卓王孙的身份特殊，如果真出了意外，谁也负不起这个责任。他们看了看伤口的位置，无不在心底连呼侥幸：如果这枚钢管刺入的位置稍偏一点，便可能刺穿动脉，造成生命危险。

若出现这样的情况，不要说这场比赛，就算整个选秀，都可能被勒令暂停。

在场的每一个负责者，都要负担难以预测的责任。

观众们显然也了解了卓王孙的伤势，她们纷纷鼓噪起来。对卓王孙的关心渐渐化为愤怒，在体育场内一丝丝沉积、发酵。整个亚太共同体唯一的血脉、未来的大公之一，从未有任何人敢违逆、冒犯的少年暴君，竟然因为这个名不见经传的女孩，受伤了。

舞台上的那摊鲜血，仿佛是一个炽热的烙痕，将观众的愤怒引燃。

怒火的对象自然是妮可——那个站在舞台正中央，可怜巴巴的女孩子。她的身形是那么单薄，无助地看着群情汹涌的台下，无处可逃。没有人可怜她，她成了迁怒的对象，越来越大声的指责响起。

"不能让她晋级！"

"是她让大公子受伤！"

"她就是个扫把星！"

喊声越来越大，一波波冲激着舞台。

评委们无奈地对视了一眼。雅克·欧迪亚拿起了话筒："妮可，我很遗憾你的表演

Chapter 05
泰坦尼克号

并没有完。尽管在这一小段时间里我看到你身上很多闪光的东西,但,那毕竟只是一小段时间,并不足让我正面地评价你。显然你的表演无法再继续下去了。而且,你应该懂得,作为一个演员,最关键的就是观众缘,而你……"

他看了看台下愤怒的观众们,微微摇了摇头:"很抱歉。"

他举起手中的牌子,红牌。评委席上的牌子一一亮起。153张牌,妮可仅仅只获得了22张绿牌。她的结果是,淘汰。妮可腿一软,坐在舞台上,失声痛哭起来。

相思大愕。她无论如何都没想到会是这样的结果。她顾不得别人的眼光,跑到妮可面前,扶起了她。妮可哭着趴到了她的肩头:"姐姐,为什么?我做错了什么?我也是受害者啊!为什么让我淘汰!"

她的哭声让评委们感到一阵惭愧。

是的,这个女孩子也摔得很厉害,甚至连站都站不起来,钢架突然断裂,让卓王孙重伤,这是个意外,与她无关。诚如她所言,她也是个受害者。这一事件的结果,不应该是她遭到淘汰。但是,谁让她犯了众怒呢?如果让她晋级,可能会引起现场观众的强烈不满,这会对选秀造成极大的伤害。所以,她必须被淘汰。

这就是人生。相思搀着痛哭失声的妮可走下台去。工作人员冲上台来,将舞台道具抬下去。这一事件只是个插曲,必须马上结束,下面的选手们,必须马上上场,以精彩的演出,让观众们忘掉刚才发生的事。

一副担架抬着卓王孙,向外走去。他们必须要将这位大公之子马上送到医院去治疗,外面的直升飞机已经准备好了。

"送我回位置。"卓王孙冷冷地说。

队医们面面相觑,一位队医鼓起勇气,说:"大公子,您必须要马上进行治疗。"

卓王孙:"送我回去!"他的声音中满怀怒意,让队医们不敢顶嘴,只好抬着他返回座位,并简单地进行包扎。

幸好,VIP的座位非常宽大,担架搁在上面,卓王孙靠在担架上,观看比赛。

龙皇叹了口气:"这场比赛的结果,对你来讲,真的那么重要吗?"

卓王孙:"重要。我一定要赢过你,将你亲手送进伊甸园。"

龙皇:"可你伤势不轻,无法配戏。临时找另一个人来顶替你,原来的彩排就等于完全白费。而且,你组里最强的几个人都已经出场,未出场的人实力平平,你又怎么来赢我?"

卓王孙:"我至少已赢得5席,赢面比你高多了。"

龙皇沉默了片刻,用耐人寻味的语气说:"我说过,比赛还未结束,谈输赢还言之

过早。"

一直听着他们争论的秋璇，微微皱起了眉头。

舞台降下幕布，将嘈杂的观众与后台隔开。台前的观众们中不乏卓王孙的忠实拥趸，现在简直吵翻了天。工作人员们快手快脚地清理着布景，力求尽快恢复演出。

台上，已晋级的九个人也被挤到了角落里。她们本是比赛的赢家，正满怀兴奋地接受观众们的欢呼，此时却也受此事件的影响，尴尬地观望着。相思忧心如焚，妮可突然遭受不幸，将她刚晋级的喜悦浇至冰冷。她努力想做点什么，却什么都想不起来。

蕾切尔不知什么时候，回到了舞台上。她换回了原来的黑袍，双手仍捧着那个水晶球，定定地看着。水晶球里烟云弥漫，倏忽闪烁着，也不知道她看些什么。突然，她用极尖的声音说：

"我看到了！"她的声音像一把刀子，将台上的嘈杂切开。连搬运布景的工作人员，都被她惊的停下来。

蕾切尔突然向前走去。她手中仍然捧着水晶球，双眼紧紧盯在球面上，但她的双脚却像是被某种神秘力量指引着，灵巧地避开了所有的道具，笔直地走到了钢架前。

她伸出一根手指，点在了钢架上："我看到了。"

她又用极尖的声音，重复着，然后，捧着水晶球，走回远处。

工作人员们都狐疑不定地相互望着，不知道她发什么神经。一个工作人员好奇地走到她指着的地方，伸出手摸了一下。

"这是怎么回事？"他猛然惊叫了起来。工作人员一下子围拢了过来，就见钢架上赫然有一个整齐的切口，从表面深入进去4cm多，显然是被电锯切割过的。

这是明显的人为破坏！工作人员们立即找到了钢架断裂处。

同样的切口。他们对望着。显然，这次钢架倾倒，并不是意外事故那么简单，而是有人将钢架锯成半段，有意制造的。究竟是谁做的呢？是想谋害妮可，还是卓王孙？

一想到后者的可能性，工作人员都是一凛。他们不敢多说，急忙将主持人雅克叫了过来。雅克看到钢架上的切口时，脸色顿时改变。

这截钢架，是主支撑轴，承载着妮可与卓王孙两人的重量。然而，钢架的两端都有明显被锯过的痕迹，只留了很小的一段连在一起。没有承重的情况下，钢架可保持正常。但，只要稍微多加上些重量，就会引起这段脆弱连接的变形，终至断裂。

雅克的脸色越来越难看。他在钢架周围仔细地寻找着，突然，钢架的缝隙里一件东西引起了他的注意，他小心地将它勾了出来。

Chapter 05
泰坦尼克号

那是一只耳环。由很薄的金片与极细的金丝镶嵌成，点缀着细碎的水钻，勾勒成凤凰尾翼的形状。

雅克仔细地看着耳环，小心地将它攥在手里。他走到评委席上，跟其它评委低声交谈了几句。然后，雅克微笑着对观众宣布："很抱歉，舞台清理的工作并不顺利，因此，评委会决定让比赛暂停一段时间。先请大家欣赏舞蹈！"

早就做好准备的救场啦啦队冲上来，随着火爆的音乐，跳起了最潮的啦啦队舞。她们倾尽全力吸引着观众们的注意力，令他们暂时忘记了刚才发生的事故。

后台的气氛却极为凝重，在一间紧闭的小屋里，临时紧急会议正在召开。

秋璇、韦弗、雅克，保安队长以及两位艺术指导都在其中。

桌上摆着两件东西，一件是那截被锯断的钢架，一件是那只形似凤凰尾翼的耳环。

钢架明显地指明，这一事故是被人做了手脚的。那么，这只耳环呢？是不是做手脚的人留下的？

雅克："这只耳环，明显是女性的。韦弗，你能否看一下，是不是某位选手的？"

韦弗拿起了那只耳环，仔细审查着，用很肯定的语气说："这是哈梅伊的。"

她这几周都跟选手们在一起，对每个选手的衣着、首饰都极为熟悉。这款耳环具有鲜明的阿拉伯风格，哈梅伊几乎天天都戴着它，韦弗自然不会认错。

秋璇沉思着，轻轻叹了口气："请帮我调出仓库里昨天的录像。"

保安队长打开便携电脑，不一会子，屏幕上就显示出存储钢架的仓库录像。仓库里几乎没有人出入，画面几乎是静止的。队长选择了16倍速的快进模式，很长时间里，画面仍然静止不动，没有任何异常。随着时间的推移，突然，画面上出现了一个人。

此时已是深夜，仓库里亮着一盏夜灯，照见那人裹在厚厚的黑袍里，看不清相貌，也看不清身材。队长轻轻按了下空格键，录像开始正常播放。只见黑袍人鬼鬼祟祟地来到钢架前，从袍子下面掏出一只电锯，插上电，开始切割钢架。

火花溅落，将她刻意掩藏起来的脸照亮。队长调节着放大倍数，将那人的脸放大。虽然不是很清楚，但依稀能看出，那个人就是哈梅伊。

韦弗："彩排的时候，我就看出哈梅伊对卓公子的感情绝不简单。她还踩裂了想和卓公子演亲热戏的蕾切尔的袍子。"

屋子里的几个人都点了点头。

证据确凿，动机明显，可以认定，哈梅伊就是作案人。

秋璇叹了口气："把哈梅伊叫进来。"

哈梅伊进来时，几乎每个人都能从她脸上看出难以掩映的喜色。这欣喜似乎并不仅仅是因为她晋级了。

韦弗冷笑了笑，说："哈梅伊，我们了解到你曾向卓公子表示过爱意，是不是？"

哈梅伊满不在乎地说："那又怎样，他又没有答应。"

秋璇叹了口气："这我看出来了。哈梅伊，你知道有人锯断了钢架吗？"

哈梅伊眼神慌乱了一下，随即恢复平静："不。我不知道。"

秋璇："你知道是谁锯断的吗？"

哈梅伊摇了摇头："我不知道。"

韦弗忍不住说："哈梅伊，我希望你跟我们说实话。你知道，这件事已经远远超出了恶作剧，它是犯罪。"

哈梅伊冷笑："你们怀疑是我？你们有证据吗？"

秋璇没有说话，只是将那枚耳环拿出来："这是不是你的耳环？"

哈梅伊摸了一下耳垂，脸色骤变。

秋璇："这是在那截钢架的缝隙里发现。哈梅伊小姐，你能否解释一下这只耳环如何掉进去的呢？"

哈梅伊咬住嘴唇。

秋璇将电脑打开，重新播放了那段监控录像。最终，在哈梅伊的脸上定格。

哈梅伊呆呆地看着录像，脸色青一阵、白一阵。她突然尖叫了起来："是我干的又怎么样？他是属于我的，我一看到他抱着那个女孩的样子，我就气得发疯！是我锯断的，我想要他们出丑！我得不到的东西，谁都别想得到！"

她失控般地大喊着，乱摔着东西。直到医生进来，强行给她打了一针镇定剂，她才安静下来，被保安架了出去。又是一个王子梦深度中毒者。

秋璇叹了口气："我真希望她是被陷害的……"

几个人都没说话。选秀本就是场极为惨烈的竞争，选手间不乏互相攻击的例子。但搞到犯罪的程度，还的确少见。哈梅伊的个性，的确是太激烈了一点。

雅克叹了口气："如果诸位不反对，我建议将哈梅伊交给警方处理。作为选秀的举办方，我想诸位应该同意，取消她的十强资格。"

没有人反对。这段话引起的反应，只是让龙皇看了卓王孙一眼，似乎在重复他先前说过的话：比赛还未结束，谈输赢还言之过早。

秋璇："各位，请给我一点时间，我有些事想跟小卓商量一下。"

各位与会者都礼貌地起身离开，韦弗将门带上。等房间里只剩下卓秋两人时，秋璇的脸立即严肃起来。

"小卓，这件事你怎么看？"

卓王孙思索着："作案者是哈梅伊，这一点应该是肯定的，没有翻案的必要。问题是，蕾切尔为什么要揭穿哈梅伊的罪行？我曾经跟石星御打过赌，输的人要关进伊甸园。这场比赛，我已经赢得了5席晋级，本是稳赢不输的形势，最多也就是跟石星御打个平局。但是，哈梅伊的晋级资格被取消后，局势便可能逆转。这说明，蕾切尔不想让石星御进伊甸园。也说明，若是进伊甸园，石星御暴露的可能性就会很大。"

秋璇点了点头："不错，和石星御打赌进伊甸园，的确是一招妙棋。若是你输了，只需带着机体进去，便可保证平安；若是石星御输了，他必将在那些SEVEN的群攻下，露出原形。但我还想到了更深的层面。蕾切尔曾说过，SEVEN族有一位被称作'皇'的人，力量极为强大。在莉莉丝之城中，她仅用一滴'皇'的血，就让SEVEN感受到了强大的威慑力，不敢违抗。我怀疑，石星御就是'皇'。蕾切尔来到人界，参加选秀的目的，就是找回'皇'。"她的话，明显出乎卓王孙的意料。他皱起眉头："那么，石星御为什么不肯随她回去呢？"

秋璇："我的想法是，石星御也在人间寻找什么东西，在没找到前，他不会离开。"

卓王孙："你是说，九灵儿？"

秋璇："这只是一种可能。另一种可能，石星御跟青帝子之所以想尽办法进入选秀，是知道人类在通过选秀寻找'公主'。他们混入选秀，就是为了对公主不利。"

卓王孙点点头："我的情报系统已经得到消息，你们所寻找的公主，是位很独特的人物。"

秋璇微微一怔，似乎惊讶这个秘密被他知晓。随即叹了口气："既然瞒不过你，想必也瞒不过他们，不妨直说吧。这位公主，身上隐藏着极大的秘密，很可能是人、妖大战的关键。我怀疑，石星御与青帝子的目的，其实就是等着我们找出'公主'，将之扼杀，从而让人类彻底失去抵抗的力量。"

卓王孙也严肃起来："你的说法极有道理。若石星御真的是皇，他应该比青帝子更强。他们两人联手发起攻击，的确很有可能杀掉'公主'。不过，这一切和哈梅伊事件又有什么关系？"

秋璇沉吟了片刻，一字字道："我怀疑，哈梅伊就是'公主'。"

Chapter 06
少女的战争

卓王孙不禁一怔:"我听说,你们要找的是女王的近亲,可是哈梅伊却是中东人,是沙隆巴斯公爵的侄女,这岂不是南辕北辙?"

秋璇:"可难道你看不出来,她符合金发碧眼的标准,是一位白种女孩吗?"

卓王孙又怔了怔:"我只以为她是混血……或许她更像自己的母亲。"

在中东王室王子们的后宫中出现一两位欧美女子也十分常见。更何况,按照人类学观点,阿拉伯人本就部分属于高加索人种,是广义的白种人群。一经混血后,根本难以区分。

秋璇点了点头:"我一开始也是这样认为的。但经过仔细的调查后我才发现,哈梅伊虽然是沙隆巴斯公爵的侄女,却没有血缘关系,只是收养。这里边还涉及到一段不为人知的往事……正如《铭记之盟》电影里所言,亚当斯叔叔当年只不过是个小演员,在游船上邂逅了肯尼迪家族的大小姐凯瑟琳。凯瑟琳深深爱上了亚当斯叔叔,但她的家族却出于政治利益,极力阻挠,逼迫凯瑟琳嫁给某位中东王子。凯瑟琳不愿屈从于命运,在新婚当天逃走,最终和亚当斯叔叔结合。这本是一段佳话,后来被改编成好莱坞电影而家喻户晓。但极少有人知道,这位王子对凯瑟琳一往情深,终身难以忘怀。后来,他收养了一个孤女,据说很像凯瑟琳,也有着一头金发,一双碧眼。这位王子就是现在的沙隆巴斯公爵,而他收养的孤女,就是哈梅伊。后来哈梅伊长大后,沙隆巴斯不愿她知道这段历史,就有意隐瞒了事实,对外从不提她是收养的这回事。所以,一般人都以为,哈梅伊是他的亲侄女,却不知她是个孤儿。"

卓王孙点点头:"想不到沙隆巴斯竟这么深情……那你又为何认为哈梅伊是'公主'?"

秋璇:"有一个只有我才知道的秘密。'公主'的胸前,有一个星形的胎记。前几天,我派了专业的裁缝,为她们量身定做内衣。为了达到最好的舞台效果,选手们都尽力配合。这让我轻易取得了她们胸前的详细资料。总共有三个人胸前有印记,但,只有哈梅伊的最像胎记,也最像星形。因此,我将她列为'公主'的首席怀疑对象。"

卓王孙:"这个秘密的可信度如何?"

Chapter 06
少女的战争

秋璇："千真万确。所以,虽然哈梅伊犯了错,必须除名,但我却不想这样做。我必须得让哈梅伊晋级,参加下面几轮比赛,进一步确定她是不是'公主'。"

卓王孙沉吟着:"但以现在的形势,想要让她晋级很难。不如这样,这一轮还是淘汰她。但我们可以设立复活赛的赛制,让她可以在复活赛中晋级,重新进入下几轮。复活赛就要多赛几次,你可以对她进行全方位的测定。"

秋璇笑了:"果然不亏是小卓,竟能想出这么绝妙的主意。好吧,就让她淘汰吧。"

卓王孙:"淘汰她之后,我希望能让妮可晋级。她是无辜的,不应该因为哈梅伊的陷害而被淘汰。而且,这样一来,获胜名额依旧在B组。为了揭穿SEVEN一族阴谋的国家大计考虑,我不能输。"

他最后那句话,露出了狐狸尾巴。

秋璇笑了笑:"放心吧,在这一点上,我跟你站在统一战线。"

她打开门,将决定告诉其它人。

韦弗,雅克,保安队长没有任何异议。龙皇听闻之后,只是神色复杂地看了卓王孙一眼。卓王孙笑了笑,对他做了个SEVEN抓人的手势。

这场比赛,他还是赢定了。

化妆间内,相思正笨手笨脚地为自己卸妆。

一张明艳过人的脸出现在镜中,相思一惊,回头看去,正是苏妲。她看着相思,缓缓聚起一个意味深长的笑容:"恭喜你。"

相思赶紧扔掉手上的纸巾:"谢谢。"对于别人的善意,她一向满怀感激,感激到来不及分辨这善意中有多少讽刺。

苏妲并不急着离开,而是从身后扶住她的肩,注视着镜中两人的影像。

缓缓地,她绝美的眸子微微挑起一丝笑意:"我真的很羡慕你呢。"

相思感到了一些疑惑:"羡慕我?为什么?你也晋级了啊。"

"不是晋级的事。"苏妲轻轻叹了口气:"你现在找到了大靠山,就算下一场被淘汰了,也注定会星路畅通的。"

相思怔了怔:"什么靠山?"

她还在一头雾水,一旁正解下首饰的Candy动作猛地一滞。

苏妲仿佛没有察觉,依旧笑了笑,柔声道:"你是真不懂,还是在装糊涂?就在刚才,亚当斯大公当众宣布你像他的亡妻,难道你就没有想过,这里面有着特殊的意

义吗？"

相思怔了怔："能有什么意义？"

"我只是随便猜猜，你可别当真……"苏妲神秘地一笑，略略压低了声音，低到恰好只让相思与Candy听到："傻瓜都看得出，他对你很有好感。据说他很愿意'帮助'那些初出茅庐的女演员。有个叫伊莎贝拉的女星，曾隐约和他传出过绯闻，几年后就得了奥斯卡。你可要好好抓住机会哦。"

相思终于明白了她在说什么，脸涨得通红，有点生气："你在说什么？我……不是那样的人！"

苏妲奇怪地看着她，眸子中似笑非笑："你怎么了？又不是什么丢脸的事，亚当斯大公是多么有魅力的男人。"

啪的一声轻响，卡蒂亚的钻石项链在Candy手中崩散。苏妲笑了笑，若有意若无意地扫了Candy一眼："我就知道，Candy小姐一定同意我的话。"

Candy的脸色阴沉得可怕，正要发作。苏妲却嫣然一笑，做了个告别的姿势，钻进了换衣间。相思有些担心地看着Candy，她发现，这个一直对她颇为友善的少女巨星，现在的目光中竟全是怒火。

相思想要解释什么，却又不知道从何说起：她觉得很委屈，自己绝不是苏妲口中那种为了上位不惜一切的人。她有她的尊严，不会待价而沽。

"我真的不是，"相思抬起头迎着Candy的目光，脸上有些发红："就算你认为我是，亚当斯大公也不是那种人。你也看到了，他是多么爱他的妻子……"

"哦，你还真了解他。"Candy啪的一声，将项链扣在桌上。打断了她的话："我只问你一件事，你怎么知道他今晚会出现？"

相思连忙摇头："我，我真的不知道啊。"

"那你以前见过他吗？"

相思刚要继续摇头，却似乎想起了什么，有些尴尬地道："见过一次，在酒会上。不过我把事情搞砸了。幸好他不介意，还邀请我去他家里……"

Candy突然起身，向门外走去。经过相思身后时，她冷笑一声："相思，你现在可以做我的fans了。"

相思不明白她在说什么。

Candy用力甩上房门："因为我今天才发现，你和我一样毫无廉耻！"

超级公主第三轮比赛就此落下帷幕。产生的十强席位分别是（以获得席位先后

Chapter 06
少女的战争

排序）：

Candy，苏妲，蕾切尔，莱拉，薇薇安。

赛琳娜，佩佩，相思，哈梅伊，叶芝。

这一结果迅速占据了各大娱乐报纸的头条，为世界所熟知。这十个人的名字也传遍了大街小巷，连最不出名的相思、叶芝，都成了大名人，受到了无数年轻人的追捧。

第二天，一条简短的消息发在了超级公主的官网上：

"因身体原因，哈梅伊选手退出超级公主选秀，由第十一名妮可取代其位置。"

这条消息很不起眼，甚至没有引起太多的关注。妮可在比赛中虽然害得卓王孙摔断了腿，但fans并没有记住她。当相思兴奋地冲进病房，将这条消息告诉妮可的时候，她苍白的脸上露出了笑容。

她闭上眼睛，如释重负地叹了口气。

她终于成功了。

这场比赛有着极为重要的意义。

最直接的意义就是，她们终于见到了幕后的举办方。环球公司的负责人来到了庄园，与她们会面。一同带来的，还有环球公司的演艺合同。只要是进入前十强的，环球公司愿意将其签为旗下艺人，在未来的三年内，为每个人量身定做一部电影。

她们每个人都将是女主角。这个合同的另一部分，是她们都将出演《公主》这部超级电影。按照最终名次的高低，来决定谁是女主角，谁是女配角。谁的戏份多，谁的戏份少。这几天有更多的消息浮出水面，《公主》中出场的每位男性角色，都由大名鼎鼎的演员来扮演，甚至连一句台词都没有的路人甲，都找到了肖恩·康纳利。但里面的女角色，却全都是选秀胜出的新手。

这个消息引起了一片尖叫声。这意味着，她们从此步入了娱乐圈，以后的生活，将是金色的、粉红色的，装饰着珍珠与钻石，是每个少女梦寐以求的天堂。

环球电影公司的行政主席斯塔西·施奈德带着微笑，将一份份合约放到她们面前，只要签上名字，就能获得至少百万元的薪酬。若是在接下来的比赛中再次获胜，酬劳还将连翻几番，合同的待遇将会好上几十倍。

她们将要成为明星了！选秀的残酷暂时被少女们抛诸脑后，她们欢笑着，互相庆贺着，签着各自的合约。其中最欢喜的就是相思。哪算最后只走到这一步，她也不用担心妮可以后的生活了。这份合约保证她以后再也不用为生活担惊受怕，再也不用为一块蛋糕，被打得鼻青脸肿了。

她和妮可拥抱在一起，热烈地庆贺。她实在太高兴了，甚至忘记了平日的拘谨，拿着妮可的"发育不良"开起玩笑来。

歌舞升平中，相思忽然看到一双眸子，正自黑暗中死死盯着她们。

万千繁华，都与她无关。她充满着怨毒、仇恨，眸子中像是有一双魔爪，渴望着将这笼罩在红粉梦幻中的一切抓得粉碎。

相思怔了怔。那是哈梅伊。被除名后的她，精神几乎崩溃，只得暂时留在了庄园中，等着家人来接走。她本也应该是这梦幻队伍中的一员，如今却只能是个看客。

这一切与她永远无缘了。相思冲她挥了挥手，微笑着邀请她过来一起庆贺，哈梅伊却倏然转身离开了，身上的黑袍紧紧贴在身子上，簌簌作响。仿佛仅仅一夜，就让她变得瘦骨嶙峋，就像个幽灵。相思看着她的背影，突然有些伤感。

人群中传来一阵欢笑声，妮可喊着她："姐姐，过来，我们要照相了！"

相思又看了一眼哈梅伊消失的地方，就被妮可拉入了人群。摄影师早就准备好了，斯塔西·施奈德站在正中间，工作人员指挥着大家在她身边排好。气氛的热烈让相思暂时忘掉了哈梅伊，她眼睛一亮，对莱拉说："莱拉，过来！我们站一起。"

躲在一旁的莱拉听到她叫自己的名字，脸上闪过一阵惊慌，随即恢复了平静。她急忙摇着手："不，不，我已经站好了……"

她左手握着薇薇安，右手拉着叶芝，远远地站在了角落里。相思冲了过去："你说什么啊，我们不是最好的朋友吗？我要介绍一个人给你认识，你一定要见见她！"

她拉着莱拉，向秋璇走去。这段时间太忙了，她顾不上去找莱拉，也顾不上将莱拉介绍给秋璇。她觉得这两个人必须得认识，她们一个是她最好的朋友（除了玄田田），一个是她遇到的最好的老板。她们怎能不认识呢？

莱拉被她的蛮力拖着走，秋璇正微笑着跟斯塔西·施奈德站在一起，低头商量着什么。莱拉一看相思要去的方向，触电般跳了起来，推开相思："不！不！"

她推的太用力，相思毫无防备的情况下，几乎摔倒。莱拉伸了伸手，似乎想要扶起她，但又忍住了。相思脸上充满了困惑："莱拉，你……"

莱拉避开她的目光："Cindy，我们真的没必要站在一起。"

她转身，走到薇薇安跟叶芝的身边，瞬间跟她们谈笑风生起来。

只剩下相思，站在欢笑的人群中，却感到困惑的冷漠。

她不知道为什么，只知道，莱拉已经不是她的好朋友了。不再是了。

妮可走过来，轻轻握住她的手。看着相思快要哭出来的脸，妮可想说什么，但也没

Chapter 06
少女的战争

有说。摄像机咔嚓一声,将这一场景留下。

这是十位少女,人生的第一场印记。是她们的璀璨绽放的第一朵火花。

将来,她们中的很多人会名满天下。但却再难如此亲密地站在同一块舞台上,眼中流露出对未来一般无二的、单纯的、充满希冀的光芒。

Candy从容淡定,苏妲魅惑妖娆。

薇薇安成熟美艳,蕾切尔冷漠叛逆。

赛琳娜傲慢高贵,佩佩热情如火。

叶芝才华横溢,妮可俏纤可人。

相思黯然垂泣,莱拉心事重重。

或许真的有所谓的命运,十强的名单,恰好维持着某种平衡。A组5人,B组5人。卓王孙与龙皇谁都没有赢,又一次打成了平手。

Chapter 07
哈梅伊之死

第二天清晨，庄园中格外的宁谧。第三轮比赛让选手们精疲力竭，她们大多还在睡梦中。只有少数几个特别勤勉的，才起了个大早，继续训练自己。

突然，一声凄厉的尖叫声从房间里传了出来。

一名清洁工跟跄着从房间里冲出，满脸惊惶。她一面尖叫，一面跌跌撞撞地冲着，受到极度的惊吓。她冲出的房间，是哈梅伊的宿舍。韦弗第一时间赶了过来，清洁工受到了极大的惊吓，说不出话来，只能用手指着房门。

韦弗打开房门，脸色马上就变了。

哈梅伊死了。死在自己的床上。

她的死状很安详，静静地仰面躺着，甚至，脸上还带着一丝微笑，就像是正在做着美梦一般。但这个梦，却再也无法做完。

她死在梦中。

秋璇看着现场检验报告。哈梅伊身上没有任何伤痕，无论体外还是体内的脏器都好无损，连细小的针孔都没有。她没有中毒，也没有药物引起的脏器衰竭。她就像是睡着睡着，突然停止了呼吸。

没有任何指纹或者脚印证明，昨晚有人进入过她的房间。一切都很正常。稍微有点异常的就是窗户是开着的，而通风扇开了整整一晚上。但这也没什么不正常，因为罗马春季的天气并不凉爽。

这封报告写的很详细，检验人有着非凡的观察力与信息组织能力，将现场的一切都清晰而简练地呈现出来。几乎每一个细节都被罗列了出来，但由于超强的组织力，看上去并不繁琐。只看这份报告，现场发生的一切就仿佛历历在目。就算从业几十年的资深侦探，都写不出这样的报告。

但就算这份报告，也无法做出结论，凶手可能是谁。

秋璇的眉头皱了起来。

完全看不出任何线索。哈梅伊，就像是真的是突然窒息而死的，是"突发事件"，

Chapter 07
哈梅伊之死

不是"自杀",也不是"他杀"。但,这个结论正确吗?

报告上并没有论述这一点,似乎报告的撰写者并不认可这一点。不知怎地,秋璇脑海中突然浮出了S沉在海底中的画面。

难道,这也是青帝子下的手?难道,她已经知道了,哈梅伊是……

想到这种可能,秋璇的眉头皱得更紧了。

正在这时,外面传来了轻轻的叩门声。

秋璇的目光从报告上移开:"进来吧,兰斯洛特少将。"

门打开,杨逸之静静地站在门外,优雅地向秋璇鞠躬。他的笑容就像是一缕阳光,无论什么时候看上去都是如此温煦。耀眼但并不眩目,就仿佛春日里的朝阳,一见到心情立即就好了起来。他的脸上亦浮着一丝惊讶:"您怎么会知道是我呢?我来的时候并没有通知任何人。"

秋璇:"能够写出如此优秀的报告的,合众国中就只有你一人而已。"

杨逸之躬身:"能得到您如此称赞,真是深感荣幸。"

秋璇淡淡一笑:"拿出来吧。"

杨逸之:"您要什么?"

秋璇:"难道你没带第二份报告来吗?这份现场勘察报告是如此详细,几乎可依之定案了。如果没有更多的线索,再继续讨论也已没有必要。所以,你来的目的,应该是Candy委托的案子。"

杨逸之脸上的惊讶变成了佩服。秋璇锐敏的观察力与推理,让他这个长久以来被别人冠以天才名号的少将,也不由地拜服。他从公事包里抽出一份报告,轻轻放在秋璇面前:"不错,这才是我来此的真正的目的。"

秋璇并没有翻开这份报告,她只是沉默了一小会,然后问杨逸之:"我想听你的结论。"

杨逸之:"劫持Candy、绑架相思、冒名顶替的人,一定是苏妲。证据有三……"

秋璇摆了摆手,示意他不要展开论述。要找到这些证据,并不困难。何况,案件的受理者是以信息搜集及整理能力著称的兰斯洛特少将。他擅长将看似不相关的事情联系在一起,也擅长从不起眼的细节中发现重大线索,往往一件微小之物便能直切主题,是侦破的奇才。苏妲做的这件事漏洞百出,证据一筐一筐的,想要瞒过相思很简单,但要瞒过杨逸之或者秋璇,那就太不可能了。

秋璇:"我想问的是,你既然知道是谁了,接下来该怎么做?"

杨逸之:"我会将她绳之以法。法律的尊严,任何人都不能侵犯。我想您跟我都有义务维护它。"

秋璇点了点头。此刻她最不想碰到的,就是一个恪守原则的人。杨逸之虽温和,但越是这样的人,越是讲究原则。如果遇到触犯原则的事情,就算牺牲生命,他都绝不会退让。而现在,她还不能允许杨逸之将苏妲带走。

她刚刚得出一种推测:苏妲才是龙鳞项链最初的主人,也就是曾经的九灵儿。接下来要做的,就是在选秀中留心苏妲的一举一动,以找到确凿的证据。若能证实苏妲就是九灵儿,不仅困扰她多日的迷局能迎刃而解,也能摆脱石星御对自己的纠缠。于公于私,都是一件大大的好事。她必须将苏妲留在选秀中,至少目前必须如此。

秋璇缓缓说:"兰斯洛特少将,我很认同你的说法。但,你要用那条法律来为她定罪呢?"

杨逸之:"合众国刑法第七十二条三十五款——她犯了绑架罪。"

秋璇:"可是,合众国的刑法的适用对象,是合众国的公民。请问兰斯洛特少将,苏妲,是合众国的公民吗?"

这句话让杨逸之怔了怔。

秋璇:"甚至,苏妲是'人'吗?"

"我们不会判一匹马谋杀罪,即使它踩死了人。因为马不是人,只有人才会被判谋杀罪。当然,如果马踩死了人,我们也会处罚它,有相关的条令对动物量刑。但是,兰斯洛特少将,SEVEN是动物吗?"

杨逸之继续沉默。他讲究原则,也正是因为这一点,他无法辩驳秋璇的话。要处罚,首先要有合适的法律做依据。有法可依,是执法的前提。他当然知道苏妲是SEVEN,但他无法断定,SEVEN是人,还是动物。

当今世上,也许没有人能断定。那么,也就没有任何法律可对SEVEN量刑。

除非,先为SEVEN量身定制一套法律。但显然这是来不及的。制定法律需要的时间旷日持久,绝非一朝一夕。秋璇见他沉默,悄悄松了口气。能够说服他,是最好的。若是他一定要坚持原则,那就棘手了。

秋璇:"何况,苏妲只是被推到前方的棋子。以你的智慧,想必也看得出来,她背后一定有指使的人。抓出元凶,才是关键。将苏妲绳之以法,只会打草惊蛇。而且,想必你也看出,哈梅伊的死亡绝不简单。在入园之前,所有选手都做过体检,绝对没有猝死的可能。哈梅伊又不是个肯自杀的人,那么,就只剩下一种可能:他杀。我怀疑,绑架Candy一案的幕后主使,与杀害哈梅伊的凶手是同一个人。兰斯洛特少将,我希望你不

Chapter 07
哈梅伊之死

要执着于局部之得失，而放眼全局，将真正的凶手找出来。"

杨逸之："您的想法，跟我的不谋而合。我会停留在庄园里，着手追查这一案子。如果让我发现了这位凶手，我一定会将他绳之以法的。"

他向着秋璇鞠躬，退了出去。淡金色的长发衬着笔挺的白色制服，就像是一位准备出席上流宴会的贵公子，温柔、优雅，没有丝毫攻击性。

但秋璇知道，这个人只说出的话，就一定会做到。

秋璇揉着眉头。

哈梅伊死了，就在她刚怀疑她是"公主"之时！

若她真的是"公主"，秋璇和亚当斯大公绝不能接受这个结局。凶手必须要付出血的代价！秋璇狠狠地按响了桌上的按铃。

"蕾切尔，请来一下我的办公室。"

三分钟后，蕾切尔就站到了秋璇面前。她仍然穿着那件宽大的袍子，将全身都罩住。露出一张惨白的脸，却眉目冰冷，一点表情都没有。她无时无刻地不在盯着手上的水晶球，似乎对之外的事情完全都不关心。秋璇一言不发地注视着她，似乎在观察着她的表情。蕾切尔也一动不动，仿佛是一尊没有任何感情的雕像。

对峙良久后，秋璇终于开口："哈梅伊死了。"

蕾切尔没有说话，显然，她早就知道了这一消息。

秋璇逼视着她的目光，一字字道："因为我的无能，才让她惨死。"

她语气中有少见的怒意与自责，让蕾切尔也有些惊讶："您怎么会这样说？到目前为止，您没有做错任何事。"

"我错就错在，太相信你的承诺。你承诺在选秀庄园中，不危害任何人类，不使用任何超自然的力量。若不是我错信了你，怎会让你有下手的机会？"

蕾切尔摇了摇头："您冤枉我了。无论发生什么，我都不会背弃给您的承诺。"

秋璇打断她："那你告诉我，哈梅伊是不是你杀的——青帝子，我希望你说实话。"

蕾切尔沉默了片刻，轻声道："不是。"

秋璇："哈梅伊身上毫无伤痕，连兰斯洛特的验尸报告都找不出丝毫的疑点，这根本不是人力可为，只有像你这样的超级生命体才能办到！"

蕾切尔："可是亲爱的公主，她的确不是我杀的。我可以指天为证。"

秋璇："你同宿舍的舍友叶芝说，你昨晚曾出去过一段时间。那段时间，正好跟验

尸报告所检测出的哈梅伊的死亡时间差不多。你怎么解释这件事？"

蕾切尔："不错，我的确出去过。却没有杀人。"

秋璇："我必须说，你很小心，没在哈梅伊的房间里留下任何证据。连房门把手上、地板上都没有任何指纹、脚印。我想，你大概是利用风力推开房门，并以气流破坏了足印。你很小心，连兰斯洛特少将都没找到任何线索，但是，我早就料到有人会对选手下手，因此，早有预防。"

"哈梅伊去世时穿着组委会为选手定制的内衣。但选手并不知道，这种内衣胸口的水钻里，藏着一个热感摄像头。一旦有热源接近选手胸口，摄像头就会记录下一段极短的影像。从这段影像中发现的，是一根手指。经过指纹比对，这只手指正是你的。青帝子。如果不是你杀的哈梅伊，你的手指影像又怎会留在她的胸口？"说着，她甩出一张照片，落在蕾切尔面前。那张照片上，赫然正是一个无比清晰的指纹。

蕾切尔的脸色变了变："亲爱的公主，您的机智真令我震惊。我以为我已做到天衣无缝了，没想到仍有这么大的把柄落在你手上。不错，昨天晚上我的确进入了哈梅伊的房间，也的确探触过哈梅伊的胸口。我没有想到，您居然会在内衣中留下机关。但我要告诉您，那时的哈梅伊已经死了。杀死她的人不是我，这一点，我可以用生命保证。"她郑重地举起了手，指向天空。

秋璇没有说话，似乎在估判着蕾切尔的话是真是假。

蕾切尔："公主，其实，我进入房间，并不是想杀死她，只是确认一件事而已。"

秋璇："什么事？"

蕾切尔："在说这件事之前，您是否回答我，为什么您的摄像头，要装在选手胸前呢？您关心的，究竟是选手的性命，还是她们胸前的某件东西？"

秋璇的脸色变了变。蕾切尔悠然说下去："您如此震怒，是因为哈梅伊被杀了，还是某个您很在意的人被杀了？"

"由此类推，您关心的人，是否胸前有某个标记？比如，像哈梅伊胸前的那个星月胎记？"

秋璇面容一冷："你怎会知道这些？"

蕾切尔托起手中的水晶球："我说过，这里能显示世间的一切。人类的一切作为，都逃不过我的眼睛。"

秋璇霍然抬头，冷冷地地注视着她。两人的神情都平静如恒，然而，似乎有某种极为凌厉的情绪，在两者之间酝酿，随时会爆发出来，摧毁一切。

蕾切尔却笑了："如果真是这样，那我有一个好消息要告诉您。"

Chapter07
哈梅伊之死

秋璇淡淡道："说吧。"

"哈梅伊胸前的印记，并不是胎记，而是个烙印。只不过，这个烙印印上去的时候，她实在太小，随着年龄增长，深入皮肉，让您误认为是胎记而已。当然，作为公主，您分不清胎记与奴隶的烙印，这太正常不过了。"

秋璇："烙印？"

蕾切尔："是的，这个烙印并不能说明她有高贵的出身，恰恰相反，这说明她幼年时被贩卖过。它是某个国际著名的犯罪组织的标记，其成员都是中东人，所以以星月痕为标记。这些匪徒的爱好，就是在猎物身上打下烙印，这让他们有种贩售牛羊的错觉，而不会对被害者有任何的怜悯。"

秋璇听说过这个犯罪组织。他们拐卖世界各国的少女，贩售给中东王公贵族。这些可怜的少女或成为姬妾，或成为女奴，在异国他乡度过悲惨的一生。这个组织臭名昭著，好莱坞甚至还将他们的事迹拍成电影《飓风营救》。正如任何华丽的外衣都难免沾染尘埃，合众国虽屡次打击，也未能彻底铲除这个组织，他们在某些中东特权者的包庇下，逍遥法外。

若这一切属实，哈梅伊就绝非她要寻找的公主。

秋璇的脸色略略缓和了一些："你为什么认识这个烙痕？"

蕾切尔眸子一冷，紧紧闭上了嘴巴。显然是不准备再说一个字。

秋璇点点头："我暂且相信你。但是，纸里是包不住火的，凶手必将付出代价。"

蕾切尔鞠躬："我也希望您早日找到凶手，好洗刷我的清白。"

说完，她静静地退了出去。

秋璇的眉头却依然紧锁着。蕾切尔认出胎记是烙痕，这并不奇怪，奇怪的是，她怎么知道，人类在寻找的公主和这个星月型胎记有关？水晶球能看到一切这种鬼话，当然一点可信度都没有。良久，秋璇缓缓地将颈上的项链取下来，摊放在桌上，仔细地观察着。终于，在某个鳞片的凹陷处，她发现了一个金属球。这个球是如此之小，跟鳞片几乎融为一体，令人很难发现——这显然是个监控器。

这串项链曾被蕾切尔借走，看来，是她将它镶嵌在鳞片上的。这就是她为什么知道胎记之谜的原因，显然，秋璇与卓王孙的密谈，已被她监听了。

秋璇沉吟着，却没有将那个金属球取下来，而是重新将项链戴回去。

就像是什么都没有发生，什么都没有发现一样。

三天之后，一封详细的报告送到了秋璇的办公室。

　　报告中详细地描述了哈梅伊的身世。与蕾切尔所言相吻合,哈梅伊原本出生于北美俄亥俄州,在幼年时被拐卖。她的胸口被打下烙痕,贩售到中东贵族的秘密拍卖会场。由于长相酷似凯瑟琳,她幸运地被沙隆巴斯公爵买下,并以侄女的名义收养。沙隆巴斯公爵十分宠爱她,并隐瞒了她幼年时那段悲惨的经历。就连哈梅伊自己,也认为胸口的星痕只是一处胎记而已。

　　蕾切尔并没有说谎,哈梅伊的确不是"公主"。

　　秋璇微微松了口气。如果真正的"公主"被杀,她不但无法向亚当斯大公及女王交代,还令人类在与SEVEN的交战中处于绝对的劣势。这是她无论如何都不能接受的。哈梅伊既然不是"公主",蕾切尔杀她的理由也就不存在了。

　　另一份报告也送来了。有了龙鳞项链做引子,疫苗的生产果然无比顺利。注射过疫苗的人类,对SEVEN病毒表现出了极强的抵抗力,就算受到SEVEN的直接抓咬,也不会再感染。而且,以这些疫苗做引子,就可以继续生产,而不需要龙鳞项链的参与。

　　事情顺利得甚至出乎秋璇的想象。看来,在这件事上,蕾切尔也没有说谎。

　　两件事联系起来,蕾切尔的确表现出了相当的诚意。诚恳到令秋璇不由地不去想,她真的放弃了灭绝人类,而展现出和平的意愿。

　　但实情,真的是这样吗?谁,又是真正的凶手?

　　真正的"公主",又会是谁呢?

Chapter 08
阿尔芒医院

经过急诊处理后，卓王孙的伤势已得到了控制。但为了保险起见，第二天一大早，他就被转到了阿尔芒医院，做一个彻底的检查。

当秋璇来到这所米兰历史最为悠久的院时，卓王孙正一脸阴沉，与老院长对峙着。

从钢架上摔下来，又被妮可的身体狠狠砸了一下，更增加了他的伤重。他不得不坐在轮椅里，这使他烦躁不安，脸色沉的像是能拧出水来。他不习惯带很多的随扈，但合众国的每个人都知道，大公子所在的地方，至少有一架Arch-angel亲临守护，也不知有多少便衣正密切监视着。医院的老院长满头大汗，正想尽一切办法平息卓王孙的怒火，却徒然让他的怒火越烧越旺。

秋璇急忙走过去，从护士的手中接过轮椅，低声问："发生了什么事？"

老院长："我们想请大公子等一会。"

秋璇："为什么？你应该知道他不是个耐心的人。"

老院长一叠声地说："我知道！我知道！但是……"他欲言又止："但是，里面实在人太多，大公子暂时还不能进去……"

秋璇："谁在里面？"

老院长："龙皇。"

听到这个答案，秋璇恍然大悟。巡演之后，石星御将所有的演出票房捐赠给了一家致力于救助先天性心脏病患儿的基金会。而为了便于与患者直接交流，捐赠仪式安排在全欧洲最负盛名的心外科医院举行。这引得大批娱乐记者蜂拥而至，将这座医院塞爆。

这座医院，恰好也是卓王孙就医之处。而石星御到来的时刻，恰好就是卓王孙刚被护士从劳斯莱斯推下来的时候。

这两人要是见面，一定会唇枪舌剑，互不相让。两人入住选秀庄园与就任艺术指导时，更是狭路相逢，若不是碍于秋璇的面子，早就不知道打过多少次了。卓王孙最讨厌的就是石星御，偏偏又因为他耽搁了就医，早已是忍无可忍。

秋璇低声问："等了多久了？"

老院长："十五分钟……"

秋璇立即皱起了眉头。卓王孙的耐心一向不好,对于石星御,那更是不好中的不好。他能够忍耐十五分钟,已经是很给老院长面子了。

果然,卓王孙看了一下表,说:"把我推过去。"

老院长跟护士们都大惊。卓王孙不断重复:"把我推过去!"

秋璇叹了口气。有些事,与其躲着,不如迎上去。她轻轻地将手中的蛋糕盒放到卓王孙膝上:"这是我亲手为你做的芝士蛋糕,你可不能打坏哦。"

说着,她亲手推起轮椅,向里走去。

老院长与护士们大惊失色,但无论秋璇还是卓王孙,都是他们不敢拦截的。他们急得满脸是汗,手足无措地跟在轮椅后面,不知如何是好。

门打开,娱记们围得水泄不通,镁光灯的闪亮此起彼伏,中间夹杂着石星御与孩子们的笑声。卓王孙冷冷地说:"滚!"

仅仅一个字,就让所有的记者意识到,一位超级大人物的莅临。镁光灯几乎在同一时刻转过来,在惊慌与惊喜声中,将卓王孙纳入了新闻的范围。同时,呼啦一声,卓王孙面前被硬生生地分出了一条通道。

秋璇露出抱歉的笑容,推着卓王孙向前走去。

记者们一点不觉得惊讶,反而一脸惊喜地抢着新闻。反正他就是王子啦!他就是与众不同!他就是想做什么就做什么!我们都已经接受啦认命啦!由着他闹去吧!闹的越大越好,不大还不好意思叫新闻呢!

轮椅笔直推到了石星御面前。石星御在看到卓王孙的时候,脸色明显变得惊诧。他急忙放下手中的孩子,示意保镖们将孩子带开。

卓王孙:"你难道没有意识到,你给别人添了多少麻烦吗?就为了你来医院做一个慈善的姿态,耽误了多少人就医?"

石星御对于卓王孙的伤势当然知道的很清楚。卓王孙摔伤之后,仍坚持等着比赛结果出炉。当知道两人打成平局后,大公子脸色阴沉地离开,似乎连一刻都不想跟石星御呆在一起。

石星御的惊诧变成了抱歉:"真是对不起,但慈善,并不仅仅是姿态。"

卓王孙冷笑:"哦?不是吗?"

他突然一用力,一排输液的架子被推倒,砸在了石星御身上。输液的玻璃瓶子触体碎裂,蓝色的汁液洒了石星御一身。石星御本能地侧身,去护着左手上戴着的那只钻石手套,但液体却防不胜防,仍洒了不少在上面。

石星御的脸色也不由地变了:"你……"

Chapter 08
阿尔芒医院

卓王孙："既然不是姿态，你为什么还戴着这只手套？脱下来，用你的肌肤去感受他们的病体！你想用这些昂贵但冰冷的石头做什么？温暖他们吗？"

现场一霎时陷入了死寂。卓王孙突然的挑衅让全部记者大吃一惊，但，他接下来的话，却让他们不由地感到有道理。他们望着石星御。

如果石星御连拥抱那些孩子都戴着手套，那的确不能说是什么慈善。甚至，可以说，他心底还是讨厌那些病孩子的，不愿跟他们直接接触。

石星御凝望着卓王孙，卓王孙的脸色咄咄逼人。

石星御的脸色慢慢平复，他缓缓鞠了个躬："想不到大公子心中，竟然有真正的慈善。这件事是我做的不对。"

他脱下手套，放在旁边的架子上，对着一个孩子伸出了手："是我太粗心了。你们肯原谅我吗？"

他用他的双手，拥抱着孩子们。他的脸上的笑容温暖而真诚，让看到的人不得不为之感动。孩子们用清亮的声音说："原谅！"

石星御："那你肯跟让那位大哥哥抱一下吗？他虽然看上去很凶，但其实并没那么可怕。"

孩子："我知道！他总有一天会成为亚太区的领袖。我喜欢他！"

她跳下病床，向卓王孙走去。她拉着卓王孙的手，说："大哥哥，你们能不吵架吗？"

孩子天真的话让卓王孙也无法再板起面孔，柔声说："我们并没有吵架，我只是教他一点人生的道理而已。"

石星御："那么，通晓人生道理的大公子，为什么不肯将蛋糕分给这些可爱的小朋友呢？"

所有的人的目光，都为这句话吸引，转向了卓王孙膝上的蛋糕盒。蛋糕盒很普通，上面扎了个精美的蝴蝶结。芝士的香味从盒中溢出来，有种甜腻的温柔。

卓王孙脸色却变了变："不行！"

石星御笑了。这本是他反戈一击，当然不会轻易放过。他转头对孩子们说："你们想不想吃？"

孩子们的思维是简单的，异口同声地说"想！"

石星御对着卓王孙摊了摊手："古代中国有句话，独乐乐不如众乐乐。大公子为什么舍不得分享？何况这么好吃的芝士蛋糕，连我见了都想尝一尝呢。"

卓王孙的脸色突然变得有些古怪："你真的想吃吗？"

石星御笑了笑:"是的。尤其当我知道,这块蛋糕出自这位美丽的小姐之手时。"他的目光若有意、若无意地,投向卓王孙身后的秋璇。

那亦是,他们俩每次争斗的焦点。

不过出乎他的意料的是,卓王孙竟没有拒绝,而是很干脆地打开蛋糕盒,切了一大块,递给石星御:"请。"

石星御郑重地接过来,刚吃了一口,他的脸色突然变了。

卓王孙:"好吃吗?"

石星御目光中神色变幻,蛋糕咬在口中,却忘了吞咽。

卓王孙:"是不是感动得想流泪?"

石星御皱着眉头,他无法表示同意,也无法表示反对。

他缓慢地、用力地咀嚼着,似是不忍将这块蛋糕吃完。他甚至考虑,是不是少吃一点,免得引起众神的嫉妒。

卓王孙切了更大的一块,舀了一大勺放进嘴里。

"这么好吃的蛋糕,你吃着是不是想唱歌?有没有感到草地的清新、藤蔓的滋长、阳光的普照与生活的美好?有没有创作的冲动?我真是很期待你的下一首单曲啊。"

他狠狠地吃着,一勺接一勺,像是在跟石星御比赛。

石星御的脸色一阵红一阵白。他突然加快了速度,好像在跟卓王孙竞赛似的。但,这盒蛋糕的"美味"显然超出了他的想象,他倾尽全力咀嚼着,甚至无法说出一个字。

当最后一勺吃完时,他真的有种流泪的冲动。

"好吃吗?想不想跟那些孩子分享?"

卓王孙用丝巾擦拭着嘴角。

这句简单的话,石星御竟不能回答。

卓王孙:"有人就是喜欢故意将盐当成糖,将白矾当成泡打粉,将橄榄油当成蜂蜜,她还非说自己做出的蛋糕美味无比。这时候你会怎么做?"

他淡淡一笑:"我会吃下去,因为,这的确是美味。天下只有我能享受到的芝士蛋糕,如果不能包容它的缺点,又怎配享受它的美丽。"

石星御久久不语。他突然黯然叹息一声:"大公子,你的确让我很吃惊。"

卓王孙:"早上照镜子的时候,我也经常会被吓一跳。"

他的这句话,引得了一阵笑声。看来,大公子也不是这么严肃,也会不时讲个冷笑话活跃一下气氛。人们看向他的目光里顿时多了几分亲切。

石星御缓缓放下手上的蛋糕盒:"如果这也是一场比赛的话,那么我输了,心悦诚

Chapter 08
阿尔芒医院

服。大公子说得对，若我无法容忍它的'独特'，也就没有资格享有它的美丽。看来，大公子可以继续独享秋璇小姐亲手制作的蛋糕了。"

他看了秋璇一眼，意味深长地笑了笑："不过，我会找到别的机会的。"

面对这样的挑衅，卓王孙却并没有生气，淡淡说："你已经有机会了。"

石星御："什么机会？"

卓王孙："还记得我们在第三轮比赛的赌约吗？谁若是输了，就去伊甸园住一天。但是，我们俩谁都没输，而我不想跟你一起去伊甸园同住，因此，我决定换一种方式。"

石星御："什么方式？"

卓王孙："我们俩几次比赛都打成平局，真不是普通的有缘。这么有缘的人不是每天都能遇到的，我决定跟你歃血为盟，结成异姓兄弟。"

"什么？"

"什么？"

"什么？！"

三句惊呼，一齐响了起来。

第一句，是被卓王孙这句话惊倒目瞪口呆的龙皇石星御。

第二句，是推着小卓轮椅的秋璇。

第三句，是那些围在边上急欲等着新闻的记者们。

卓王孙这句话，就像是晴天霹雳，将所有听到的人都震得发晕。

歃血为盟？

什么情况？两人刚才不还一副要打起来的样子吗？

第三大区公子跟流行天王要结成兄弟？

真是太刺激了！

记者们纷纷将"长枪大炮"对准两人，准备拍下这历史性的一刻。但卓王孙却轻描淡写地说："我在特护病房里等你，你结束了这里的事，就过来吧。"

他示意秋璇推着他，向病房走去，留下满脸愕然的石星御与记者们。

唯一没有注意到这一爆炸性新闻的是一个小姑娘。对她来讲，芝士蛋糕比大公子和龙皇更具有诱惑力。她捡了一小块，偷偷尝了一口，结果整整拉了七天肚子。

沉重的房门关上后，秋璇的眉头立即皱了起来。

"小卓，你究竟想搞什么？我可真的让你雷得不轻！"

卓王孙脸上浮起神秘的笑容。

"你曾经告诉过我,在北极莉莉丝之城,蕾切尔曾用一滴皇的血,让SEVEN感受到极强的威严,从而诚心拜服。这是来源于妖族血脉深处的维系,不可改变。歃血为盟时,石星御必定会滴出鲜血,如果当时有一只SEVEN在场,是否就可以确定,他是不是皇呢?"

秋璇的眼睛亮了起来。她越想越有道理,忍不住笑了起来:"小卓,我不得不说,你的脑子有时也挺好使的,就是方式太惊人了。"

卓王孙也笑了:"我故意的。只有这样才会让石星御放松警惕,以为我不过是犯二而已。他肯定不会想到,这是我精心布置的局。"

秋璇眉头微微皱起:"不过,有SEVEN在场,会引起石星御的怀疑的……"她似乎想到了什么:"啊,正好有一只SEVEN合用。他会变身术,让他变成亚当斯大公,来主持你与石星御的歃血之盟,就显得合情合理了。"

卓王孙与秋璇相视而笑,齐声说:"胡赛!"

十几分钟后,胡赛被"彬彬有礼"地请到了特护病房。

听完卓王孙要他做的事之后,胡赛的脑袋摇的像拨浪鼓一样。

"不不不!我做不到!我的变身术还很弱,很容易就被人看破的。"

卓王孙:"我可以将特护病房的灯光调暗,石星御不会注意到你的。"

胡赛的脑袋摇的更快了:"不行!你不知道,我是个很感性的人,我可容忍不了自己欺骗别人。"

卓王孙冷冷笑了笑:"你听说过铁木真攻下花剌子模帝国边界城市讹答剌后,怎么对待其长官的吗?"

胡赛脸色惨变,用很小的声音回答:"……把生银熔化,灌入他的双耳……"

他急忙伸手,捂住了自己的耳朵,觉得耳朵里痒极了。

卓王孙:"你若是还不答应,多年之后,就会有人问:你听说过胡赛被卓王孙逮住后,受了什么刑吗?"

胡赛的防线终于崩溃,哭丧着脸说:"我……我答应还不行吗?但是,一有不对,我就会逃走,那时你可不能怪我!"

卓王孙:"当然不会怪你。我们现在是统一战线,若是有什么不对,我会保护你的。"

胡赛狐疑地看着他:"真的?"

Chapter 08
阿尔芒医院

卓王孙："我若是失信于你，又如何做合众国的继承人？"

这句话的说服力很强，胡赛将信将疑。

它喃喃地念出一串长咒，一阵烟雾闪过，变成了亚当斯大公的样子。还别说，模样上真有七八分相像，尤其是亚当斯大公脸上那迷人而又颇有喜感的笑容，真是神似到了极点。在特护病房昏暗的灯光中，确乎真假莫辨。

只是，胡赛无论怎么都模仿不出亚当斯大公久居高位者的威严，这使它的伪装多少有点山寨味。不过卓王孙、秋璇打消了他的顾虑。

"我们俩人都说你是，谁还会怀疑？"

这句话的说服力也很强，卓王孙、秋璇都是跟亚当斯大公很亲近的人，他俩都没提出异议，别人纵然觉得亚当斯大公有什么不对，也不敢妄加怀疑。

胡赛心中大安，也就乖乖地接受了自己的任务。

Chapter 09
歃血为盟

入暮时分,石星御终于结束了慈善活动,来到特护病房。那些好事的记者们当然也蜂拥而至,却被卓王孙的护卫挡在了门外。

刚进门,石星御就见到了衣冠楚楚的胡赛,不禁怔了怔:"亚当斯大公,您也在?"

胡赛咳嗽了一声:"你们俩人歃血为盟,这是何等的大事?我自然要亲自来做个见证人。"

石星御点了点头,对卓王孙说:"看来你准备的很充分。亚当斯大公既然在场,我若再推辞,倒显得小气了。说实话,听到你的提议时,我震惊不小。不想到我俩有一天,也会结成兄弟。"

卓王孙:"人说兄弟就是拿来出卖的,我是独生子,从小就没有任何人可出卖,你可能理解我的痛苦吗?咱们今日歃血为盟,等我出卖你的时候,一定不会手软。"

石星御的笑容顿时一滞。

卓王孙:"事不宜迟,这就开始吧!"

他取过桌上早就准备好的一碗清水,割开手指,一滴血滴进了碗中,接着,将碗放到了石星御面前。

石星御盯着水碗。

卓王孙的血液在碗中扩散着,形成一缕一缕如烟雾般的赤丝,迅速将整碗水染成通红。等石星御也滴下一滴血,两滴血混合在一起,两人再将这碗水分饮下,歃血为盟的仪式就会完成。古代的传说中,经过这一仪式,两位本无血缘关系的人从此血脉相连,生死与共。

石星御缓缓将手指抬起,卓王孙早就耐不住,将刀递了过去。

只要石星御的血液流出,胡赛就立即能感应到。

石星御是不是青帝子所说的皇,就能从此确定无疑。

如果石星御真的是妖族的皇,那么,卓王孙就会立即动用合众国的力量,将他驱逐出境。他将再也无法留在秋璇身边,每天露出那么恶心兮兮的表情。

Chapter 09
歃血为盟

这才是卓王孙如此积极地谋划这件事的原因。

看着石星御还在犹豫,卓王孙恨不得一刀将他的手指切下来。

秋璇也盯紧石星御。这一滴血关系太大,甚至可能影响到人类与SEVEN的未来!

突然,外面围着的记者们响起一阵嘈杂。

"哦!第二大公也来了!"

"今天是什么日子?怎么这么多大人物来这个医院?"

"他肯定是来看望大公子的!废话别说了,赶紧拍照吧!"

外面各种声音响成一片。卓王孙与秋璇脸色同时变了。

这个节骨眼上,真的亚当斯大公怎会到场?这不让他们的计划完全泡汤了吗?

冒充亚当斯大公的胡赛,更禁不住脸色惨变,两股战战,连坐都坐不直了。

石星御也露出疑惑的表情:"亚当斯大公?他不是在这里主持仪式吗?怎还会出现在外面?"

他说着,抬头向胡赛的位置看去。秋璇当机立断,啪的一声关掉了电闸。为了掩饰胡赛生疏的变身技巧,卓秋二人事先将房间内的光线调得极暗,只剩一盏小灯照明。此刻断电之后,周围顿时陷入了一片黑暗。

胆小的胡赛趁机恢复原形,一溜烟地逃了个没影。原本托在它手中那只水碗,从半空中坠落,跌了个粉身碎骨。

石星御没看到胡赛,一时怔住。秋璇急忙掩饰说:"亚当斯叔叔说口渴,要拿杯水,看来不巧被记者发现了……"

石星御皱起眉头,看了看一片狼藉的地板:"那这只水碗……"

秋璇赶紧推了推卓王孙:"都怪你这个冒失鬼,停电时撞了亚当斯叔叔一下,连水碗也打碎了!"

卓王孙正生气自己要再挨一刀,恨不得捉住胡赛来揍上几拳,此刻也只好打圆场:"该死的电力局!"

一片嘈杂中,亚当斯大公推门进来,见房间内一片昏暗,遍地狼藉,不禁皱起眉头:"你们干嘛关着门?医院里的空气太糟糕了。"

石星御向前行礼:"亲爱的亚当斯大公,这个仪式……"

秋璇慌忙迎了上去,亲昵地拉住了亚当斯大公的手:"亚当斯叔叔,您要是口渴,就跟我说,怎么能让您自己去拿呢?"

亚当斯大公莫名其妙:"仪式?口渴?我?"

秋璇不容他分说,推起他的轮椅就向外走。

亚当斯大公:"等等,先让我看看大公子的伤势……"

秋璇哪敢止步:"小卓现在脾气很不好,正在骂人,你千万不要惹他。否则,他骂起人来可是六亲不认,要是被那些记者听到……"

亚当斯被秋璇推攘着,走出门去。谁也没有注意到,不久前,一枚水碗的碎片飞溅到他手背上,制造出一个不易察觉的伤口。

两人刚出门,立即就被那些求贤若渴的记者们团团围住了。在秋璇巧妙的引导下,记者们簇拥着他,慢慢向医院外走去。直到他们消失不见后,秋璇才松了口气。她四下寻找胡赛,却怎么都找不到。最终,在储藏间里发现了它的踪迹。这只可怜的SEVEN已吓得全身发抖,将自己挤在一堆拖把之间,无论秋璇怎么说,都不肯出去。

秋璇许了千般愿,万种恐吓,胡赛才勉强答应继续演出亚当斯大公。但他却一个字都不敢说了。这倒也的确是难为他,经这一吓,他的牙齿打颤,一开口,就会哗啦哗啦地响,不说话倒还好些。

当秋璇再度拉着"亚当斯叔叔"的手,状甚亲昵地走进病房时,石星御已拿出了一只新的水碗,安静地等候着,似乎对刚才发生的事毫不挂怀。

秋璇不由看了他一眼——这个人的耐心可真是好得出奇。

她将"亚当斯叔叔"安顿下来,"亚当斯叔叔"很有威严地点点头,示意盟誓可继续进行。卓王孙再次滴入了血。而石星御也没有耽搁,飞快地用刀在手上一抹,一滴血流下来,滴进了碗里。

秋璇跟卓王孙几乎同时望向胡赛。

胡赛的面容并没有任何改变,石星御的血,并未引起他丝毫反应。这令两人不由地都感到失望,不禁相互望了一眼。

难道,两人的推理有误?石星御真的不是青帝子所说的"皇"?

卓王孙皱眉不语,突然,胡赛激动起来,要不是秋璇按着他,他几乎从轮椅上跳了下来,也顾不得害怕,尖着嗓子说:"不对!"

卓王孙大喜。难道胡赛的反射弧比较长,现在才有反应吗?他急忙问胡赛:"你是不是感到有什么不对?"

胡赛:"是的!这简直不可能!世上怎么可能有这种事!"

卓王孙:"究竟什么不对?快告诉我!"

胡赛伸手指着那碗水:"你看,你们俩的血完全融合在了一起,没有任何排斥。难道你们俩竟是失散多年的亲兄弟?否则,你们的血怎会融合得这么好?"

那碗中,卓王孙先前滴下的血,跟石星御后来滴下的血,竟完美地融合在一起,不

Chapter 09
歃血为盟

分彼此。这令颇有八卦精神的胡赛很是兴奋，忘记了害怕，两只眼睛闪闪发光，不停地瞅瞅卓王孙，瞅瞅石星御。

令他激动的竟是如此无聊的事情，这让卓王孙很是失望。他不耐烦地说："那是迷信！"

胡赛拍着轮椅扶手："怎能说是迷信！多少失散的子女，就是这样被找到的！这叫滴血认亲！你们俩肯定有血缘关系，这一点错都不会有。"

他太激动了，完全忘记了自己正顶着亚当斯大公的相貌。秋璇怕他露馅，急忙安抚他："好、好，您老小心心脏病犯了，引起脑梗塞死于非命。且让他们将仪式进行完吧。"

那碗水，被卓王孙与石星御分为两半，各自饮下。

石星御笑着说："这杯血盟之水喝完，那我就已结为异姓兄弟。既然是兄弟，日后要好好相处，不能再斗来斗去了。不如你我都不再担当这艺术指导了，你看如何？"

卓王孙诧异地看着他，想不到石星御竟会主动提出退出之言。这当然正中他下怀，没什么不同意的。

石星御叹道："要是我们的意见能一直这么统一，只怕天下真的就会太平了。"

一旁，胡赛仍然执着地指着他们，说："你们俩是亲兄弟！"

剑拔弩张的形势，居然平和收场，这或许出乎了所有人的预料。石星御的血竟未引起胡赛丝毫反应，卓王孙与秋璇都未料到。等石星御走后，卓王孙紧皱着眉："难道我们的猜测错了，石星御真的不是皇？"

秋璇缓缓摇了摇头。她将项链后面的一个搭扣按了一下，一个隐秘的装置启动，将周围的电磁信号完全屏蔽。嵌在鳞片中的金属小球，再也无法传出任何信号。

她低声说："这条项链曾经被蕾切尔借走过，归还时，上面藏了一个极为隐蔽的窃听器。正是由于这个窃听器，蕾切尔才偷听到哈梅伊胎记的秘密，她曾经去过哈梅伊的房间，查验过胎记。因此，我曾怀疑她是杀死哈梅伊的凶手。毕竟，如果哈梅伊真的是公主，就会是SEVEN的大敌，蕾切尔有足够的理由杀死她。"

卓王孙皱起眉头："那你刚才并未屏蔽监控器，我们商量的计策，岂非又被蕾切尔听去了？"

秋璇："是的。但我是欲擒故纵。如果石星御真的是'皇'，蕾切尔必然会把你我的计划告诉他。石星御虽然知情，但为了不引起你的怀疑，只得勉强同意歃血。若他不想让自己的血引起胡赛的反应，就一定会动手脚，使滴进碗里的血不是自己的。"

"所以,只要搞清楚他滴进碗里的,究竟是不是他的血,就可以得出结论。如果他是清白的,就不惧歃血。如果不是,他就一定是'皇',也就是蕾切尔的主人。"

卓王孙:"那又如何搞清楚这一点呢?"

秋璇胜券在握地说:"这就不得不说我有先见之明,给你定了最高级别的监护病房,全天都有监控录像。我们只要查看录像,就一目了然了。"

卓王孙:"我看你就没安好心,你是想看我如何受苦的吧?"

秋璇笑着推了推他:"别耍小孩子脾气了,我们赶紧去看录像吧。"

没过多久,录像就被调了出来。两人仔细地查看着,特别是石星御出现之后,两人几乎是一格格放着看,不漏过任何一个镜头。

答案很快就出来了。

停电的一瞬间,胡塞将水碗扔在地上,现出原形逃走。水碗的碎片溅起,割伤了刚刚进门的亚当斯大公。由于伤口极小,又处在混乱中,亚当斯大公并没有察觉。就算事后发现,也不会起疑——当时的确摔碎了一只碗,碎片乱溅,造成这点小伤也是合情合理。

而这滴血,却被石星御以极为巧妙的手法取走,藏在指尖。由于当时乱成一团,秋璇跟卓王孙都没注意到这一点。后来滴进碗里的,正是这滴血。

石星御的确没将自己的血滴进碗里。

他在掩盖什么?

是不是因为,他就是"皇",他的血,会引起胡赛的强烈反应,从而暴露真实身份?

秋璇与卓王孙对望一眼,脸色都郑重起来。

卓王孙:"开战吗?"

秋璇沉吟着,缓缓摇了摇头:"不。一切先照常,切勿打草惊蛇。不过小卓,你现在可以放下心了吧?"

卓王孙冷哼一声:"我从未将他当成过对手,只是看着烦而已。"

秋璇噗哧一笑,拉过他的手,用力握了握。却在他反应过来之前,又飞快地放开了。

经过这番并肩作战,两人打消了不少的猜疑。石星御不再是横亘在两人之间的阻碍,而是共同的敌人。

与相同的敌人斗智斗勇、各尽其才,让他们更加信任彼此。

Chapter 09
歃血为盟

第四轮比赛的主题是慈善。慈善是公主重要的标签。一位公主不但要大方、美丽，她也要与人民在一起，得到人民的爱。正如白色的礼服是最适合公主的，人们也期待所有的公主都有一颗纯白的心灵。

这场比赛也是个分水岭，从这场比赛开始，选秀将从外在美转为内在美，更关心选手们所表现出的素质。而素质这种东西，是无法仅在短时间内体现出来的，所以，选秀也变成了旷日持久的大对决，整整七天，选手们将走遍东欧的三十四座孤儿院，最后，由这些孩子们评选出，谁能进入六强。

也因此，这场比赛已没有训练的时间。训练就是比赛。在这三十四场造访中，她们要与这些孩子朝夕相处，赢得孩子们的好感。赢得越多，获胜的可能性就越大。

选手们听到赛制，都感到有些茫然。没有舞台了吗？她们该如何去比赛？

薇薇安："反正，就是让那些孩子们都喜欢你就对啦！"

赛琳娜的眉头有些蹙起："我最烦的就是小孩子了。"

薇薇安："但是，你有钱啊。"

这句话让赛琳娜眼镜亮了亮。她似乎想到了什么，嘴角慢慢挑起了一丝微笑。薇薇安的话，让她有茅塞顿开之感。

但她显然不想别人看出这一点，急忙掩饰说："还是Candy最好，就算在小孩子中，她也有很多很多的粉丝，稳操胜券。"

Candy淡淡一笑，不置可否。她只是打了个电话，给她的经纪人，让鲁特安排好，她要在这三十四座孤儿院内巡演。

鲁特一口答应下来，趁热打铁地提起新专辑的主打歌《If you seek Amy》的录制来。Candy很干脆地挂断了电话。

蕾切尔如往常一样一脸死寂，看不出任何情绪。苏妲脸上妖媚的笑容却不减分毫，显然，对于慈善比赛是一副自信满满的样子。她们五个人的对话，让其他几个人陡然紧张起来。虽然薇薇安并没有表态，但显然，她的把握也不小。加上赛琳娜、Candy、蕾切尔、苏妲，那么，就有五个名额被占据了。六强，仅仅只剩下一个席位而已……

怎么办？

佩佩："我……我也还是小孩子呢……"

妮可悄悄地说："我觉得……我觉得可能胜负的关键不在于小孩子……"

赛琳娜不屑地瞥了她一眼："不在小孩子在什么？"

她的反驳让妮可失去了说话的勇气，声音更小了："我……我发现，第一轮比赛，虽然有三个评委，但，基本上都是西蒙·克威尔在评点，只要他说过的，别的评委都不

会反驳；若是他说不过的，别的评委也都不通过。同样，第三轮比赛中，雅克·欧迪亚也扮演着同样的角色。不同的是，第二轮比赛仅以选票来计数，没有一个这样的人。所以……所以，我想，也许，第四轮比赛中，也有一个这样的人，他的评语，才是胜负的关键。他是关键评委，很可能，晋级的标准，是由他制订的。我们与其在这里瞎猜，不如将他找出来，问清楚真正的标准。"

不得不说，她的话有一定的道理，好几位选手听到她的话后，都露出了沉思的表情。但这只是一瞬间的事情，接着，赛琳娜就呵呵一笑，站起身来："不要胡思乱想了，就算有这样的人，那也是高度机密，不会让我们知道的！"

Candy表示赞同："还是干正事吧。"

选手们纷纷站了起来，响应着两个人的号召，都表现出对妮可的话不感兴趣的样子。但，妮可的这段话，却已深深扎根进她们的心底，盘踞起来，慢慢生根发芽。

比赛的第一天，就几乎让所有的选手都累个半死。

第一站是罗马尼亚特区省会布加勒斯特郊区的孤儿院，龙皇曾造访过这里。她们花了三个小时，跟这些可怜的孩子一起玩耍。随后，她们赶往阿尔巴尤利亚。在随后的三个小时里，她们感受到了这场比赛的痛苦。

由于她们要在七天内跑遍三十四个国立孤儿院，基本上一天要跑五个，每个孤儿院要停留三个小时，加起来就是十五个小时。这极大地压缩了她们在路上的时间，更不要谈休息、吃饭了。她们凌晨七点就出发，早饭就是在车上喝的一杯咖啡跟一块白面包而已。

更要命的是，选秀的热潮吸引了大批的记者跟拍，无论在孤儿院里还是车上，她们随时随地都要面对几十支镜头。这使她们一刻都不敢放松，脸上一直要维持着笑容，姿态力图优雅。随时随刻都要保持这种仪态是非常消耗体力的，她们很快就精疲力竭，从第二个孤儿院出来时，几乎所有人都虚脱了，一上车就瘫倒在车后座上。但当几十支镜头伸过来时，她们马上露出了灿烂的笑容，用或甜美、或纯真的声音赞扬着孩子们是多么多么可爱，她是多么多么喜欢孩子，内心是多么多么感谢举办方给了自己这么好的一次机会。内心却在咒骂这些记者怎么不掉下车摔死。

唯一例外的是Candy，少女天后早就习惯了被狗仔们追拍的生活，完全按照自己的节奏行事。但她的巨星风范早就融入了日常生活，放松却一丝不苟，让狗仔们无法抓拍到任何不雅的一面。

她表现出的遥遥领先的优势，让别人羡慕而又绝望。

Chapter 09
歃血为盟

鲁特不愧为第一流的经纪人，他组织了一只包括十辆重型卡车的超大车队，到了孤儿院后，重型卡车一字排开，厚重的车厢打开，瞬间就接驳在一起，组成了一座超大而绚烂的舞台。灯光、乐队、伴舞一应俱全，Candy登场后，一场火爆热烈的演唱会就开始了。华丽的舞蹈、甜美的歌喉，谁能抢得过她的风头？那些孤儿们全都尖叫着，跑到舞台周围，环绕着平时只能在电视上看到的巨星。看来，她只需要唱唱唱，唱一路子，就唱进前六强了。

神通广大的鲁特还盛邀各位巨星做现场嘉宾，或单独表演，或跟Candy同台献唱。小孩子们喜欢的主持人、明星，都在首选之列，看得那些孤儿们个个目眩神迷。

而拥有自己车队的Candy，带着大批保镖，护卫着她，让记者无法随时抓拍。这让Candy能获得足够的休息时间，每到一个目的地，就会以比其它选手更为饱满的精神，投入演出。

怎不让其他的选手嫉妒万分。

当然，眼明手快的人立即就采取了行动。赛琳娜上场了。

与Candy相似的是，她也组建了一只超大的重型卡车车队，车厢打开，也变成一座超大的舞台。但，不同的是，舞台上出现的，不是乐队，而是一整个马戏团。那是北美特区最著名的马戏团——

瑞林兄弟和巴奴姆及贝利。

四只狮子与老虎列队走出，雄浑的兽啸声宣布一场紧张刺激的马戏正式开幕。这是一场将杂技、驯兽、魔术、杂剧融为一体的表演，正投小孩子所爱，对绝大多数儿童来讲，这些本就以他们为受众的表演，当然更有吸引力了。

当一只被赛琳娜操纵着的机械傀儡走出来时，马戏的表演达到了高潮。这是一具几可乱真的人形傀儡，有着夸张的长长的银发，与瘦削如刀的面容。在纤长的牵线控制下，它可以跟人一样坐卧行走，甚至唱歌、跳舞、演戏。它的动作灵巧复杂，完全不像是个傀儡，简直就是个活人。

男孩子们围着它，兴奋地讨论着它究竟是怎么活动的。而女孩子们则抱着自己的芭比娃娃，跟它比较着。男孩子女孩子都一致赞美它那银色的长发就像是月光，如果能枕着这样的头发睡觉，肯定能梦到月亮。

这个叫月神的傀儡，为赛琳娜挣足了人气。仿佛，也为她锁定了一个六强的席位。其它选手都知道不能再坐视了，再不努力的话，她们将被无情地淘汰。

但是，她们面临的，却是前所未有的困境。

小孩子们看似容易哄，其实并不然。特别是在旁边有两台盛大的演唱会跟马戏团的

情况下。相思和妮可想跟几个孩子说句话,却拉都拉不住,只能眼睁睁地看着她们跑到月神和Candy的身边。

其他的选手也遭遇到同样的问题。

看着正如火如荼表演着的Candy与赛琳娜,她们脑海中闪过同样的画面:

Game Over。

Chapter 10
妙手回春

出乎预料的是，有人首先取得了突破。这个人，不是实力强劲的苏妲，也不是蕾切尔，而是薇薇安。

第二个孤儿院叫索瓦多孤儿院，里面收留的儿童大多身有疾病。Candy与赛琳娜的到访，使这个本来冷冷清清的孤儿院热闹起来。激昂的电子乐与兽啸声吸引了绝大部分孩子的注意，却有个孩子却坐在台阶上，眼神冷冷的，没有半分动容。

他有一头褐色的长发，盘驳着落在肩头，顺势而下，将他大半个身子都笼罩住。他的脸瘦削，像是一枚剥开的瓜子，脸色极为苍白。他长的并不难看，甚至可以说是清秀，但是，孤儿院的孩子们却全都绕着他走，没有人敢接近他，仿佛，他就是个灾星。

他的目光是冷漠的，带着不像他这个年纪的空清，似乎早就已看透了世情。欢乐似乎与他无缘，无论多么欢乐的人，一靠近他，脸上的笑容就立即熄灭。

他身材极瘦，连小号的衬衫都显得大了，松松地堆在身上。

没有朋友，没有伙伴。就像个羸弱的灾星，跟一切欢乐格格不入。

薇薇安走近他："你生病了。"

少年抬头看了她一眼，眼神里没有任何波动。他刚想说话，突然爆发出一阵剧烈的咳嗽。点点鲜血从唇角溅出，瞬间染满了袖口。

薇薇安微微皱了皱眉，沾了一点鲜血，仔细地看着。

旁边有个小女孩轻轻拉了拉她的衣服："不要管他。他的病会传染。"

薇薇安给了小女孩一个笑容，对少年说："我，可以治好你。"

少年惊愕地抬头。他脸上闪过一丝惊喜，但瞬间就黯淡了。他极力压低声音，似乎只要略微高声一点，就会惊动他那脆弱的肺部："不要浪费时间了。"

"我的肺几乎全部烂掉。我不能跑，不能跳，就连说话大声一点，也会呛出肺里的淤血来。这种病，是治不好的。你还是走吧，和我站得太近，会被感染的。你没看到他们都离我那么远吗？"

他的眸子中有一抹苍凉，早就已接受了这不公正的命运。

薇薇安："我，可以治好你！"

她的话中没有丝毫犹豫，镇静而决断。少年惊愕地看着她，薇薇安却转身走了。

少年脸上并没有失望，他早就见惯了别人的背影。无论多亲多近的人，在知道他得的是什么病后，都会给他背影，离开。但这次，薇薇安却让他惊讶了。

她再回来时，手上拎着那个巨大的箱子。她一把抓起少年，向房里走去。少年在她手中，就像是一只折坏了的风筝。

嘭的一声巨响，房门被重重关上。

小女孩惊讶地看着关上的门，悄悄走上去，推了推，门纹丝不动。她趴在门缝上，听着，门里面什么声音都没有。

这像是一支蹩脚的小插曲，没有引起任何人的注意。

但，半个小时后，一声尖叫却响彻了整个孤儿院。

"我好了！我好了！"

房门被猛力地推开，少年冲了出来。他疯狂地奔跑着，一面跑一面呼喊着三个字："我好了！""我好了！"似乎只有这三个字，才能宣泄出他的激动。他跑得是那么用力，将整张脸都憋得通红，但他全然不顾，在花园里尽情地跑着，任由泥水溅起，将他的白衬衫染满污秽。他突然被绊倒，栽倒在泥浆中。他失声痛哭起来。泪水将脸弄得一片模糊。

以后的他，可以尽情地跳，尽情地喊。他再也不用躲着别人。

他不再是个病人。

房门再度打开，薇薇安拎着那只巨大的箱子，面无表情地走了出来。

孤儿院中所有的人都静下来，呆呆地看着她。

薇薇安像是刚做了一件微不足道的事情一样，毫不在意地将箱子放回原处。但，孤儿院中的人都知道少年得的病有多可怕。本来，少年仅只有半年的生命，孤儿院其实是他的养老院，他在十二岁就走到了生命的尽头。但，现在，他却可以跑可以跳，像是能一直活到九十九岁。

这个淡蓝色的女子，难道，竟是神医吗？

刚才跟薇薇安说话的小女孩，此时怯怯走上来，轻轻扯了扯她的衣服："我，我的病也能治吗？"

薇薇安瞥了她一眼，她的脸部有个红色的斑点，呈现出妖异的鲜红："比较棘手……"

女孩刚有些希冀的眼神立即黯淡了下去。

"得给我二十分钟的时间才行。"

Chapter 10
妙手回春

女孩大喜："可以……可以帮我治吗？"

薇薇安没有回答，拎着女孩走进了房间。嘭的一声巨响，房门被重重关上。

这一次，无论演唱会还是马戏团，都无法再吸引孩子们的目光。他们全都围在房门口，忐忑不安地等待着。

二十分钟后，房内传出一声尖叫。

女孩兴奋地冲了出来。

"我好了！我好了！"

她也尖叫着，不停地跑着、跳着，在地上打滚。她的兴奋将脸蛋烧得火红，仿佛生命中所有的喜悦都在这一刻绽放出来，甚至，还不够。

所有的孩子一拥而上，将薇薇安围住！

"给我看！"

"我也要看！"

接下来的时间，成了薇薇安医生私人的看诊时间。无论什么重症、绝症、不治之症，只要"嘭"地关上门，过一段时间，就会有一个活蹦乱跳的好孩子跑出来。

什么表演能比她更有吸引力？

第一天的慈善巡回活动结束了，Candy、赛琳娜、薇薇安以各自的方式获得了大批的拥趸，但出人意料的是，她们并不是最受欢迎的人。

最受欢迎的，居然是苏妲。

每当离开一个孤儿院时，演唱会、马戏团、神秘大箱子的周围固然站满了送行的人，但更多的人，却围绕在苏妲身边，久久不愿离开。这些小孩子们一遍一遍地说着他们爱苏妲，会永远支持她，无论让他们做什么都可以。

这让大家大惑不解。苏妲并没表演什么，她本应跟妮可、相思一样毫不起眼才是，她唯一做过的，就是微笑，对着每一个人微笑。但她的微笑在倾城的容颜中得到了升华，让所有见到的人迷醉不已。就连选手们，见到她的笑容，心中的敌意也渐渐瓦解。

好吧，看来六强的席位，已经预订出去四个了。

薇薇安与苏妲的异军突起加重了其他人的紧张。尤其是相思和妮可。她们俩都很喜欢小孩子，相思在课余时间经常去敬老院、孤儿院做义工。但是，她知道孤儿院里的孩子虽然年幼，却早就尝过了世间的艰辛。他们一般都将自己的心隐藏的很深，不会那么轻易被别人碰触到。要想获得他们真心的喜欢，是很困难的。他们宁愿表现出肤浅的一

面来，比如喜欢演唱会、马戏团等。

但，这些，却是妮可相思所不能给予的。她们的关怀是真心的，然而区区三个小时，又能给出多少真心呢？这场慈善巡回已变成了个大型的嘉年华，本应该是演员之一的妮可和相思，却也成了看客。

无法乐在其中，只能眼睁睁看着自己被淘汰。就像是在蔚蓝的，充满阳光、氧气与热带鱼的海水中，缓缓沉没，直到溺死。

相思听到自己的心在咚咚地跳着，比Candy的演唱会的声音还要吵。

她不想溺死。她不想被淘汰。

看着大批蜂拥而至的记者，八卦杂志与新闻上铺天盖地的消息，忙碌痛苦但是充实的每一天，她忽然发现，她已经习惯这一切了。

她不想再过以前的生活，她不想再做灰姑娘，被别人欺负，每天低着头走路，整天的内容就是宿舍食堂教室，教室食堂宿舍。单调而灰色，忧郁的就像是冬日的天空。

她的生活应该是彩色的，就像现在这样，刺激，迷离，灿烂而引人注目。她喜欢看着自己的照片贴得满街都是，人们在谈论着她。她就像明星一样，甚至已经有了一份演艺圈的合约。

如果这场比赛被淘汰……

也许她就什么都没有了。只能回到华音大学，继续土拨鼠一样的生活。是的，在那里，她是一只土拨鼠。一只整天把自己藏起来，只在成绩榜单发下来时露一下头，又被锤子狠狠敲下去的土拨鼠。

现在的她，已经明白，那才是真正的痛苦。如果再让她过那样的生活，她只用一秒钟就会窒息。

但是，要怎么才能赢呢？

过去的三轮比赛，她赢得浑浑噩噩的，胜利，就像是自己送上门的一般，她连拒绝都有些不好意思。但这次，这次不一样了。这次，她只能靠自己。

相思紧紧咬着嘴唇。

她思索着，希望能有哪怕一点点线索。

没有Candy那样的歌舞才华。

没有赛琳娜那么有钱的家族作为支撑。

也没有薇薇安那么高明的医术。

更没有苏妲那张连同性见了都喜欢的脸。

而这场比赛，需要演唱会、马戏团这样的大杀器，一炮就轰出成百上千的fans来

Chapter 10
妙手回春

才行。

她越想脑子越乱，却始终没有任何办法。

"嘟……"

"嘟……"

电话铃声在无聊地响着，等待着遥远彼端的一声回应。

就像是烟花等着夜的降临。

两首歌的间隔里，Candy蜷缩在后台一角，穿着单薄的演出服，数着"嘟"的声音响起的次数。

在资讯如此发达的今天，电话铃声早就千变万化，从搞笑彩铃到时尚歌曲，应有尽有。只有一个人，却仍用着最原始的铃声。但没有人取笑他，因为，他总是在"嘟"的第一声就拿起电话，无论什么样的铃声，对他都是一样的。

他是个生活极为简单的人，就像这串铃声。

但是，这次"嘟"的声音却响的格外的久，这很不正常。"嘟"的次数在持续累加，Candy的不安越来越重。

终于，电话那端传来了人声："喂。"

Candy急不可待地说："Rafa，为什么这么长时间都没给我电话？他……他不想见我了吗？"

Rafa沉默了一下。"Candy，选秀还顺利吗？"

Candy的声音中明显有些暴躁："不要支开话题！他为什么不找我？我们……我们不是重新开始了吗？"

Rafa叹了口气："Candy，我以为，那封信已经说得很清楚……你们之间已经结束了。"

Candy尖着声音说："不！信中说的不是那样！他已经接受了我！他还要我参加选秀！我会像他希望的那样，夺得冠军，再次成为影视界的Queen！你知道，我一定能够做到！"

"Candy，我想你误会了他的意思……"

Candy却完全沉侵在自己的想象里，根本不顾及对方说了什么："你说，他是不是要等我成功之后才肯见我？就像这次重逢一样！我一定能为他做到的！求求你，不要说他不肯见我，不要说！"

她的声音中充满了脆弱。自从上一场比赛结束，她心中就埋下了不安的影子。对相

思说过的那些话,伤人,却同样伤己。这么多天来,期待与不安都在一点点蒸腾,在她心底淤积为一片雨云,终于形成降雨。雨是咸涩的,妄图滋润她烦躁的心。

期待越久,心中的不祥感就越强。她其实早就知道了结局,只是拒绝相信。她完全不知道自己说错了什么、做错了什么。

他们,不是有个欢愉的重逢吗?

他不是接过了那张一亿四千万的支票吗?

他们不是再度在暮风的拥抱下,温柔缠绵吗?

他难道不是亲笔写了一封信给自己,鼓励她参加选秀、再度为自己加冕吗?

怎么会这么快就改变了?

难道,就在参加选秀的这段时间里,他真的找到了新欢,才决意将她抛在脑后?

她想到,上轮比赛中他为相思温柔鼓掌的一幕,心里立即充满了绝望。

Rafa叹了口气:"我想你会错了意,Candy,关于选秀……"

Candy打断了他的话:"Rafa,求求你帮我一次,我要见他!我只要见他一面就可以!你能帮我的,不是吗?就像以前一样,只有你才能帮我……"

她忍不住又哭了起来。Rafa又叹了口气:"Candy,如果是别的事,我一定会帮你。你知道,我是守护骑士,对于主君的命令我无条件地遵从。"

Candy嚎啕大哭起来。

Rafa静静地听着她的哭声,从电话的远端传来。虽然隔着这么远的距离,他仍能感到绝望是如此之强,足以击倒他的原则。

但他没有动摇。

或许,让她彻底绝望,才是对她的仁慈吧。她也该知道某些真相了,这是他唯一能为她做的事情。

"Candy,其实,他要找的Queen……"

"……从来都不是你。"

"嘟……嘟……"声再次响起,这次谈话终结。

当工作人员遍寻不见,来到后台,想催促Candy登台演出时,他们看到Candy缩在角落里,抱着自己埋头大哭,几近崩溃。

挂上电话后,Rafa久久地沉默了。

接着,他拨通了另一个电话。这个电话拨通得很快,显然,对方并没有像他一样,在看到号码之后犹豫接还是不接。

Chapter 10
妙手回春

"喂。"

听到她的声音，满腹心事的Rafa，也不由地笑了："由您来做超级公主的总策划，真是太合适了。没有人比您更清楚公主的标准是什么了。"

对方笑了笑："R骑士，你打电话过来，就是为了跟我说这么幽默的话吗？"

Rafa："我想给您个委托。"

"哦？你该知道我要价很高的。"

Rafa："我知道。您也知道我的薪水很高，绝不会付不起帐。"

他顿了顿，不敢再开玩笑："我想拜托您一件事。Candy可能会去找您，让您帮忙接近亚当斯大公。我想请您拒绝她。"

"哦？拒绝送上门的生意可不是为商之道哦。你知道我开的是什么店。"

Rafa："我知道。但我想您跟我都同意，这是对她最好的选择。她应该有真正属于自己的人生……"

对方似乎是叹息了一声："好吧，我答应你。但有一个条件——我想借用一下路西法的钥匙。"

"什么？"沉静如Rafa，竟在听到这句话的瞬间惊呼出声。

对方却很轻松地说："R骑士，别叫的这么大声，我的电话都快爆掉了。"

尽管对方看不到，Rafa仍然很有礼貌地鞠躬道歉："对不起，尊敬的公主。我只是太震惊了。您知道，这件事我做不了主，我只能代您通知亚当斯大公。"

对方："那当然。不过，请告诉他，这是找出'公主'的关键。"

Rafa恭谨地答应，合上了手机。

他抬头，看着天空长出了口气。

阳光很好，天很蓝。

他的心情却少见地有些阴郁。奇怪的是，这阴郁并不是源自于"公主""SEVEN"甚至"路西法"这种国家机密，而只是电话那头，那个哭泣的少女。

他有点怀疑，这样拒绝了Candy，到底应不应该。

她一定会哭得撕心裂肺，很长一段时间都无法从痛苦中走出来吧。

但是，总有一天，她会端着一杯冰咖啡，坐在这样的阳光下蓝天下，脸上带着幸福满足的笑容。她会打开一本书，躺在沙滩椅上，拥有真正的平静。

那时，或许她会明白，她真正应该做的，不是别人心中的Queen，而是她自己的。

和一个真正爱她的男人。

和一段真正属于她的爱情。

Chapter 11
孤儿院

第二天,选手们来到匈牙利首都布达佩斯旁的郊区孤儿院。它是由一座古老的教堂改建而成的,坐落在山谷中间,有无边无尽的绿树,就像是爱丽丝钻过兔子洞时看到的一样。在这里生活的孤儿们,算得上是幸运儿了。

演唱会跟马戏团依旧进行着,唯一的区别是,Candy脸上的笑容变得很勉强,歌声里的感染力也明显减弱。这导致赛琳娜的月神傀儡吸引了更多孤儿。

苏妲微笑看着她们俩,她的身边也聚集了越来越多的孤儿。他们痴痴地看着她,说的话千篇一律。

"苏妲姐姐,你好美哦!"

"苏妲姐姐,我长大了能像你这么美吗?"

"苏妲姐姐,我好爱你哦!"

孩子纯真的笑脸显得有些痴迷,闻着她身上诱人的香气,看着她倾国倾城的容颜,连演唱会与马戏团都抛诸脑后。

苏妲脸上的微笑是完美的。

Candy,赛琳娜,莱拉,薇薇安,还有自己,就是这场比赛的胜者吧。看来大局已定,只等七天过去了。

突然,她看到一个人,远远地站在人群中,看着她。

白色制服配着浅色的领结,随意的装扮,就像是郊游中的偶然驻足,却已成为一道风景。他天生便是引人注目的,无论跟多少人在一起,最先被看到的总是他。他的笑容很温柔,像是随时都会聆听别人的倾谈;而永远笔挺站立的身姿,又令他看上去有些漫不经心的肃穆。金色卷发被风吹散,散发着纯粹的光芒。那金色是奇特的,难忘的,带有一种无法名状的高贵,仿佛希腊神话中涅斐勒的金羊毛,装满了天神的祝愿。

只要他在的地方,就有阳光。

但此时,看着苏妲被纯真的儿童包围着,微笑倾城,他脸上的笑容却有一丝怒意。

天,也仿佛阴郁了起来。

苏妲的微笑僵了一下。

Chapter11
孤儿院

这一刻，她知道，自己被盯上了。

她是猎物。

她的秘密已被看穿，随时都可能被他狩猎。苏妲进化成为九尾狐已快一年了，比起白檀山庄时，她的力量更强。就算面对全副武装的嘉德骑士，苏妲都不会惧怕，但是，看到这个少年，苏妲却明显地感到了危险。

他知道自己用来吸引孩子们的手段了吗？

少年缓缓向苏妲走了过来。

苏妲心中一紧，却轻描淡写地将身边的孩子全都打发走了。她看着少年在她身边坐下来，转了转眼珠，笑道："我该怎么称呼您呢？"

"如果你愿意，你可以叫我杨老师。"

苏妲："哦，为什么我不能叫您兰斯洛特少将呢？我觉得这个名字比较有名。"

杨逸之没有说话，似乎在斟酌着该怎么说。

在国会弹劾了富兰克林公爵后，杨逸之的声望迅速增长。那篇义正词严的演讲词甚至作为教材，被人民广泛流传。如今，整个合众国里，不知道他是兰斯洛特少将的人已经很少了。

当然，相思那样的天然呆除外。

苏妲笑了："难道说，您更喜欢杨老师这个身份？"

杨逸之没有回答。

苏妲："还是说，有人更喜欢杨老师这个身份？"

杨逸之脸一冷。正密切注视着他的苏妲心中一紧，脸上的万般妩媚都难以施展出了。她叹了口气："杨老师，您是骑士吗？"

杨逸之摇了摇头："仅仅是见习骑士。"

苏妲："见习骑士？也就是说，您还没有正式的Angel？但是，为什么我从您身上，感受到比K骑士还大的压力呢？难道说，您比他还厉害？"

杨逸之笑了笑："见习骑士怎么可能比真正的骑士还要厉害？"

苏妲："可是我很怕您呢！"

杨逸之笑了笑："那或许是因为你怕老师而已。"

苏妲做恍然大悟装："真的耶！我的成绩向来不好，尤其是数学。你不知道，我到现在一紧张的时候还会梦到考高数！杨老师，您不会是教数学的吧？"

她越说越兴奋，身子向杨逸之倾过去，越靠越近。

杨逸之淡淡说："不要尝试了，你的香水对我没用。"

苏妲的身子立即僵住，美眸中闪过一丝惊讶，失声说："你……你怎会知道？"

杨逸之没有回答她这句问话："我不但知道，还知道你给这种香水起了个名字叫蓝毒。它能让闻到它的人爱上你，效果是永久性的。也就是说，它对人脑的创伤，是永久的。这些孩子们这么喜欢你，你没有唱歌没有跳舞，没有马戏表演，却更像Candy、赛琳娜一样吸引大批的孩子，就是因为你身上涂着这种香水，让他们一闻到就彻底爱上你。苏妲同学，你不觉得这对孩子们，太过于残忍吗？"

"这些孩子的人生，将从此改变。他们本可以遇到喜欢的人，相爱，相恋，相守一生。但现在，或许他们一生都活在对你的虚假的爱慕中，无法自拔。你毁了他们的一生！"

他的笑容已消逝，取而代之的是怒意。

苏妲笑容窒住。

这个少年的笑容就像是阳光，但是，当他不笑的时候，却有些凛然逼人。他的正义感就像一面镜子，让每个心怀鬼胎的人，都惴惴不安。

杨逸之："哈梅伊是不是你杀的？"

苏妲一惊，失声说："你说什么？"

杨逸之："蕾切尔说过，她进入房间时，哈梅伊已经死了。如果凶手不是她，杀死哈梅伊的不是超自然力量，那就只有一种可能，哈梅伊是窒息而死的。只有这种死法，才会不留任何伤口。我用最精密的仪器反复测量她的尸体，最终在她的肺部里发现了极少量的红毒残留。红毒能令肌肉痉挛，当人仰卧时，肌肉痉挛却可引起呼吸障碍，窒息而死。这就是哈梅伊真正的死因。我曾注意到，她的房间里有一个不合理的地方：空调和风扇都是开着的。这只有一个解释，你想尽快让香水的味道散开，免得被别人发现！"

苏妲惊讶地说："我相信你的推断没错，但是，虽然哈梅伊是因红毒而死的，但下毒的人却可能不是我。前些日子，我的香水被人偷走了几瓶，也许，盗贼才是真正的凶手。只凭哈梅伊中了红毒就断定我是凶手，未免太草率了。"

杨逸之点头："的确是有些草率。那么，你告诉说，是谁偷走了你的香水呢？"

苏妲怔了怔，说："不知道。"

杨逸之："这可能吗？你并不是普通人，你是SEVEN，而且是进化过的上阶SEVEN，仅凭肉体就能与大天使机体搏成平手。这样奇异的香水你一定是贴身而藏的，怎可能被人偷走而你却未发觉？"

苏妲苦笑，摇头："虽然听上去是不可能的，但至少有一个人能做到。青帝子。"

Chapter 11
孤儿院

这个名字让杨逸之的眉头皱了皱。

"你想必听过这个名字。青帝子是SEVEN中激进派的首领,他杀死了骑士S,潜入人类世界。她亦加入了选秀中,就是蕾切尔。难道你不怀疑,她为什么加入选秀吗?虽然我不知道她的真实目的,但她既然参加了选秀,想必就想夺得冠军。所以,她有偷盗香水的动机,也有杀死哈梅伊的动机。"

杨逸之点了点头。虽然蕾切尔跟秋璇解释过,她进入的时候哈梅伊就已经死了,但杨逸之并不相信这一点。

"我也会找青帝子谈话的。我不会放过任何一个嫌犯。仅凭目前的证据,断定你是凶手的确有些牵强,所以,我今天来,主要是警告你的。以后多收敛一些,或许我会多容忍你些时间。"

他的面容渐形冷肃。

"另外,我劝你以后少用香水来魅惑别人。也许你并不知道你为什么会进化,我可以告诉你,那因为你体内有堕天使之心的碎片。"

"在与K的战斗中,堕天使之心有一部分进入了你的体内,是它引起了你肉体机能的大幅度提升,也就是所谓的进化,使你成为'上阶SEVEN'。进化的结果是你拥有了新的能力:通过血液制造出几种威力巨大的香水。这一切力量的来源,都是堕天使之心。你总该明白,使用堕天使之心的力量,会招致什么后果。"

苏妲的眸子黯了黯。她的确知道。无论富兰克林还是华伦,都曾植入过堕天使之心。他们最终的下场都是生不如死,变成了半人半尸的怪物。

她也会这样吗?

苏妲的嘴唇牵动,想笑一笑,但是,这个笑容却无论如何都挤不出来。

显然,她早就知道这个事实。

"不。我会继续使用下去。因为,只有这样,我才能进入决赛圈。我有必须要赢的理由……"

她的声音中充满了苦涩。

"但是,我答应你,我不会毁掉他们的人生的。如你所言,我的力量来源于堕天使之心的影响。等我达成心愿后,会设法将这影响去除,香水的力量也会消失,他们再也不会受影响了。"

"这样,你满意吗?"

杨逸之没有回答。

堕天使之心的碎片,一旦入体,即使取出来,其影响力也会深入肉体,永不磨灭。

将之毁去的唯一办法,就是消灭这具肉体。

而这,显然就是苏妲所说的办法。

她的心愿究竟是什么,竟然愿意付出这么沉重的代价?

"记得你这句话,到时候你若是下不了手,我会亲手替你结束。"杨逸之起身,向苏妲施了一礼,缓步走开。

和孩子们告别之后,选手们走向车队,开赴下一个孤儿院。杨逸之站在一辆黑色的卡宴之前,微笑着看着蕾切尔,将车门打开。

蕾切尔仍然穿着她那身标志式的袍子,将全身遮的严严实实的,手上捧着一只水晶球,死眉死眼,没有任何表情。她连问都没问杨逸之的来意,就径直踏入了车里。杨逸之随之上车,"砰"的一声,车门关上后,卡宴车里仿佛变成了另一个世界,外面的一切喧嚣,都听不见。

杨逸之随之发动了车辆,跟随在车队后面,缓缓行驶着。

蕾切尔盯着水晶球,面容一片死寂:"杨老师,你专程来找我,究竟有什么事?"

杨逸之没有说话,他的手攀在方向盘上,指节因用力而发白。

"你是SEVEN。"

蕾切尔:"广义而言,这个说法没有错。但,我更愿意被称为超级生命体。"

杨逸之的笑容已消逝,取而代之的是怒意:"你想挑起人类与SEVEN的战争,但我警告你,离平民们远些!战争,是军人的事情,在战场上,你无论杀死多少人都行,但不要将战争延伸到他们身上。这些孩子们是无辜的。我不知道你想用什么方法晋级,但是,我会保护他们,如果你伤害到任何一个孤儿,我会毫不犹豫地杀死你!"

蕾切尔尖笑了一声:"保护他们?亲爱的兰斯洛特少将,我相信您是个好人,正直、善良,富有同情心与正义感,因每个人遭受的苦难而流泪,你生命的目标就是为世人打造一座天堂。但是,您为什么不收养这座孤儿院的孤儿呢?他们不是最需要帮助的人吗?"

她的话让杨逸之怔了怔。蕾切尔的话渐渐尖锐:"您一定有很多理由,您是个大人物,您该做大事情。您要维护世界和平、对抗魔王、参与这个国家的决策,所以,您没有时间来照顾他们——你们每个人都这样讲!"

"你们长篇累牍地鼓吹,这个世界是人类历史上最完美的时代;电视上、书本上、甚至每个人的脑海里,不都这样认为吗?但是,为什么还会有孤儿院的存在呢?"

"为什么还会有幼童被抛弃?为什么他们要承担大人们的过失?为什么要用最简

Chapter 11
孤儿院

单粗暴的方式,将他们圈养起来,打上一个巨大的标签——孤儿?你知道他们是怎么想的吗?他们不想要这个标签!他们想出去,和别人一样生活。但他们不能。他们只能每天排着队等着领养。如果运气好的话,会被选中,如果运气不好,他们一辈子都要排着队。被领养后,才是噩梦的开始。只有极少数人能回归正常的生活。绝大多数,永远都生活在猜疑与恐惧中。无论养父母对他们多么好,他们都会惴惴不安,本能地敌对;而又会想尽办法抓住每一份对自己的善意……那是到死也不会终结的梦魇……"

她抬起头,挑衅地看着他:"你能理解吗?而你又做过什么?"

杨逸之沉默了片刻:"你说的这一切,我会反省,甚至在可能的时候,我也会推动全体人类为之反省。但,这一切,都不成为你毁灭人类的理由。"

蕾切尔猛然伸手,将胸前的衣服撕开。

"那这个呢?算不算理由?"

她的胸前,竟印着一个触目惊心的烙印。

烙印呈火红色,深深地嵌入了肌肤中,似乎,只有死亡化为灰烬后,才会消失。

她精致的面容因愤怒而扭曲:"我们虽是超级生命体,但刚刚来到这个世界时,会有一段'迷失'期,没有记忆,没有力量,没有亲人,在偌大的尘世间流浪。恐惧,迷茫,比这些孤儿还要可怜百倍。就在那段时间里,我被人类拐卖了。他们将我打上这个烙印,像牛羊一样地贩卖。在不同的买家手中,我被转售、殴打、折磨,你能想象一个七岁的幼女,在地牢中受过的那些痛苦吗?绝望,恐惧到发疯。亲爱的兰斯洛特少将,那时,你又在哪里呢?你为什么不对那时的我说,'孩子,我保护你'呢?你以为这些都是过去的吗?这个组织,现在仍然存在着,哈梅伊也是他们的货物,她跟我一样,在胸前烙着同样的印记!还有多少女孩曾被他们贩卖过呢?这些灭绝人性的贩卖现在仍在进行,甚至某位人类的公爵也参与其中!兰斯洛特少将,你为什么不找到这些该死的人,对他们展现你的正义呢?"

她衣衫尽解,面容冰冷,就像是一尊雕像。

话语中有刻骨的仇恨,让杨逸之不能直视。

杨逸之沉默着。蕾切尔的话,他没法辩驳,因为那是真实。他明白蕾切尔为何如此愤慨,对于人类曾经做过、现在仍在做着的事情,他一样无法认同。

这个时代的确是完美的,但正如太阳也有黑子一样,再光亮的东西都会有阴影。那是无法消除的印记,除非,光是从两个方向同时射过来的。

光源越多,物体的影子就越少。浮在空中、接受四面八方的光照射的物体,是没有影子的。这或许给我们一个启示,无论太阳多么耀眼,都不应该盲从。多换几个角度来

看问题,才会消除掉盲区。

杨逸之缓缓说:"如果可以,我代表人类向你道歉。人类的确亏欠你和你的种族太多。我也会推动针对孤儿的制度的建立,争取从制度上杜绝孤儿院的存在。以后他们会得到更好的照顾……"

"我的确不能直接照顾他们中的某个人,但是,我会照顾他们这个群体。在这一点上,我并不愧疚。至于SEVEN,虽然人类对你们做过很多错事,但是,现在你们已经有了自己的土地,我希望你们能呆在自己的土地上,安守本分。毕竟,你们会给人类社会造成恐慌。你们不应该来到这个社会。"

"曾经有个人对我说,要依法定罪。SEVEN不是人类也不是宠物,目前没有法律可以对你们量刑。这个问题,我考虑了很久。我的答案是,视个体而定。如果表现得像人,那么就用人类的法律;如果表现得像动物,那就用动物的法律。蕾切尔,如果你规规矩矩地参加选秀,我就将你当成是人类,虽然严密监视,但不会做任何限制。但,如果让我发现你杀了任何人,我只能以动物来看待你!"

"我不能造就一个完美的世界,然后再来审判你,但我审判你,是为了造就一个完美的世界。"

"造就一个完美的世界吗……"蕾切尔喃喃重复着。

她秀眉微微一挑:"兰斯洛特少将,我能明白你守护人类的心意。我向你保证,整个选秀期间,我只会杀一个人。"

杨逸之:"谁?"

蕾切尔:"'公主'。我知道这场选秀的真实目的是什么,我也知道,'公主',是你们对付超级生命体的底牌。但是,我不会让你们如此顺利地就获得这张底牌的,我要毁掉她。尊敬的兰斯洛特少将,我觉得,你应该帮助我杀了'公主'。"

杨逸之冷笑:"你疯了。"

蕾切尔:"不,我没疯。杀掉'公主'后,人类的高层才会绝望,放弃跟SEVEN和超级生命体决战的念头,我们就可以坐下来谈判。这是避免人类与SEVEN决战的唯一办法。兰斯洛特少将,我可以向你保证,只要你帮我杀掉'公主',我就答应跟人类谈判。为了避免一场能令千万人牺牲的世界大战,做出一点小小的牺牲,是很值得的。如此有正义感与责任感的你,想必不会拒绝吧?"

杨逸之:"骑士信条告诉我,我能站着死,绝不能跪着生。"

蕾切尔笑了:"那只是你不能放下人类所谓的尊严而已!我的条件很简单,我知道你的背景很强大,我希望你能将我的条件传达给人类的高层。合众国要增加一位大公,

Chapter 11
孤儿院

这位第四大公由SEVEN担任。辖区就在北极圈周围一千公里之内,包括阿拉斯加、白令海峡在内的广阔区域。如果人类能答应这一条件,也答应不进入SEVEN的辖区,我就可以保证,绝没有任何一名SEVEN会进入人类的辖区!"

杨逸之断然拒绝:"人类绝不可能答应这样的条件!"

蕾切尔面上挑起一抹冷笑:"先不要急着回答我,兰斯洛特少将,去跟你的长官们汇报吧。记住,SEVEN本就一无所有,我们不介意跟人类进行一场毁灭彼此的大战。"

后一句话,让杨逸之的面容冷峻起来。

蕾切尔脸上聚起一个讥诮的笑容:"兰斯洛特少将,诚如你所言,我确想过灭绝人类,但现在我改变主意了。你们虽然罪恶、愚蠢、贪婪,但毕竟缔造了整个现代文明。我们SEVEN一族也不愿得到一片废墟上的胜利。为了表示诚意,我已将制造疫苗的关键交给了芙瑞娅公主,从此,SEVEN身上携带的病毒将对人类无害,这让我们的和谈成为可能——只要你肯助我杀死公主,我族就将和平加盟合众国。"

杨逸之:"我不会答应的。"

蕾切尔:"我相信,随着时间的推移,您的心意便会改变。兰斯洛特少将,我很想看看,如此有正义感的你,会不会为了守护人类,做出妥协。"

杨逸之冷冷说:"如果真有那么一天,我不介意杀死你。"

蕾切尔笑了:"杀死我?您不记得S是怎么死的吗?何况,如果在人类社会跟我交战,我不介意让百万人类为我殉葬。想现在就看看我的力量吗?一瞬间就能令整个车队跟周围的村、镇一起毁灭。"

她的话,令杨逸之的眉峰紧皱了起来。对付蕾切尔,他的确投鼠忌器。蕾切尔提出的交易条件非常具有诱惑力,身为军人,杨逸之很清楚人类一旦真与SEVEN交战,会造成多少人的伤亡。合众国将会动摇基础,千万人死去,十倍的人数流离失所。整个社会将会分崩离析。人类就算赢了,很长一段时间经济、政治、军事都难以恢复。各种被勉强掩盖起来的问题全都会爆发。如果有可能,他的确愿意付出任何代价,避免人类与SEVEN的战争。

但是,杀死公主,这的确是他不能付出的。这代表着,人类将失去唯一抗争的力量,此后只能任人宰割。

该如何应对?

漆黑的卡宴在高速公路上滑行着。夜,寂静而深沉,无边无际。

这个阳光般的少年,笑容中第一次出现了阴霾。

　　慈善巡回车队来到塞克什白堡,相思与佩佩、妮可只能贯彻从小事做起的原则,努力地帮孤儿们做着家务,用真心能感动一个人便感动一个人。少了演唱会、马戏团这样的大杀器,她们还能怎样?

　　这样会有效吗……

　　相思忍不住会想。但不可否认,她做起这些事情是得心应手的,反正她在学校里也做惯了。打工的时候她做的事情更苦更累呢!

　　有时,做着做着,她就忘了这是在选秀。

　　做着做着,就忘了抬头看谁站在她面前。直到那人微笑着打招呼:"你好。"

　　相思茫然抬头,杨逸之站在阳光里,淡金色的长发与白色制服都那么耀眼。但他的笑容冲抵了距离感,让他显得平易近人。

　　相思满手的泥巴,正在提着水。见到杨逸之,她的脸腾地红了起来,双手都不知道该放哪里了。她急忙站起来,语无伦次地说:"啊!杨老师,您怎么来了呢?"

　　杨逸之:"亚当斯先生让我问你一下,下周是他的生日,你愿不愿意到他的府上做客?"

　　相思吓了一大跳:"我吗?我可以吗?我不可以吧!"

　　杨逸之:"当然可以了。这是亚当斯先生的亲口邀请。如果你同意,他还会让Rafa送上正式的请柬。只要拿着那张请柬,就没有人会阻拦你。"

　　相思:"可是……我……我不敢去……那里肯定有很多大人物吧。"

　　杨逸之:"是有一些。不过你可以去小厅,等那些大人物走后,生日聚会才会真正开始。放心,那时就只有一些家人了。"

　　他微顿了顿:"你只要小心不要惹到格雷蒂斯小姐就好。别的人都很和善的。"

　　"我会照顾你。"

　　相思似懂非懂地点了点头。杨逸之微笑着向她挥手道别,而后钻进了卡宴。临行的时候,他转头看了苏姐一眼。

　　苏姐仍然是人群中最美丽的花朵,散发着迷醉的芬芳,吸引着越来越多的孤儿聚集。但这过分的繁华却暗藏着不祥,似乎随时都会坍塌、崩坏。

　　杨逸之叹了口气。他实在不想做这场繁华的终结者。但,又能如何?

Chapter 12
星印

罗马,第二大公行宫。

亚当斯大公会见秋璇的地点不是办公室,而是私人会客厅。这里其实是一个花房,三面全是玻璃,外面是一大片花园,树木被修剪成各种动物的形态,鲜花也按照颜色不同,间种成不同的图案。远处则是一个带着喷泉的湖泊,视野极为广阔。而近看时,沿着玻璃种满了红白色蔷薇,藤蔓胡花朵恰当地遮挡了视线,让这个空间不至于过分空旷。

花房里除了鲜花,只在中心处摆放着一张椭圆形的胡桃木餐桌,两张雕花扶椅,完全的美式乡村风格。

午后的阳光透过玻璃与藤蔓,倾洒下来,一切变都得温暖而亲切。亚当斯大公带着依旧和蔼的微笑,看着坐在对面的秋璇,语气温和地问:

"Rafa,告诉我,你想借路西法的钥匙?"

秋璇悠然端起刚泡好的红茶,点了点头:"是的,因为这是找出公主的关键。"

亚当斯:"哦?为什么?"

秋璇:"路西法最初陨落在英国,皇家科学院曾对它进行过研究,有很多有趣的发现。其中一条就是,路西法会对真·神谕产生共鸣。只要身怀真·神谕的人进入机舱,它就会有共鸣。每次的共鸣都不一样,但一定会有。我已经找到了最可能的人选,但由于DNA证据已经失效,路西法的共鸣便成了鉴定公主人选最可靠的方式。所以,我只好来求亚当斯叔叔,借钥匙给我一用。亚当斯叔叔也不想找到个'赝品'吧?"

亚当斯有些吃惊:"哦?路西法居然还有这功能?我倒是不知道。你说你已经找到了人选,是谁呢?"

秋璇:"Candy。"

出乎秋璇预料的是,亚当斯听到这个答案,竟惊讶得几乎站了起来,他双手用力握住扶手,几乎让扶手碎裂。"什么?是Candy?"

秋璇:"是的。怎么,亚当斯叔叔,有什么问题吗?"

亚当斯努力定了定神,深呼吸了几次,勉强镇定下心神。他慢慢坐了回去,咳嗽了

几声,声音恢复了正常:"你为什么认为是Candy?"

秋璇犹豫着,似乎是不想说出这个秘密。但亚当斯大公的目光里,却有不容抗拒的威严。就连秋璇,也不禁为他的这种变化感到诧异。

这十九年来,亚当斯大公一直希望民众能忘记他在战争时代的所为,用漫不经心、玩世不恭的演员作派来隐藏自己。民众喜欢看到他那些取悦民众的表演。风趣、温和又有几分懒散,似乎乐于安享这太平盛世和人民对他的爱,消磨了锋芒。却不知这一切只是他的有意为之。

只有在这一瞬间,重重伪装突然被剥离,他仿佛回到了三战时候,那个几乎将世界拖向毁灭的冷酷统帅。

是什么,有这么大的洞穿力?难道只是一个名字?

Candy。

秋璇注视着亚当斯大公,终于叹了口气,说:"这是个秘密,极少人知道。拥有真·神谕的人,胸口都有个星形胎记。我在Candy的胸前,发现了吻合的印记。所以,才认为她是最可能的人选。"

亚当斯:"星形胎记?"他似乎陷入了沉思,但头脑一片混乱,什么都想不起来。他注视着秋璇的眸子,脸色阴晴变幻。

"好,我把路西法的钥匙给你。这个结果对我很重要,一有消息,就立即通知我。"

秋璇站起身来:"亚当斯叔叔,我当然知道了。您放心好了,而且,在测试的过程中,我还要向您借两个人来帮忙呢。就算我不通知您,他们也一定会通知的。"

从秋璇告辞起,亚当斯大公卧室的大门就关了起来。

门上亮起了一盏红灯。

守在门外的Rafa,一看到这盏灯,脸色立即变了。

从早晨到傍晚,门,一直紧关着,灯,也依一直亮着。期间,有几十位政府高官想要拜见大公,但,一见到那盏红灯,脸色立即就变了。他们冲Rafa低声询问着,Rafa苦笑着摆出"无可奉告"的表情,他们就不敢再说什么,赶紧退下。

选秀庄园。

妮可坐在台阶上,呆呆地,不知道在想什么。

相思心急火燎地做做这个、做做那个。忙乱而没有目标。眼看着大杀器们轮番轰炸

Chapter 12
星 印

着,现场气氛越来越火爆,她急得都快哭出来了。

她分明感觉到,被淘汰的危险,越来越近。这一次,再没有任何的幸运可言。

妮可双手抱住了头,似乎不敢想那个可怕的结局。

"以我之预言,你将取得冠军。"

蕾切尔的声音,缓缓传来。妮可与相思一起回头。

即使是在白天,蕾切尔依然穿着一身黑袍,裹得密不透风。仅露出来的脸被厚厚的铅粉盖住,呈现出极为刺眼的雪白。

她的话,让妮可的眼睛一下子亮了起来。但是,蕾切尔的下一句话,又让她顿时沮丧。

"如果,你能渡过这一关。"

"这一关,将是你夺冠的最大的劫难,如果你不能度过,公主将另易其主。"

她冰冷而精致的面容,天生带了种奇异的说服力。

"只有一个办法,能助你度过劫难。"

妮可的双眼发光,忍不住脱口而出:"什么办法?"

蕾切尔没有回答她,而是转头看着相思:"这个办法,也能帮你晋级。"

相思先是一惊,随即不知不觉地握紧了双拳:"什么办法?"

俩人全都热切地看着蕾切尔。蕾切尔没有说话,从黑袍底下将水晶球拿了出来。

"命运不可预言,我只划出轨迹……"

她在水晶球里仔细地看着,一字一字地说:"找出关键评委来,我就能找出晋级的办法。"

关键评委?

相思一头雾水。妮可却失声说:"你是说,真有关键评委的存在?"

蕾切尔:"命运是这么说的——这次的关键评委,将起到至关重要的作用。"

妮可沉吟着,闪亮的眼睛慢慢黯淡了下去:"可是……可是……我怎么能找到关键评委呢?"

蕾切尔再度看着相思:"你可以。"

相思:"我?"

蕾切尔点头:"谁是关键评委,由秋璇来定。你花了这么多时间在秋璇身上,想必一定有办法从她那里搞到这个人的名字。"

相思呆了呆,没明白蕾切尔的意思。良久,她才恍然大悟,不禁满面通红:"不!你误会了,我和秋璇,并不是你想的那样。我从没想过要利用她!"

蕾切尔冷笑："在先知面前，一切掩饰都是徒劳的。我欣赏你这种料敌机先的本领。你一定很早就知道选秀的事情了吧？也早就知道秋璇会担任总策划？能这么早就得知情报，而且成为总策划的助理，其实你并不像看上去那么呆。"

相思："我没有！"

蕾切尔："我观察过你一段时间，坦白说，你令我困惑。你做事总是糊里糊涂的，毫无章法，很多时候过于情绪化，且孩子气十足。但是，你交的朋友却都大有来头。莱拉，Candy，秋璇，兰斯洛特少将。你选择将友情作为向上爬的跳板，这对于你的出身，是个很明智的决策。"

相思急了："我没有！你怎能这么说？"

蕾切尔："我说错了吗？你可曾有任何平民朋友？"

相思一窒。的确，她仅有的几个密友，似乎跟她的差距都蛮大的。可是，可是，她真的没有怀着利用别人的心在交朋友啊。蕾切尔怎能这么侮辱她的友情，好像她是不择手段来讨好这些人，来换取什么利益似的！

相思："妮可，妮可就没什么来头！"

蕾切尔笑了："难道你觉得，没有妮可，你能走到这一轮？"

相思："还有杨教授！他不是贵族，也没有太大的来头！他只是个学者而已。"

蕾切尔有些震惊地看着她，仿佛看着一个怪物。

一人冷冷地说："这你可冤枉了她。她是出了名的认不出人来的，专门认不出名人！你能相信，她见了亚当斯大公都能认成是克拉克·盖博吗？"

Candy走了进来，她的脸色很冷，就像是冰一样。她看着相思，就像是看着敌人。

"她跟兰斯洛特少将交往了这么久，兰斯洛特在她面前不止一次出示了证件，她居然还以为他仅是个大学老师，这样的事情，你能相信吗？"

相思脱口而出："他那是骗人的！"

这些人居然都相信了杨老师的谎话，真是太好骗了！相思忘记了生气，禁不住微笑起来。当她将真相告诉她们的时候，她们一定会大吃一惊吧。她刚开口说些什么，但Candy脸上浓浓的讥嘲，却让她猛然窒住。

她并不笨，只是，太容易相信别人而已。一连串疑问，一连串不太合理的事情，突然出现在她的脑海里。

为什么，他能轻易调动直升飞机？

为什么，守卫对杨逸之那么尊敬？

为什么，杨逸之可以随便面见第二大公？而且关系还相当熟悉？

Chapter 12
星　印

难道他都是在骗她的？她一下子变得心慌起来，好像做了什么亏心事，又好像丢了什么重要的东西一样，说话都不禁有些结结巴巴起来："难道、难道他真的是兰斯洛特少将？"

Candy："如果你不会用Google，难道连百度都不会吗？搜一张兰斯洛特少将的照片，真的那么难吗？完成了公爵弹劾案后，他可一直是推特热门话题呢。"

这无疑肯定了相思的疑问，她的脸瞬间涨得通红，几乎快哭了出来。与"杨老师"经历过的桩桩件件蓦然忆起，果然疑点极多！

为什么她从来没怀疑过呢？

她还未从震惊中恢复过来，Candy脸上的讥嘲更加浓了："装得可真像。好吧，让我们姑且相信你天真纯洁到没有怀疑杨老师的身份。那么，亚当斯大公又是怎么回事？这么天真纯洁的小姑娘，却在第三轮比赛中，特别选了亚当斯大公的经典之作《铭记之盟》，结果出人意料地晋级了。这又该作何解释呢？"

相思怔怔地，在被质问到的瞬间，还没明白过来Candy是什么意思。

这幕戏是妮可帮自己选的啊，她也不知道亚当斯大公会出席的！

但，在别人看来，她认识亚当斯大公→亚当斯大公对她有好感→她选了亚当斯最感动的一幕戏→亚当斯大公为她的晋级起了决定性的作用……亚当斯大公还邀请她去府上做客……而她，是个除了自己，一无所有的新人。

那么，她与亚当斯大公的关系，还会有别的可能吗？

就算有，谁会相信！

Candy："这么天真纯洁的小姑娘，又是怎样换取亚当斯大公的公开支持呢？真是想一想都觉得恶心！相思，我真没想到你还能装出这么一副圣女相来。你的演技真是令我刮目相看。"

相思急得快疯掉了："不！不是这样的！"

Candy："那亚当斯大公为什么邀请你去他家？"

相思一下子说不出话来了。

Candy一脸鄙夷："相思，你还敢跟我说，你不是这样的人吗？"

相思忍不住哭了出来："我，我的确不是……我要怎么说你们才会相信……"

她不知道该怎么解释才好，只好不停地哭，不停地哭。

突然，门被另一个人推开了："她真的不是这样的人。"

莱拉在门口出现。她走到相思身边，把她扶了起来。相思见到莱拉，更加伤心了起来："莱拉……"

莱拉轻轻拍着她的肩头:"不要怕。"

Candy冷笑:"那么莱拉,你又是什么样的人呢?身为一个贵族,居然不顾身份地跟一个平民交往,你不要告诉我仅仅是因为友谊!难道你不是为了通过她接近秋璇?"

莱拉鄙夷地说:"不要将我想的跟你一样龌龊!"

她搂着相思。相思倒在她怀中,哭的很伤心。这是她人生中第一次遭到这么大的误解,却无法辩解,无法诉说。

莱拉不由感到一丝内疚。这段时间,她刻意躲开相思,不就是怕别人如此误解自己吗?误解自己和相思亲近,是为了接近秋璇,另有所图。

这个世界上,每个人都这么想,也是这么做的,除了这个正在她怀中痛哭的少女。

只有相思,将事情看的那么简单,笑就是笑,哭就是哭。朋友就是朋友。

莱拉知道,相思如今唯一的朋友,就是自己。但自己跟那些嘲笑、羞辱她的人一样龌龊。仅仅是为了避嫌,就将她弃置不顾。

她拉了拉相思:"我们走。"

Candy看着她们的背影,一刹那间有点出神:"相思,你究竟是为什么要留在选秀中呢?"

相思的背影震了震。

Candy:"刚开始的那个相思,一副选秀跟她毫不相关的样子,随时都准备退出。我相信那时的她是纯洁的,所以,我才帮助她,想让她至少在这场选秀中留下点美好的记忆。但是现在的相思呢?现在的相思满脑子想的都是怎么赢,她想获得冠军,她想留在娱乐圈里,她想过灯红酒绿、纸醉金迷的生活。"

Candy一字字地说:"现在的相思,还是原来的那个相思吗?"

相思不由地停住了脚步。Candy的话,像是轰雷掣电般响在她的脑海中,将她震得发晕。是的,不知不觉中,她竟然改变了这么多!

她不再是那个胆怯的,自娱自乐的大学生了,她变成了渴望进入娱乐圈的时尚年轻人。她梦想着扎进这亮闪闪的海洋里,直到溺死。

她不再想着理想、抱负、志向、青春,她只想好好享受生活。

她真的已经变了很多!刚才蕾切尔让她去找秋璇的时候,她甚至曾有一丝心动。这在以前的她,是完全不可想象的!

我这是怎么了?相思用力甩开莱拉的手,掩住脸,向外跑去。

莱拉:"相思,你去哪里!"她追上去,想要拉住她,等她跑出去的时候,相思已经不见踪影了。

Chapter 13
烛光晚餐

正当选手们互出绝招,将少女的战争升级到如火如荼时,这场选秀的总策划,秋璇,正踩着高跟鞋,穿过集训庄园的后门,走向一座小楼。

连接庄园后门和小楼的,是一条林荫小道,平时很少有人走。为了避免遭到媒体的关注,秋璇戴上了宽沿的淑女帽,和一副巨大的墨镜。礼帽和墨镜盖住了她三分之二的面容,只露出精致的鼻尖和小巧玲珑的下颚。搭配上她那件复古风格的套裙、以及手上那个巨大的纸袋,让她整个人都充满了神秘感——似极了二战谍战片里美艳的女间谍。

实际上,她是为了探视病人。

这座小楼离集训庄园非常近,步行十分钟就能到达。它是全木结构,红色的屋顶掩映在树丛中,大片野蔷薇藤爬满了白墙,粉色和白色的花朵层层叠叠,压弯了枝头。小楼看上去并不奢华,却整洁、阳光,充满了欧洲乡村的宁静感。

唯一特别的是,这座小楼竟挂着阿尔芒医院住院部的牌子。

阿尔芒医院,就是上次卓王孙与石星御相遇那家。原本位于米兰的医院,为何会在罗马郊区设有住院部?这就要问在其中疗养的卓王孙了。实际上,这个住院部是刚刚开设的,几天前它还是一处私产。就连医院标牌,都是现请人钉上去的,墨迹犹新。

秋璇一想到这里,就禁不住露出无可奈何的表情。

卓王孙的伤势,远不到住院的地步,但他却坚持要长期治疗。而后,他就成了名正言顺的病人。秋璇必须在每天的工作结束后,来这座小楼探视他。

谁让他是为秋璇的选秀节目配戏才受伤的呢?于公于私,于理于法,她必须为他负责,照顾他直到痊愈为止。按卓王孙的话说,还算他比较好心,选了一处离她最近的地方,让她免受奔波之苦。看来,他是赖上她了。秋璇忍不住苦笑。

这就是他的风格,耍赖也要得理所当然,充满了少年暴君的霸气。

走到门口时,秋璇停下脚步,清点了一下纸袋里的东西:从苹果、牛奶、面包,到熨平叠好衬衣。护工?从来没有请过;佣人?他要静养,除了秋璇谁也不想见。因此,这些生活必需品都要秋璇每天给他带过去。还得按时定量,送晚了都不行。

秋璇叹了口气。这家伙,总算找到借口,挟病自重起来。

"小卓。"秋璇推开了房门。

不出所料,卓王孙正坐在飘窗前的躺椅上看书。听到秋璇的声音,他头也不抬,指了指墙上的挂钟:"你迟到了三分钟。"

一副高高在上、颐指气使的语气,让人恨不得将纸袋砸在他脸上。但秋璇依旧微笑着:"那是因为我发现,你要的报纸被韩青主熨焦了,只好督促他临时又买了一份。"

卓王孙淡淡问了一句:"衣服呢?"

秋璇维持着甜美的笑容:"都洗过了。"

"这部小说的最新章呢?"

秋璇从纸袋中拿出一个文件夹:"上午刚从作家那里要来的手稿。"

"晚饭?"

秋璇拿出餐盒,在桌上摆开:"刚烤好的牛排、鱼子沙拉和奶油蘑菇汤。"

他终于满意地点了点头,放下了书,看了桌面一眼:"这几天的晚饭都是韩青主做的吧?味道实在太差劲了。"

秋璇听到他的抱怨,放下了手中的餐盒,微笑着看了他一眼:"小卓,既然你想,下次我一定带亲手做的饭给你。"她的笑容显得有些意味深长,"这几天照顾你,让我的厨艺长进不少,应该比上次的奶油蛋糕好多了。"

提到比奶油蛋糕还好吃的"神作",卓王孙嚣张的气焰明显一拘。他摆了摆手:"算了,太麻烦,还是先凑合吃一点吧。"

当他打开一个盒子,看到里边的食物时,又忍不住皱起了眉头:"这也叫牛排?韩青主可真是越来越离谱了。"他犹豫了片刻,还是无法忍受:"我知道附近有家牛排店不错,不如我载你出去?"

秋璇妩媚地笑着:"可是小卓,你不是伤得很重吗?"她做出查看他伤势的样子,突然在他腿上的绷带处用力一敲。砰,有清脆的回响,看来绷带下还真打上了石膏。

秋璇惊讶道:"真是奇怪,你根本没有骨折,为什么要打上这么厚的石膏呢?"

卓王孙脸色有些尴尬,匆忙躲闪着她的手:"我怎么知道,可能是担心感染吧。"

"哦",秋璇若有所悟地点了点头:"那你可不能到处乱跑了,小心伤势加重。"她将双手轻轻按在卓王孙的腿上,令他不敢动弹。甜美的笑容中有一丝威胁的意味:"搞不好,要终身坐轮椅哦。"

言外之意很明显:如果敢再装病下去,小心让他假病成真。

Chapter 13
烛光晚餐

卓王孙却并不害怕，反而笑了笑："这个问题应该你担心才对，我是因你而受伤的，若真坐了轮椅，你就得照顾我一辈子。"

秋璇柔声道："放心好了，以中华大区强大的医疗实力，想必不会让大公子的伤势糟糕到这个地步。"

"那可未必。亚当斯大公二十年来还都在轮椅上呢。"

"他？"秋璇的神色里有些许不屑："他可是骗人的高手。如果不是为了选票，他根本不用坐在那张该死的椅子上……"这番话原本只是指责卓王孙装病耍赖，但却无意中涉及了一个重要的国家机密：第二大公的身体状况，比他表现出来的要好得多。

这在最高层中是心照不宣的事实，但却极少被提及。

卓王孙点头："在这一点上，他倒跟我很像……"

秋璇："你说什么？"

卓王孙慌忙转开话题："你既然知道他很会骗人，为什么还替他举办选秀？"

这本是随口一问，却让秋璇的笑容黯了黯，少见地陷入了沉默。

显然，这个话题是她始料未及、也不想提起的。

她轻轻叹了口气，在卓王孙身边坐了下来："小卓，有的事情我还不能完全告诉你，但你至少应该知道，北美大区与SEVEN一族的关系，不像表面上那么简单。"

卓王孙也收起了玩笑的神色，语气变得有些郑重："SEVEN最初就诞生在北美的实验室里，可以说由第二大区一手制造。这次选秀，投入巨大，牵扯众多。其暗中目的也必定非同小可。我必须提醒你，亚当斯大公对你虽然很友善，但对于他们这样的人，国家利益远比个人感情重要。垦利小镇那颗导弹就是明证。他对女王尚且如此，你也不能不有所提防。"

秋璇："不止如此。从我搜集到的材料来看，Joker似乎对第二大区的情况非常熟悉。我怀疑，他们私下有着密切的联系。"

卓王孙点了点头："这也是我担心的。而你还忘了一个人——兰斯洛特。他目前是51区的主管，没有人比他更了解SEVEN的情况。我总感觉，他出现在中华大区并不是偶然。他现在插手选秀的事情，未必不是亚当斯大公用来掣肘你我的。"

秋璇叹了口气："他现在就已经是一个大麻烦了。他昨天出现在孤儿院，差点把苏妲抓回伊甸园……不过按我的判断，他是一个真正正直的人，对你我也没有恶意。"

卓王孙笑了："如此正直的一个人，刚刚满十八岁，就已身为少将、51区主管，不久前还完成了弹劾了富兰克林公爵的壮举，成为炙手可热的政坛新秀。这一切不是来的太顺利了吗？"

秋璇微微皱眉:"小卓,你不能随意怀疑别人……"

卓王孙:"别误会。我丝毫没有怀疑他的正直。但亚当斯大公对他的器重,似乎完全超过了爱才的范围。你总该听说过,关于他们关系的传闻。"

从幼年起,兰斯洛特就常住在亚当斯大公家里。对两人的关系的猜测,已成为合众国高层茶余饭后的谈资之一。无论哪一个版本,听上去都不太光彩。

秋璇突然想到了什么,忍不住发笑:"小卓,你提醒了我。R曾经给我讲过一个小时候的笑话。当你刚刚被送到白金汉宫时,母亲大人向我介绍你:'从今以后,他就要和我们一起生活了,你要视他如亲兄弟一样。'当时,我问了一句童言无忌的话。"

卓王孙随即想了起来。那一幕实在让他印象深刻,想忘记都不可能。

当时,年幼的秋璇睁着一双无辜的大眼睛,怯生生地问:"妈妈,他是你的私生子吗?"这句话以清脆的童音传遍了整个大厅,现场所有人顿时满头黑线,呆若木鸡。

卓王孙禁不住笑了:"我记得。当时,女王怔了怔,随即抱起你,说'怎么可能,你永远是我唯一的孩子',她吻了你之后,还给我们分了糖果。"

秋璇:"后来,我把这件事告诉了Rafa。他非常羡慕。半年后,亚当斯大公也带回家一个小男孩,那就是兰斯洛特。亚当斯大公对R说了几乎同样的话:'从今天起,你们要一起生活,视对方如兄弟。'于是,希望得到亚当斯亲吻的R也同样问他。'主人,他是您的私生子吗?'"

"结果呢?"

"他既没有被吻也没有吃到糖,而是被揍了一顿,关进了小黑屋。"

两人同时笑出了声。笑声冲淡了房间中过于沉闷的气氛。对兰斯洛特身世的调侃,让两人暂时忘怀了国家大事,而将心思放回到晚餐上来。十分难得地,卓王孙亲手布置起餐桌:"哈梅伊死了,对于'公主'的人选,你有什么新的发现吗?"

秋璇低头看了一眼颈上的龙鳞项链,目中闪过一丝狡黠:"小卓,你知道,'公主'的标志,就是胸前会有个星形胎记。我在给选手量身制作内衣时,曾仔细观察过她们的胸口,发现有三个人胸前有印记。哈梅伊是其中之一,但后来我们知道,她胸前的星形不是胎印,而是人贩组织的烙痕。我就再仔细地核对了另外两个人。其中一个是妮可,她胸前的确有个印记,却很模糊,几乎看不出来是星星形状,所以可能性不大。另一个人则是Candy。"

卓王孙也有些惊讶:"Candy?"

秋璇点了点头:"我本没有怀疑她,因为她的胸前纹着的是星条旗图案,并不是胎记。但既然另外两人不可能,Candy反而成了最有可能的人。我又仔细地比对了一下她

Chapter 13
烛光晚餐

胸前的图形，却发现，虽然她纹了好多星星，但其中一颗颜色很深，似乎和别的都不一样。也就是说，Candy胸前可能的确有个星星的胎印。"

卓王孙："这实在太令人吃惊了。不过，你还别说，Candy和女王还真有几分相似。"他的笑容有些意味深长："如此说来，亚当斯大公还真是长情啊……"

秋璇皱起眉头："小卓，我都愁死了，就不要再开玩笑了好不好？此事关系重大，我不得不慎重。我需要确凿的证据，来确认这一点。"

卓王孙也收起了玩笑，认真说："你要如何确认？"

秋璇："'公主'的血脉中有真·神谕的力量，而真·神谕会改变DNA，因此，通过DNA比对来确认身份的办法不再行得通。但是，有一个东西，却可以确认真·神谕——路西法。"

卓王孙动容："你是说，最初的机体，路西法？"

秋璇："是的。没有人知道这具机体是从哪里来的，它从天而降，坠毁在英格兰境内。王室将它秘密运走，进行了大量研究。二战后，这具机体作援助欧洲的条件，被运到了美利坚，此后就一直作为最高军事机密，被51区保存。人类的机体都是对路西法模仿的结果。但至今为止，仍没有一具机体能达到路西法的高度。所谓真·神谕，正是驾驶路西法的能力。路西法，只有在真·神谕的驾驶下，才能发挥出真正的威力。这也是亚当斯大公倾举国之力来寻找'公主'的原因。这场选秀，其实是人类在寻找路西法的驾驶者。也因此，路西法具有鉴别是否具有真·神谕血脉的能力。我向亚当斯叔叔借用路西法的钥匙，正是为了确认这一点。若Candy能引起路西法的感应，就证明她拥有真·神谕，是我们要找的公主。"

卓王孙："路西法这么重要，亚当斯叔叔会交出钥匙吗？他不怕你动什么手脚？"

秋璇："如果亚当斯叔叔答应，那就证明，路西法身上的东西，已经拆的差不多了。就算我们进去，也什么都拿不到。"

卓王孙笑了："他就是这么小气的一个人。好了，家国大事谈完了，我们开始吃饭吧。"他不知从哪个角落里，找出了两根白色蜡烛，也不知是早有准备还是临时起兴，插在一大堆乱七八糟的纸质餐盒中央。蜡烛点燃后，温暖的光线顿时充满了房间。烛光晚餐的气氛，顿时静静地蔓延开，连目光，也变得温柔起来。他们不再说话，而是静静地分享着食物。这顿出自韩青主之手的蹩脚晚餐，因为有了彼此，而变得与众不同。

每一分滋味，都妙不可言。每一寸光阴，都千金难换。这个国家的确有太多秘密，等着两个人去解答。也有太多责任，等着两个人去背负。

何不暂时享受这只有彼此的时光。

Chapter 14
退赛

结束了同城德比的AC米兰、国际米兰的球星们联袂亮相，顿时引起了孤儿院的轰动。这只豪华的球队跟演唱会、马戏团鼎足而三，直接瓜分了1/3的fans群。至此，六强的眉目已渐渐清晰，Candy、赛琳娜、莱拉各自以大杀器轰出一片天，而薇薇安凭借医术，苏妲凭借香水，也都聚集了大量的人气。除了这五个人外，酝酿已久的蕾切尔，终于出招了。

一顶小小的帐篷里面，漆黑的袍子将她遮得密不透风，苍白的手摆在水晶球上，两者几乎有着同样的颜色。一盏阿拉伯铜灯闪着幽光，恰好将水晶球照亮。球体里面，似乎有云光不停地翻涌着。

神秘，诡异，再配上蕾切尔冰冷但独具特色的声音，简直就是童话中的女巫再现，而且这个女巫又是如此美丽。没有什么比这更能吸引孩子们了。他们抱着好玩的心情，伸出手来，按在水晶球上，蕾切尔则一动不动，看着水晶球中的纹路，喃喃说着什么，似乎那个孩子的命运，真的镂刻在上面。

孩子们惴惴不安地等待着，怀着一丝好奇。蕾切尔一般会说出几件他曾经做过的事情、或者性格什么的，有准的有不准的，更让孩子们感觉这只是一场游戏。但接着，蕾切尔就会让他亲手从树上摘下一片叶子，交给她，蕾切尔的手指在叶子上划着，像是写着祝福的符咒，然后交还给他，让他贴身保存。

孩子们嘻嘻哈哈的，有些相信，有些不相信。

但第二天，那些仍然保存着叶子的人，全都被领养了。

消息一传出去，所有的孤儿都震惊了。毕竟，演唱会虽然好看，马戏团虽然好玩，足球明星虽然很帅，苏妲虽然很美，病好了虽然很高兴，但，对这些孤儿们来讲，最大的事情，却是能被一个幸福的家庭领养。

没有什么比这个更重要了。

将叶子随手扔了的孤儿们，哭着喊着再去找时，却再也无法找到。他们蜂拥而至，在蕾切尔的帐篷前面排起了长队，希望能拿到一片属于自己的叶子，但蕾切尔的祝福有的时候花的时间很短，有的时候却很长，长到要一两个小时才结束。她解释说，那是因

Chapter 14
退赛

为这个孩子的罪孽深重,她需要更长的时间来为他净魂。

而那些丢掉树叶的人,再也无法得到她的祝福,因为蕾切尔说了,只有相信她的人,祝福才有效。

这使得她在孤儿院的人气呈爆炸性地增长。无论接受没接受过祝福的孤儿,都宣称,他们相信蕾切尔,永远支持她,绝不会背叛。

就算仅仅是个虚假的幻想,他们也要紧紧抓住,绝不会再丢掉那片叶子。

六强的名额,似乎已尘埃落定。毫无建树的佩佩,叶芝,妮可,相思,人气可怜之极,注定了要成为失败者,从这个舞台离开。

如果相思还在的话,也许她不会惊讶于自己的处境,而是惊讶于那些球星们跟莱拉是如此熟。他们亲切地跟她挽在一起,不时打闹一下,就像是兄妹一般。他们叫她"米兰的公主",心甘情愿地刚比赛完就为她站台。若是相思对体育更熟悉一些的话,就会发现,其实,"米兰的公主"这个称号,自莱拉7岁起,就已戴在她头上了。那时罗纳尔多还刚开始走红,他将莱拉扛在肩膀上的照片登在米兰体育报上,名字就叫"米兰的公主与未来的球王"。

或许,相思真的会诧异,莱拉怎会跟她做朋友!

只可惜,相思没有看到这如火如荼的一幕。

她不知道该去哪里,在树林里茫然走着,脑袋里浑浑噩噩的,一路向前。人烟越来越稀少,她走进了山区,只有绿树,不时有松鼠不安地看着她。相思对周围视若不见,她只想哭,但是哭不出来。她很伤心,但并不知道伤心的理由。她感到烦躁,但又不知道该如何发泄。

为什么,为什么那些人会这样看她。她什么都没做啊。

她有些惊慌失措,她感到自己投入了亮闪闪的海洋里,满嘴都是苦涩的腥咸。

终于,她走累了,一头栽倒在树底,昏昏沉沉地睡着了。

睡梦中,佩佩、Candy、赛琳娜不停地骂她,莱拉哭着说她拖累了她。妮可跟她们吵,被打得鼻青脸肿的。薇薇安跳出来,说要彻底检查一下她的身体到底有多肮脏。相思尖叫着醒了过来。

她突然发现,她身上盖着一件衣服。

白色的制服,就像是一片月光。

"做噩梦了?"杨逸之的声音传了过来。

相思猛然转头，就见杨逸之站在树的另一边，身上只有一件衬衫。她一下子跳了起来："你骗我！你骗了我，你根本不是杨老师，你是兰斯洛特少将！"

"我不要你这该死的衣服！"她抓起那件衣服，向杨逸之丢去。

杨逸之伸手接住："谁说我不是杨老师？"他从怀里拿出证件："我是华音大学正式聘任的客座教授，我的两个博士学位跟聘任书都是真的，有案可查，我在华音大学开的课你也上过了，怎能说我不是杨老师呢？"

相思一下子语塞，她无法辩驳，同时又感到很委屈很委屈："可是……可是你是兰斯洛特少将！你一直骗我说你不是。"

杨逸之叹了口气："其实，我并不想做这个少将，我想做一位学者，从书籍与卷帙中发现真理。我向你道歉，那时我是在执行秘密任务，如果泄露身份，可能会立即丧命。我并不是怀疑你，而是因为敌人是无孔不入的，可能就潜伏在身边，我对你说的话，可能会被窃听到。"

"现在，请允许我重新介绍一下自己。兰斯洛特·杨，合众国最年轻的少将，负责北美特区FCI特别事务组，我还有一个身份是华音大学的客座教授，专研合众国的历史。中文名字是杨逸之。"

说着，他向着相思行了个标准的军礼，又以教授的礼节，向她伸出了右手。

相思郁闷的心情也被他逗得开朗了。她忽然为自己的任性而懊恼起来。杨逸之不对她说明真相，当然是有原因的，她又笨又木讷，不知啥时候就会泄露出去。

她只是有点沮丧，为什么所有人都看出来了，就她还一直蒙在鼓里呢？

杨逸之与她一起坐在草地上："其实我该谢谢你。"

相思又困惑了。

杨逸之："你一直没有发现我少将身份的原因，是因为你相信我。我说什么你就相信什么，从没问过，也没怀疑过。你是个与众不同的女孩子，我很感激你的信任。你让我的任务能圆满完成，也让我在完成任务的过程顺利而愉悦。"

相思低下头，脸不禁红了。不是……不是因为她傻吗？

月光，像是脉脉地，也变得柔和起来。虫鸣声静谧地响起着，小松鼠们也敢出来了，忙碌地运着松果。无声的时候，似乎能听到细微的东西在生长的声音。

杨逸之叹了口气："特工和明星是一样的，最难得的就是信任。最常见的，就是被最熟悉的人出卖。所以，我不得不随时保持警惕。"

相思的眼圈又红了起来，她想起了她刚遭受过的委屈。她心底有个疑问，一直没想通，而这，也是她这些委屈的源头："亚当斯大公，为什么要邀请我去他家呢？我跟他

Chapter 14
退 赛

并不熟啊。"

杨逸之笑了，温和地笑了："其实，邀请你的，并不是他，而是我。"

相思震惊地转过头来，看着他。

杨逸之："我的父亲，是亚当斯大公的战友。亚当斯大公在三战中受伤时，就是我父亲将他背回去的。他们是唯一生还的两个人。所以，亚当斯大公很照顾我，我离开家乡后，就一直住在亚当斯大公家里。他永远保留着一个房间给我。当然不是像哈利·波特那样的楼梯间。亚当斯大公常说，要我将他们家当成是自己的家。"

他笑了笑："其实……其实是我想邀请你去我家做客。"

相思恍然大悟。

原来……原来是这样的！

那些可恶的女人，竟然这么恶毒地解读亚当斯大公！竟然肆无忌惮地诬陷她！真是太可恨了。

杨逸之："你也不用恨她们。娱乐圈，就是这样的。别人看到的，是她们光鲜亮丽的生活，但在她们看来，也许只不过是你死我活的战场。比如这场选秀，并不是郊游，不是通往成功的跳板，而是战争，是胜者为王、败者就永无出头之日的残酷竞争。而你也不是她们的伙伴，而是对手。就像是拳击，在台下可能是好朋友，但在台上就只能打得头破血流。"

他轻轻叹了口气："如果最终三强是你、莱拉和妮可，你会怎么做呢？将冠军让给她们，还是跟她们拼到底？那时候你们还可能是朋友吗？"

相思忍不住打了个寒颤。她从未想过这个可能，是因为这个可能性太小了，小到几乎可以忽略不计。但，只要她们继续走下来，就一定会遇到。

她们会竞争上同一个节目的机会，竞争同一个角色，同一个奖项。她们的影片也会在同一个档期上映，fans会吵成一片。她们的生活会交错在一起，充满摩擦。而友情的火焰，将越来越黯淡，随时都会熄灭。

永远无法再被点燃。

相思沉默着，突然站了起来。

"我决定了！"

"我要退出这场选秀！"

"我不做明星了！我不是这块料！我还是做我的好学生，我就适合做这个！"

想通了的相思大叫大跳着，满脸都是高兴的。

杨逸之微笑着看着她，这才是他认识的，熟悉的相思。一个真诚的，透明的，不做

作的相思。

相思突然冲过来,一把拉起他,让他跟自己一起雀跃,宣泄着心中的兴奋。

去他的选秀,去他的战场!不干了!

她要做回自己。不是个斗兽场里的战士,也不是大染缸里的布料。她也许不会在站在聚光灯下面,不会再有fans的欢呼,但是,她会有一颗纯洁的心灵,她想做什么就做什么。

那个宿舍食堂教室三点一线生活着的优等生,那个鼻子上架着黑框眼睛除了学习什么都不懂得的傻姑娘,并非一无是处。她拥有那么多。

她有友情,她有安宁的生活。她有美好的理想,对未来的憧憬。她知道只要她努力,她就能获得。她对别人纯粹,别人也对她纯粹。

也许她不能影响一个国家,不能让千万人向她膜拜,但她却能让跟她一起的人感到快乐,安宁。

她不能让世界和平,却可提供一块小小的净土,就在她周围,方圆三尺之内。在这块净土中,所有污秽都不存在。她是如此纯净,让世俗中的一切相形见绌,自惭形秽。

她的生活,就像是一缕烛光,没有霓虹灯那么璀璨,却有霓虹灯所没有的温暖。

那份温暖是她独有的属性,别人可能不关注,但她自己一定要珍惜。

想通了的相思,兴高采烈的像个孩子,把所有的欢喜都宣泄了出来。她的心灵像是被长久的蒙蔽着,此刻突然清晰了起来。这让她感到无比的轻松,无比的自在。

突然,她像是觉察到了什么,急忙放开了手:"对……对不起,杨老师,我把你当成莱拉跟玄田田她们了……"

她满脸通红,不停地鞠躬道着歉。

心中,却悄悄地疑惑,她怎会在杨老师面前如此放肆呢?杨老师又不是她的闺蜜。这是她跟闺蜜才有的亲昵,仅限于莱拉跟玄田田。完了,她脑筋完全坏掉了。

杨逸之微笑看着她,丝毫不以为忤。

相思平静下来,忽然叹了口气。"我唯一担心的就是妮可了。她也要止步于这场比赛了。她很可怜,我希望她能走的更远一些。"

她把妮可的过去跟杨逸之说了。杨逸之笑笑说:"对她来讲,止步于十强也未尝不是好事。"

相思:"为什么?"

杨逸之:"因为即便她能通过慈善考核,再下一场就是宫廷礼仪。我想,妮可对于宫廷礼仪应该一无所知吧。"

Chapter 14
退 赛

相思:"真的耶!那可怎么办才好?"

妮可跟她一样,都是平民出身,所谓的宫廷,跟她们隔了十万八千里远,仅仅只存在于童话书中。而宫廷礼仪素以重视细节而著称,那绝非短短几天能够学会的。

这么想来,妮可跟她是迟早会被淘汰的,提前退出,也不见得是多遗憾的事情。她唯一担心的,就是失去比赛后,妮可该怎么办。

杨逸之:"这你放心好了。虽然你们止步于十强,但也已小有名气,而且你们不是已有了合约了么,以后生活应该是没有问题的。"

相思恍然大悟,但是又迟疑着说:"但是……但是我感觉,妮可似乎很想要这个冠军呢。"

杨逸之笑了:"这可不是想要就能要到的。我想她能够明白的。"

相思点了点头。她脑海中却不由地浮现出第一轮比赛时,妮可扭伤了脚踝,她站在后台等着上台的样子。她脆弱如蝶的肌肤中透露出决绝的坚持,仿佛,她宁愿死在台上,也不愿退缩。

如果她知道自己注定要失败,她会怎么想呢。

相思忽然有些担心。

她一定要为妮可做些什么。但,她又能做什么呢。

七天,很容易就过去了。对于Candy、赛琳娜、薇薇安、蕾切尔、苏妲、莱拉这些找到大杀器的人来讲,无非就是每天将这些大杀器重复轰上五遍,而对于佩佩、叶芝、妮可这些没找到的人来讲,每天也都是在重复:重复着煎熬。

当七天结束后,相思回到了训练场。她脸上一点忧虑都没有,显得很是轻松。妮可见到她,也长长舒了口气:"姐姐,你终于回来了。"

看到相思脸上的喜色,她忍不住问:"姐姐,难道……难道你真的去找秋璇了?"

相思摇了摇头,她抓住了妮可的手:"妮可,我能为你做的就这些了。我真诚地希望,你能成为一位公主。"

她的话,像是诀别,让妮可一阵揪心。

Chapter 15
妮可的心愿

揭幕的时刻终于来临。布拉格广场上燃起了节日的灯火，迎接超级公主选秀的第四轮比赛。比赛的赛制如下：三十四座孤儿院各出男女孤儿两名，组成一百三十六人的评审团，每位评审员将选出心目中的六强，最终得票最高的六人，将获得晋级。

蕾切尔的猜测是对的，摩洛哥前王室成员安德烈受邀作为这场比赛的主持人，在评审团投票之前，他将对十位选手分别质询，质询的结果，很可能会影响到评审团的投票意愿。从某种意义上来讲，他就是所谓的关键评委。

夜色降临，伴随着劲爆的歌舞，这场万众瞩目的比赛开始了。仅仅是三分钟，这场比赛的电视收视率就达到了11.6%，这就意味着，在全球70亿人中，超过8亿人观看了这场比赛。布拉格现场更是人山人海。最为特殊的是，那些孤儿院的孩子们，他们几乎全部来到了现场。几天的相处，这些孩子们都有了自己的拥趸，也都举着各自偶像的牌子。这场比赛，让他们成了观众席上的主角。

舞台上的主角暂时是身为主持人的安德烈王子。世界统一后，欧洲各国原王室大多都不再保留王室称号，但对于他，人们仍习惯性地称他为"王子"，他是这场比赛中的另一道风景。他有着一头金发，和典型欧洲贵族的轮廓。他那时而忧郁、时而阳光、时而叛逆的表情，不禁让人浮想联翩，想要一探究竟。世界统一前，他被誉为整个欧洲最迷人的王子，无数人为之疯狂。作为一位王子，慈善已融入到他的日常生活。他是最适合评判这场比赛的人了。

果然，他才一出场，就立即引起台下一阵尖叫声。现场观众显然对这位王子印象极好，给了他比选手还要热烈的掌声。安德烈王子谦和地致谢，他流露出的迷人的微笑更让观众们疯狂。

第一位受到质询的，是薇薇安。

她无论走到哪里都拖着那只大箱子，一脸淡漠地看着安德烈王子，并没有像观众那样兴致盎然。

安德烈王子看了一下手中的资料，有些惊讶地说："薇薇安·哈特穆恩女士，您在这七天的慈善巡回中，救治了三十名濒死的病人，七十四名绝症患者，两百五十三名重

Chapter 15
妮可的心愿

病病人，您真让我惊讶。您来自哪里？"

薇薇安："北美特区，殿下。"

安德烈王子："我还以为是伊甸园呢。"

王子的这个善意的笑话，引起了台下一阵轻松的笑声。安德烈王子接着说："我必须要对您表现敬意，我从未见过如此精湛的医术。我想说，您所做的事情是真正的慈善。"

王子的这句话，是对薇薇安在巡回中的表现的结论。下面转入的，是观众提问的时间。在台下设置了几十台提问机，观众输入想问的问题后，就会在台上的大屏幕显示出来。

第一个问题是："请问薇薇安女士，您在慈善巡回之外，救过多少人呢？"

薇薇安淡淡说："零。我的工作并不是救人的，而是解剖研究人类的身体。"

这个答案出乎大家的预料。

第二个问题是："听说您有个喜欢检查别人身体的嗜好，是真的吗？"

这个问题才一出，立即引起观众一阵大哗。薇薇安的脸色却平静如斯："是的。"

观众们看着她的脸色，立即变得诡异起来。评委席上的孤儿们本对薇薇安极有好感，此时，却都露出了古怪的神情。联想起薇薇安给他们治病时的动作，他们忽然觉得有些害怕起来……

这个问题的威力，丝毫不弱于大杀器，它直接导致在接下来的投票中，薇薇安得了个极低的分数：

32票。

薇薇安的脸色仍然是那么平静，拖着她那个大箱子走下台去。

本来她跟Candy、苏妲、蕾切尔、莱拉、赛琳娜会笃定地成为六强，但现在，形势急转而下，这么低的票数，她几乎等于已被淘汰。

佩佩、妮可的眼睛亮了起来。

她们还有一丝机会能进入前六强！

接下来出场的Candy、赛琳娜，在一片掌声中轻取了两个高分：124分与112分。

终于轮到佩佩出场了。她在慈善巡回中的表现乏善可陈，没有大杀器助威，她的行为很容易就被其他几位光芒四射的人所掩盖。评委席上的绝大多数孤儿甚至对她毫无印象。但安德烈王子却对她表现出了与别人明显不同的尊重："各位观众，我想问一下，你们知不知道，这个世界上拥有慈善基金会最多的人是谁？"

有人回答说是比尔·盖茨，有人说是龙皇，有人说就是安德烈王子。但王子殿下都摇了摇头，最后，指着佩佩："就是这位佩佩小姐。"

观众震惊地张大了嘴。

"比赛之前我们查了一下资料,佩佩小姐实际出资的基金会,总共有三百六十二个。这是个让第二名望尘莫及的数字。有些基金会,甚至从佩佩小姐一出生就成立了。"

"什么是真正的慈善?我想这才是。佩佩小姐在这场巡回中表现并不突出,但是,慈善不是一天两天的事情,慈善是一个人的一生,是心脏的每一次跳动都持续涌出的力量。比起一次性捐出一大笔钱,我钦佩细水长流,十数年如一日的坚持。"

"我想,请大家给佩佩小姐热烈的掌声,她足以成为所有慈善人的真正的表率。"

掌声响起,佩佩敏锐地感觉到,评委席上的那些孤儿们看她的眼光,明显不同了。她保持着平静的笑容,心底却乐开了花。作为南非钻石王国的继承人,她有足够大的手笔花出去几十个亿,将那些小基金会收归自己的名下。这个决断,是对的。

最终她收获了99票。

这是个很高的票数了,虽然没有Candy她们多,但既然薇薇安已被淘汰,如此高的票数,几乎已可确保出线。叶芝?这个爱尔兰的穷吉他手能弹出什么来?相思?妮可?更不可能!要钱没钱,要才华没才华,她们是永远的分母,不在这一轮离开,就在下一轮淘汰。

佩佩得意地想着,却带着谦和的微笑退下。

果然如她所料,叶芝仅仅收获了26票,比薇薇安还要低。而蕾切尔跟苏妲,却分别得到了123票跟122票,几乎跟Candy持平。

妮可的脸色极为苍白。

似乎,她只剩下一个机会,就是莱拉。如果莱拉再得到高的票数,她就彻底没有机会了。但当安德烈王子现场统计AC米兰跟国际米兰究竟有多少球迷时,几乎所有人都举起了手。莱拉最终得到的票数,甚至超过了Candy,达到了127票。

体育,果然是全民的爱好。

而后出场的,是相思。

她临上台之前,拍了一下妮可的肩膀:"放心吧,你一定能行的。"

她走上台去,冲着大家鞠了个躬:"很对不起大家,我决定放弃比赛。"

安德鲁王子惊讶地看着她。相思:"并没有什么特别的理由,我只是感觉自己并不适合留在这个舞台上。"

她转头看着评委席:"在过去的七天里,我太看重比赛的胜利了。这让我忘了慈善,忘了它来自于我们的心里。我必须要说,我的同伴们给我的压力太大,她们太优秀了,使我只顾着比赛比赛,忘记了人的慈善来自于内心。如果没有一颗慈善的心,就算晋级了又有什么用呢?我不配获得这场比赛的晋级,我希望你们能原谅我。"

Chapter 15
妮可的心愿

她站在聚光灯下，侃侃而谈。她没有意识到，这是她第一次在这么多人面前演讲，而且这么流利，没有犹豫，也没有结巴。她更没有想到，她的话中有一种奇特的真诚，感染了每一个人。

她的话才落，观众席上就响起了一串零落的掌声。

掌声，是从一个角落发出的。但那个角落里却藏着阳光。他温煦的笑容，比台上的选手还具有感染力，这让观众们多少集中起注意力，去聆听相思的话。他们也受到了感染，纷纷伸出了自己的双手。

掌声越来越大，甚至，连评委席上的孤儿们，也都鼓起了掌。

杨逸之坐在角落中，微笑着看着相思。她在散发着属于她自己的光，这种光，不是反射他的，也不是折射自任何人，而是由她内心发出的，虽然简朴、微淡，却是那么通透，只要有一块棱镜，就能变得五颜六色、绚烂之极。

她本是那样灿烂的女孩，只是还没找到属于自己的棱镜而已。

安德烈王子叹了口气："Cindy女士，我很佩服你的勇气。你说出的，其实是我们每个人的原罪。我觉得，这样的罪，不应该由你一个人来背负。你真的不考虑继续比赛下去吗？你看有这么多人支持你，你很可能会晋级的呢。"

相思摇了摇头："不。谢谢你们的支持。如果你们真的想支持我，那么，请支持我的好姐妹妮可。她比我更有晋级的理由，我希望大家能给她一个机会。多谢。"

她鞠躬，退下。

观众似是有些舍不得她，拼命地鼓掌。有个小孩子用很尖的声音喊："我们一定会投票给她的！"

观众们发出一阵善意的笑声。

台下，妮可激动地看着她："姐姐，谢谢你，我真没想到你竟会这么做。"

相思紧紧握着她的手："妮可，加油！我相信你一定能走下去的！"

佩佩冷笑："走下去？凭什么？目前我是第六名，票数是99，她能获得100票吗？你们俩也就是叶芝的水平，就算你把票给她，也不过才52票而已！还有一倍的差距！"

这句话，让妮可的脸色更加苍白。的确，这场比赛，也许就是她们的告别演出，此后的辉煌灿烂，她们都只是看客。

妮可勉强笑了笑："姐姐，没关系的。就算败了，至少我们努力过。"

是的，至少她们曾经努力过。

她们有过梦想，为此付出过努力。这个梦并没有带着笑容醒来，却依旧会有甜蜜的回忆。

　　两个没有任何背景的少女,她们有勇气为梦想艰辛努力过,也有勇气接受任何结果。她们本来就一无所有。

　　妮可慢慢走上台,她冲着相思回眸一笑。她的笑容从容淡定,但相思忽然有种感觉,她就像是戎装走向战场的士兵,这场比赛,她只能赢,如果她输了,她的生命就会终结。

　　她不知道自己怎会有这样的感觉,心中莫名地一阵恐惧。

　　妮可坐在台上,聚光灯打在她身上,她全身都变得苍白。她就像是夏日的蔷薇枝上的最后一朵白花,在炎热的太阳中凋残。

　　光越强,她凋谢得就越快。

　　"我不知道,像我这样的人,可不可以有个成为公主的梦。当我住在桥洞中时,我……"

　　安德鲁王子:"等等,你住在桥洞里?"

　　妮可:"是的。"

　　安德鲁王子:"你爸爸呢?你妈妈呢?"

　　妮可摇了摇头:"我没有爸爸妈妈。从我记事起,我就只有一个人。我没有出生证明,所以,我无法进入孤儿院,更无法被人领养。我最早的记忆是两岁的时候,我住在一个垃圾箱里面。现在想起来,那是我最幸福的一段时间。那个垃圾箱很大,风吹不进去,每天都有新鲜的垃圾倒进来,我可以找到吃的。我在那里面一直住到四岁,后来,我发现我长的太快,垃圾箱里已经住不下了,我就不敢多吃,每天只吃几片菜叶子。但,这也不能阻止我长大,四岁半的时候,我离开了那个垃圾箱。"

　　她平静地说着,没有怨恨。她甚至带着一丝笑容,就像是在说一件别人的事情。观众们却都震惊地张大了嘴。

　　这个被誉为最完美的时代,不是每个人都得到了很好的福利保障吗?怎么还会有这种事发生?一个从两岁起就住在垃圾箱里的孩子?

　　"我开始了流浪。那时候最困惑我的事情,就是为什么有些东西别人可以吃,而我不可以。我好想吃那些摆在架子上的面包,它们很香,但每次我都被狠狠地揍一顿。于是,我还是习惯性的去找垃圾桶,从里面捡一些吃的。有一天,我吃完里面的垃圾后,突然肚子很痛很痛,我滚到了树林里,在里面躺了很多天。没有人发现我,我饿得实在受不了,就吃林子里的草。幸运的是,我没有死。那件事之后,我就再不敢吃垃圾桶里的东西。后来,我发现了一个更好的地方,有户人家有个木质的狗窝,很大很大,里面住着一只很大很大的金毛。但那只狗窝真的很大,一只金毛住不完,我就偷偷溜了进

Chapter15
妮可的心愿

去，跟金毛住在一起。金毛每天都有狗粮可以吃，晚上的时候，我就吃它剩下的。我不敢吃太多，因为，我怕主人发现……"

她说的很轻淡，但相思却听得流下泪来。她终于明白，为什么妮可的胃口那么小，吃一小块蛋糕就够了。她也终于明白，为什么她那么瘦，那么羸弱。

妮可继续说着，平静地说着。

台下一片死寂。观看直播的8亿观众，也是一片死寂。

他们从未想到，这个完美的世界中，还有人受着这样的痛苦。这个世界提供给每个人丰衣足食，唯独没有给她。

他们知道她说的是真的，这个世界有最好也最严格的信用制度，一切供给都取决于个人信用。信用是跟个人身份绑定的，没有身份证，就没有信用，什么福利都享受不到。

受到震撼最大的，是那些孤儿们，他们本以为自己就是世界上最可怜的人了，却没想到还有妮可。他们虽无父无母，但至少有一张小床可以栖身，一碗稀粥可以果腹，偶尔，还会有明星政要，来孤儿院探访他们。无论是真诚还是伪善，总是会有鲜花、糖果和笑脸。

但眼前这个女孩，却连进入孤儿院的机会都没有。

妮可静静地说着，越来越多的人落泪了。

"……如果有一天，我能遇到我的亲生父母，我想问他们一句，为什么他们这么残忍，连个做人的身份都不肯给我。"

"我知道，像我这样的人，是不配做公主的。我来参赛，只是因为这是我最后的机会。我不想做公主，我想做一个人。我想跟你们一样，有身份，能工作，有一份薪水，能养活自己。我想上学，我想看少女杂志。我想住在一间小屋里，每天早晨有人喊我：妮可，该起床了。我想背着书包上学的时候，能有个同伴一起走，我们能说几句悄悄话，或许是同学们的坏话，或许最新上演的电影。我想有一大群同学，你们可以打我骂我欺负我，但我可以跟你们一起坐在教室里，一起考试，一起长大，一起幻想有个美好的明天。"

"我可以吗？"

她静静地看着台下。

"我知道，我不可以。最该离开的人，是我。从童年开始，我就是个窃贼，躲在垃圾桶里、狗舍里，偷着属于你们的东西。现在，我又偷着你们的梦想。"

"什么样的公主，会像我这样？"

投票，终于开始。

安德烈王子一反常态，当评审成员经过他时，他深深鞠躬："请投一票给她！"

台下，相思热泪盈眶："请投一票给她！"

几千公里之外，看着电视，已哭得稀里哗啦的王老虎攥紧了拳头："投给她！投给她！"

所有的观众，现场的跟不在现场的，这一刻都怀着同样的心情：投给她。

这是他们亏欠她的。

这是这个世界亏欠她的。

投票的结果出来，妮可的票数：136。

满票。

六强揭晓：

妮可，136票。

莱拉，127票。

Candy，124票。

蕾切尔，123票。

苏妲，122票。

赛琳娜，112票。

当相思冲上台去，拥抱妮可，狂喜冲昏了头脑。她真诚地为她的朋友觉得高兴。台下，被意外淘汰的佩佩惊愕得昏倒在地。

这是个出乎大家预料的结果，没有人能想到，妮可的票数，竟能超越Candy。而这一趋势还在继续着，妮可的悲惨经历，引起了大量平民们的同情。他们义无反顾地支持着她。在网站的公开调查中，妮可的支持率迅速攀升，仅仅只有两天的时间，就超过了第二名蕾切尔，直追人气王Candy。

她令每个人想到了心底那个不被公正对待的自己，想到了曾经被欺负过的自己，曾经欺负过别人的自己。她，似乎是每个人曾犯下的罪孽，是这个社会最黑暗的一部分，长久被掩盖起来，于今，突然被撕开，赤裸裸地呈现在公众面前。

每个人，都觉得亏欠了她。

三日后，安德烈王子接受政府的委托，向妮可赠送了一份特别的礼物。

一支内嵌了身份卡的手机。

她，正式被这个世界接纳了。

Chapter 16
宫廷礼仪

自从秋璇离开后,第二大公的房门就一直紧锁着。

整整三天三夜,他都没有打开过房门,也没有接过任何一个人的电话。甚至,没有传餐。这是自三战结束后从未有过的事。公爵上上下下无不满心忧虑。Rafa也没有动,他静静地守在走廊上,不眠不休。似乎亚当斯大公在房间里呆多久,他就会守上多久。

中午,一人走了进来。她有一头栗色长发,宝石般清澈的栗色眸子,和美术教科书一般清晰的轮廓。极为高挑的身材裹在一身剪裁得当的制服中,显得气质非凡。无论怎么看,她都是一位难得的美人。但那傲慢扬起的下颚,旁若无人的目光,却让她笼罩在一种拒人千里的气息中。任何人都只好敬而远之,不敢有任何亲近的念头。

即使是Rafa见到她,也立即起身,恭谨地行礼:"格蕾蒂斯小姐。"

她就是亚当斯大公唯一的女儿,合众国第二大区的唯一继承人,格蕾蒂斯中将。她手中是一封文件,上面用粗重的字体写着红色的"加急"。

格蕾蒂斯只是略略点了点头,算回答了R的问候。Rafa的眉头皱了起来。格蕾蒂斯一直呆在军中,难得回来一次。看来是府上有人担心亚当斯大公的健康,将消息通知了她。这下可越发麻烦了,格蕾蒂斯可不是一个容易打发的人。

果然,格蕾蒂斯看也不看门口的红灯,伸手就去开房门。

Rafa慌忙拦住她:"格蕾蒂斯小姐,请不要打扰公爵大人。"

格蕾蒂斯眉头一皱:"R,你做什么?那里边可是我的父亲!"

Rafa指着办公室顶上的那盏灯:"这盏灯亮起时,就说明大公阁下绝对不想让任何人打扰。任何人。"

格蕾蒂斯:"可他已经整整三天没有出过门了。作为守护骑士,你难道一点不担心他的健康?"

Rafa举起守护戒指:"请大小姐放心,公爵大人生命体征一直很平稳。他亮起红灯,一定有自己的理由。守护骑士除了保证主君人身安全外,更重要的是保证他的工作不受打扰。"

格蕾蒂斯皱了皱眉,显然,对于亚当斯大公贴身的守护骑士,她也不得不表现出

相当的尊重,不便当场翻脸。她迅速换了一个方法:"那好,我有极为重要的军务要通报。中东的恐怖分子正在猖狂作案,我必须要他签字同意军事打击!"

Rafa微笑:"我明白。可是大公说过不能被打搅,就绝不容别人推开这扇门。"

格蕾蒂斯强行按捺着,才没有发作。她在旁边的椅子上坐了下来:"好吧,我等。"一等就足足一个小时。期间格蕾蒂斯站起又坐下了无数次,但那扇门依旧紧紧关着。正当她等得不耐烦的时候,Rafa指上的守护戒指发出了亮光。

"Rafa,去我的湖边别墅,把Candy所有的东西都带过来。"

Rafa恭声答应。格蕾蒂斯的怒火却倏然烧了起来:"Candy?我以为他亮着灯在干什么?却是为了这个轻浮的女人!"

她怒冲冲地走向房门。Rafa大惊,急忙冲上来拦截,但哪里来得及。格蕾蒂斯已用王储印章的权限打开了门锁,再度将门狠狠关上。

Rafa看着紧闭的门,脸上闪过复杂的神情。

这下可真是麻烦大了。

亚当斯大公的房间里此时挂满了各种各样大大小小的照片。不需太费时间辨认,就会发现这些照片全都是Candy的。

自从她出道以来,所有杂志上、网站上的照片,只要是能找到的,都云集于此,贴满了四壁。而房间中心宽大的办公桌上,则是她那些较为裸露的写真。它们被从无数照片中甄选出来,堆满了桌面。

亚当斯大公默默注视着这些照片,脸色阴晴不定。

格蕾蒂斯狠狠地将手中的文件摔在桌子上,厉声说:"恐怖分子不断制造爆炸案,你竟然还在跟这个低贱的女人鬼混!"

亚当斯大公脸色立即沉了下来:"格蕾,你没看到我门口的灯吗?任何人都不许进来,赶紧出去!"

格蕾蒂斯:"你不想让别人打搅,是为了把自己和她的照片锁在一起吗?"

亚当斯大公没有回答。甚至,他的目光都没有从那些照片上移开片刻。

他的沉默让格蕾蒂斯更加生气,她一脸鄙薄地追问:"你喜欢这个低贱的女人,召她来不就行了?为什么整夜对着她的照片发呆?你可知道这有多荒唐?多丢脸?"

亚当斯大公依旧沉默着。

格蕾蒂斯:"我明白了——难道竟是她甩了你,弄碎了你的心?"

亚当斯大公厉声说:"格蕾,你越来越过分了!出去!"

Chapter 16
宫廷礼仪

二十年来,他是第一次用这样的语气对格蕾蒂斯说话。这反常的言行更证实了格蕾蒂斯的猜测——是Candy离开了父亲,才让他这样失态。

这个下贱的女人,竟有这样的能量?

格蕾蒂斯心痛到了极致,也憎恨到了极致,她摆出一副"懒得跟他废话"的态度,厌恶地拍着桌子:"把这份文件签了,我立即走。我才懒得管你这些破事!"

她一大早得到消息,就调用直升机从波斯湾飞来,当然不是为了签署文件。这样说,不过是想让父亲从这种情绪里解脱出来,把心思放到国事上去。

亚当斯大公当然也明白这一点,却全然没耐心理会她的好意,冷冷说:"出去。"

格蕾蒂斯:"你……"

亚当斯大公提高了声音:"出去!"

格蕾蒂斯咬着嘴唇,双目中的怒火烧灼在亚当斯脸上。亚当斯大公脸色一冷:"格蕾蒂斯中将,你应该知道自己的身份!别让我对你下命令!"

格蕾蒂斯尖声说:"都是这个女人……"

她狠狠地摔门而去。亚当斯大公却没注意到她的态度。他完全心不在焉,重新翻看着那些照片。Candy出名之后,照片越来越大胆,不乏裸露的艳照。从这些照片上,可以明显的看出她胸前的星形印记,杂在一片纹身中。

亚当斯努力想找到更早的照片,来证明这个印记并不存在。证明这绝非胎记,不过是个纹身而已。但是,Candy出道前却根本没有几张照片留下,仅存的也都并不裸露。他知道,自己不过是在徒劳,寻找着一个完全自欺欺人的证据。

他的手指划过照片时,竟在微微颤抖。

"Candy……"

"你绝不能是'公主'。"

格蕾蒂斯冲出了白宫,跨入了自己那辆悍马中。她狠狠一脚踩在油门上,悍马立即飙了出去。她在路上飞驰,强行压抑着自己的怒火。

Candy的存在,她并非今天才知道。早在两人于湖畔别墅重逢时,她就已听到了风声。和所有饱受宠爱的女儿一样,她首先感到的是震惊与失望:自己深深敬爱的父亲、十九年来一直悼念亡妻不肯再婚的父亲,竟有了情妇。

但慢慢地,她也试图原谅父亲。毕竟母亲去世那年他才26岁,这些年来,他正值盛年,却一直单身。而他对自己的宠爱,简直到了无求不应的地步。整个第二大区,只有她一个继承人……作为身居如此高位的男人,能做到这些已经很难得了。

　　她也不止一次想过，若有一天，父亲决定继续人生，将一个温柔高贵的女子领到她面前，她会怎样？她想，也许自己最初会抗拒，但最终会祝福他们。

　　但Candy显然不符合这一点。在格蕾蒂斯看来，她只是个人尽可夫的低贱女人，连做父亲的地下情妇都不够格。她从不以为，Candy会对自己有什么实质性的威胁。只是一时新鲜而已，父亲迟早会将她抛弃。可当她冲入房间时，却被满屋的Candy的照片震惊了。更震惊的是父亲的表情。那不仅仅是痛苦、迷茫、懊悔，更是失魂落魄、神情恍惚。

　　她从未看到父亲这样痛苦过。在她心中，父亲几乎是无所不能的。无论是第三次世界大战的腥风血雨，还是建国后二十年的政治生涯，他都是那么的从容、冷静地对待。懂得进退，敢于取舍，在玩世不恭地外表下，他是最优秀的领袖，将一切牢牢掌控于手中。但今天，他却完全陷入了痛苦懊悔的深渊。她清楚地记得，他喝令她出去时，是那么的色厉内荏。她看到了他眸子深处的恐惧与无助。

　　这一切，仅仅是为了一个女人。一个艳照布满小报杂志的低贱女人！难道，父亲不仅仅视她为逢场作戏的情妇，而是真的爱上了她？若是爱，这爱又该有多么深沉，竟能毁掉一个如此强大的男人？这怎么可能！

　　格蕾蒂斯怒不可遏，狠狠地砸向方向盘。车头歪向绿化带，轮胎传来尖锐的摩擦声。这让她稍稍清醒了一点。她狠狠地按下一个号码，接通了车载电话："Joker，我早让你杀掉那个女人，你为何还不动手？"

　　电话中传来一个微带滑稽的声音："格蕾蒂斯小姐，按照您的吩咐，我已将她送入了选秀。随着选秀的进行，要杀她的人会越来越多，您只需要耐心等候片刻……"

　　格蕾蒂斯怒喊："我等不下去了！她迟早会毁掉我父亲。我最多再给你十天的时间！我不管你用多卑劣的手段，也不管要付出什么样的代价，她一定要死！"

　　Joker迟疑了一会，回答："谨尊台命。"

　　出人意料地以高人气晋级的妮可本会成为众矢之的，但，另外五强却并未真将她当回事。正如杨逸之预料的那样，没有人相信，妮可能通过第五轮比赛。宫廷礼仪足以杀死一只流浪猫。所以，她注定了会成为分母，不在前面四轮比赛，就在这轮。

　　众矢之的，是身为贵族的莱拉与赛琳娜。因为她们的父辈早就取得了贵族的头衔，因此，她们从一出生就接受了苛刻的训练，宫廷礼仪早已成为了生活的一部分。不要看莱拉如此低调，"米兰的公主"可不仅仅是个称号而已。当年她在米兰城上学的时候，是每个同龄女孩子都模仿的对象。她纤细的体态宛如宫廷舞会上一盏波斯神灯，令人倾慕不已。她的厌食症，就是长期穿着鲸骨束身装的后遗症。

Chapter16
宫廷礼仪

而赛琳娜虽然一副黑帮大姐的脾气,但在贵族沙龙上,她却冷艳优雅,一丝不苟。她的父亲取得贵族头衔之后,决心将自己家族变成书香门第,于是,重金聘请了专业老师教授赛琳娜与几个兄弟宫廷礼仪,让其家族中的每个人都变成地道的中世纪绅士小姐。也许,正是父亲逼迫的太紧了,赛琳娜才会这么叛逆。

这两个人,是宫廷礼仪的翘楚。第四轮比赛结束后,举办方为她们举办了个小小的庆祝会。秋璇也真够抠门的,说是庆祝会,只不过是几杯鸡尾酒而已,还是由相思调的,味道可想而知。韩青主身着女装,缩在角落里,拿着抹布哀怨地抹着桌子,根本不敢见人,尤其是不敢让苏姐看到。

莱拉,赛琳娜盛装出席的那一刻,让人看到了贵族跟平民的差别。

赛琳娜的丰艳,莱拉的纤丽,在精心裁剪的宫廷礼服的装点下,尽被渲染出来。她们就像是两朵名花,在同一个季节尽情绽放。她们相互点着头,优雅地打着招呼。貌合神离并不妨碍殷勤的寒暄斡旋,尽显上流社会的风仪。

她们俩的出现,让这个简陋的酒会有了本质的提升,这不再是个场地跟饮品都乏善可陈的小庆祝会,而是贵妇淑女云集的沙龙,是有着巴黎的玫瑰、肖邦的音乐、波尔多的葡萄酒、公爵夫人驾临的难得盛会。

其余的人,目光中都露出了恐惧之色。她们都发觉,第五轮比赛,比她们想象的还要艰难。无论唱歌、跳舞、演艺、慈善,都可经过个人的努力获得突破,但,宫廷礼仪,却是从骨子里透出来的涵养,是十几年的自律才可能留下来的积淀。那一颦一笑的精致宛转,要做到像莱拉、赛琳娜那样浑若天成,绝非易事。

妮可不用说了,Candy虽是明星,经常出席时尚晚会,但对如此严谨而精致的宫廷礼仪,也只不过是一知半解。苏姐和蕾切尔更差的远了。赛琳娜骄傲地昂起了头,一副看到了乡下土包子的样子。看来,她已将三强的席位,看成是自己的囊中之物。

韩青主寂寞地擦着桌子,一面擦一面怨恨。他恨自己为何不敢反抗,为何要穿着女装!他最担心的事情还是发生了,当他偶一抬头,苏姐正背着手,似笑非笑地站在他面前。韩青主立即呆住。

苏姐:"啊,我认错人了。我还以为是潘恩先生呢,没想到是潘恩小姐。"

韩青主的情绪终于再也压抑不住,一摔抹布,他本想说:"老子不干了!"一着急,却说成了:"老娘不干了!"

苏姐立即笑弯了腰。韩青主恼羞成怒,却发作也不是,不发作也不是,只能用恶狠狠的语气来掩饰:"你找我什么事?我们无话可谈!"

苏妲笑了笑，一手挽住他的胳膊，一手展示着指上的戒指："怎么会无话可谈呢？你都承认是我的未婚夫了，怎么可以对人家这么恶劣？"

在执念梦境中，为了让华伦死心，她的确谎称自己是她的未婚夫。想到这一幕，韩青主不禁深深叹了口气。但此时，她的动作是那么自然，似乎两人早就是很相熟的朋友了，甚至亲密的就像是男女朋友一样。她的笑靥是如此美，身子是如此软，一旦靠近就让宅男觉得六神无主。如果，她真的是我的未婚妻就好了……

小小的念头，不由地在宅男的心中冒了个泡。

苏妲吹气如兰："我们应该算是闺蜜吧？"

韩青主大怒，一把将她推开。

苏妲："好嘛好嘛，既然你不愿意，人家可以将戒指还给你……"

韩青主大喜："真的？"

苏妲："真的，不过我有一个条件——带我去看看卡俄斯吧，只有在那具机体上，你才像个男子汉。"她的话再一次让韩青主心旌摇动。

卡俄斯静静地立在广场上，巨大的躯体被夕阳涂成一层深黄色，就像是一个巨大的人偶，有些残旧，却无碍威严。苏妲痴痴地看着它，眸子深处光芒剧烈地转变着。她的手仍挎在韩青主身上，身子微微颤抖着。

卡俄斯似乎也在静静望着她。巨大的眸子中什么表情都没有，只有钢铁的坚硬。但，却让苏妲的心感到一阵刺痛。那里面，有华伦的精神。

她有种要流泪的冲动，只好将头埋在韩青主的臂弯里。

这个动作，让宅男受宠若惊："你怎么了？"

苏妲在他的胳膊上擦去泪滴，再抬头时，脸上已带上了妖媚的笑容："你难道不知道，穿着制服的你，有多么帅吗？"

在这里，韩青主终于可以将那身女装脱下来，穿上了嘉德骑士的标准制服。这套制服是量身定做的，由宫廷裁缝为每个嘉德骑士精心手工缝制。韩青主瘦削的身材，特别适合制服明朗简洁的线条，显得格外挺拔。听到苏妲的赞扬，宅男不好意思地抬起手，挠着头："帅……帅吗？"

苏妲："没有人这么称赞过你吗？"

韩青主："其实，我很少在别人面前穿制服啦，这好像是第一次……"

的确，除了出席嘉德骑士例会之外，韩青主从未在人前穿过制服。大概，身为骑士团最差骑士的他，多少有些自卑吧。这次敢将制服穿出来，除了实在讨厌那套女装外，

Chapter 16
宫廷礼仪

还有个原因，他打败了J，晋级第13位。这对宅男的自信心，可是有不小的提升。

他终于可以堂而皇之地告诉别人，他，K，也是嘉德骑士的一员了。而不用担心别人反问："是最后一名吗？"

苏妲："那我可真是荣幸呢。这么帅的骑士先生，能不能邀请我登入卡俄斯呢？它可曾经将我打得很痛呢。"

韩青主还有什么可拒绝的？他按响了遥控器。

卡俄斯缓缓跪了下来，伸出青铜大手，将两人托起，纳入胸舱。

苏妲闭上眼睛，静静地享受着那久违的感觉。仿佛，在那个长满白檀树的花园里，她与他携手，在花径中漫步着。阳光透过树叶的罅隙，照在他们俩身上。他的脸上带着笑容，微笑着凝视着她，没有半点心事，只有微笑。似乎，这样的日子可以永远继续下去，没有终止。她呼吸，那钢铁的坚硬中有他的气息。她聆听，那关节的吱呀中有他的叮咛。还是一样的温暖，还是一样的柔声细语。不知不觉中，苏妲已泪流满面。

韩青主："你……"

苏妲一把揪住了他的胸口："闭嘴！借你的胸口靠一下！"

她柔软的身子抱了满怀。但韩青主却一动都不敢动，双手张着，半点都不敢碰到苏妲。他不知道苏妲为什么突然哭，只是，他能清楚地感受到她的伤心。

他的灵魂深处，似乎有一丝极为深邃的悲伤，在苏妲落泪时，也在无声哭泣。良久，苏妲终于哭完。她擦了擦眼睛，抬头一看，只见韩青主也哭得像个泪人似的。

苏妲："你哭什么？"

韩青主："我也不知道，只是觉得好伤心……"

苏妲身子震了震。她知道原因。那不是韩青主的伤心，而是华伦的伤心。华伦的灵魂，已有一丝进入了韩青主的身体。如果放任不管，迟早有一天，华伦会在这具身体内复活，她就能再次抱着温暖的他，在开满白檀树阳光的花径中漫步。

只要她能阻止那块堕天使之心的碎片，嵌入卡俄斯……苏妲的手微微颤抖。一切，就会回到最初。最初的温暖，最初的幸福……

她咬了咬嘴唇，让自己从悲伤中振作起来："想要回这枚戒指吗？"

韩青主："当然了。"这枚戒指，对他极为重要。他出身于一个古老的家族，他的家族很早就跟随女王左右。这枚戒指，是家主的信物，他无论如何都不能丢掉。

苏妲："那你要教我宫廷礼仪。"

韩青主沉默了。这个条件并不算苛刻，但宅男却一副很为难的样子。

苏妲："你要是不愿意就算了，这枚戒指，我就拿到苏富比春拍上拍卖去了！"

韩青主连忙说:"慢!慢!我答应你。"

他像是下了很大的决心,咬着牙说:"但是,我也有一个条件。"

苏妲佯装大惊:"你又要玩什么花样?"

韩青主气恼地打了她一下:"你绝对、绝对不能告诉秋璇!"

苏妲拍了拍胸口:"我还以为是什么大不了的呢。这当然,你看我是大嘴巴吗?"

她嘟起丰满的嘴唇给宅男看,看得宅男心乱如麻。但在这个问题上宅男无比地坚持:"我白天还要工作,所以,只能晚上教你。你每天晚上到我的房间里找我吧。"

苏妲:"只有晚上啊,能学会吗?我看莱拉、赛琳娜的表现,好像很难耶!"

韩青主冷笑:"莱拉我不知道,赛琳娜的也叫宫廷礼仪?我看,你们六个人之中,最先被淘汰的就是她。"

这话让苏妲很是吃惊:"为什么?"

韩青主:"你们比赛的主题是什么?宫廷礼仪。选秀的主题是什么?公主。那么,这个宫廷礼仪就不是贵妇的礼仪,而是公主的礼仪。赛琳娜所学的是地地道道的贵妇礼仪。她可以做一位贵妇,却不是公主。等你学会我教给你的一切后,就会明白赛琳娜只不过巴黎郊区一个没见过世面的柴火妞而已。"

苏妲眼中若有所思地点着头:"你说得很有道理……"

她一把拉着韩青主,低声说:"那么,你怎么会公主的礼仪?难道,难道你的真实身份,其实是皇宫的私生子?难道你不是女扮男装?其实你就是公主?"

韩青主气恼地甩开她:"胡说八道!那是因为我是看着公主长大的!"

苏妲:"看着公主长大的?"

韩青主:"的确是'看'着公主长大的,她在皇宫里玩,我就在旁边看着……"

他的话音中有点酸溜溜的感伤。苏妲笑吟吟地看着他,韩青主突然醒悟,他又不经意间说了太多秘密了!这个又甜又腻,宜嗔宜喜的狐狸精,似乎总能令他放松警惕,似乎,彼此并不是敌人。

他恼羞成怒:"马上进行特训!特训中的特训!"他一面怒吼着,一面疑惑地想着:这究竟是为什么呢?但他随即就释然了。也许,是因为他们保有着彼此的秘密吧。

离去时,苏妲回头看了一眼卡俄斯。静默的机体显得格外孤独。等着吧,我的爱人……等我再次回来时,我就可以与你拥抱了……

她黯然神伤。今天,她特别喜欢逗韩青主。因为,只有用这个办法,才能暂时摆脱那即将淹没自己的忧伤,绽出一抹微笑。否则,她的眼泪就会忍不住落下。

连她自己也不知道,今天的笑容,或许还有别的原因。

Chapter 17
特别测试

电话里传来一阵凶神恶煞的哈哈声，Candy反感地皱起了眉头。这样的铃声，实在让人高兴不起来。如果不是迫不得已，她实在不想拨这个电话。

但是，她已没有别的办法。莱拉与赛琳娜典雅大方的礼仪，让她明白，她的高人气，是无法在这轮比赛中起到作用的。宫廷礼仪，正是她的短板。

她一定要赢。尽管很讨厌这个人，但她知道，这个人有办法帮助她过关。

电话中传来经纪人鲁特的声音："Candy，你终于打电话来了。"

Candy："鲁特，我要获得这场比赛的胜利，我知道你有办法！"

鲁特顿了顿："Candy，我的确有办法。你知道我一直有办法的。我希望我们能够消除隔阂，更顺畅地合作。你要相信我，无论何时，我都会站在你这边……"

Candy不耐烦地打断了他："我现在就要这个办法！你一定要保证我能赢才行！"

鲁特："相信我。不就是宫廷礼仪吗？等比赛那天，你将会是所有人心目中的公主，而且是最伟大的公主。"

Candy怔了怔："最伟大的公主？需要我做什么吗？"

鲁特："我会找到最好的礼仪教师，给你上课的。你只管放心好了，有我在，你就一定能晋级。甚至连拿到冠军都没有多大问题。"

Candy："好吧。"她准备挂掉电话。鲁特："等等……"

"Candy，我想你应该明白，选秀只不过是游戏，你的根基在歌坛。Candy，就算是个老朋友求你，你抽点时间把《If you seek Amy》录了吧。这是首伟大的歌曲，我相信它一定能红遍全球。"

这就是你的条件吗？天下没有白吃的午餐。Candy心不在焉地点了点头："好吧，等我晋级之后，我立刻就开始录制。"

鲁特终于笑了。他的笑声跟铃声是那么相似，Candy甚至怀疑这讨厌的铃声就是他自己录的。"我会准备好一切的！"

与此同时，妮可却陷入了苦闷。

莱拉与赛琳娜的表演,是挑衅,也是鄙视,妮可更相信,那是秋璇的安排。这个总策划人是个鬼精灵,她知道如何轻易地挑动起选手们的危机感来。

她的目的达到了,每个人都感到这会是背水一战。每个人都必须出尽全力。

妮可却连兵器都找不到。

对于宫廷礼仪,她知道的少之又少。她唯一的朋友相思,知道的也并不比她多。两人面对着如此难题,不由地面面相觑,束手无策。

相思:"怎么办?"

妮可摇了摇头。

相思着急得像是热锅上的蚂蚁,过一会儿又问:"怎么办?"

妮可还是摇了摇头。

蕾切尔的预言真的准吗?她先说妮可会是冠军,接着,又说只要过了第四关,妮可就会一帆风顺。但,面临着宫廷礼仪这一关,妮可却觉得这才是她最大的考验。她一筹莫展,所谓宫廷,离她实在太遥远了。

良久,她抬起头来:"也许有一个人能帮到我。"

相思:"谁?"

妮可:"兰斯洛特少将。"

相思的眼睛亮了起来:"不错!他应该知晓宫廷礼仪的。他是个好教师,一定能教会你的。我去找他!"

说着,相思一溜烟就跑了。

她跑的太快太急,没有看到妮可脸上露出了一丝苦笑。对于这位少将,妮可本能地感到厌恶。如果说杨逸之是阳光,那么,妮可就被这束阳光刺痛了眼睛。

尤其是当杨逸之对着相思微笑时,她恨不得冲上去抓破他的脸。

但她没有这么做,她只是默默数着杨逸之跟相思在一起的时间,等他走后,就跟相思呆在一起更长的时间。

自从警告过苏妲与蕾切尔后,杨逸之就住在了选秀庄园里。他很快就接管了庄园中所有的安保工作,在他的指挥下,庄园的监控体系有了质的提升。自从他进驻后,庄园平静下来。那个杀害了哈梅伊的凶手,再没有任何动作。

杨逸之虽发誓要将凶手找出来,只苦于没有进一步的线索。

他是个很理性的人,不会因此而影响情绪。只是耐心地等待着。凶手一定会再度出手,他要做的就是,在凶手得手之前,就抓住他。

Chapter 17
特别测试

这并不简单，所以，杨逸之有很多事情要做。

电话响了起来，杨逸之瞥了一眼号码，忍不住露出微笑。他亦在铃声刚响了第一声，就将电话接起。

"R，你找我什么事？"

Rafa的声音从电话中传出："兰斯，有个任务，需要你亲自处理。"

杨逸之："哦？R，你很久没有直接给我下达任务了。"

Rafa笑了笑："这是亚当斯大公的吩咐。兰斯，你在庄园中，第一任务就是确保Candy的安全。特别要小心青帝子，根据情报，Candy很可能成为她下一个目标。"

杨逸之的眉峰挑了挑："知道了。如果她敢下手，我必会让她后悔莫及。"

Rafa："不要轻敌，青帝子可是能一招KO骑士S的超级对手。"

杨逸之微笑着点了点头："我知道，但战斗的胜负，并不是仅凭武力就能决定的。"

Rafa沉默了片刻，缓缓说："我知道你很优秀，这次任务，或许只有你能胜任。嘱咐你小心是多余的，我只提醒你，多谨慎一些，不要让Candy受到任何伤害。"

杨逸之会意地一笑："看来，大公阁下真的很关心这次任务，竟会布置得这么详细。"

Rafa轻轻叹了口气："这不仅是大公的意思，也是我对你的嘱托……兰斯，答应我，不要让Candy受到任何伤害。"

相同的一句话，重复时的语气却已迥然不同。

刚才，是主君不容失败的任务；如今，却是朋友间的生死相托。

杨逸之收住了笑容："我会的。但作为朋友，我该劝你一下吗，R？你知道，世上有些事情是不会有结果的。"

Rafa知道他话中深意，坦然一笑："那得看你想要的结果是什么。对于我，我只想看着我喜欢的人快乐。"

杨逸之叹了口气："以我之荣誉为誓，若有人想伤害她，必先跨越我的尸体。"

Rafa："兰斯，谢谢你。请你也一定要保重你自己。"

杨逸之刚想回答，突然，房门被砰的一声推开，相思风风火火地闯了进来，一把将他拖住。

"跟我走，有要紧事！"

杨逸之只匆忙地说了句"再见"，就被迫挂断电话，被相思拉走了。

Rafa苦笑着挂断电话。

"兰斯的女朋友,还真是适合他啊……"

杨逸之站在妮可与相思面前,沉吟着。

"宫廷礼仪吗?我的确知道。"

相思大喜:"那你可不可以教教她?"

杨逸之点头:"当然可以。但是,就算你学会了宫廷礼仪又如何?"

他的话让相思感到困惑,妮可却若有所悟。

杨逸之:"六位选手大多没接触过宫廷礼仪,仅仅只有七天的准备时间。这样短的时间,无论多好的老师,都无法从根本上改变一个人的仪态、气质。而且,台下的观众们,又有几个人真的知道宫廷礼仪的标准?这样的话,第五场比赛,就是一群不知标准的外行,在评判几个半桶水的选手。这,会是比赛方希望看到的吗?"

妮可试探着说:"您是说,这场比赛,虽然比的是宫廷礼仪,但另有玄机?"

杨逸之:"不错。宫廷礼仪,只不过是外在的表现而已。要想赢得比赛,就一定要看清这场比赛真正的评判标准。"

他一字一字地说:"我想,真正的标准,就是选秀的主题——公主。他们想通过这场比赛,看到一位真正的公主。"

相思惊喜地说:"有道理!妮可,杨老师真是太厉害了,这么轻易就看出了这么重要的东西,一定能好好指导你的!"

妮可目中也露出欣喜之色:"杨老师,您说,我该怎么办?虽说宫廷礼仪是表象,但我对这些却一窍不通,从未接触过,如何让人认为我是位真正的公主呢?"

杨逸之:"一位真正的公主,就算她的礼仪有些许瑕疵,别人会怀疑她的身份吗?"

妮可摇摇头:"不会。"

杨逸之:"是的。人们不会,是因为他们已经接受她是位公主。所以,只要让别人先入为主地认可你为公主,那么,你的宫廷礼仪就是无懈可击的。否则,无论宫廷礼仪练的多么好,都有人吹毛求疵,不会承认公主的身份。问题就在于,如何让别人认为你是位真正的公主呢?"

他望了相思与妮可一眼,两位少女正像听课听入迷的学生一样,眼巴巴地看着他。

杨逸之:"一位公主,最重要的标签是什么?是高贵。只要身怀这份高贵,就算身上们没有华服珠宝、没有王冠、没有权杖,甚至没有完美的礼仪,她仍然是一位公主。"

Chapter 17
特别测试

相思与妮可同时点了点头。

"有人说,真正的高贵是与生俱来的,我却认为,真正的高贵,来源于内心。只有内心的高贵,才是真正的高贵。相信自己、认可自己、坚持自己心底深植着高贵的源头,你就是一位公主。那些嘲笑你、羞辱你的人,都会被你折服。"

妮可:"可是,怎么做到这一点呢?"

杨逸之笑了:

"亚当斯大公曾经说过,这个世界上,唯一真正高贵的人,就是Queen。"

妮可心中霍然开朗。她想起曾在张贴画上见到的玛薇丝的笑容。那笑容温暖、亲和,但每个见到的人,却不由自主地向她鞠躬,喃喃地祝福她永远健康美丽。

亚当斯大公说得没错,如果这世上真有一个高贵的人,那必然是玛薇丝。所有人都相信这一点。

只有玛薇丝,才是他们心中真正的公主。

妮可的眼睛亮了起来。她看到了胜利的曙光。

出人预料的是,薇薇安虽被淘汰,但并没有搬出庄园,反而继续住了下来。唯一的改变,是她换回了军装,这时,相思才惊讶地发现,她竟然也是一位嘉德骑士,G。身着淡蓝色制服的薇薇安,英气逼人。任何见到她的人,都绝不会怀疑她的战斗力。

她的房间,被安排在Candy的对面。

Candy左边的宿舍,住着杨逸之,右边的宿舍,则换成了韩青主。病情稍好一点的卓王孙也住进了庄园,房间就在Candy的正上方,而秋璇,则住在下一层,Candy的正下方。

其它几个选手,蕾切尔与赛琳娜住同一个宿舍,住在Candy同层最东面的宿舍,莱拉与妮可住同一个宿舍,住在最西面的宿舍。走廊上装备有杨逸之亲自设计的监控系统,风雨不透。

这一切,都在秋璇的安排下,低调地进行着。只是,当蕾切尔获知房间的安排时,她的瞳孔隐秘地收缩起来。

薇薇安,卓王孙,韩青主,三位嘉德骑士的实力;杨逸之,虽是见习骑士但真实作战能力绝不弱于正式骑士。这样的组合,无异于四位骑士齐聚。

四具大天使机体的合力一击,就算是蕾切尔,也会被轰得灰飞烟灭。显然,秋璇调集这么强的战力,是想保护什么。

是否就是位于中心的Candy?

她,是否就是继哈梅伊之后,另一位最可能是"公主"的人选?

蕾切尔嘴角浮起一抹冷笑。她就仿佛一只看到了猎物的豹子,将爪牙收起,等待着致命一击的机会。

她相信,这一刻很快就会来临。

清晨,秋璇敲响了Candy的门。

Candy睡眼朦胧地出来应门。她昨晚特训宫廷礼仪到了凌晨三点,完全还没睡醒。

"秋璇小姐,有什么事吗?"

秋璇:"我带你去做个测验。"

Candy打了个哈欠:"什么测验?这么重要?"她看了看手上的表:"现在才六点不到呢。"

秋璇微微一笑:"这个测验,关系到你能否获得冠军。"

Candy立即来了精神:"给我三分钟。"

她砰地关上门,房间里一阵乱响。

三分钟后,房门再度打开,Candy精神奕奕地出现在秋璇面前。她已换好衣服,画好了妆,完全看不出半点倦容。

秋璇:"上车吧。"

驾驶座位上,卓王孙微笑向她点头。

半个小时之后,车停在了一个停机坪前。一架深黑色的机体,上面涂着醒目的"Z"字,静默地停在机坪的正中央。卓王孙恭请两位女士下车。

这令见惯大场面的Candy也有些惊疑不定:"我们这是去哪里?"

秋璇高深莫测地笑了笑:"到了就知道了。这是小卓的御用专机,飞行速度高达每小时1300千米,也只有这架飞机,能在几个小时内将我们送到目的地。"

Candy:"那么远?"

秋璇:"别忘了,这次测试是你能否获得冠军的关键。什么距离,能比冠军还远呢?"

她的话,恰好地打消了Candy的顾虑。三人登上飞机。这架飞机不愧是卓王孙的座驾,内部空间宽敞豪华。Candy去机舱中心的酒吧开了一瓶饮料,和秋璇一起吃了早点。早餐过后,秋璇若有意若无意地,聊起Candy的童年。关于这个话题,Candy似乎有些遮遮掩掩,只说自己不知道父亲是谁,母亲也很早就过世了,她是由继父抚养到成年的。

Chapter 17
特别测试

这个模糊的回答让秋璇微微皱起眉头。Candy只是不知其父，却有个"母亲"，似乎并不符合孤女的要求。但从她含糊的记述中能看出，所谓的"生母"对她并不好，让她至今都不愿提及。那么，这位"生母"其实是养母也很有可能。秋璇还想再多问一些，飞机已降落在地面上。

一踏出机舱，Candy的脸色就变了变。

细心的秋璇立即注意到了这一点："你认识这里。"

Candy欲言又止，过了片刻，点点头："这里是51区，美洲大区的最高军事重地。"

秋璇笑了："Candy小姐真是见多识广，这样的绝密基地，竟然也来过。"

Candy："我……我是来这里为他们演出过。"

三人向里走去。

值班的警卫持枪上来阻拦，秋璇拿出一封文件，交给了他。一看到上面印着的日之印章，警卫立即脸色大变，慌忙肃立行礼，让开了道路。三人一路再无阻拦，一直走到了51区的深处。但显然，他们只有这条道路的通行权，其余的道路，都被荷枪实弹的士兵把守着，无法越雷池一步。

越往里走，警卫就越森严。一路上，三人也不知穿过了多少次检测关卡，任何武器、电子装备都不能携带，甚至连Candy的修眉刀都被收走了。进入这里的人，都仿佛被剥去了壳的蜗牛，失去一切屏障。这种陌生的感觉让卓王孙感到格外不适，但为了这个计划成功，却也不得不暂时忍耐。

道路的末端，是一个巨大的半圆形建筑，密不透风，连窗户都没有。建筑周围，足足把守着一个连。几十台火炮将建筑团团包围着，无数监控摄像密密麻麻地交织在一起，连半点死角都没留下。这座建筑的警卫等级，简直比公爵会议还要高。

建筑只在正面，留了扇门。厚达半米的合金大门，就算大天使机体的全力一击，都无法轰开。门口把守着几个荷枪实弹的警卫。那封文件到这里也不再有用了。警卫仔细地，一字一字地检查着文件，拿起电话，拨通了Rafa的手机。在反复确认完之后，才打开了大门。

建筑的墙壁，足足有两米厚，里面嵌合了多种复合材料，有的耐高温，有的耐高压，有的防爆，有的防水。似乎，就算是地球毁灭了，这座建筑都不会毁坏。令人不得不猜想，这里面究竟藏着什么？

三人进入后，却发现整个巨大的建筑中，只有一台机体。

这台机体极其简陋，比起K所驾驶的卡俄斯还要不如。它显然已长久未动了，身上只覆盖着最简单的装甲，没有任何涂层，也没有任何标识符号。它身上的武器已全被卸

除,只留下手臂上的两个巨大的炮筒。胸舱打开着,里面空空荡荡的,只有两个驾驶座椅。

机体的动力装置并没有打开,这使它更加显得老旧,没有半点闪光点。它大约有普通大天使机体的两倍大小,只是样式略显怪异。如果凑近了看,会发现它的机身上镌刻着无数玄异的花纹。那些花纹竟似从机体深处透出的,这令人错疑机体是透明的。但是,再仔细看时,却发觉铸造机体的是某种合金,绝不可能透明。这些纹理,并非镂刻,而是从合金上生长出来的一般。只是,无论合金还是纹理,都过于陈旧,暗淡无光。如果不是这座建筑中仅有它一物,见到它的人,恐怕都会把它当成是报废的机体。

秋璇与卓王孙看着它的眼光,却分外复杂。

这就是从天而降的最初之机体,亦是人类最先进文明的启蒙者。人类从它身上获得了无数灵感,攻破了无数科学上的难题,由此建立起了粒子科学。人类掌握了这种新能源,从而制造出了人类史上最强大的武器——天使机体。可以说,它是所有机体的鼻祖,人类一切机体,都是对它的拙劣模仿。

以今天的科技水平来看,人类在得到它之前,无疑茹毛饮血。

它开启了一个崭新的纪元,甚至比电力的初次发现、核能的首度利用还要伟大,仿佛一道来自天外的光,照亮了人类历史漫长的黑暗。

它名路西法。

从另一个时空堕落的天使。

Chapter 18
路西法

　　卓王孙一行人缓缓向它走去。看着它几乎只剩下骨架的身体，感慨万千。走近看时，路西法的机舱极为宽大，甚至能放下一张十人的餐桌。这与它的躯体极不相符。令人错疑这样大小的身躯，内部空间怎会有如此之大？这种感觉极为玄奥，似乎，路西法的躯体内隐藏着另一个空间。但，如此宽大的舱内，却也几乎没剩下什么，只有两个座椅，和空空的控制台。

　　秋璇忍不住叹息："拆得还真干净。"

　　卓王孙说："要不拆干净了，亚当斯大公会准许我们过来？他向来把路西法当成禁脔，不许任何人触及的。"

　　秋璇笑了笑："这倒是。不过，我们还能从它这里得到什么呢？它只剩下一种用途——真·神谕的判定者。"

　　她转头对Candy说："这个测验很简单，如果你能让这台机体认可你，那么，你就有了成为冠军的资格。"

　　Candy看着庞大的机体，疑惑地问："让它认可我？怎么个认可法？"

　　秋璇："我也不知道。我只知道，若你真是选秀寻找的'那个人'，这台机体必定以与众不同的方式对待你。"

　　Candy依旧满腹怀疑："可是，这和我成为选秀冠军有什么关系？"毕竟，这场选秀甄选的只是一位电影女主角，又不是驾驭机体的骑士。

　　秋璇脸色一肃："抱歉，这一点我还不能告诉你。但只要你获得了这台机体的认可，我向你保证，我们会尽一切力量，力保你夺冠。"

　　这句话，当然指的是她和卓王孙。

　　卓王孙作为大公之子，势力自不必说；秋璇更是这场选秀的总策划，由第二大公亲自选定的。他们的确有左右比赛的力量，这个承诺，让Candy稍稍安心了些。

　　她沉吟着，向敞开的舱门走去。

　　秋璇与卓王孙站在机体外面，看着她进入了机舱。

　　卓王孙忍不住问："这种方法到底行不行？"

秋璇叹了口气:"我也不知道。姑且一试吧。我们必须尽快找出'公主',否则,随着比赛的进行,可能的人选也越来越少。青帝子只要将她们全部杀掉,就绝不会漏过。这对我们非常不利。"

卓王孙点了点头。秋璇的顾虑不是没有道理。作为SEVEN的领袖,青帝子绝不是个慈悲心肠的人。她已经知道了"公主"的秘密,下手杀几个人,无疑是小菜一碟。

两人交谈间,Candy已走入了机舱中。她抬起头来,像是聆听着什么,突然,伸手按在了控制台上。

"我知道你在,出来吧……"她喃喃地说着。

突然,静止不动的路西法猛然发出一声嗡鸣,控制台上暴起一缕闪光,迅速地扩大,形成一个影像。这样的影像并不陌生,几乎每台大天使机体里都有一个。它就是辅助骑士驾驭机体的电脑——圣灵。

根据主人的喜好,圣灵经常被设计为人或动物的形态。比如卡俄斯中的爱丽丝,拉斐尔中的守护之鹰。虽然性格、形象都栩栩如生,但终究只是光影成像的产物,全身会散发出极为强烈的白光,使它们区别于真实的人、物。

但这台机体的圣灵却完全不同。它成像的清晰度远远超越其他圣灵,色彩饱满,且全身几乎看不到白光。在路西法机舱幽暗的光线下,几乎难以分辨,它到底是全息影像,还是一个活生生的人!

最为惊讶的是秋璇。

圣灵完全成型的刹那,她竟忍不住惊呼出声。

这具圣灵有着浅金色长发,湛蓝的眸子,一顶钻石王冠,一袭黑色的宫廷长裙,美丽高贵,不可方物——骇然竟是玛薇丝女王!唯一不同的是,它参照的样本,似乎是十九年前、尚未登基的玛薇丝女王。雍容高华中,还存着几分少女的明媚。

圣灵手持一柄权杖,脸上绽出微笑,将权杖点在Candy的额头。

"我看到你了,Candy……"

Candy躬身跪下,似是面见女王一样,向圣灵行礼。她转头看着秋璇,脸上带着胜利的喜悦:"不知这样,算不算让机体承认我呢?"

秋璇面色有些复杂地看着那个影像,显然,影像那极像女王的外貌,让她心情有些复杂。她缓缓说:"你竟然能让路西法的圣灵出现,显然,你与机体有相当程度的共鸣。这说明,你很可能有真·神谕的血脉……你就是我们要找的人。"

听到"真·神谕"几个字,Candy脸色微微一愕。但她没有在意。她在意的,是她有了问鼎冠军的资格。

Chapter 18
路西法

在她展颜微笑的瞬间,一道闪光从建筑的罅隙中爆出。闪光极为微弱,却极为迅疾,一闪之间已飙射到Candy面前,向着她的后背狠狠刺下!

这招突袭来得太快,Candy还在为自己通过测试而欣喜,完全没意识到发生了什么事,闪光已射到了面前。甚至连秋璇、卓王孙,都来不及做任何反应!

但,就在闪光射到Candy身前的瞬间,路西法的胸舱,却突然"砰"的一声关上,将Candy锁在里面。闪光狠狠刺在舱门上,那看似黑黝黝残破不堪的舱门,却极为坚韧,闪光轰然爆开,爆炸力震得整座建筑嗡嗡作响,但舱门却岿然不动,丝毫未损。

Candy此刻才发出一声惊叫。闪光一刺未中,静默下来,不再有任何后续动作。

建筑内恢复一片寂静。

慢慢地,秋璇脸上露出一抹嘲讽的微笑:"蕾切尔,出来吧。"

建筑的一角中响起一声惊疑,蕾切尔的身影一阵模糊,从虚空中显现出来。

她的脸上尽是愕然:"你怎么知道是我?"

秋璇淡淡一笑:"因为,我知道你绝不会放弃杀死'公主'的机会。我也知道,你早就窃听到了我要对Candy所做的测试。"

她用手指了指颈上的项链:"你在上面嵌了个微型窃听器,我早就发现了,却一直没有说破。这是因为,我有很多事需要让你知道——比如,今天对Candy的测试。"

蕾切尔脸上闪过一丝骇然,显然,她绝未料到,秋璇早就发现窃听器的事实。这些天来,她的确通过窃听器听到了很多秘密,但现在看来,这些都是秋璇故意让她听到的。这些"秘密"的真实性,自然就要大打折扣。这个发现让她有些沮丧,冷笑说:"你怎知我听到了测试的消息,就一定会跟过来呢?51区戒备如此森严,混进来可要冒着相当的危险。"

秋璇:"若是之前,我的确不相信你会冒如此风险。但是,在我重新分配宿舍之后,兰斯洛特、薇薇安、小卓、韩青主,这相当于四台大天使机体守护在Candy身边,我估算你的战力也就跟三台大天使相当,你自然不敢出手了。51区是第二大区最高军事禁区,我们进入其中,无法带随从、武器,更不要说其他特区的机体了。没有守护骑士、没有机体,我和小卓都将处于完全不设防的状态,这是极为少见的,也正是你要等的机会。你夜访苏妲时,展露出了能隐身的能力,这使你进入51区不费吹灰之力。所以,我判断,你得知这一消息后,必定会跟入51区!"

蕾切尔身子一震,秋璇的推理竟跟她想的一模一样。这个女子究竟是用什么做的?竟像是在每个人心中都装了个窃听器,将每人心中的想法都听了个清清楚楚。跟这样的人敌对,想想都不寒而栗。

蕾切尔沉默了片刻，说："我的确没料到，你仅凭推理，就能将我的想法把握的如此准确。但你把握得再准确又能如何？仅凭你们三人，我随时可以将你们全部杀掉。多谢你帮我确定了'公主'，我会让她死得其所的！"

说着，她面容一冷，捧着水晶球的双手一紧，一道青色的火焰，猛然自晶球上腾起，凌空一折，竟化成一柄晶亮的利刃，寒光逼人，跃跃欲飞。

死亡的威压自刃身上溢出，显示这柄利刃的攻击力可怕得惊人。

秋璇却全然不惧，微笑着竖起了一根手指："第一，路西法的装甲强度，可能远远超过你的想象。这台机体的制造工艺，人类直到今天还无法掌握。它的韧度、强度高到不可想象的程度，更不可思议的是，它还拥有自我愈合的能力，就像是有生命一般。关于路西法装甲的奇特之处，我可以给你说上两天两夜。重点就在于，我不觉得，你的攻击能轻易打破它的装甲，杀死被封在里面的Candy。"

蕾切尔冷笑："那又怎样？一次攻击不行，我就攻击两次！两次不行，我就攻击十次！"

秋璇竖起第二根手指："谁说我们这里只有三个人？51区的确是最高军事禁区，一般人绝对无法进入，更不要说机体。但是，如果是第二大区的骑士们呢？"

伴随着她的话语，机体的轰鸣声猛然响起。建筑的角落里，一个绝不显眼的门从墙壁上弹出，两台机体，闪电般从门中弹出。

"拉斐尔前来晋见！"

"加百列前来晋见！"

轰然爆响中，大天使机体独有的合金长翼暴扩，几乎将整个建筑全都拢在其中。核动力引擎提供的几乎永不停息的动力，让大天使机体扩散着无穷无尽的威压，吹得蕾切尔脸色亦不由地一变。

"R？G？"

"不错。"一人身着洁白的制服，缓步从两台机体背后走出，正是杨逸之。看到蕾切尔时，他的微笑，绽放出一丝刀锋般的锐利。

"秋璇小姐真是算无遗策。青帝子，你既然来了，还想走吗？"

突然转变的形势，令蕾切尔脸色剧变。拉斐尔与加百列一左一右，将她夹在中间，杨逸之则站在她身前，隆基努斯之枪已上膛。而卓王孙也在一侧虎视眈眈。

晶球上的刀刃不知何时已消失。蕾切尔面容，前所未有地郑重起来。她盯着拉斐尔与加百列，却突然柔柔一笑："秋璇小姐，你说过，我的战力约为三台大天使机体。那么，你仅凭两台大天使机体，再加上一个拿着精致手枪的少将，与一位没有带机体来的

Chapter 18
路西法

大公子,能挡得住我吗?"

"我能一招之间杀掉S,我亦能一招之间杀掉这两位嘉德骑士中的任何一个!当然,我或许会被另一人重伤,但你觉得,凭着你们剩下的阵容,又能对我产生多少威胁呢?我身体的自愈能力,可丝毫不弱于路西法!"

伴随着她的话,晶球上的青气猛然腾起,化成一个透明的青色光罩,将她笼在其中。光罩托着蕾切尔冉冉升起,竟悬空而立。无数气流不住从光罩中溢出,扑打着地面。恐怖的威势,从她身上不住地散发出,令两具大天使机体的威压,都不住地收缩。

蕾切尔一声清喝,青色光罩疯狂涨大,竟逼近了路西法。Rafa与薇薇安同时一凛,大天使机体的动力全开,逆着冲面而来的青色气潮跨出三步,将气潮硬生生顶了回去。但是,蕾切尔发出的气潮极为强悍,两人再想跨出哪怕半步,都不能够。

秋璇的笑容有些讥嘲:"蕾切尔,你觉得我既然识破了你会跟来,会估计不到现在的情况吗?又会让自己置身于如此危险中吗?既然不会,那,你应该考虑的,该不是如何攻击,而是如何逃跑吧!"

蕾切尔一怔。

秋璇微笑着举起了第三根手指:"第三,51区之所以被列为最高军事禁区,不仅仅是因为它藏有路西法,它还是人类研究并制造SEVEN的基地。SEVEN的力量一直令人类高层极为担忧。所以,51区的一个研究课题,就是如何遏制SEVEN的力量。好消息是,这个课题已有了相当的突破,一台专门限制超自然力量的装置已被制造出来,安放在51区,保护这里最重要的东西——路西法。"

蕾切尔脸色骤变。

秋璇:"蕾切尔,你很聪明,想到了在这里狙击我们,因为这座建筑只有一个入口,易守难攻,如果你下手够快,援兵都来不及进入。但,你没有料到,这里加装了限制SEVEN的装置。这就是我为什么不惜暴露Candy也要将你引过来的原因。因为在这里,你将无法发挥出百分之百的实力!"

"兰斯洛特,发动吧。"

蕾切尔脸色骤然惊变!就在同时,杨逸之拿一个遥控器,按动了其上的一个按钮。蕾切尔片刻都没有犹豫,青色光罩倏然弹起,向杨逸之猛扑过去!

但就在她身体刚动的瞬间,一股浩大而隐秘的波动,倏然自建筑的四壁腾起,潮水般向中间扩去。波动才触及到青色光罩,蕾切尔就觉身子一震!她的身体,骤然重了两倍多!她用来控制光罩的力量,竟不知不觉间被削减了大半,光罩散发出的威压,大幅减弱,再也无法凌驾于两台大天使机体之上。拉斐尔与加百列同时跨上几步,机体上粒

子光芒炽烈飙出,将光罩散发出的气潮硬生生地挤压掉一半!气潮被两具大天使机体的强猛力量压的反冲而回,汹涌怒撞在光罩上。蕾切尔脸色一白,一口鲜血差点吐出。

秋璇淡淡说:"'Skynet'(天网)系统,针对的是强大力量的肉体。只要你的力量来源于肉体,就一定会受其影响。蕾切尔,你现在的力量已被限制到不足原来的一半,原来的你堪敌三具大天使机体,但现在的你,在两具大天使机体的夹击下,已是必败无疑。蕾切尔,投降吧。"

蕾切尔冷哼:"投降?看来你还不了解我们超级生命体。我们是不死的!SEVEN只不过是低等生物!人类研究它们所制造的'Skynet系统',真的能压制住我吗?"

她傲然站直了身子:"龙,是妖族中最为高贵强大者,龙之血一旦燃烧,会有改天易地的力量。卑微的人类,且尝尝我的燃血一击吧!"

一缕赤红的光芒从她体内窜起。她全身血液仿佛都在一瞬间燃烧了起来!赤红的光芒才一透出,蕾切尔的脸色就变得鲜艳如血。赤芒一闪,没入晶球中。猩红的光芒,立即从晶球中爆出,跟青色气息缠卷在一起,呈螺旋状射向空中。蕾切尔的气息,竟在瞬间足足涨大了一倍有余,Skynet系统再也无法束缚她,青色的光罩变成青、赤两色的气潮,推着拉斐尔、加百列足足后退了六步,直到靠上墙壁,退无可退。

秋璇、卓王孙、杨逸之也都受不了这股威压,躲在大天使背后。只有路西法,却在气潮中岿然不动,似乎,它处于另一个空间中,蕾切尔的威压对它丝毫都不起作用。蕾切尔凝视着它,微微冷笑,腾起在晶球上的两色火焰,猛然化成青、赤两色缠卷的利刃,就待向路西法斩去。

秋璇叹了口气。杨逸之在遥控器上按了一下。

蕾切尔身子猛然一震,空中那股隐秘的波动,竟强大了整整四倍!骤然增强的约束力,像是一张无形的大网,紧紧缠绕在蕾切尔身上,向内猛束。蕾切尔发出一声惨叫,青、赤利刃与她身周的气潮同时瓦解!蕾切尔再也忍不住,一口鲜血怒喷而出,再也无法腾空浮立,狠狠摔在了地上。

她挣扎着想坐起来,但巨大的波动像是无数刀锯切割着她的身体,她体内每浮起一丝力量,波动就立即将它冲垮。波动与力量的冲击,在她体内无时无刻不爆发着,令她的身体瞬间就遭受了无数创伤。

秋璇:"蕾切尔,不要再挣扎了。这座建筑之所以建得如此笨重,其原因之一,就是因为其中嵌了一台功率极其强大的'Skynet'。它全速运转时,能发出十倍的约束力。你甚至连十分之一的力量都发不出来。那时,你比一台普通的天使机体强大不了多少,而且'Skynet'会无时无刻不在破坏着你的肉体,令你持续受到伤害。这个建筑,可以说

Chapter 18
路西法

是超级生命体的坟墓。你在这里，是无法跟我们作战的。"

蕾切尔一言不发，坐在地上。她思考了良久，苍白的脸上突然绽出一丝笑容："那好吧，我投降。"

杨逸之拿出一副手铐脚铐，扔给她："将这些戴上。它们是特种合金铸造的，就算是大天使机体，都无法轻易破坏。你若真心投降，就戴上它们吧。"

蕾切尔看了镣铐一眼。这些镣铐黑黝黝的，铸造它们的材料竟有些像是路西法的装甲，上面布满了隐秘的花纹。可怕的是，它们上面密布着细细的尖刺，刺尖青幽幽的，显然涂满了某种剧毒。只要稍一挣扎，这些尖刺就会刺入肌肤，令囚徒顷刻失去抵抗力。蕾切尔考虑都没考虑，抓起镣铐，给自己手脚都戴上。然后，她坐在地上，微笑着说："现在，可以放心了吗？"

杨逸之松了口气，按动遥控器，将"Skynet"调整为一倍压力。这样，蕾切尔受到的创伤会小很多，而她的力量仍被限制住，加上特种镣铐，两具大天使机体足以封死她所有动作。

蕾切尔喘息着，终于，脸色有所好转。她抬头，却见秋璇并没有动，似笑非笑地看着她。杨逸之、卓王孙、拉斐尔、加百列也都维持着战备状态，完全没有松懈的痕迹。蕾切尔笑了："不用这么小题大做吧？你们已经抓住了我。"

秋璇没有回答，她走到路西法面前，用密钥打开舱门，将Candy迎了出来。Candy身为超级巨星，哪里见过如此激烈的战斗？她脸色苍白，全身颤抖，显然被这串突发事件吓坏了。直到秋璇握住了她的手，才让她稍微放松了一些。

一边，路西法的圣灵，含笑看着这一切，不言不动。它那酷似女王的外貌，让秋璇怎么看怎么不舒服。秋璇摇了摇头，将目光转向蕾切尔，微笑说："现在，我们可以谈谈'皇'的事情了。"

蕾切尔脸色骤变，紧紧闭上了嘴。

秋璇："我一直在想，你为什么要参加选秀。哈梅伊死的时候，我曾以为我找到了答案，你想等选秀找出'公主'后，杀死她，灭绝人类抵抗的希望。但后来，我否决了这一可能性。因为，你通过窃听我跟小卓的谈话，才知道'公主'的秘密。也就是说，在你决定参与选秀时，你根本不知道'公主'的存在。那么，你参加选秀的真实原因，究竟是什么呢？"

蕾切尔脸上本已恢复的血色，此时又在渐渐失去。秋璇的话，似是比两具大天使机体的攻击更可怕，让她深怀恐惧。

秋璇："这时，我回想起二胖临死前曾跟我说的话。你在莉莉丝之城中，用'皇'

的一滴血液,就让所有SEVEN慑服。你还说,只有'皇'能让所有超级生命体聚合。这个'皇',让我非常在意。我想,你参加选秀的目的,是否就是'皇'呢?"

蕾切尔的脸色更加苍白,却紧紧闭着嘴,一个字都不肯说。秋璇太可怕了,她不经意间说出的话,全都可能成为她推理的线索,抽丝剥茧,逼近真相。她绝不能再说半个字,增加秋璇的线索。

但她的反应,已让秋璇很是满意。

"皇,究竟是谁?"

蕾切尔仍旧闭嘴不言,似乎无论秋璇说什么,她都打定主意不说半个字。

秋璇悠悠说:"是不是石星御?"

蕾切尔身子骤然一颤,嘴唇抖了抖,几乎忍不住想说什么,但随即冷笑一声,再度闭紧了嘴巴。

秋璇叹了口气:"没想到这样都不能令你开口。我的理由是这样的。如果你参加选秀的目的是'皇',那么,你一定会借选秀接近'皇'。你不介意我曾详细记录了你的行踪吧?毕竟你是青帝子,我可不敢掉以轻心。我发现,除了选手们外,你接触过的人,就只有两位艺术指导、我、韦弗。韦弗、我跟小卓都不太可能是'皇',那么,唯一剩下的人,就是石星御。他号称'龙皇',是不是,就是你所说的'皇'呢?"

蕾切尔紧紧咬着嘴唇,原本苍白的唇色因牙齿用力而透出一抹鲜红。

秋璇:"我们在医院中试探石星御时,就已经发现,你与他早就有所勾结。歃血为盟的计划,就是你透露给他的。那么,如果你失陷在这里,他一定会来救援。答案揭晓,其实,今天这个局,不是为了抓捕你;你亦是个饵,我真正的目的,是在'皇'来救你的时候,抓住他。"

她悠然微笑:"现在,让我们安静等着吧。蕾切尔,你究竟盼着'皇'来救你呢,还是不盼?"她的笑容,有着掌控一切的力量,让蕾切尔感到一阵绝望。

秋璇:"现在,你是不是后悔,一开始时,没有杀死我?"

蕾切尔终于说话了:"不。我不后悔。"

"我,永远都不会后悔没有杀死您,我只是后悔自己怎会向您出手。"她的回答,亦满含玄奥,让秋璇怔了怔。但她没有深究,悠然拉过一把椅子,坐了下来。

"让我们拭目以待吧。从此刻开始,从这个门进来的人,就是'皇'!"

她的手指指向建筑唯一的门户。那是一座半米多厚的合金大门,此时正半掩着。

Chapter 19
圣灵

似是响应着秋璇的话，紧闭的合金大门，突然动了动。

所有人的心，立即被紧紧地揪了起来，一眨不眨地盯着门口。

妖族的幕后领袖、神秘的"皇"，真的要现身了吗？

合金大门传来一声轻响，向两侧打开，一个人影闪了进来。

微卷的蓝色的长发，标志性的墨镜，钻石手套，无一不令人在看到他的第一眼，就认出了他的身份：

龙皇石星御！

蕾切尔的脸色陡然改变："您……"后半句话却生生咽在喉头。

秋璇的眼睛亮了起来——她的推理，终于有了结果。

卓王孙冷笑着握紧了拳头。他终于可以光明正大地狠揍这个该死的戏子了。

拉斐尔、加百列、杨逸之同时枪上膛，对准了石星御，随时准备开火。

但出乎所有人意料的是，石星御看也不看戴着镣铐的蕾切尔一眼，径直向房屋正中走去。似乎他刚刚经过了艰难的跋涉，步伐都变得踉跄起来，蓝色的长发都被汗水濡湿，一绺绺粘在额头上。

他喘息不定地走到秋璇面前，脸上满是欣喜："秋璇小姐，你安然无恙，真是太好了！"

众人如临大敌："别动！"不同颜色的激光准星，同时对准了在他胸前。

石星御却仿佛完全没有听到，他忘情地伸开双臂，一把抱住了秋璇，喃喃道："如果你出了什么事，我永远无法原谅自己。"

秋璇怔住了，竟忘了躲闪。这个局本就是为狩猎石星御而设。她想过一百种石星御出现时的情况，也想过100种方案来应对。

唯独没有现在这种。

最奇怪的是，这个拥抱是那么的真诚，只是劫后余生的庆幸，而别无他意。让秋璇拿不定主意，是否应该立即推开他。

Rafa、杨逸之、薇薇安面面相觑，不知该不该开枪。

卓王孙的脸色却沉得可怕。他用力握紧双拳,盘算着以什么角度挥在这个戏子脸上,才能得到最解恨的效果。石星御却突然抬头,正迎上他的目光。

这目光中竟满是惊喜,仿佛此时看到卓王孙,竟是一件极其值得庆幸的事。卓王孙一怔,挥出的拳头不禁停在了半空中。就在这一瞬间,石星御做出了一个更令人震惊的举动——他放开秋璇,转而紧紧拥抱了卓王孙:"大公子,你也没事!可真是谢天谢地。"

卓王孙一把推开他:"滚!"

石星御似乎这才感到了气氛有些异样,他抬头,见到三只正对准自己的枪口,脸上不禁一愕。而后,他不由分说地拉起卓王孙和秋璇,一手一个:"我是来救你们的,快跟我走吧!"

卓王孙甩开他的手,冷笑说:"救我们?你还真是演戏上瘾……何不坦白承认了,'皇'!"

石星御愕然:"'皇'是谁?是'龙皇'的昵称吗?"他露出为难之色:"大公子,你还是叫我的全名'龙皇'比较好,只叫一个字,听上去还真有点恶心……"

卓王孙恼怒打断他:"闭嘴!我们都已经知道,你就是SEVEN的领袖'皇',不用再狡辩了!"

石星御大惊:"我是SEVEN的领袖?这……这怎么可能?大公子,你可不能冤枉我啊!我真的是来救你们俩的!"

卓王孙:"你救秋璇还有情可原,你来救我,谁会相信?"

石星御苦笑:"本来我也不相信的,可你忘了吗?我们俩已歃血为盟,义结金兰。古语有云,结义兄弟不求同年同月同日生,但求同年同月同日死。你若出了危险,我又怎能坐视不理?义弟,来,拉着我的手,与为兄一起逃走吧。"

说着,他再度去拉卓王孙。卓王孙气恼地将他的手打开,冷冷说:"你以为这样就蒙混过关?我问你,51区戒备森严,这座建筑更是严中之严,我们拿着亚当斯大公的手谕,还要经过重重盘查才能进入,若你只是普通人,又怎么可能进来?"

众人都暗中点头,卓王孙这句话,问到点子上了!他们都屏息关注,看石星御怎么回答。

石星御却悠然笑了笑:"这个嘛,亚当斯大公的手谕,没有亚当斯本人好使,不是吗?"

卓王孙皱眉:"你是说,亚当斯大公亲自带你进来的?这不可能!"

石星御:"这的确是不可能。但有个人,却可以变成亚当斯大公的样子。有它陪

Chapter 19
圣灵

同,我根本没遭到任何盘查。不过,它害怕这里面有个人知道它的身份,所以把我带进来后,就溜走了。你们该知道它是谁吧!"

秋璇与卓王孙对望一眼,都知道他说的是谁。

胡赛!

胡赛能变成亚当斯大公这件事,本没几个人知道。但是,在阿尔芒医院,他们为了试探石星御,卓王孙曾让胡赛变为亚当斯大公,做两人歃血为盟的见证。显然,这件事被石星御看破了。没想到,他竟利用胡赛的变身术,进入51区。

他的话,倒是让人抓不出把柄。

卓王孙一时语塞。

杨逸之微微一笑,说:"龙皇阁下,您又是怎么知道秋璇小姐与大公子会有危险的呢?从我们进入51区到现在,不过半个小时。您作为艺术指导,身在罗马。他们俩人乘坐大公子的专机,从罗马赶过来都要四个小时,您就算知道秋璇小姐遇险,半个小时内,又是如何从罗马赶过来的呢?如若不然,您是在秋璇小姐通知Candy之前,就知道她会有危险发生?难道您有未卜先知的能力?"

卓王孙的眼睛再度亮了起来。

杨逸之不亏是明星少将,带领着FCI破过无数大案,思维极其清晰。他的问题,锐利之极,卓王孙甚至想不出,石星御还能怎么回答!

石星御:"兰斯洛特说的不错,若是秋璇小姐到达51区后我才知道她会遇到危险,那我就算插翅也飞不过来了。我的确在秋璇小姐出发前就知道她会遇险,原因很简单,我早就怀疑蕾切尔不是好人,因此也在监控她。你们带着Candy小姐乘大公子的专机飞往51区时,她就用隐身术,潜入了专机之上。我知道她会对你们下手,但苦于没有方法通知你们,于是我火速找到'亚当斯大公',然后乘坐我的专机赶到51区。你们知道,我由于经常要满世界巡演,也购买了几架专机,其中有一架由F32战斗机改装,价值一个亿。只可惜飞行时速仍比不上大公子的专机,所以才这么晚赶到。不过,看到你们仍安然无恙,我真是太高兴了。"

他说得合情合理,杨逸之也不由地语塞。

石星御第三度将手伸向卓王孙:"义弟,快跟我逃走吧!晚了就来不及了!"

卓王孙气恼地狠狠拍开他的魔掌:"跑什么!我们已经抓住蕾切尔了!这座房间内安装了一台大功率的'Skynet',专门抑制超级生命体的力量。蕾切尔身上还戴上了'背信者之枷',连动都动不了,你有空还是多担心她吧!"

石星御露出焦急之色:"难道你们不知道,超级生命体最强大的力量不在肉身,而

在于的意念吗?强大的超级生命体,有用意念干扰一切电子设备的能力!"

秋璇脸色一变。她豁然想到,在白檀庄园,苏妲曾经让方圆数公里内的所有电子设备一起失灵。蕾切尔的超自然力远远高于苏妲,对电子设备的控制力更将高得惊人。

石星御:"目前出现的超级生命体中,蕾切尔是意念力最强的。'Skynet'能抑制她的肉体,但抑制不住她的意念!她随时可以操纵这房间中的电子设备,攻击你们!"

所有人的脸色都变了变。

这座房间中空空荡荡,唯一和电子设备有关的就是……

路西法!

作为机体,路西法有相当多的电子元件,尤其是总控电脑。若路西法被蕾切尔控制,那的确是件很可怕的事情!没有人比秋璇更知道,路西法究竟蕴含着多可怕的力量!就算路西法的装备已全部被拆除,但就凭这身坚韧无比的装甲,就足以令人头痛的了!

石星御话音刚落,一声尖锐的冷笑从蕾切尔口中发出:

"我本还想多隐藏一会,却没想到你竟然知道这一秘密!那就试试我这一能力吧!"

一道青色的光芒,倏然自蕾切尔身上亮起,闪电般向路西法冲去!

卓王孙:"糟了,路西法要被她操纵了!"

秋璇的目中却有异样的光芒闪烁:"不要担心,她控制不了路西法,因为路西法并不是电子……"

她话还没有说完,路西法体内,猛然爆出一团炽烈的光芒。

那道青光,笔直地投入到圣灵的体内。一直含笑观看的圣灵的身体,就像是清水被滴入了墨水一样,全身都被染成了青色。她身上起了一阵奇异的涟漪,两只湛蓝色的眸子,竟变得漆黑,宛如蕾切尔手中晶球中的墨色烟云!

秋璇皱了皱眉。

路西法并非人类研发出的电子设备,而是有生命的机体。所以,蕾切尔的意念再强,也无法控制它。但它装载的圣灵则不同。

路西法的驾驭者本来都具有真·神谕,不需要圣灵辅助,所以这台机体堕落到地球时,本没有圣灵存在。现在这具酷似女王的圣灵,是方便人类驾驭,由第二大区的科研人员后来加入的,完全可能受到超级生命体的干扰。

然而,圣灵毕竟只是电脑形成的全息影像,没有实体。在缺少骑士的情况下,也不能单独驾驭机体。此时此刻,蕾切尔控制这只圣灵,又能做得了什么?

Chapter 19
圣 灵

哪知，杨逸之一看到圣灵被控制，脸色却骤变，急呼："拉斐尔、加百列，保护大家！"

卓王孙嗤之以鼻："大惊小怪，一具圣灵而已，能有什么战斗力？"

杨逸之满面焦急："大公子，你不知道，这台圣灵是第二大区最新型号，它能将粒子能量实体化，攻击性极强！"

他话还没说完，组成圣灵身体的粒子光芒，突然波动起来，晶亮的粒子流向她右手掌心溢出，片刻工夫，竟结成了一柄三尺多长的利剑，精芒闪烁，圣灵身子一纵，闪电般向人群扑了过来，一剑凌空，向秋璇斩了下来。

秋璇大吃一惊，来不及躲闪，幸亏杨逸之提醒的早，拉斐尔飞舞而来，粒子盾倏然探出，挡在了秋璇面前。

"哐"的一声巨响，粒子剑斩在粒子盾上，这一剑威力竟巨大无比，素以防御著称的拉斐尔，巨盾也被斩开了一道缝隙。

圣灵身子一侧，闪开拉斐尔，又是一剑，向卓王孙斩了下来。电光石火之间，加百列也是掣出光盾，挡住了这一剑。圣灵也不跟它交战，身子急退，一剑已斩向Candy！

如果让她斩中，秋璇的计划可就全盘皆输了！

秋璇大惊："保护Candy！"

拉斐尔与加百列全速向Candy冲去，但圣灵的身体是虚幻的，几乎没有重量。这使她的速度快到不可思议，比大天使机体还要敏捷许多。两具机体后发，已不可能追上圣灵。眼见粒子剑已飙射到了Candy头上！

关键时刻，一声枪响，杨逸之的隆基努斯之枪终于出手。

一枚子弹，螺旋着高速射出，正轰中粒子剑的剑柄。旋转的弹身带起强烈的气流，深深钻入了粒子剑身中，轰然炸开。粒子剑被炸成两截，几乎贴着Candy的身体斩落。Candy吓得魂飞魄散，本能地向路西法跑去。

圣灵手一抖，粒子光流再度汹涌而出，在她掌心凝成了一只长枪，锋芒一抖，向Candy的后背扎落。

隆基努斯又是一枪轰出。

圣灵的身体虽然是由光合成的立体影像，但是，每只圣灵都有个金属核心，是圣灵的控制中枢。隆基努斯这一枪，正射向这一核心。圣灵急忙侧身闪躲，Candy已趁着这机会，踏进了路西法的胸舱。

圣灵脸色一凛，粒子长枪向Candy飞射而去。一柄粒子光盾飞射而来，堪堪将长枪挡住。两者相遇，爆发出轰然巨响，Candy却趁着这空隙，钻入了路西法的胸舱，将舱门合上。

杨逸之、Rafa、秋璇几乎同时松了口气。

拉斐尔与加百列随即赶到,两柄粒子光剑同时狠狠地向圣灵斩了下来。

圣灵的速度快到不可思议,影像一闪,已从两具大天使机体的合击中脱出,手中长枪光芒一闪,化成一只七八丈长的长鞭,一鞭向卓王孙猛击了下去!

卓王孙慌忙闪躲,圣灵已随着粒子鞭飙射而至,粒子光流涌动,左手剑、右手鞭,向卓王孙猛击而下。

拉斐尔与加百列急忙赶过来抢救,圣灵的身体几乎没有重量,这令她的速度不可思议地快,她可以随意幻化出各种武器,攻击方式诡秘莫测。这令几人穷于应付。虽然有两具大天使,但身在这个封闭的房间内,极易误伤,许多大杀器都不能施展出来,只能凭借粒子武器,跟她游斗。

另外,她那酷似玛薇丝女王的外貌,让人简直无法逼视,更不要说兴起杀念了。而圣灵却杀得兴起,在手中变化出一挺重机枪,"哒哒哒哒"怒吼声中,粒子子弹疾射,大有大杀四方的气概。

四个人加两具大天使,被圣灵打得抱头鼠窜。危险之极,也狼狈之极。

秋璇与卓王孙是圣灵追杀的首要目标,特别是卓王孙。圣灵手中的鞭子专门照着他抽打,打得他气恼不堪却又无可奈何。

两人躲在路西法身后,秋璇忍不住感叹:"能把圣灵做得这么强大,第二大区的科技实力真是强得惊人!"

卓王孙抱怨道:"把女王设计成这个模样,第二大公的口味才真是重得惊人呢!"

秋璇刚要反驳,却似乎想到了什么,抬头向圣灵看去。

她容貌虽与玛薇丝女王毫无二致,神色举止却极为冷酷无情,加上被蕾切尔意念入侵,湛蓝的眸子化为黑色,让人仿佛看到了女王镜中的黑暗影像——天使与恶魔,光明与黑暗,女神与魔女。

这种感觉可真是说不出的奇怪,秋璇不禁有些失神。

火光电石间,圣灵手一抬,手中重机枪倏然变成一门加衣炮,轰隆一声响,一枚炮弹向两人射去。秋璇慌忙拉起卓王孙,向拉斐尔跑去,拉斐尔洒出一层粒子光幕,将两人罩在中间。

卓王孙回头看着圣灵,突然笑了起来。

秋璇气恼地说:"你还笑得出来?"

卓王孙:"还别说,若在别的地方,还真欣赏不到女王手拿枪械大杀四方的英姿。"

Chapter 19
圣 灵

秋璇："你还有心思想这个！"

两人只顾着说话，动作稍微慢了一点，圣灵一炮轰在了光幕上，拉斐尔仓促制造出来的防护被轰散，圣灵手一抖，加农炮变化成长鞭，一鞭向秋璇扫了过去。

鞭影凛凛，秋璇来不及躲闪，眼睁睁地看着长鞭化成团团光旋，将她罩住。拉斐尔、加百列急忙来救，却哪里来得及？

危急关头，一人猛然扑了过来，将秋璇推了出去。长鞭炸响，狠狠抽在他的腿上。"喀"的一声脆响，骨骼碎裂的声音从他腿上传了出来。

那人正是石星御。他跪倒在地上，痛得脸色都变了。但有他这瞬间的耽搁，拉斐尔的防护光罩再度成形，将他们护在中间。加百列爆发出惊人的战斗力，追着圣灵一阵猛打，使她暂时无力追杀别人。

秋璇急忙去查看石星御的伤势。所幸骨裂的并不厉害，但长鞭将他抽的皮开肉绽，伤口触目惊心。秋璇撕下衣角，给他包扎。石星御脸色苍白，痛得差点晕了过去。但他仍保持着微笑，对卓王孙说："这下我们平等了，腿都受了伤。"

卓王孙沉默不答。石星御又转头对秋璇笑道："我也受伤了，不知道能不能享受到大公子同样的待遇？"

秋璇也笑了笑："当然。你安心养伤吧！"

石星御转而看着卓王孙："大公子，你现在能蹦能跳，看来腿伤早就好了。选秀庄园后面的住院部，能不能让给我？"

卓王孙："你乘机要挟？"

石星御果断摇头："当然不是！我要是要挟的话，我就要求秋璇小姐每天也给我送饭了！既然不能提这么过分的要求，而我们又已歃血为盟，大公子能否给我送饭呢？"

卓王孙："不怕死就等着我去送！"

三人正说着话，秋璇已麻利地给石星御包好伤口。石星御猛然脸色一变："快躲！"

圣灵已凭借超高的速度，挣脱了加百列的追袭，再度向三人冲了过来。拉斐尔周身光芒闪烁，连接布下六道防护光罩，但在圣灵超高速的攻击下，一道道瓦解。拉斐尔布下防御的速度，显然远远跟不上圣灵的攻击速度。

空间的狭小，加上误伤的顾忌，竟让两具大天使机体缚手缚脚，无法全力施展，被圣灵逼得手忙脚乱。

一直在冷静观察的杨逸之突然喊："加百列，房间的周围有很多照明的电线，扯下来缠到手臂上！"

薇薇安虽不明白为什么，但她对杨逸之言听计从，立即放弃追击圣灵，扯着房间上的电灯用力一拉，一根长长的电线被扯了出来，用力一抖，电线快速地缠到了右臂上，加百列的手臂足足粗了两倍有余。

杨逸之："向里通电！"

薇薇安此时也明白了，大天使两根手指噼啪爆响，幽蓝的电弧闪起，连接到了电线上。超过百万伏的高压，立即被机体制造出来，灌入电线中。层层缠绕的电线立即将机体的右臂变成一只电磁铁，通电之后，强大的磁力，立即向圣灵猛涌而去。

圣灵身为机体电脑，对人类的科技了如指掌。她知道自己的控制中枢是金属，特别容易受磁力的吸引，因此，身形急速旋转了起来，速度增加到最大，令薇薇安制造出的超强磁力无法捕捉到它。

杨逸之再度冷喝："拉斐尔，也用同样的方法制造磁场，但要反向缠绕电线，使磁场极性相反！"

薇薇安闻言微微一怔。虽然圣灵的金属核心害怕磁力，但她由粒子能量驱动，磁力只能让她的行动受到牵制，却未必能真正约束得了她。

Rafa却已然明白杨逸之的打算。他会心一笑，操纵拉斐尔将电线缠绕在手臂上，制造出高磁力。

拉斐尔与加百列的磁场对接，由于极性相反，两个磁场瞬间聚合在一起。处于磁场中心，正高速旋转的圣灵，身上猛然爆出一串电火花，影像一阵闪烁，缓缓熄灭，一串蓝火从核心中冒出来，青烟升起。

圣灵，竟然烧毁了！

薇薇安惊讶地看着杨逸之。

杨逸之淡淡一笑："圣灵只知道磁场会吸引金属，但她没想到，自己高速旋转时，金属核心会切割磁力线，从而会在她体内产生电流。越精密的仪器就越是脆弱。电流在她内部产生，虽然很微弱，但会烧毁她的主板，让她短路。"

"她学得还是不够认真。"

金属核心掉落在地上，滴溜溜地旋转着。打得所有人狼狈逃窜的圣灵，终于坠毁。所有人都松了一口气。

卓王孙突然脸色一变："蕾切尔不见了！"

本被无信者牢枷禁锁着的蕾切尔，早就不见了踪影。只剩下牢枷摔落在地上。众人只顾着跟圣灵作战，根本不知道她是什么时候逃脱的。

秋璇苦笑了笑："又是白忙活一场。"

Chapter 19
圣 灵

石星御的脸上却绽出一丝笑容："不过，对于我来讲，真是心想事成。你们俩人都安然无恙，这就谢天谢地了。"

他转头看着卓王孙："是不是？义弟？"

他的表情，让卓王孙恨不得狠狠抽他一顿。但碍于他刚为救秋璇而受伤，只能咬牙忍耐。

这还真是辛苦啊。

Chapter 20
三强诞生

卓王孙坐在秋璇的办公室里，满脸郁闷。

阿尔芒医院的住院部，已被石星御占据了。他的腿伤早就好了的事实也被揭穿。最可恨的是，石星御还特别指定要由他送饭。这天，他刚刚送完了饭，待在秋璇这里生闷气。

卓王孙愤愤地说："真是白忙活了一场。蕾切尔也逃走了，不见踪影。'皇'是谁，也没有头绪了。"

秋璇拿着一支笔，在指间玩弄着，一缕神秘的笑意在她嘴角绽放。

"我倒不这么认为……"

"蕾切尔一定不会走远的，现在她已经知道'公主'就是Candy，所以，她已没有再参加选秀的必要。但她一定会想方设法杀死'公主'。我已经嘱咐兰斯洛特，想尽一切办法保护Candy。而薇薇安也会一直驻扎在Candy身边，没有机会，她不敢妄动。"

"至于'皇'，我更加怀疑，是石星御。"

卓王孙精神一震："何所见而言此？"

秋璇："第一，我咨询过兰斯洛特，路西法的圣灵虽然是最新型，但绝对没有强到这种程度，连大天使机体都奈何不了。所以，她能打得我们这么狼狈，不是因为她本身强，而是控制她的力量强。被天网束缚住的蕾切尔，绝没有这样的力量。"

卓王孙："有道理，但并不充分。"

秋璇："第二，石星御说，是胡赛变成了亚当斯叔叔，带他进入了51区。但你我都明白，胡赛的变身术并未达到以假乱真的程度。在医院，我们让他乔装亚当斯叔叔，生恐石星御看破，只好将灯光调到极暗，还漏洞百出。如今51区里光天化日，怎么可能看不破？何况，要进入存放路西法的基地，需要验证指纹，胡赛就算能变成亚当斯叔叔的外貌，却绝不可能连指纹都变成一样的。所以，我认为，他一定说谎了。"

卓王孙点了点头："这条有道理多了。"

秋璇："第三点，也是最重要的一点。我怀疑，控制圣灵的，不是蕾切尔，而是他！如果蕾切尔真能控制圣灵，她又想杀死Candy，为何不趁Candy与圣灵一起被关在路

Chapter20
三强诞生

西法里时动手？圣灵被控制后，并没有专心杀死Candy，转而攻击你我，就更加可疑了。在石星御进来前，蕾切尔只想杀死Candy，对你我并无恶意。何以石星御现身后，她控制的圣灵就转换了目标，追着你我猛攻？这不是很奇怪吗？"

卓王孙冷哼一声。显然，他对圣灵挥舞长鞭追逐自己的一幕还心有余悸。

"最后，圣灵手上的粒子鞭威力极大，大天使战机的装甲都被抽出了不少裂纹。打在人类身上，本该骨肉横飞才对。我在为石星御包扎时，查看过他的伤势，仅仅是骨裂而已。实在轻到让人难以置信。所以，我怀疑，控制圣灵的人是石星御。也就是'皇'！他的受伤，只不过是一场苦肉计，掩人耳目。"

卓王孙："你说的不错！最后两条简直就坐实了他就是'皇'！欲盖弥彰！我们该怎么做呢？干脆撕破脸抓起来得了！"

秋璇微笑着摇了摇头："不。虽然我几乎可以百分百肯定他就是'皇'，但还是没有直接证据。没有直接证据，是无法定罪的。我得好好筹划一下，怎样既揭穿他，又能抓住他。这次，可要确保万无一失才行。"

说着，她陷入了沉思。

巴塞罗那诺坎普球场是欧洲最大的体育场，拥有12万个座位。在98至99赛季，欧洲足协授予它"五星级球场"的称号。由于它是巴萨队的主场，因此，在欧洲人的心里面，它有着圣地一样的地位。也只有这样的场地，才够匹配超级公主的半决赛。

这场选秀引起的关注，已超过了任何一场演出。

出乎意料地，妮可成了媒体的最大焦点。她悲惨的身世让所有的人都感到揪心，所有人都感到亏欠她的。这个可怜的小女孩是时代的创伤，是光明的太阳上的黑子，是合众国勋章上的一片污迹。他们应该补偿她。

然而，民调显示，绝大多数的人不看好她能晋级。毕竟，这轮比赛的主题是宫廷礼仪。她可怜的身世让她几乎没有机会接触到正规的礼仪，更不用说宫廷里的了。

同样不被看好的还有Candy。这位少女歌后以风格叛逆大胆著称，出道这几年，对镜头竖中指、骂脏话、自称Bitch的事实在没少干。绯闻与丑闻齐飞，时尚杂志上经常能看到她大胆裸露的照片。这与穿着传统的鲸骨围裙、戴着繁复蕾丝的上流社会贵妇可差了不止千里。

当然，Candy的歌迷们可不这么认为，在他们心目中，只有少女天后才是唯一的公主。他们发誓要将她抬进决赛里。不服气？就拿票数来打败我们吧！

以离经叛道的形象吸引大众的蕾切尔，得到的支持也不多。反倒是苏妲，被看作

是大有可能晋级的选手。她那带着异国情调的美艳,完全符合古老传说中对东方公主的想象:强大的国王向东方远征,跨越万里广袤的土地,最终进入一个富饶而神秘的古老国度。会在皇宫深处,邂逅倾国倾城的异域公主。而这个公主,必然有着苏妲的美艳与风情。

争议最大的人是赛琳娜。各大媒体都纷纷表示支持她,而时尚杂志却一致抨击她是个乡下妞,只有莱拉才是真正的公主。

在热热闹闹的争吵声中,诺坎普球场迎来了盛大的比赛。

比赛的规则跟唱歌的那一轮类似,采用现场投票制。选手一个接一个出场,等结束后,由现场观众投票决定名次。不同的是,现场发放的fans牌不再限制个数。所以,原则上来讲,最受欢迎的人能获得12万票。

大部分人6个fans牌都领了,天有不测风云,谁知道哪位选手会超常发挥了呢!

第一位出场的是赛琳娜。

她穿着一身标准的宫廷装,用标准的宫廷礼仪走了出来。第一个亮相,就博得了一片掌声。在蕾丝与珠宝的装点下,她显得雍容华贵,仪态万方。稍微有点高傲的神态,更增添了她的雍容风情。

但,当苏妲出场的时候,焦点立即从赛琳娜身上转移了。

如果说大家对她之前的印象是埃及艳后那样的妖娆,这一次,她的铅华就已经洗尽。她的妩媚与妖艳都深藏在肌肤下、骨髓里,含而不露,取而代之的,是流波婉转,颦笑倩兮。她的衣服极尽华丽之能事,也只有她这样的美丽,才能压得住这样的衣服。她就像是裹在华彩中的一颗明珠,放射着耀眼的光芒。

而这光芒,又是含蓄的,持久的,温暖着人的心魄。

跟她比较起来,赛琳娜的宫廷礼仪,立即变得俗艳了起来。她才是一位真正的公主,随时展现着一个帝国的大气。

她的美,令所有人窒息。

第三位出场的是莱拉。

作为米兰城的公主,莱拉的宫廷礼仪无懈可击,但是,也没有太多动人之处。观众们还沉浸在苏妲带来的惊艳之中。

直到Candy出场。

她穿着一件金黄色的礼服,缓步从后台出来,手中握着一支顶端镶嵌了浅蓝色宝石的权杖。她才一出现,现场观众就立即发出了一阵惊叹。

因为那身礼服。

Chapter 20
三强诞生

那是伊莎贝拉公主大婚时穿的礼服。

伊莎贝拉是卡斯蒂利亚王国的继承人,命运让她嫁给老迈的葡萄牙国王,但,美丽而任性的伊莎贝拉却与相爱的阿拉贡王国费迪南王子私奔。这一事件几乎导致两个国家交战,却最终屈服于伊莎贝拉对爱情的坚持,于是卡斯蒂利亚和阿拉贡合为一个国家——那就是西班牙。

在西班牙人心目中,世界上只有一位公主,那就是伊莎贝拉。是她与她的爱情,缔造了这个国家。

而今,他们的公主,从历史的尘埃中走了出来,就在他们面前。

热情的西班牙人,不由地欢呼起来。他们高高举起手,就像是他们的祖先一样,向台上的伊莎贝拉表达着崇敬与热爱。

Candy露出了笑容。

鲁特不愧为最顶尖的经纪人,他的策划十分成功。只要唤醒西班牙人对于公主的记忆,什么宫廷礼仪都是浮云。

她成功了。

原本准备压轴的蕾切尔并没有出场。她出人预料地宣布退赛了,这让她的拥趸们备感失望。

妮可便成为最后一位登场的选手。

此时的她,却呆呆地站在化妆间里,不知所措。

她要穿着上台的礼服,已变成了一堆碎片,上面全都是剪刀剪过的痕迹,已无法再穿了。

无法再穿,那还怎么比赛?如果是别的比赛,还可以换一套衣服上台,但这次比的是宫廷礼仪,不穿礼服,会被视为最大的失仪。好比发令枪响前就先被扣掉一半的分数,还怎么比赛?

妮可急得快哭了出来。

相思也急得团团转,不知该怎么办才好。

莱拉刚从台上退下来,问:"发生什么事了?"

相思眼睛一亮,一把抓住她:"莱拉,你的专业不是时装设计吗?你的叔父不是大名鼎鼎的范思哲?你肯定可以,求你帮妮可补好这套衣服吧。"

莱拉从地上捧起那摊礼服,它们几乎已是一堆碎屑,眉头立即皱了起来:"这……

这不可能。"

衣服已完全被剪破了，与其补它，还不如重新做一套呢。

相思希冀地看着她："那你能帮她做一套吗？"

莱拉急忙摆了摆手："不行的！我设计的服装不行的！"

相思："可是莱拉，已经没有别的办法了。求求你！求求你！"

她双手合十，哀恳地看着莱拉。莱拉犹豫了："还没人穿过我的衣服登台，我自己都没有信心，你敢穿吗？"

妮可犹豫着，突然一咬牙："没关系。我相信你。"

反正也没有别的办法了，死马当活马医吧！

莱拉四处瞧了瞧，让相思帮忙，将窗帘扯了下来。那是一块淡金色的布，有着暗色的花纹。手头上没有工具，相思好不容易才找了把刀过来，莱拉将布裁开。没有剪刀，没有缝纫机，莱拉只能比着妮可的身材，将布缠绕在她身上，用布条扎住，拖成一个长长的裙摆。她的肩头裸露在外面，胸前形成一个"V"字领。莱拉从脖子上取下自己的项链，替她戴上。

"怎么样？"

她惴惴不安地端详着。

相思："我觉得很好！"

妮可转过身来，照着镜子。她犹豫着，打量着镜中的自己："谢谢。"

终于，轮到她出场了。

在推开幕布，走出台来的时候，她稍微停了一下，伸手拂了一下额头的乱发。

相思双掌合十，紧紧盯着她，不住地为她祈福。

妮可缓缓地，沿着舞台正中心的红地毯，向外走去。

甜美的笑容，挂在她的嘴角。她并没有太多的举动，只是静静地走着。台上台下，倏然陷入一片奇异的寂静。

有苏妲的衬托，她不是最美丽的。有赛琳娜、莱拉的对比，她不是礼仪最完美的。她的举止有点生涩，衣服过于简单。但是，她的身上却有一股奇异的高贵感，令人印象深刻。

有些人，只是随随便便穿条棉布裙，却自有股高华的仪态，干净的微笑令人想起太阳的光芒。

真正的高贵，并非来源于出身，而是来自于内心，深到刻骨，永恒不变。它并非高

Chapter 20
三强诞生

高在上,而是洞悉了宇宙的真谛后,所呈现出的平等。这平等惠及万物与众生,是对强大者的无惧对抗,是对弱小者的伟大同情。

真正的高贵,并非脱离世俗,而是让世俗中的差别泯灭不见,让魔王谛听,修罗俯首,神明赞叹。

这一瞬间,所有人都忘了她的身世是多么贫寒。他们仰望着,望着一位真正的公主,带着令他们感到卑微的高贵感,走过来。

但,这仍不是最重要的。

重要的是,每个人看到妮可的第一眼,都有一种熟悉感。

他们的目光,在她身上并未做停留。穿越她的面容,却看到另一双眸子,如星辰如瀚海,对着他们温柔而慈威地微笑着。

那是他们无比熟悉的笑容。

每天都会看到,永远无法遗忘。

他们感到一阵惊颤,这一刻,他们才发现,这个名不见经传的少女,与玛薇丝女王竟是那么相似。而在这之前,他们从未有过这个感觉。

这一刻,他们恍然大悟,这场选秀真正等待的,是什么!

其实,他们心底一直都有一位公主。

层层选秀,不过是在寻找,谁更像"她"。

比赛终结,妮可以绝对多数的得票率,轻易晋级。同她一起晋级的是苏妲与Candy。在宣布的那一刻,赛琳娜眼睛里喷出了熊熊的怒火。她愤怒地看着妮可。她无法理解、无法接受这个低贱的平民,居然能超越她,晋级三强!

妮可笑靥如花,站在台中央,选手们一个接一个走过来,向她祝贺。她们也都是笑靥如花,但明显地,眼睛里全都带着敌意。

最后一场比赛,将是她们三个人短兵相接。谁会是冠军?从现场的欢呼来看,苏妲、Candy的赢面,显然没有妮可大。

冠军只有一个。

仅仅只有一个。

或许,真正的战争,才刚刚开始。

莱拉拖着个大箱子,跟妮可、相思告别。

"对不起。"相思不知道为什么要道歉。莱拉的名次是第四名。如果她不帮妮可设

计服装，也许进入三强的就是莱拉而不是妮可了吧。

莱拉："别傻了。没什么好道歉的。我很高兴有这样的结果。"

她手上拿着的，是妮可参赛所穿的衣服："可以将它送给我吗？"

妮可："当然了。"

莱拉紧紧握着那件衣服："其实，我叔父一直在等我回去继承范思哲家族的庞大时尚事业，但我一直没有信心。因为……因为我没有什么设计服装的天份。我叔父是个真正的天才，但是，我却什么也不是。跟他比起来，我设计出来的服装，简直就像是贫民窟的便宜货。而他的设计，永远是时尚的代名词，出席再高端的沙龙都绝不逊色。"

"妮可，你让我看到了希望。时尚，并不仅仅存在于贵妇的沙龙上。我不知道我为什么会有这样的感觉，但，当你穿着这件衣服站在台上时，我突然领悟到，真正的时尚，应该穿在每个人身上。时尚不是明星或模特的特权，不是铜版杂志上的流光溢彩，而是大街上每个人的微笑。"

"谢谢你，你让我找到了设计的方向。"

"我终于可以回米兰，继承叔父的事业了。我并没有败，这次选秀，我想，每个人都会找到心目中的那个公主。我，找到了。我其实一直是、也永将是……米兰的公主。"

她轻轻地跟妮可握手："等我举行时装发布会时，你一定要来哦。"

妮可紧紧握住了她的手："我一定会去，我要做你的发布会的模特！"

相思的泪水蒙住了她的双眼，但她没有哭，努力微笑："我也是！"

莱拉："再见。"

她微微笑了笑，抱着那件衣服，走出了庄园。夕阳染在她的长发上，照着她渐渐走入灰暗。

这不是一位选手的黯然离场，而是一位顶级设计师的诞生。

一年后，莱拉用自己独特的视角，震动了整个时尚界。她不再是米兰的公主，而被称为整个意大利的国宝。

选秀只会选出一位公主，但，每个人心中都栖息着属于自己的公主，找到她，给她一个吻，她就会从沉睡中醒来，从此你人生，会变得多姿多彩、宛如梦幻。

那是只属于你的公主。

她在你心中的囚城中沉睡着，等着你去唤醒。

这依旧是个没有庆祝的胜利。因为比赛刚一结束，最后一轮比赛，也就是决赛的消

Chapter 20
三强诞生

息，立即传来。

决赛的赛制非常简单。

谁的人气最高，谁就是冠军。

第五轮比赛颁奖晚会结束后，这个投票就开始了。

"合众国任何公民，都可以通过手机短信来支持三位选手。发送GJ+数字到10629999，01代表Candy，02代表苏妲，03代表妮可。本次投票将在下周末晚上8点整结束。"

这是一声发令枪，立即打响了最后一战。

虽然妮可经过前两轮比赛累积了不错的人气，但仍然无法跟人气巨星Candy相抗衡。仅仅过了一个小时，Candy的投票就飙增至100万。但妮可与苏妲的得票，也并没有像选秀一开始预料的那样少。

这使谁都不敢停下来庆祝。她们必须抓住每一分每一秒，拿出自己擅长的大杀器，对着中间选民展开一轮狂轰乱炸。组委会为她们排出了满满的日程安排，她们将参加一场场活动，尽全力争取fans的支持。

每一天，都是一截阶梯，不是通往成功，就是通往失败。没有任何的退路。

※ 决赛第一日 ※

三位选手的得票数实时公布在官网上，任何人都可以随时查看。这极大激发了fans的热情，票数稍有起落，他们都万分紧张。五花八门的拉票活动展开了。最简单的是说服自己的亲戚、朋友投票，然后波及到同学。在这阶段大家就因为偶像不同而开始了争吵，后来，越来越多的fans来到街头，拜托来来往往的行人为自己的偶像投上一票。这股热潮甚至波及到了明星们，他们也加入了拉票的行列，在微博上号召自己的fans给他们的偶像投票。

第一天结束时，票数已达到了惊人的数字：

Candy，1125万。

妮可，442万。

苏妲，627万。

Chapter 21
篡改的请帖

北美特区，51区。

巨大的建筑里一片漆黑，上百盏照明灯没有一盏亮起。亚当斯大公独自坐在黑暗中，一动不动，长久地凝视着面前的银色机体。

路西法。

一场猎捕青帝子的大战刚刚在这里发生过，不过51区高效率的工作，让这里很快就恢复了原貌。

也不知过了多久，亚当斯轻轻叹了口气，转动了手上的日之印章戒指。路西法身上，次第亮起了灯光。机械轰鸣声响起，这台机体被徐徐点燃。

机舱盖缓缓落下，将亚当斯托起，步入舱内。圣灵的影像倏然出现，向着亚当斯大公微笑行礼。

她在与青帝子的作战中，被杨逸之利用磁场生出电流销毁，但战斗结束后，很快就已修复。

看着她那酷似女王的容貌，亚当斯的脸上泛起一丝痛苦之色。他声音沙哑，眼中布满了血丝，已很久没有安睡。

"玛薇丝……"

他伸出手，似乎是要探触对面的容颜。圣灵一动不动，让他的手落在自己身上。粒子能量在被指尖接触到的瞬间凝成实体，在圣灵的体表爆出一团小小的白纹。这使圣灵的躯体有了触感。但，却像是触在极薄的玻璃上，没有半分温度。

圣灵的笑容柔美静婉，凝视着他。

笑容似乎有着穿越时间的永恒，亘古不变。

他静静地看着她，眼中有无法言说的沉痛："玛薇丝，我究竟做错了什么，上帝竟让我遭受如此惩罚？"

空无一人的路西法，屏蔽了外界的一切。只有这一问的回声，在寂静中轻轻震响。

这里是绝对密闭的空间，任何人都不能进入、不能打扰。

只有在这里，亚当斯才能放下一切防备，也放任自己，完全沉浸入这无边无际的痛

Chapter 21
篡改的请帖

苦与悔恨中去。

他凝视着圣灵，轻声诉说："我知道，无论我做什么、无论我处于什么位置，都不配得到你。我只不过是想找到一个像你的人而已，这也有错吗？"

圣灵微笑无语。

他怆然一笑："的确，我不是一个高尚专情的人，我有妻子，还有不同的女友。可她们都有几分像你，浅金色头发、蓝色眸子，让我回想起初见时的你——记忆中对我回头微笑的小公主。我不能获得你，难道也不能获得你的影子吗？"

他猝然合眼，伸开双臂，似乎要拥抱圣灵："为什么，命运要让我堕入这样的地狱……"

但他的手却从圣灵的光影中穿过，空无所获。甚至握不住一粒尘埃。

黑暗的阴影中，他的身子在轻轻颤抖，似乎在无声的哭泣。

任何人若能看到这一幕，都会无比惊讶。那个执掌合众国最高权势的男人，此刻，竟如孩子一般恐惧无助。

圣灵似乎感到了他的痛苦，不再微笑，也并不回答。

过了良久，亚当斯抬起头，脸上已恢复了微笑："哦，我忘了，你也是个替代品。我没有勇气面对真正的她，只能向你倾诉。我始终是在自欺欺人罢了……"

他平静地诉说着，眼中却渐渐有了泪光。

圣灵终于动了动。她脸上浮起一丝悲伤，伸出手，想回应他的触摸，却在接触到他的瞬间，身子轻轻飘起，在空中转了一个圈。

圣灵身上光影变幻，已换了一身礼服。

白色的宫廷长裙。

圣灵双手牵起裙摆，在空中旋转着，似乎在为他翩翩起舞。

亚当斯的笑容有些苦涩："你想安慰我吗？这一点你真不像她。这个时候，她应该恨不得能杀了我吧？"

圣灵没有回答，却依旧旋转着，裙摆飞扬，在他身前做出各种美丽的舞姿。

这时的圣灵虽有着玛薇丝的容貌，却并不像她。她仿佛只是一个不谙世事的少女，在看不见的舞台上忘情舞蹈。转圈、跳跃、撩起裙角……

他点了点头："难得你还记得这支舞。这还是五年前，Candy为你建模采样的时候跳的……"

亚当斯猛然想起了什么，脸色陡变！他用力按下一个按钮，控制台上的屏幕亮起。一连串数据在屏幕上闪烁着，组成了一个立体的影像。

那是五年前记录的、重建圣灵的原始数据。

将圣灵设计为女王的模样,本是一个不能对外公开的秘密,知情者自然越少越好。当时的方案是,请一位身材相似的少女来为圣灵建模。

整个采样过程都是保密的,少女只以为自己在舞台上跳了一支舞,而不知道自己的每一个动作都被电脑记录。等得到足够的数据、建立立体模型后,最后再输入玛薇丝的数据进行修正,就可以得到栩栩如生的圣灵。

那个少女就是Candy。

这个方案一提出,亚当斯就认定她是最合适的人选。五年前,他亲自将她带入了路西法。当时的她是那么青涩,娇羞,一味地只会讨他欢心,还不知道未来会遭遇什么。

那天,她跳得是那么认真,因为她突然发现,台下那个男人在注视着他。他眼神中,有一些和平日不一样的东西。

这一幕也深深映入了圣灵的记忆。当她看到亚当斯如此难过时,首先想到的,便是用这支舞来取悦他。她也记得,当初他看到这支舞时,眼里那不同以往的温柔。

亚当斯紧紧地盯着屏幕。

Candy的影像越舞越近,她突然在他面前止步,用一个妩媚而俏皮的姿势,抽走了领口的丝带。

她的目光充满挑逗,却也掩不住少女的纯真。她等了等,试探他对这个动作的反映。而后,向他眨了眨眼,一点点拉开领口。丰满的胸部在屏幕上显露无疑。

亚当斯急忙按下按键,让画面停住。

在那段五年前的影像中,Candy的胸口雪白无瑕,没有任何印记。

她不是自己要找的人。

他的身体渐渐放松下来,瘫软地坐回轮椅中。虽然只是片刻,但重重汗水已将他全身浸透。他疲惫的脸上露出一丝笑容,左手在胸前画着十字,吻在唇上。

他做这个动作的时候,前所未有的虔诚。在这一刻,他真的感到冥冥中上帝的存在。

它没有抛弃他。

"感谢上帝!"

为决赛进行的造势仍在如火如荼地进行着。

最不必为票数担心的人,就是Candy。以她多年来积攒的超高人气,只要不出意外,就会如愿成为冠军。

但,她此刻的心情却比任何人都焦急。

Chapter 21
篡改的请帖

她的心思,根本就不在选秀上。她想要见他一面,哪怕是分手,也要他亲口告诉她。但是,连Rafa都不肯帮她,她几乎绝望了。她尝试了几乎所有方法,想要联系到他,但是,却从未成功过。

唯一的机会,便是下周他的生日宴会。惯例将在大公府邸举行生日晚宴,作为合众国的大公,这次生日晚宴必将有无数政要、名人出席,他不可能不到场。这是见到他的最好的机会。

但是,想要出席,就必须拿到内部邀请函。

Candy打电话给几位熟悉的北美高官,这些人却都表示无能为力。今年的晚宴没有向媒体公开,而是采取家庭聚会模式,只发放了不到三十张请帖。每一张都严加考核,由Rafa亲自签发,根本不可能搞到多余的。

Candy想到了秋璇。作为亚当斯钦点的选秀总策划,她毫无疑问是有办法联系上他的。如果,她肯帮忙的话……

这个想法给了她一线希望。她一大早就准备好500万的现金支票,在秋璇的办公室门口等候,准备给她一个正式委托。却不想,到中午秋璇都没有出现。

Candy很快就明白秋璇是有意避而不见,再等下去也是浪费时间。于是她懊恼地离开了办公室,在庄园的树林里游荡。她心情糟透了,水晶高跟鞋不时踢飞一串石子。

突然,一个柔和又有些滑稽的声音传来:

"美丽的小姐,你为什么紧皱眉头?是在找丢失的东西吗?"

Candy惊讶地抬头,却见一个人穿着红绿相间的小丑服,站在一棵白桦树下冲她微笑。

美丽的小姐?Candy对这个称呼皱起了眉头。

在这个国家,认不出她的人并不多。连守电梯的大妈,都会指着她尖叫。不过,这个陌生的称谓恰好给了Candy一种久违的轻松感。也许,正好可以向他倾诉一下自己心中的苦闷,反正他也不认识自己是谁。

她幽幽叹了一口气:"我在找一张邀请函——可是我永远也没有机会拿到了。"

小丑笑了笑:"那可不一定,我刚刚在草地中捡到了一张,你看是你弄丢的吗?"

还不等Candy回答,一张印刷精美的卡片递了过来。

只看了一眼,Candy立即动容。毫无疑问,这正是那场生日晚宴的邀请函,上面还有Rafa的亲笔签名,字迹是她熟悉的,绝不会有错。

只是,邀请人一栏写着的,却是另一个名字:Cindy。

Cindy,就是相思的英文名。

——邀请Cindy小姐,于某年某月,到第二大公府邸参加晚宴。

Candy惊讶地道："你怎么会有这个？"

小丑笑了笑："我只是偶然在草丛里捡到的。"他不经意地，伸出戴了白色手套的食指，轻轻点在名字上："这是你找的那张吗？"

Candy皱着眉头，注视着那几行花体英文，陷入了沉默。她梦寐以求的邀请函，竟然写着相思的名字。

他竟邀请这个一无是处的女孩，去他的生日晚宴！

看来，一切都是真的。他已抛弃了自己，不是因为她做得不够好，而是另有新欢。

Candy紧紧咬住嘴唇，怒意涌上心头，几乎将这张请帖撕碎，却最终忍了下来，将它扔了回去："不是！"

小丑接回请柬，做了个惊讶的表情。他扯过袖口，用力擦了擦纸面，仿佛要拭去上面附着的尘土："难道是我认错了，这真的不是你的名字吗？"

那张请柬再度递到Candy面前时，已有了惊人的改变。

短短一瞬间，名字中间那个I，变成了A。被邀请人也从Cindy，变成了Candy。

完全没有涂改的痕迹，就像是一场魔术。

Candy怔怔地接过请柬，她错疑自己先前看错了。唯有指尖传来纸张柔软的质感，提醒她这一切都是真的。那张写着她名字的请柬反射着午后的阳光，发出莫名的诱惑，一如小丑脸上诡秘的笑容。

她的心底浮现出一个诱惑的念头：管它是怎么来的，这不是她梦寐以求的吗！只要这上面写着她的名字，她就能出现在晚宴上，就能再见到他。

不知不觉中，她握住请柬的手渐渐用力起来。

却突然一空。

当她惊讶地抬起头的时候，小丑已将请柬抽了回去，微笑道："美丽的小姐，我替你找回了失物，你是不是应当给我一些报酬呢？"

"你想要什么？"

"一张光碟。"他涂抹着浓重油彩的嘴唇缓缓挑起："一张写着CC的光碟。我知道你有它。"

"不！"Candy一惊，本能地拒绝。

那张光盘是他送给她的礼物，5年来她一直带在身边。

CC，是Cary to Candy的缩写。两人的名字，由他在一个洒满阳光的早晨亲手写下。这是他们五年相处中最动人的时刻。

其间无论经历了多少，她都从未放弃它。甚至在垦利小镇上，赛琳娜用刀子对着她

Chapter 21
篡改的请帖

的咽喉，她也没有将它交出。

这是他们感情的见证，甚至比她的生命还要重要。

小丑遗憾地耸了耸肩："看来，这张请柬真的不是你的。我得去把它交还给原来的主人了。"他轻轻拂袖，名字上的字母再度扭曲，变回了Cindy。

"再见了，美丽的小姐。"他向Candy躬了躬身，一阵微风吹来，扬起他身上红绿相间的小丑服。阳光在那一刻变得刺眼，Candy仿佛有一种错觉，他的身影随时会消失在微风中。

"等等！"她禁不住脱口而出。

小丑回过头，微笑着看着她。那张请柬被他夹在指间，飞快转动着。而上面的名字也仿佛被施加了魔法，在转动中不断变换。

Candy，或者Cindy。

Candy紧紧咬住了嘴唇。她决不能容忍小丑将这张请帖重新交还给相思，决不能容忍这个毫不起眼的女孩，如此轻易地夺走她的一切。

更何况，再珍贵的礼物也不是爱情本身。如果没有了爱，它就只是一座记忆的墓碑，只能埋葬着悲伤与失落，而不会有丝毫生气。

——如果不能见到他，那么这张光碟又有什么意义？

她有种错觉：这或许是她能见到他的唯一的机会。如果放手，他们就再也无缘相见。

终于，她缓缓地点了点头。

小丑咧开嘴，冲她做出一个灿烂而诡异的笑脸，而后猛地扭身。大红大绿的小丑服旋转开来，就像是一道彩虹，瞬间便消失在树影深处。

只剩下那张请帖，仿佛一只羽毛，轻轻飘落在Candy手中。

不久后，秋璇出现在了白桦树下。她看着Candy远去的背景，轻轻叹了口气，对空中说："出来吧，Joker，我知道你还没有走。"

阳光宛如水波，荡开一圈涟漪。光晕中浮现出Joker满是油彩的脸，他嘴角咧出一个夸张的笑容，向秋璇鞠躬："美丽的小姐，我们又见面了。"

秋璇点了点头："Joker，你为什么出现在庄园里？"

Joker："我只是来看望苏姐，顺便在花园散散心而已。这里的蔷薇开得真是美极了，正好能匹配您的笑颜……"说着，他轻轻在空中打了个响指，指尖顿时多了一朵蔷薇花。他轻轻躬身，做出呈献给秋璇的样子。

秋璇微笑着看着他表演，却抱起双臂，并不准备去接："那张请帖，本来是兰斯洛

特替相思准备的，却被你偷走。为什么要这样做？"

Joker遗憾地摊开双手，那朵蔷薇立即化为一簇流沙，消失在空中："您是在质问我吗？可您明明答应了Rafa骑士，不插手这件事的。"

秋璇："我答应了Rafa，不帮Candy接近亚当斯大公。但也不会看着别人在我的选秀庄园里胡作非为。"

Joker连忙摆手："请别误会，我没有恶意。是Candy太想拿到那张请帖、太想见到亚当斯大公了。"他的眼神有些委屈："我只想帮助一个为爱心碎的少女，完成她的小小心愿而已。"

秋璇静静地看着他："那么，你为什么要要走她的光盘？"

"这张光盘吗？"Joker笑了："它真的只是一张普通的光盘。内容是一部大家再熟悉不过的老电影《铭记之盟》，并没有什么特别的。您不信的话，可以亲自检查一下。"说着，他真的大方地将光盘递了过来。

光盘的封面的确是《铭记之盟》，打开后，有花体签着的两个字母：C.C.

秋璇只看了一眼，就还给了他："是亚当斯大公的光盘。"

Joker似乎有些吃惊："您怎么看出来的？我以为Candy把这件礼物藏得很好呢。"

秋璇不置可否地笑了笑。

她笑的时候，新月般的眸子微微挑起，透出一丝狡黠："我的确不知道。我刚才只是说，这是亚当斯大公主演的电影。"她指了指封面，他的名字就印在盘盒最醒目处："但现在我知道了：这是一件礼物。很可能是有特殊意义的礼物。"

Joker有点尴尬，这个少女实在是精灵的可怕，随时随地都会设置陷阱，跟她谈话，不打起十二分小心，心底的秘密就会被讨个一干二净。无论多小的失言，都会被她抓住。在她面前，似乎任何隐瞒都是拙劣的。

他索性摆出一副诚恳的语气："的确如此，Candy看重它甚于一切。我记得在垦利小镇上，她为了抢回这张光盘，差点丧命。"

秋璇点了点头，这件事她也有所耳闻："不错。而我还明白了一点：C.C，是两个人名字的缩写。Cary与Candy。这份礼物是亚当斯送给Candy的。也许，在Candy看来，说这是两人的定情信物也不为过。那你要走这张光盘，目的又是什么呢？"

Joker笑了笑："我只是收藏名人的纪念品罢了。第二大公与流行天后的秘密情史，当然有着极高的纪念意义。若卖给媒体，说不定能换来一大笔钱呢。"

这个解释并非没有道理，但显然，秋璇并不相信："金钱对于你没有任何意义。而仅靠一个签名，并不能证实他们的关系，所以你也很难据此要挟亚当斯大公。你的目的

Chapter 21
篡改的请帖

究竟何在呢？"

Joker干脆闭上了嘴巴。

秋璇知道他不肯回答，便转换了话题："刚才看到CC签名的时候，我想起了另一件事。选秀开始的时候，R曾给我送来了一封信，里边有两亿八千万巨款，和一句奇怪的话：'不要来找我了，除非你把钱都花光了'，签名正是C.C，而不是亚当斯大公姓名的缩写C.A。这不是笔误，而是一个特殊的符号，但可惜我当时没有留意。如今看来，这封信并不该送给我，而是Candy，那句'不要来找我了，除非你把钱都花光了'则意味着这是亚当斯大公给她的分手费。"

Joker静静地听秋璇说下去。眸子在油彩遮盖下莫名流转，看不出表情。

"以此类推，写着超级公主选秀标题、并叮嘱'你一定能做到'的那封，本该是送给我的，表示亚当斯大公正式委托我主持这场选秀。却被Candy得到，让她误以为是亚当斯大公要她在选秀中夺冠。R送信的时候，曾在地铁上遇到你，你和他就这两封信展开了激烈的争夺。你就是在那个时候，将两封信调换的，对吗？"

Joker沉吟了良久，终于恢复了夸张的笑容，他点了点头："正因我制造了这个美丽的错误，才让Candy参加了比赛，给这场选秀带来了超高人气，也给您带来了两亿八千万的启动经费。若没有这些，一切未必会如此顺利。作为选秀的总策划，您应该感激我才对。"

秋璇沉吟着，缓缓说："你想杀掉她？"

她的话非常突兀，让Joker一惊，一时间想不到该如何措辞。

这无疑印证了秋璇的猜想。

她笑了笑，语气柔和下来："Joker先生，我无意干涉亚当斯大公及Candy的私情，只是这场选秀意义重大，不容有失。我不想任何因素脱离控制。若你把谋害Candy的原因告诉我，我承诺从此不插手此事，如何？"

Joker沉吟着。不插手此事，这的确是个很好的条件。秋璇的身份太过特殊，手上掌握了太多资源，一旦真心介入，必将给除去Candy的计划带来很多变数。

终于，他点了点头："如您所言，我的确想杀死Candy。"

这个回答并不意外。秋璇淡淡点头："为什么这样做？"

"因为我也收到了一桩委托。委托人让我抹杀Candy。和您的事务所一样，我们也是受人之托、忠人之事。不同的是，我只是一个小丑，没有道德约束，只要报酬足够高，无论多么卑鄙的事，都会替委托人完成。"

"有你这样的同行真是可怕……"秋璇叹了口气："不过还有一点，对于你而言，杀死Candy易如反掌，又何必费这么多周折？"

Joker耸了耸肩:"我虽是小丑,却不是屠夫,最讨厌的是鲜血。我要杀一个人,必须极尽风雅。对我来讲,最好的杀人方式,是为她编织一张死亡之网,让她自己钻进去。我的武器,不是剑,而是命运。她的希冀、她的恐惧,都是网的一部分。如果计划顺利,最终杀死她的,将是她自己——她会绝望到自杀。"

他的语气轻松,但内容却令人不寒而栗。

Joker:"上一场比赛后,我特意让苏妲挑拨相思与Candy的关系,让Candy误以为,亚当斯大公冷落她是因为另有新欢。这迫使她急不可待地要参加那场生日宴会,做最后一搏。此时,我雪中送炭地出现在她面前,交给她一直求而不得的请帖,她必定无法拒绝。作为交换,我要走了那张写着C.C的光碟。这张光碟在此时看来或许微不足道,但没有它,亚当斯大公跟她就失去了唯一的温情联系。"

秋璇静静地看着他:"让亚当斯大公和她决裂,这的确是打击她的好办法。但然后呢?她并不是一个脆弱的人,要彻底毁掉她,你们想必安排了后续举动吧?"

Joker笑了笑:"很抱歉,我能告诉您的就这么多了。希望您能遵守承诺,不再插手此事。"

秋璇沉吟片刻,终于点了点头:"我承诺了,我就会做到。这你不必怀疑。"

Joker掀了掀帽子:"那太感激您了。"

他的身体,在微风中渐渐消失,化为一蓬七色粉末,被风吹散在空中。

直到他消失后很久,秋璇仍站在原地,静静思索着什么。

良久,她的脸上浮起一抹笑意。

"看来,Joker跟第二大区走的的确很近,近到已经卷入进家庭斗争中了……"

"我的确不必再插手此事,因为Candy的人身安全,已有专人负责。兰斯洛特少将,可不是那么容易对付的,保护一个人绰绰有余。何况,Candy的身后,还有R在一直在关注着。他可是最精防御的骑士哦……"

这个少女的笑容中,藏着无数秘密。多少不起眼的对话,甚至细微的表情,经过她的分析整理,都会被复原成一个个被刻意隐藏的秘密,了无遮掩。

如果真有所谓能看穿迷雾的慧眼,那无疑就是正笑如新月的这双。

第二大公府邸。

门口的红灯已经熄灭。

亚当斯将房间内Candy的照片一张张收起来,装入纸盒,再心平气和地放在书架上。他没有委托仆人或者Rafa来做这件事,而是亲力亲为。他已经不再害怕注视照片上那个

Chapter 21
篡改的请帖

青春美丽的影像，甚至不惧怕注视她裸露的身体。

万幸只是虚惊一场。但这几天的创巨痛深，已让他想明白了很多事。

路西法能"接纳"Candy。不是因为她是公主、具备真·神谕，而只是她是圣灵建模时的原型而已。她胸口的文身，应该文于出道前、和自己第一次分手后。所以之后的照片中，才会都有这个标记。

这文身的图案是第二大区的标志，文这个图案或许是为了纪念自己，或许只是为了时尚，这并不重要。

重要的是，这一切奇妙的巧合，却差点将他推入深渊。

他想到了，在说出Candy的名字时，秋璇意味深长的微笑。

这让他不得不怀疑，秋璇是故意给了他错误的名字，以阻止他找到"公主"。没有人比女王家族更了解真·神谕的力量，在第三次世界大战中，唯一具备真·神谕能力的骑士A，驾驶着一台旧式机体，连败另外两大区的数具超高科技机体，甚至几具联手都不是他的对手。女王能说服两位大公放弃战争、建立合众国，A功不可没。

"公主"具有真·神谕，秋璇会不会有什么想法？

第一大区会不会有什么想法？

会不会，她是故意让他相信，Candy是"公主"，而将真的公主藏起来了呢？

这个推测，合情合理。

但她还不知道，因为某个不为人知的原因，这个"误导"，给他带来了多大的困扰。

想到此处，亚当斯的脸色有些阴沉。从内心而言，他是非常喜欢秋璇的。他甚至一再公开宣称，若格蕾蒂斯是个男孩，那两大公之间的联姻也没有卓王孙什么事了。

但，他亦非常清楚，在家族及地区利益之前，个人感情没有任何意义。这个古灵精怪的小姑娘终究会长大，为了家族，绝对不会对"亲爱的亚当斯叔叔"手软。未来，她注定了会是第二大区的政敌，格蕾蒂斯的对手。她们会在大多数事务上貌合神离、明争暗斗。

就和他与玛薇丝一样。

他轻轻叹了口气。看来，要对未来的选秀做出新的规划了。

自己已看破Candy不是公主的事，还不能让秋璇知道。与此同时，他要有新的安排，以便在剩下的选手中，甄选出真正的"公主"。

他认真地思考着。

一旦将秋璇视为对手，就不可轻敌。

毕竟，她身上流着玛薇丝的血。

Chapter 22
生日晚宴

北美特区。

日暮时分，第二大公府邸已被鲜花与灯光装饰一新。这里将举办亚当斯大公的生日晚宴。与往年高朋满座的场面不同，今年的晚宴定位为小型的家庭式聚会，能得到邀请的都绝非等闲之辈。除了第二大公家庭成员、心腹与密友之外，还有北美特区少数高层，以及嘉德骑士团中隶属北美特区的7位骑士。

晚宴的主题是怀旧，一切按照上世纪三四十年代的风格布置。壁炉燃起温暖的火光，铜质吊灯半晦半明，一张狭长的胡桃木餐桌在大厅中铺开，洁白的桌布被熨得一丝不苟。上面摆放鲜花、烛台、水晶杯、银质餐具，以及专供点燃雪茄的香柏木片和长支火柴。宾客们也悉数穿起有复古色彩的正装：燕尾服，法式衬衫，圆顶礼帽。

餐桌一头是一个小小的舞台，被设计为典型的百老汇时期风格，环形落地话筒后，穿着燕尾服的司仪正在主持晚宴。舞台角落堆着铜质鼓架、老式音箱、涂鸦电吉他。四位乐手衣着朴素、两鬓斑白，正不紧不慢地调试着乐器。他们是上世纪最成功的乐队，二十年前便早已收山。他们在年轻人心目中或许并不知名，却是资深乐迷们心中的乐坛教父。曲风也并非时下流行的电音摇滚，而是柔和、浪漫的爵士乐。正好配合全场这浓重的怀旧气氛。

这些事向来由Rafa操办，绝不会让人失望。

今天也是北美特区骑士们难得的聚会日。Rafa与穆在餐桌前讨论着那场未完的棋局。棋局被打断的时候，穆正处于绝对劣势。但他似乎不服气这个结果，向Rafa争辩自己还有多少种对策来挽回局面。Rafa只是悠然地摇着头，从罐子里倒出几枚榛果，摆在餐桌上作为示范，揭示他必败的结局。

杨逸之坐在他们对面，却并不参与其中。他的目光不时望向入口处，等待的心情令他心不在焉。

——请帖已经给了她，她会来吗？想到相思一脸迷糊的样子，他眼底不禁浮起一抹微笑。

薇薇安托着腮，饶有兴趣地观察着杨逸之的举动，准备挖掘出八卦信息。她今天的

Chapter 22
生日晚宴

穿着格外引人注目：黑色紧身小西装，丝质领带，链式怀表，束腰马甲，甚至还煞有介事地搭配了一根绅士手杖。由于今天格蕾蒂斯小姐意外缺席，这场晚宴几乎成了男士专场。于是薇薇安突发奇想，入乡随俗地穿了一身男装。只是，紧身西装上衣约束不住她火辣的身材，在清一色男宾中，显得帅气而性感。在昏黄灯光的烘托下，这一切都仿佛老电影中的绅士聚会，优雅、沉稳，却又流淌着一丝难以言说的暧昧。伴随着悠扬的爵士乐，将时光拖回了50年前。

然而，会场中最能代表怀旧情绪的，还是坐在餐桌另一头的亚当斯大公。他一身暗色条纹的正装，没有刻意去强调复古元素。但当他不经意间举杯微笑时，完美的侧容在水晶灯下浮起动人的光影。人们就会豁然明白，原来，那个时代的标志性注脚不是装饰黑缎的燕尾服，不是好莱坞的黑白电影，不是百老汇的爵士乐，而正是他本身。

昏黄的灯光下，鲜花、美酒和雪茄的香气掺和在一起，在窗玻璃上蒸腾出若有若无的雾气。若有人此刻带着相机，随手按下快门，都能定格出一幅顶级时尚杂志扉页。而无论从哪个角度拍摄，亚当斯大公都自然而然地成为焦点。他天生是一切镜头的宠儿，不需要刻意设计，只要随意坐在镜头前，周围一切都会褪色成背景，如众星捧月，为他而设。

灯光渐渐被调暗。

应该是到了切蛋糕的时候。

司仪走了出来，他手上拿着的是格蕾蒂斯小姐写来的生日贺词。正要开口，却意外地接到了一张纸条，匆匆退回了后台。当他再度出场时，满脸都是惊喜之色："女士们先生们，在切蛋糕之前，我们有了一个特别的节目。这是一位神秘的来宾带给大公阁下的意外惊喜。相信这个节目一定会让大家永生难忘！"

突然，全场灯光全暗，乐队也停止了演奏。

特别节目？意外之喜？所有人都摸不着头脑，惊讶地看着台上。

只是在不易察觉的角落里，Rafa似乎想到了什么，无可奈何地叹了口气。他紧紧扶住了额头，不忍再看接下来的事。

随着激越的鼓点，一束明亮的灯光打在台上，几乎晃得人睁不开眼睛。于此同时，一个白色身影出现在聚光灯下。那个身影并不陌生，纤细而又带着一点少女的圆润，甜美而性感。立刻有人认了出来，那正是少女天后Candy。一些来宾们忍不住议论，她怎么会来到这里？是应邀到现场表演的吗？为什么一开始没有提起？

但更多的人却已被惊得说不出话。Candy站在落地麦克风前面，一手扶在腰际，一手端着一杯红酒。她身上披着一件白色的狐皮披肩，紧紧裹住身体。但强烈的灯光和她裸

露的双腿给人们造成了一种错觉：皮草下，她似乎寸缕不着。

这实在是太惊人了。

众人惊讶的目光中，Candy妩媚一笑，将酒杯举起，却并不喝，而是用嘴唇轻轻从水晶杯边沿划过，而后，以一个干净利落的舞蹈动作，将水晶杯抛向后台。随着啪的一声脆响，音乐适时响起。她双手扶住银色的复古麦克风，以百老汇表演那种夸张的语调，扭动腰肢，开始演唱。

是最为常见的那首《Happy Birthday to You》。

但，她几乎不是在唱，而是在喘息。每一个音符，都以暧昧之极的声调发出，甜腻，妩媚，挑逗。听得人一阵脸红耳热。

穆禁不住皱了皱眉，低声问Rafa："这，也是你安排的？"

Rafa双手扶额，苦笑着摇了摇头："我只是庆幸，格蕾蒂斯小姐不在这里。"

灯光突然变得更亮，一片炫目中，Candy已随着节拍，将那件皮草缓缓脱下。

宾客们禁不住"哦"了一声。好在，她没有如人们所想的那样赤裸，而是穿着一件雪白的低胸晚装，但这件晚装的剪裁实在是太合身，几乎和'长'在她身上没有区别。在强光的照射下，晚装上的亮片随着她腰肢轻颤，发出魅惑的光影。

甚至，比真正赤裸还要诱人。

当歌词唱完第一遍的时候，她款款走下舞台，径直向那张长长的餐桌而去。被她逼人的艳色所迫，坐在近处的几个宾客下意识地侧身让她。她毫不客气，竟将其中一个宾客作为梯子，踩在他的腿上，如一只慵懒的野猫般爬上了餐桌。

音乐更加暧昧、低迷，在《Happy Birthday to You》调子中加入了她几首最为性感的曲目。Candy就踏着音乐节拍，一步步向餐桌另一头走来。

十四公分高的金属高跟鞋，宛如一枚精致的冰锥，刺入雪白的桌布，稳稳托起她修长的双腿。随着鼓点的节奏，她一路跨过鲜花、桌台、银质餐具、雪茄盒、甚至宾客们来不及收回的酒杯。所有人都目瞪口呆，不知道该不该抬头。因为她的裙摆实在太短，当从餐桌上走过时，白色蕾丝袜带尽头就完全展露出来，想不看到都不行。

最要命的是还有表演。

她不时停驻在某位男宾面前，扭动腰肢，踏出极尽挑逗的舞姿。这让宴会的气氛变得更加微妙。

当经过杨逸之面前时，她止住舞步，轻轻弯下腰，在他耳边喃呢低语：

Chapter 22
生日晚宴

"还记得吗，是你让我回到这里……"

"现在，我回来了。"

杨逸之一阵沉默。在垦利小镇的舞会上，他的确曾鼓励她听从自己的心意，回去找她真心爱慕的那个男子。但他万万没有想到，她所说的那个人，竟然是他——美洲共同体主人，亚当斯大公。

靡靡音乐中，Candy轻抚着他的脸，侧头做出欲吻的姿态。杨逸之忍不住侧身避开，她却已妩媚扭身，踩着舞步走开了。

众人面面相觑。表演实在太过大胆，只能出现在某些情色俱乐部中，而不该是第二大公府邸内。

人们禁不住悄悄回头，去看亚当斯大公的表情，但他依旧淡淡微笑着，看不出喜怒。然而，他的从容让满堂宾客更加紧张、满脸尴尬。只有薇薇安双眼冒光，异常好奇地盯着Candy，似乎在忖度她会在自己面前跳出什么来。但Candy却完全无视她，停也不停地走开了，倒让薇薇安有些失望。

Candy最终走向的，是餐桌另一头。

她在亚当斯大公面前止步，妩媚一笑，随即加快了舞蹈节奏。缀满流苏的裙摆，就像一条条妖娆的蛇，在他面前旋转舞动。

亚当斯手中端着红酒，静静地看着她。

仿佛在欣赏一场与他无关、也并不高明的演出。

仿佛，他已经经过足够狂的风浪，眼前的一切，早已无谓了。

Candy显然不满意这样的效果，她得寸进尺地躬下身，劈手将亚当斯手中的酒杯夺了过来。亚当斯依旧不为所动，Candy娇嗔地瞪了他一眼，扬头将剩下的酒汁缓缓倒入唇中。这个动作充满了挑逗，和宛如呻吟的歌声一起，顿时将暧昧的气氛推向了极致。

正当所有人屏气凝神、大气也不敢出的时候，Candy脸上妖娆的笑容陡然一冷，一个重重地踏步站直了身子，啪地一甩手，将酒杯向后扔去。这个动作极为潇洒帅气，让她瞬间完成了从舞娘到女王的转换。如果用在演唱会上，必将惊起全场尖叫，但此刻做出来，却只吓得众人纷纷躲避。若不是Rafa手明眼快地接了过来，只怕这只高脚酒杯就要在国防部长头上开花。

众人不知所措地看着亚当斯大公。

这个女人到底是在做什么？

还没等他们明白过来，Candy做出了一个更为惊人的举动。她在众目睽睽下跪了下来，飞快地将一个吻印在亚当斯脸上，并一字字说："生日快乐Cary，I love you。"

Cary，是亚当斯大公的名字。在通常情况下，极少有人这样直呼其名。

这句话顿时让现场的气氛变得诡异。

宾客们吃惊地打量着他们两人，已经猜测起了他们的关系。

难道，这个以甜美性感风靡全球的歌坛巨星，竟是亚当斯大公的情人？

这实在是个惊人的消息。但似乎也并不出人意料。亚当斯大公的妻子辞世已二十余年，以他的地位，就算有秘密情妇，也算不上什么新闻。

只是，Candy在众人面前这场演出，实在是太大胆妄为了一些。相当于在整个北美高层面前，直接曝光了两人的关系。

——这可会成为重大新闻的呀。

全场目光瞬间集中在亚当斯大公身上。

亚当斯却只是礼节性地向Candy点了点头："谢谢Candy小姐的表演。"而后，轻轻整了整被Candy弄乱的领结，将目光转向众人：

"我不知是在座的谁为我准备这份别致的生日礼物的，但很感谢。你再次提醒了我一件事。"他微笑着向众人摊开手："——人人都爱亚当斯。"

这番话语中惯有的调侃，瞬间冲淡了现场尴尬到极点的气氛，很多人忍不住笑了起来。

或许，Candy的到来，是亚当斯大公的某位好友安排的一场恶作剧吧。

Candy却怔住了，完全没想到自己的表演会是这样的效果。

趁着这个机会，亚当斯转向Rafa，微笑道："Show is over。请送这位Candy小姐下场休息。"

Candy还要说什么，却看到，Rafa投向她的目光中竟带着罕见的严肃，似乎在提醒她适可而止。她只得闭上了嘴，快快地离场。

退入幕后时，她最后看了他一眼。他却只是招呼侍者重新递上一只酒杯，似乎刚才发生的一切真的只是一场意外插曲，对他的心情没有丝毫影响。

这一刻，Candy感到了一丝惶惑。

Chapter 23
破镜

  Rafa并没有送Candy回家，而是将她秘密带到了亚当斯大公的寝室。这让Candy心里保留着一线希望。她独自在房间里等待着，不时焦躁地走来走去。

  这个地方，五年前她曾来过多次。KingSize的四柱雕花大床，丝绒的床单。一次次悱恻缠绵的记忆。

  她目光在四处游走。五年过去了，房间中的一切似乎都没有改变。低调而奢华的吊灯，上个世纪的古董家具，维多利亚时期的名画，以及装饰间不经意透露出的精致细节，无不宣告着主人的品位。但对于Candy，这一切不是奢华的象征，而是记忆的珠子，从尘封的匣子里蹦了出来，散得满地都是。

  一幕幕在眼前浮现，仿佛发生在昨天。

  她有些失神，目光落到对面一处角落，忍不住起身走了过去。

  那是一只巨大的展示柜，几乎占满了整面墙。柜子极高，有精致的雕花和落地玻璃的橱窗。里边摆满了奖杯。那些都是他做明星时获得的荣誉，一尊尊占据了展示柜的右侧。有的明星喜欢设立单独的荣誉室，而他，喜欢将奖杯放在卧室里。

  柜子的左侧橱窗，却没有陈放别的东西，只有一件礼服。

  一件宫廷礼服。明显出自名师设计，一针一线，都精致得宛如艺术品。

  她记得这件礼服。五年前，他带着她到路西法里，让她穿着这件礼服，去一个白色的圆台上跳一支舞。她不知道他为什么这么做，只是，他所要求的，她都会答应。

  在跳舞的过程中，他一直静静地注视着她，目光中有某种特殊的温柔，是之前的相处中从未有过的。这让她感到莫名的欣喜，以及，一点点羞怯。

  那时，她和他的关系已亲密到无以复加，但就是这样的眼神，却让她心头撞鹿，满脸嫣红。

  于是她在舞台上卖力地表演着，跳跃、转圈、撩起裙角……她用尽所有力气，演绎着她这个年纪能理解的性感、妩媚，只为取悦台下这个男人。

  他只是微笑着看着她，目光中有别样的温柔。

  但这一切，却终结在某个莫名的时间点。白色圆台的灯光仿佛暗了暗，后台传来机

器关闭的轻响。这个声音微不足道,正在舞台上起舞的Candy甚至完全没有注意。但他脸色却在这一瞬间变得冷漠:"够了,脱下来吧。"

她迷惑地看着他,似乎想到了什么,又痴痴地笑了起来:"是要我脱掉吗?"还不等他回答,她已用一个夸张的舞蹈动作,抽走了领口的丝带,双手拉开胸衣,让丰满的胸部暴露在他面前。

他淡淡道:"Candy,我是说已经够了——你去后台换衣服。"

突如其来的冷漠和刚才的柔情有天壤之别,这让她有些惊讶,也有些失望。她赌气似地抱住自己,向后退了两步:"不,我还没跳完呢!"

他重复了一句:"Candy,别胡闹。"

这句话却让她莫名地恼怒起来,她已受够了他将自己当作哭闹的小女孩:"我才不是胡闹!要脱,我就在舞台上脱!"说着,她退回到舞台中间,继续跳起那支舞,但她的动作却完全变了,不再是宫廷中轻盈曼妙的舞蹈,而是三流夜店里让人难堪的情色表演。

她故意用最暴露、最出格的舞姿,让自己看起来像个无耻的舞姬,去挑衅他的底线。这些动作和她身上那件高华庄重的礼服形成了鲜明的对比,在聚光灯下显得触目惊心。

迷离的节拍中,她旁若无人地仰起头,一步步向他走去。她的舞姿放荡如舞娘,神态却高傲如公主。若礼服上复杂的配饰约束了她的动作,她就狠狠撕扯着它们,将它们一件件脱下,随手扔向他。

他忍耐着,脸色却越来越难看。

当她来到他身边,撕下蕾丝手套时,他突然起身抓住了她:"够了!你配不上它,脱下来!"

这句话让她怒不可遏:"配不上吗?我偏偏不脱!"挣扎中,一声裂帛之声响起。那件宛如艺术品的白色礼服,竟从后背上被撕开了一条长长的口子。

……

Candy猝然合眼,五年前的记忆终结在这一刻。

她隔着玻璃,注视着那件被修补好的美丽的礼服,心中突然充满了悲伤。

他与她之间,无论曾多么亲密,都始终隔着这一层脆弱的玻璃。有一些角落,她永远无法触及。而这件礼服,就像是她注定得不到的嫁衣。和她咫尺天涯,哪怕她曾穿在了身上,也不能让他真心欢愉。

Chapter 23
破镜

午夜时分,紧闭的房门被轻轻推开。亚当斯出现在门口。相较于刚才,他袖口处有不易察觉的酒痕,笑容中也杂着淡淡的倦意。看来那场晚宴是结束得太晚了。他举手示意Rafa退下,轻轻关上了门。

Candy站起身,犹豫着是否要到他身边去,却始终不敢造次,依旧在床边坐下,忐忑地看着他。

亚当斯脸上的微笑一点点冷却:"你为什么来这里?"

Candy低声道:"我……我只是想给你一个惊喜。"

"哦,真是不胜感谢。"他笑了笑,带着一惯的调侃:"拜你所赐,如今所有北美特区的高层都知道了我们的关系。这件事情即将在整个国家传为笑柄。你,满意了吗?"

言语中的分量让Candy更加不安:"我……"

亚当斯冷冷打断她:"说吧,你到底想要从我这里得到什么?"

Candy迟疑着,终于被他的冷漠激怒,多日委屈彻底爆发出来:"我想得到你的承认!外面那些人知道了又怎样?我为什么就见不得光?你是个单身男人,我是个未婚的女人,又为什么不能在一起?"

他冷冷看着她,仿佛听到了世界上最为愚蠢的问题。

Candy抬头逆着他的目光,仿佛一只被触怒的猫。

愚蠢吗?五年前,这个问题也许是愚蠢的。但现在不是。他既然收下了她奉还的钱,就意味着以前那种金钱交易已经终结。而他让她参加选秀,则是许诺两人重新开始——再不是情妇与恩主的关系,而是正常的情侣,平等相爱。

Candy理直气壮地提高了声音:"我不再是你的秘密情妇,而是你的女友!为什么?我为什么就要躲着这些人?你为什么不肯承认我们之间的关系?"

等她说完,亚当斯才淡淡道:"你真的想知道为什么?"

Candy大声地回答"是!"却有些色厉内荏。

"好,我来告诉你为什么。"他随手从书架上抽下一个纸盒,扔在Candy面前。

纸盒散开,露出一张张Candy的照片,大多是被狗仔偷拍的。恶俗的,暴露的,丑陋的,应有尽有。

"这五年,你的绯闻占满了整个娱乐圈。你在夜店喝得烂醉,对着镜头撩起裙子,在众目睽睽下和狗仔开房。这个国家几乎所有的媒体都刊登过你的半裸照;我一半的幕僚都和你传出过绯闻……你要我怎么承认和你的关系?"

Candy本能地想要辩解。很多报道不是真的。她的确曾经将一个跟踪她的狗仔拉入房

间,但是为了骗他脱光衣服,搜出所有窃听器和微型摄影机。再用唇膏在他胸前写了个大的:"混蛋",一脚踢了出去。

她也的确曾与北美高官拍拖,但不是很多,只有两位。

报纸们却把一次写成了10次,把她那些恶作剧都做了最不堪的发挥。

她辩解不出口。无论有多少加油添醋的成分,毕竟照片上那个酩酊大醉、竖中指、走光、失态的女孩,就是她。那个曾经绝望,迷茫,用堕落来惩罚自己的女孩,就是她。

亚当斯略略提高了声音:"你到底想让民众知道什么?我二十年来对亡妻的挚爱都是在演戏?而这个国家未来的第一夫人会是一位声名狼藉的女人?"

"不是的!"Candy眼睛里有了泪光:"那些不全是真的。我对狗仔恶作剧,是因为他们日夜跟踪,快把我逼疯了。我和北美高官拍拖,是因为我太想念你,想从他们那里得到一些你的零星消息……至于烂醉、走光、剔去头发、滥用药物,我的确做过。但那时的我太绝望了。我痛恨自己,我想报复整个世界,我那时还太年轻……"她颤抖着抓住他的手,祈求地道:"你能原谅我的,是吗?"

亚当斯静静地看着她,等她说完,才沉声道:"Candy,你还没有明白。在这件事上,我的原谅并不重要。同样,它们是真的与否也不重要。只要人们在谈论就足够了。"

Candy一怔,说不出话来。

是的。如果说,她和他之间曾有过一线机会,也被那几年的放纵彻底毁掉了。他是合众国的第二大公,一举一动都万众瞩目。即便他原谅她,人民也无法接受这样一个绯闻缠身的公爵夫人。

这些,Candy都明白,可她依旧挣扎着,像是要抓住最后一根稻草的溺水者:"可无论我多么坏,我也是真的爱你的。当初离开你的时候,我曾以为自己最想要的是成为明星。有了舞台、华服、金钱,我迟早能忘了你,开始新生活。但我错了,离开你的那段日子里,我什么都不是,只能堕落……"

他微微冷笑:"你想说,你之所以变成这样,完全是因为我?"

"是的,这么多年来,我一直想念你。我本想在胸口纹上你的名字,却又怕被别人发现,影响你的声誉,才纹了第二大区的区旗。而你给我的那张光盘,我一直带在身边。在垦利小镇上,我为了它几乎丧命……"

"是吗?"他静静地看着她:"那它在哪里?"

Candy陡然一惊,她这才想起,为了换得请帖,那张光盘她已经交给了小丑,再也拿

Chapter 23
破 镜

不出来了。

　　她每迟疑一刻，亚当斯的笑容就更冷漠一分，直到失去最后一点温度："好了，不必再解释了，这些动人谎话留给别人去听吧，让我为这件事做个总结。"他拿出一张空白支票："填你想要的数字，从此之后我们再无瓜葛。"

　　Candy怔怔地望着他，看着他在那张支票上签印、放到自己手中。

　　突然，她仿佛被烙铁烫伤，倏地跳了起来，声嘶力竭地喊道："你当我是什么？妓女吗？"

　　他没有发怒，而是冷冷地看着她：

　　"哦，你还以为自己是什么？"

　　这句话语调很轻，却仿佛有千钧的力量，将Candy击得倒退了一步。她不知所措坐在床边，久久无语。再抬头时，是满面泪痕：

　　"既然你这样轻贱我，为什么写信给我，为什么让我参加选秀？"

　　他淡淡道："你错了。我写信给你，是告诉你我们之间都结束了。"

　　Candy尖叫起来："不，不是这样的，是你让我参加选秀，让我成为荧幕上的Queen，让我戴上王冠！为了完成你的心愿，我才参加了这场愚蠢的比赛！我和经纪人闹翻，推掉一切演出，甚至被绑架……"

　　她一桩桩诉说着，这些天一直压抑、郁积的情绪终于失去了控制，直到说不下去，伏在床单上大哭起来。

　　她哭得全身颤抖，似乎连心都要呕出来了。

　　亚当斯看着她，久久无语。

　　让她参加选秀？他不知道她是如何有这个想法的，却也不想再追究。此刻，他必须终结这一切，干净利落，不再有丝毫羁绊。

　　虽然他已证实Candy不是"公主"，但，那几天的事已足够在他心中留下一个梦魇。他实在不想再和眼前这个女孩有什么纠缠了。

　　终于，他轻轻叹了口气，上前扶起她，缓和了语气："Candy，我不想伤害你，但也必须告诉你真相——我要找的Queen，不是你。"

　　"收下我给你的补偿，退出选秀，我们从此两不相欠。你可以开始你新的人生……"

　　她猛然抬头。

　　要她退出选秀？为什么？明明是他亲笔写信，让她参加选秀，出演他心中的Queen，现在却又说这一切都是子虚乌有？为什么他会变得这么快？是因为在这场选秀中，找到

了更合适的人选吗？是那个戴着黑框眼镜、一脸呆相的相思吗？

Candy想到在选秀赛场上，他为相思微笑鼓掌的样子，心底一阵刺痛。

多年前，他也曾这样做过。为那个初次登台，手足无措的她鼓掌。

正是那一幕，让她在他的温柔中沦陷。也让她下了决心，去追逐原本不属于自己的梦。那是她最珍贵的记忆，绝不允许任何人分享，更不允许任何人取代。

无论他认同与否，她坚信，他心中的那个公主就是她，"超级公主"的王冠是为她准备的，只有她配拥有，只有她能做到。

她擦了擦眼泪，用平静的语调说："不，我绝不会退出。你看不起我，我就偏偏要夺冠，去演这部电影。我要在亿万人民面前，戴上这顶王冠，亲手为自己加冕。"

亚当斯声音中终于有了怒意："这有什么意义？"

她紧紧咬住嘴唇，看着眼前这个男子。看着他带着薄怒的侧容，在灯影下勾勒出熟悉的辉光。这辉光是那么迷人，让她沉沦，让她眷恋；也让她痛，让她恨。

泪水迷茫了视线，渐渐看不清他。

有意义吗？她轻轻地笑了，笑容中竟有一丝怨毒："当然有的。当看到一个'声名狼藉'的女人，去饰演你心中的Queen，你会做何感想呢？每当想到这里，我就觉得有趣极了。"

"够了。"亚当斯忍着即将发作的怒火："Candy，你在做一生中最愚蠢的事。你总应该知道，只要我愿意，随时都能让你退出。"

声音不高，却已有足够的分量。Candy却丝毫不为所动，只是冷笑："亚当斯大公，我毫不怀疑你有这样的能力。但我也有我的办法。如果，媒体知道了少女歌后是公爵大人的情妇，会做何感想呢？"

话语中已有了明显的威胁之意。

这也让亚当斯完全冷静下来。

他沉默片刻，恢复了他面对镜头时那无可挑剔又拒人千里的笑容："Candy小姐，每过几年，都会有女星和我传出绯闻，但民众最终知道，那些不过是传言。"

"哦，"她点了点头："那如果他们知道，5年前，当你×我的时候，我只有十七岁，又会怎样呢？"说这句话的时候，她用了一个肮脏的字眼。流利而挑衅。

亚当斯的脸色彻底变了。在这个国家，对未成年人有着近乎苛刻的保护法律。若与未成年女孩发生关系，无论她情愿与否都将以强奸定罪。最多可以获得50年徒刑。即便他以大公之尊，有一定的司法豁免权，却免不了被弹劾。

这和风流韵事有着截然不同的性质，成为一桩足以让他声名扫地的罪案。

Chapter 23
破 镜

更让他愤怒的是她的欺骗。五年前，她那张过分稚气的娃娃脸已引起了他的怀疑。在成为他的情妇之前，他曾一再询问过她的年龄。而她总是坚称自己已成年。他试图查看她正在补办的出生证。她却极力争夺，甚至伏在床上放声痛哭。这一幕让他愧疚了很多年，分手后也不时会回忆起。

但如今，她竟然连这都可以当作筹码。

他的心已彻底冰冷："Candy小姐，我必须提醒你，你没有证据。"

她看着他，轻轻笑了。笑容中有伤人伤己的疯狂："公爵大人，如你所说，民众不需要证据。"

这是以牙还牙，报复他刚才的话。

亚当斯久久沉默了。

Candy傲慢地起身："如果，公爵大人不准备和我发生点什么的话，我就先告辞了，还要为接下来的比赛多做准备。"

她挑衅地扬起头："——对于一个出卖自己的女人来说，晚上的时间总是很珍贵的，不是吗？"

亚当斯没有看她，任她从自己身边走了出去。

当房门被重重关上的那一刻，他拿起听筒，迟疑着似乎要拨出一个号码。但最终又放下了。

那个纯真而执着、如水晶糖果一般通透的小女孩，早在五年前就已消失无踪。

如今，这个簇拥在华服珠宝中的女人，不过是一个为达目的、不择手段的女人。她做的每一件事，都只不过是在毁掉她和那个小姑娘间仅存的一点联系。抹去那些本已脆弱不堪的温柔影像。

如果这就是她想要的，那就由她去吧。

这亦是，他对她最后的宽容。

Chapter 24
桃色照片

※ 决赛第二日 ※

亚当斯收到了一份迟到的生日礼物。让他颇感意外的是，礼物竟来自于玛薇丝女王。

这是19年来，她第一次送他生日礼物。

亚当斯缓缓地打开包装纸，一枚极为精美的胡桃木礼盒印入眼帘。它由皇家工匠手工制作，盒身上有雅致的雕花，以及温莎家族的红白玫瑰族徽。但当他揭开盖子，却发现其中只装着一袋糖果。

是最普通的牌子，在街头的小店里就能买到，价值绝不会超过1美金。

除此之外，再无它物。没有贺卡，也没有一个字的留言。

亚当斯微微皱眉，认真地翻看着包装。终于找到一排不起眼的小字。那是糖果厂商的提示语：

尽情享用你的糖果，但请妥善处理糖纸，使其不致污染环境。

——糖纸。

Candy paper。

他想到了他和她在电影发布会后的那番通话。

是在警告他妥善处理和Candy的关系，不要玩火吗？

亚当斯沉默了。

而后，他淡淡一笑，顺手将糖果扔进垃圾桶，而后打开书桌抽屉，把礼盒锁了进去。

一只威士忌空瓶扔在床角，另一只正握在Candy的手中。她躺在床上，衣衫凌乱。百叶窗的缝隙漏下阳光，斑驳地照在她脸上，脸上是残缺的妆容。更幽深的是黑暗，将她重重包裹，密不透风。就像一截早就朽烂的根，被包裹在潮湿的泥土中。

Chapter 24
桃色照片

她在空气中已不能呼吸。

生日宴会后发生的一切让她几乎绝望。她已耗尽了所有力气，却仍不能让他多看她一眼。

难道，已经注定了，无论她多么努力，无论她站在什么地位，都不能跟他平等，都不配拥有他？

难道，这整整五年的等待，费尽心机，耗尽青春，却始终只是一场梦吗？

电话铃声突然响起，将她从痛苦中惊醒。是熟悉的哈哈声，恶魔般的笑声。Candy麻木地接过来，麻木地按下接听钮。

鲁特的声音传了过来："Candy，为了方便你，我将拍摄地点选在了离庄园不远处的一座废弃的工厂里。随后我会将坐标发给你的。你马上过来吧。"

是的。她答应过他，只要他帮自己晋级，她就要去录那首《If you seek Amy》。他做到了，这个王八蛋、皮条客、人渣，却总是一如既往地神通广大。

Candy毫不怀疑，只要自己肯配合，他甚至有办法能帮她赢得选秀冠军。

想到这里，她下意识地从床上坐了起来：是的，她还不能放弃，她必须要赢。

人人都认为她低贱，她却偏偏要成为公主。

她要站在决赛赛场上，用胜利告诉他，他精心准备的后冠是她的，谁也无法取代。

Candy笑了。她拎着那瓶酒，摇摇晃晃地出了门。

法拉利轰鸣声响起，就像是粉红色的气球，破裂的声音。

庄园的阳台上，苏姐双手支在窗上，迎着温煦的阳光，看着Candy慢慢驶入那片废墟，脸上浮出了一抹微笑。她的手上，一只手机刚刚合上。

"Joker，这个任务很简单。我想，我只需稍微推动一下就可以了。"

"Cut！Cut！"鲁特恼怒地挥着手，示意拍摄停下来。

"Candy，你是怎么了？你根本没有体会到这个MV的精髓！放开一点！表情放荡一点！投入到戏中去，想象着那是世界上最欢乐的事情！Candy，这些可是圈内最专业、最帅气、最性感的舞伴啊！还有一对来自南美的孪生兄弟！你不是最喜欢这些的吗？为什么我现在一点都看不到呢？"

Candy仰头灌下一口酒。她脸上的妆容已经补齐了，精致而妩媚。但再好的妆容也补不出一个笑容。她的表情空洞、麻木，没有任何情感。

她尝试着跳出舞蹈的节奏，却一点热情都没有。当身边的舞伴凑过来与她配戏时，

她甚至露出厌恶的表情。

"Cut！Cut！"鲁特又恼怒地喊了起来。

"Candy，注意你的情绪！你会毁了这部MV的，你也会毁了自己的演唱事业！我知道你有些沮丧，有个男人伤了你，尽管我不知道那混蛋是谁。但是生活是生活，工作是工作！工作时就该将生活全部放开！那些烦人的东西，那个混蛋，统统都抛诸脑后吧！在生活中失去多少，就在工作中都找回来！感情啦、爱啦，统统都是假的！你看我BF天天说多么多么爱我，但只要我一没钱，他立即就跟别人跑了。这些浑蛋！所以，Candy，一定要将钱抓在手里。事业才是你自己的！"

Candy的回答是仰头又灌下一口酒，然后竖起了中指。

鲁特叹了口气："你先休息一下。调整一下情绪。Candy，这是一部伟大的作品，我希望你重视它一下。OK？"

中指变成了"OK"的手势。

鲁特看了她一眼，想再说些什么，但Candy的世界仿佛只剩下了那瓶酒，她抱着连手都不愿意松开。他强忍住了，走到门外，点上一支烟，烦躁地踱着步。

一定得想个什么办法，让Candy忘掉那个该死的男人。

让她回归熟悉的样子。

突然，他的眼睛亮了，打了个手势，叫过一个小弟，低声对他说："去，买些货来，要最好的！"

小弟对他的一切命令全都无条件遵从，接过钱一溜烟地跑了。

鲁特将烟摔在地上，用力踩熄："Candy，你不要怪我。我这是为了艺术！"

很快，小弟就气喘吁吁地跑了回来："买到了！"

"老板还赠送了一瓶香水给我，说是配合着使用，效果更好！"

鲁特将信将疑地接过瓶子，那是个紫色的水晶瓶，里面装着小半瓶深色的液体。他打开瓶子，轻轻闻了一下。一股迷乱的诱惑力从他的小腹升腾而起，让他禁不住有种破坏与释放的冲动。他满意地合上盖子。

"就是它！"

赛琳娜打开门，就见苏妲站在门口，冲她露出了妩媚的笑容。

"什么事？"她不耐烦地说着。

"不想见到我是吗？"苏妲做了个无奈的手势："我也不想见到你。但是Candy要我

Chapter 24
桃色照片

转告你,她想跟你合个影做分别纪念。"

"Candy?"赛琳娜有些意外。

苏妲:"不要问我为什么,抱歉我不想探讨你们之间的关系。"她指了指远处的厂房:"她去了那里。你顺着车辙就该找得到。对了,别忘了带相机,你知道她没有带好东西的习惯的。"

她露出迷人的微笑,冲着赛琳娜轻轻摆了摆手,走开了。

赛琳娜提着相机,满脸不高兴地走进了废弃厂房。被淘汰的打击太大,她有些承受不了。如果不是那个柴火妞意外地得了高票,说不定她就是前三强了!她恨恨地想着。在她看来,妮可能够取得这么高的票数,只不过是踩了狗屎运而已。她,赛琳娜,才是三强的当然人选。

如果……如果这个柴火妞出什么意外……

那她很可能就会替补进入决赛了!

莱拉已经回国,她变成了第一候补选手。只要三强中任何一个人出了意外,她都可能替补晋级。但是,意外是那么容易发生的吗?

突然,一阵歌舞声混合着迷乱的乐符飘来,赛琳娜不由地放慢了脚步。轻轻推开门,一股炽烈的热力迎面冲了过来。

醉人的气息,甜美而诱惑,放纵而冲动,将她定在当地。她远望着Candy,一如以前她曾屡屡在片场望着的一样。

Candy却没有发现她,全身心地投入到男伴的怀抱中。

迷乱,在废墟中蔓延,欲望在心底升腾。身心与世界,逐渐交织成一片,在废弃荒乱中,绘一幅欢喜蝉蜕。

赛琳娜脸上浮起了一丝笑容。

眼前这一幕虽然极为颓靡,却因为男女主人公的青春俊美,并不显得污秽。甚至有一种让人心动的魅力,随着魔音般的节奏,一点点引动心底的原罪。就如古代传说中秘藏深宫的春意画卷,迷离、魅惑,艳色无边。

赛琳娜缓缓咬住嘴唇。此刻的Candy是如此放纵、疯狂,人性最污秽的一面在她身上展露无遗,却又在污秽尽头,显示出一种独特的、惊心动魄的美。

——那是她从未见过的美。野性、真实、绝望、悲怆、沉沦。如一朵罪恶之花,盛开在遍地污秽的炼狱中。

只在眼神尽头蝉蜕欢悦。

赛琳娜轻轻打开相机。她知道，意外，是不容易发生的，但是，她可以让它发生。

轻轻地，快门按下。

这样的照片要是泄露出去，她就有可能进入三强！

苏姐拿着望远镜，看着赛琳娜沿着她设好的轨迹，装填着杀死Candy的炮火，心满意足地笑了。

紫毒，与谎言真是最好的搭配，一次令两个人堕落。

她已经完成了Joker的任务，这一切，已与她无关了。

苏姐轻轻放下望远镜。

妮可提着一只花篮，走在野地里。

她也被厂房里传来的音乐声吸引，抬起头来，惊讶地看了那个方向一眼。

而后，她向厂房走去。

下一刻，她也看到了那难以想象的一幕：音乐颓靡，灯光灰暗，四周散发着暧昧难言的气息。一群猛男的簇拥中，Candy衣衫不整，正和他们拥抱、亲吻、灵欲纠缠。

就连最大胆的色情电影，也未有过如此香艳的场景。

妮可怔了怔，然后她看到了赛琳娜，以及赛琳娜的相机。

相机在僻静处不断地闪着快门。

妮可低下头，想了想。她走进Candy的化妆间，拿起Candy的衣服，仔细地翻检着。最终，她在Candy的上衣兜中找到一支笔。她轻轻地将笔上一个很不显眼的开关按了按，看着笔顶端的红点开始闪亮，然后，她将笔放回兜里，提着那件衣服出去，将它挂在了化妆间的门上。

她看了片场一眼，笑了笑，转身离去。她的笑容是那么纯洁，就像是刚刚离开兔子洞的爱丽丝。

罗马郊区的泥土的芬芳是醉人的，妮可轻轻哼着歌，沿着满是树荫的小路走过。

"那支笔，是什么意思呢？"

一个滑稽的声音传了过来，妮可遽然顿住，回头。青绿的空气中慢慢溶出一个涂满油彩的影子。Joker手中玩弄着一只手杖，让它在指间忽隐忽现，饶有兴味地打量着妮可。他的笑容让妮可感到一阵森寒。

妮可紧紧闭上了嘴巴，一言不发。

Chapter 24
桃色照片

Joker的笑容，却仿佛能洞穿她的心："苏姐的任务完成的很好，先用紫毒让Candy失控；再利用赛琳娜的嫉妒，拍成照片散布出去。这很符合我的优雅暴力学，为Candy的命运织一张绝望之网，最终使其自我毁灭。但你显然觉得她做得还不够，要另外加码。难道，你觉得她所做的一切，都比不上这只笔？"

妮可很可爱地眨眨眼睛："什么笔？哦，你说那支笔啊，我只是好奇拿起来看看而已。"

Joker："不肯跟我说实话吗？你曾经详细地问过相思在垦利小镇的事情，想必你那时已知道，这支笔并不是普通的笔，而是兰斯洛特少将送给Candy的特工装备。打开之后，Candy所处地的影像声音，就能传到兰斯洛特那里。"

妮可身子一震："你……你怎么知道这些的？"

Joker微微一笑，缓步向妮可走过来。随着她的逼近，周围的空气都变得凝滞起来。浓重的油彩沁入到树木的青湿中，暗暗旋转，组成一个沉重的涡旋，束缚住妮可。油彩仿佛活的，染上妮可的肌肤，似乎还在寻找着罅隙向里钻。妮可发出一阵尖叫，惊恐地躲闪着。但那诡异的色块无处不在，令她无从逃脱。

Joker走到她面前，伸出一根手指，轻轻托起了她的下巴："这么美丽的外表，楚楚动人，谁能想到，它所掩盖的，是能顷刻撕裂人的黑暗呢？"

妮可有些慌张，Joker显露出的力量超出了她的想象，她的瞳仁收缩，就像是感受到危险的猫。她勉强笑了笑，笑容却仍纯真无邪："你在说什么呢？我一点都听不懂。"

Joker："好吧。我换个问题……杀死哈梅伊的红毒，你是怎么搞到手的呢？"

妮可失声："你……你说什么？"

Joker加重语气："杀死哈梅伊的人，是你，不是吗？"

妮可惊恐地看着她。

她的表情，真像极了看到狼外婆的小红帽。

Joker玩弄着手杖："你所做过的事情，我都在暗中看着呢。你乘着哈梅伊睡着后，将沾着红毒的布片放到她的鼻子上，才导致她窒息而死。我奇怪的是，你是如何从苏姐那里偷到红毒的呢？你应该没这么神通广大才是。"

妮可沉默着。

Joker再度露出古怪的笑容："让我猜猜……我要是猜中了，有没有奖品呢？那片碎布，是从相思身上取得的，是不是？从演唱会回来后，相思身上沾满了红毒，你跟她是好朋友，借着照顾她的时机，你很容易就撕下一块碎布来的。"

"很多人都注意到，哈梅伊的房间里有个很不正常的线索，换气扇开了一夜，而且

开的很大。兰斯洛特以为，你是为了吹散红毒的味道，但我想并不是这样，你是为了将那片碎布吹跑。如果有人发现碎布是相思身上的，就有可能怀疑到你。而现在，他们怀疑的人，却是蕾切尔。"

妮可眼中露出一丝惊恐。这个看上去滑稽可笑的小丑，却让她感到极为恐惧。他似乎能看透她内心隐藏的秘密！

还有多少秘密，被他看透了呢？

Joker悠悠说："但我不明白，你为什么要杀哈梅伊？在你眼中，她并不是一个有威胁的人物。"

妮可闭上嘴，似乎打定了主意不说一句话。

Joker又笑了："还是说，将耳环丢在钢架上的人，就是你？你故意留下是哈梅伊锯断钢架的证据，而又怕主办方追查，干脆杀人灭口？"

妮可猛然跳了起来，指着Joker尖叫："你究竟是什么人？"

Joker："我？我只是一个逗人发笑的小丑，无足轻重。关键是你。"

"你知不知道你有种很神奇的本领？你的话特别有蛊惑力。你说的话，会扎进别人的心里，生下罪恶的种子。很多人只听过你一句话，就走上了黑暗的不归路。你就是在别人耳边呢喃的小恶魔，妮可。"

"克鲁索探长、佩佩、哈梅伊，都很轻易地就受了你蛊惑，你说什么他们就做什么。甚至，当你说有关键评委的存在时，几乎所有的人都相信了……这是力量啊！"

"还有，你能从毫不起眼的闲谈里，整理出极为有用的信息。比如这一次，我实在猜想不出，你叫兰斯洛特少将来，究竟是什么意思。"

他的手指沿着妮可的下巴划过脖颈，停留在肩头上。他的指甲很长，轻轻划过妮可时，冰凉的温度令妮可的肌肤起了串串爆栗。她有种错觉，无数看不见的丝线，从Joker的指间流出，将她紧紧缠住，变成了一只受他控制的吊线木偶。只要他轻轻一拉，她就会断的四分五裂。

妮可张了张嘴。她什么都不想说，但她知道，这个滑稽而恐怖的小丑，得不到答案绝不会罢休。她犹豫着，终于开口："曝光这些照片，固然能打击到Candy的人气，但不会致她于死。"

Joker立即点头表示同意："哪个明星没有丑闻？何况是她？她的歌迷们恐怕都已习以为常了……等等，你是说，兰斯洛特若是出现在这个片场，就必然会令她万劫不复？"

妮可迟疑了良久，终于点了点头。

Chapter 24
桃色照片

Joker苦恼地皱起了眉头，做出全力思索的样子。突然他眼睛一亮，仿佛想到了什么，狂喜道："对啊，这么好的点子我怎么没想到！兰斯洛特一出现，Candy的确死定了。这可真是个天才的想法啊……"

毫无征兆地，他的笑声戛然而止，转而盯住妮可："可这些，你是怎么知道的呢？"

妮可躲避着他的眼神，心虚地说："既然你能想通，我为什么不能猜到？"

Joker夸张地摇了摇头："不不不，这可不一样。"

"兰斯洛特出现"与"Candy万劫不复"之间的确有着直接的联系。但这联系牵扯到一个世间绝少有人知晓的秘密。除了他和第二大公本人外，确切知晓这个秘密的人不会超过三个。而其中绝不应该有妮可。

妮可被他盯得有点发毛，本能地向后退了两步。她毫不怀疑，眼前这个小丑会杀她灭口！

Joker的笑容突然又回到了脸上，轻轻吐了口气："不，你并不知道，你只是听到了几个龌龊的传言，自行猜测的。不过，只凭借几条流言和一些身边的细节，就能得出这么精确的结论，还真是让人佩服呢。你到底是什么人呢？你最终的目的又是什么？是不是只要让你留在选秀中，你就一定能做出几件连我都想不到的事？真是有趣极了！那你又准备怎样夺冠呢？啊，我甚至不想知道答案，而要亲眼见证这场大戏上演了。你卖不卖票？你出个价钱吧，我要最好的座位！"

他兴奋的表情可丝毫都不像是假装出来的，空气中流转的油彩阴霾一扫而空，妮可也觉得轻松起来。她望着已变得完全无害的Joker，更看不透他的深浅。

她定了定心神："那要看你肯出什么价钱了。"

"哦，我亲爱的女士，你想坐地起价是吗？所幸，我能出得起足够让你动心的价码！你知道吗？其实你早就被苏妲盯上了。她在治疗你的脚踝时，曾经给你滴过一滴绿色的香水。那是绿毒。绿毒的作用，是傀儡。只要她在合适的时机，激发绿毒，你就会变成她的傀儡。那时，她就算让你退赛，你也只能照做不误。"

妮可轻轻咬住了嘴唇，似乎Joker的话并未让她震惊，她早就知道此事了。

Joker神秘地说："我的票价，就是绿毒的解药。"

他伸手，掌心中变戏法般出现了一只小小的瓶子，透明的瓶体里透出里面一小滩晶莹的液体。

"这就是解药，现在，是你的了。"

妮可身子震了震，颤抖着手，将瓶子接了过去。

Joker:"我的票价已付过了,可必须要有一场大戏才行的哦。否则,观众发起脾气来,可是很可怕的哦。"

妮可胸有成竹地点了点头:"你放心吧,在决赛之前,Candy一定会死。"

Joker摇着手杖,冲着妮可掀帽致意,向远处走去。他的背影在青湿的雾气中越来越淡,终至于不见。

妮可紧紧攥着瓶子,却在犹豫着。

这究竟是不是解药?

她该不该相信这个人?

不吃,在决赛中,苏妲只用勾勾小手指,她就必须退赛。吃,谁知道这瓶里是不是解药呢?万一吞下去发现是毒药呢?这个诡异的小丑,让妮可感到本能的恐惧。

就仿佛遇到了天敌。

她该拿这瓶解药怎么办?

当晚,选秀官网上实时公布的得票数为:

Candy,2236万。

妮可,876万。

苏妲,1313万。

Chapter 25
众矢之的

※ 决赛第三日 ※

一大早，三强选手就登上了飞赴北美大区新奥尔良市的航班。傍晚，在该市著名的路易斯安娜巨蛋球场，将进行超级公主决赛前最重要的宣传。前几次的赛场都设在欧洲几大城市，北美大区的宣传便稍显薄弱。于是，决赛前夕，策划方特意安排了一场重头戏——在"超级碗"Super Bowl比赛中场休息时，三位选手将分别登台表演，以提升自己在泛美洲共同体的人气。

"超级碗"是北美橄榄球联盟的年度冠军赛，多年来都是全美收视率最高的电视节目，收视率经常会奇迹般地高达百分之五十。收视人数高得让人惊叹：仅在北美，就有接近一亿人收看这场年度盛事，而北美全部人口也不过三亿。因此，这天，也被称为北美特区的"第二国庆"。

"超级碗"比赛日已经超出了竞技体育的范畴，成为整个美洲共同体的全民盛会。由于大量观众蹲守在电视机前，整夜观看这场盛大晚会，这天的食品消耗也达到了惊人的量，全年第二，仅次于传统的感恩节。而由于北美大区经济优势，支撑起其他地区无法比拟的巨大购买力，超级碗的商业价值高达4.2亿美金，甚至比奥运会和世界杯相加还要高。

也正因如此，"超级公主"选秀虽然只在北美安排了这一场表演，但其宣传效果以及世界影响力，甚至会超过之前所有比赛的总和。

妮可和苏姐陆续表演了自己的节目。除了她们的拥趸外，大部分观众们都有些挑剔地看着她们表演，有保留地为她们喝彩。经过漫长的选秀，她们在世界范围内都积累了可观的人气，但在北美观众心中，还算不上真正的超级巨星。尤其是对于这群到场的橄榄球迷而言，这些表演无论多么精彩，也不过是比赛间隙时可有可无的点缀罢了。

但当司仪宣布接下来出场的是Candy时，全场气氛顿时改变。

如果说，对于北美观众而言，来自于欧洲的妮可与来自印度的苏姐，都是娱乐圈内不可或缺的异域风情。那么，Candy就是人们心中真正的美国甜心，也是American Dream

的代表。她出身南部乡村，身无分文来到好莱坞，在20岁时就成为巨星。她那句："我一定能做到，因为我是Candy"的名言，早已成为万千北美青少年的座右铭。虽说从她出道来就负面新闻不断，媒体更是抨击她为不知羞耻的女人，但在内心深处，北美特区的民众们仍然爱着她，希望能看到她最后的成功，看到这场"美国梦"成真。

尤其是，当她和来自另外两大共同体的选手竞争时。北美大区特有的地区优越感，让他们瞬间忘记了她的一切负面新闻，将她视为自己的代表。他们决心为Candy投票，将这位金发碧眼的美国甜心送上世界冠军宝座。

数座格莱美奖杯，8千万张专辑销量……当主持人介绍她辉煌履历时，全场已是喝彩声不断。他们熟悉她，他们喜欢她。

"超级碗"现场，毫无疑问地成了Candy的主场。她和其他选手拉开的差距，竟比第一场选秀比赛时还要大。

主持人也特意给了Candy更多照顾。当她还在后台候场时，巨大的屏幕上已播放起预热的视频。那是她出道5年来经典MV的剪辑。随着一首首极为熟悉的曲目响起，全场已被此起彼伏的尖叫声占满。

却突然化为一片哗然。

每一个人都惊讶地看着大屏幕，仿佛看到了想象之外的东西。

一张张高清照片，被夹杂在MV影像之中，缓缓播放出来。

画面上，是比《花花公子》杂志还要露骨的场景。废旧的机械仓库中，摆着一张巨大的铁艺四柱床。玫瑰色的床品和锈迹斑驳、尘土堆积的仓库形成鲜明对比，烘托出一种末世的氛围。在四柱床上，一位女子玉体横陈。屏幕光影闪烁，暧昧难言的气息扑面而来，让整个画面说不出的堕落、罪恶。

照片次第呈现，从远景，到近景、特写，毫不留情地将女子身体与面容曝光在众目睽睽下。

这几乎让所有人都惊呼出声——照片中的女主角，正是即将出场献唱的Candy。

电视导播迅速切断了信号，却已经来不及了，短短十数秒，几乎全美洲人民都看到了那些露骨的图片。

高质镜头及刻意选取的特写，将各种细节毫发毕现地呈现在大屏幕上，深深印入了人们的脑海。

几分钟后，那段视频的截图已传遍了互联网。

最可怕的是，画面上的Candy并没有丝毫痛苦、羞愧的表情，而是沉迷其中，不知羞

Chapter 25
众矢之的

耻。那一瞬间,震惊、羞恼、愤怒依次冲击着人们的情绪,逐渐蒸发了理智。

民意,就是如此善变。成就一个人,也能杀死一个人。短短几分钟,这个来自南部的女孩已不再是美国精神的代表,而是粗俗、堕落的化身。

一个出卖身体、换取名利的女人。

国民之耻。

现场嘘声雷动。

Candy正在后台,她已梳妆完毕,正准备穿上精心设计的演出服,却突然听到了场外的嘘声。她似乎感到了什么不对劲,连忙让助手打开候场监控器,她立即就看到了屏幕上一张张不堪入目的图像。

那一瞬间,她不知所措。

照片中的人显然是她。而场景,正是那支MV的拍摄现场。

那天究竟发生了什么,她已记不清了。她只知道自己喝了很多酒,醉得不醒人事。当她在自己房间醒来时已是第二天中午。

这并不是她第一次在工作的时候烂醉如泥。五年前她最颓废的那段时光,经常在烂醉中完成录音、录像。每一次,都是经纪人和助理替她打点一切。她从不认为鲁特会对她做什么过分的事,因为他完全是个Gay。

等她彻底酒醒后,鲁特还给她送来了拍摄的样带。她仔细查看过,录像带里的确存在她和舞伴们贴身拥抱的片段。但那是远景,是抽象过的性感舞蹈,并没有丝毫暴露、不雅的镜头。

她很满意,鲁特也很满意。

可眼前的照片提醒她,她看到的录像带经过了剪辑。那些火热场面并非和以前的MV拍摄一样,象征性地点到为止,而是真实存在的……

怎么会这样?那天她到底做了什么?

难道,是真的酒后乱性,她和舞伴们发生了什么?但即便如此,这些影像也该绝对保密。怎么会让这些照片泄漏到公众面前?

难道是鲁特出卖了她?不会的,她是他的摇钱树,只要她还能赚钱,他绝不会毁掉她的前途。

那么到底是谁?

Candy脑中一片混乱。

近十万观众山呼海啸的嘘声,让她无法思考。她拿着还未换完的演出服,怔怔地站

在幕布后,不知该怎么做。

助手一边焦急地催她换装,一边试图和主办方协商取消演出。但已来不及了,《Gimme more》音乐已如期响起,那一瞬,后台所有人都同情地看着Candy:一切都完了。

这个女孩的好运终于到了头。

出人意料地,Candy没有逃走,也没有在后台掩面恸哭。她平静地将手上的演出服扔在地上,径直走了出去。

那时,她身上只穿着黑色的贴身内衣。

在万众嘘声中,她站在了聚光灯下。并没有看台下一眼,而是随着音乐的节奏,起舞。

舞曲依旧是她的风格,极尽妖娆与挑逗。

但在人们心中,她已不再是那个甜美而性感的少女歌后了,她的一举一动,都让人想起她照片上的姿态,充满了罪恶。

Candy依旧舞动着。山呼海啸的嘘声传来,掩盖了音乐。但她却没有放弃。她几乎听不见节拍,纯粹靠记忆舞蹈,却依旧熟练、流畅;她脱下了华丽的演出服,只穿着贴身内衣,身材却依旧火热、性感。

只是,她的目光只余下空洞。

这种不知廉耻的坚持,激怒了现场观众。已经有人将手上的饮料瓶、爆米花扔向台上。若不是保安挽着手在台前搭起人墙,个别激进者甚至会冲上台去将她拖下来。

但她似乎根本没有看到这一切,独自舞蹈。

直到最后一个音符终了。

雷鸣般的嘘声爆发,此起彼伏,让人几乎站立不住,观众的怒火几乎化为实体,要将舞台冲垮。

Candy却轻轻回头,乱发纷扬中,嫣然一笑。

这一笑,竟让所有人暂时停止了嘘声。

时光仿佛回到了五年前,她刚刚出道的时候。歌声充满稚气,舞蹈也还有些生疏。但当她回头微笑的时候,却带着阳光般的甜美,足以征服所有观众的心。

这场糟糕透了的表演,因为这一笑,变得有了生气。

观众席陷入了短暂的沉默。

而后,和往常一样,她带着微笑,向四周鞠躬、退场。

还不等大家反应过来,再度喧哗时,司仪冲到台前,高声宣布中场休息结束,球赛

Chapter 25
众矢之的

继续开始。一瞬间，现场灯光全亮，橄榄球明星们重新回到了赛场。

毕竟，这才是超级碗决赛的重头戏。很快，激烈的比赛让现场观众们暂时忘记了Candy的艳照事件，将目光投回赛场。

幕布后，Candy坐在没有灯光的走廊上，放声恸哭。

所有的坚强都烟消云散，她就仿佛一个孩子，扑倒在冰冷的地板上，不顾一切地哭泣着。

人们进进出出，从她身边走过，却没有人去安慰她。

没有人愿意这样做。看向她的目光中，有鄙夷，有叹息，有幸灾乐祸。唯一没有的，就是宽容。

化妆师、服装师相继收拾东西离去。他们都是业内顶尖大牌。Candy自作主张脱下演出服、穿内衣登台的一幕，让他们觉得受到了莫大的羞辱。

一直跟随她左右的团队成员也离开了。这件事对Candy有多致命，对他们的职业生涯就有多致命，他们一时还不知道要如何面对。

嘈杂的脚步声在她身边响起，最终又沉寂下来。工作人员陆续离场，整个后台只剩下明亮的灯光，伴随着她颤抖哭泣的身影。

隔着一张幕布，就是橄榄球比赛雷鸣般的彩声。那是她熟悉的声音，却再不会为她而发。

心痛得几乎无法呼吸。她知道，一切都结束了，她已被这个世界抛弃。

并不是害怕第二天媒体不堪入目的报导，她早就习惯了被泼满污水。

也不是怕这一次会毁掉她的事业，她原本就不在乎。

至于那荒唐的一夜，虽然让她悔恨、痛苦，却也无法摧毁她的意志。

真正让她感到绝望是，由于这些照片在世人面前被曝光，她再没有机会和他在一起。

——他说得对，民众绝不会接受一个她这样的女人，成为美洲大区的第一夫人。

Chapter 26
重逢

突然,手机响了起来。

Candy看也不看,用力将话机摔在一旁,继续埋头恸哭。

嘟……嘟……嘟。铃声耐心得有些固执。

Candy的心烦乱不已,一把抓了过来,发泄般地怒吼道:"谁?"

一个沉静而熟悉的声音传来:"是我,Candy。"

Candy惊得跳了起来。

他从未亲自打过电话给她。那一刻,她几乎不敢相信自己的耳朵:"是你?"

"是的,忘掉这场愚蠢的演出。到我这里来。"

她似乎还在恍惚中,下意识地用手背擦着眼泪:"你……你说的是真的?"

他的声音温柔而不容抗拒:"去七号应急通道,我会派人接你。"

一个小时以后,主办方公布了今日的得票数:

Candy,3242万。

妮可,1234万。

苏妲,1989万。

辗转几度,Candy到达他指定的酒店时,已是凌晨两点。

亚当斯大公静静地坐在轮椅上,等着她。独身一人。

在看到他的那一刻,Candy的情绪彻底崩溃。她不顾一切地冲上前,跪在他脚下。用尽全身力气抱住他,伏上他的膝,纵声痛哭。

亚当斯没有说话,只是轻轻抚摸着她的长发。

Candy久久不敢抬头。她害怕这一切并非真实存在,而只是一场哭累了做的梦。温暖而脆弱,任何一个稍大的动作都会让她惊醒。那时她会发现,自己仍然跪在那冰冷的幕布后,帷幕外是万众的欢呼声,却遥远得仿佛来自另一个世界。

如果,他的怀抱是一场梦,那么她宁愿沉沦于此,永生也不再醒来。

Chapter 26
重逢

他试图扶起她:"Candy,看着我。"

"不!"Candy抗拒着,将脸紧贴在他膝上,哭着说:"我不想让你看到我现在的样子……"

她的妆容已被沾染得不成样子。眼影、睫毛膏晕开大片污渍,被泪水冲刷成一道道彩色沟壑。唇膏在两腮抹开血迹般的红痕。带着亮粉的发蜡更是结成了块,沾着尘土,将她原本柔软的金发弄成一绺绺乱草。

此刻的她就像是一只被遗弃在水沟的野猫,肮脏、凌乱。

她极力挣扎,躲避他的目光,亚当斯已强行将她拉了起来:"看着我!"

他温柔而坚定的声音让Candy放弃了抵抗,变得很乖,任由他摆布。

亚当斯不再说话,只是一手扶住她的下巴,一手抬起衣袖,一下下拭去她脸上的污痕。他的动作轻柔而沉稳,让人无法抗拒。

不一会,他洁白的衬衫袖口已看不出底色。

Candy有些难为情地将脸侧开。他却将她拉了回来:"为什么要躲开?"

"我……"Candy悲伤地摇头:"我知道自己肮脏透了。"

那不堪的一幕,仿佛一个烙印,深深嵌入了她的骸骨。无论怎么擦拭,也清除不了她体内的污秽。

"是吗?"他只是淡淡一笑:"我看不出来,至少在我心中,你比生日宴会的时候好看多了。"

Candy迟疑了片刻,还不明白他的意思。眼泪却已止不住流下。他宁愿看到现在的自己,而不是那个在生日晚宴上艳光四射、咄咄逼人的她。

她轻轻抬起头:"我很蠢,是吗?"

"是的。"他轻轻替她将沾在腮畔的乱发拂开:"蠢透了。在娱乐圈这么多年,也不懂保护自己。"这句话,带着责备,却是慈父般的责备,温暖而宽容。

一股感动的热流在Candy心中泛起,但随即又变得冰冷——这同时也确认了一件事:他已知晓MV片场那不堪的一幕。

最后一线侥幸也破灭了,Candy的心几乎跌到了谷底。

"起来!"他双手放在她的肩头,迫使她支起身体,他掌心传来的力度让她有点痛,却又感到温暖和安定。

"你是成熟女孩了,别再像孩子一样哭个不停。娱乐圈就是这样,虚伪、无情,当你受到伤害时,没有任何人会帮你,只有自己扛过去。"

她忍住抽泣点了点头,这些,她一开始就已知道。

这时,他收起了神色中的郑重,碰了碰她的脸颊,展颜微笑:"那么,你准备好了吗。"

她完全不明白他的意思:"准备什么?"

"夺冠。今天的事会毁掉你一半的支持率,这也告诫你,冠军可不是那么容易取得的。若想赢,只能靠加倍的努力。"

夺冠?夺什么冠?Candy呆呆地看着他,似乎在体会他话中的含义。

突然,她惊喜道:"你是说,你允许我继续参加选秀?"

他微笑着点头:"是的,我说过,我要找的公主不是你。但我希望当你胜选那天,你能当着60亿人,证明我的话是错的。"

Candy怔了良久,终于发出一声惊喜的尖叫,扑入了他的怀抱。

亚当斯轻轻地抱住她。

两个小时以前,他通过电视转播,看到了那些足以摧毁她的图片。

但他并没有特别震惊。在心底深处,他知道迟早会有这么一天。令他真正惊讶的,是后来发生的一切。

他看到她在万众嘘声中坚持完成舞蹈,看到她最后的回头,那个灿烂的笑容。

看到那坚强笑容后,悲伤而脆弱的灵魂。

他关掉了电视,陷入了久久沉默。

那一刻,他想到了五年前的她。天真,脆弱,仿佛随时都会破碎,却有一颗无所畏惧、永不放弃的心。

她就是这样,永远有着截然相反的两面:灯光下那个对着全场观众微笑的女孩是她,照片上那个不知廉耻的轻浮女子也是她。

是他让她变成这样的。

五年前,他亲手把她送入了这个最虚伪、最丑陋的染缸。从那一刻起,不管他的主观意愿如何,这样的结局就已写入了她的命运。

但就在她回头微笑的瞬间,他惊讶地发现,那个五年前的女孩并没有死去。她还藏在她灵魂深处。当她脱去一切华丽服装,无惧地站在亿万人鄙夷的目光下时,她就会再度浮现,坚强地支撑起自己。

若他肯出面,自然有能力帮她摆平这件事,但,他不会这样做。在这个时代,媒体有着极大的自由度。他不想动用国家权力加以干涉。

但同样,他也不能放任她不管。毕竟是他一手成就了、也毁掉了她的一生。他有责

Chapter 26
重逢

任将她从崩坏的边缘拉回来。

也只有他可以。

亚当斯轻轻叹了口气，将她抱得更紧，用命令的口吻道："现在，你可以哭了。"

Candy声嘶力竭地哭泣出声。

也不知过了多久，她的哭声渐渐小了下去，变成时断时续的抽泣。

他正想扶起她时，却感到一阵异样的触感——Candy伸出手，去解他的衣扣。她将脸埋在他胸口，手指不断颤抖，似乎这个简单的动作，也要极大的勇气才能完成。

亚当斯本能地按住了她的手腕。

这个动作，触及到了某个他不想再碰触的心理阴影。现在，他真的不想这样做。

Candy缓缓抬起头，怔怔地看着他，湖绿色的眸子里满是泪光。此刻，她眼中没有半分杂念，只充满着对救赎的渴求。

渴求他的体温、他的亲吻、他的包容。渴求他衬衫上香水的气息，他拥抱中那令人沉沦的温暖。更渴求能证明一件事——这个世界上，哪怕所有人都抛弃了她，他还会原谅她、还愿意接受她，还不曾嫌弃她肮脏的身体。

她试探着伸出手，环绕上他的脖颈，勉强做出妩媚的微笑。这笑容却是那么僵硬，和以前的风情万种判若两人。此刻，她是那么忐忑不安，毫无自信，似乎已料到了失败的结局，只是等待着，等他一声拒绝，将她推向绝望的深渊。

他应该会拒绝的，全世界的人都鄙视她，以为她是最肮脏的女人，何况是他？

在那场丑陋的狂欢后，她又有什么资格能再享有他的温存？

亚当斯沉默着，没有拒绝，也没有回应。

Candy眼中的泪水再度涌出，沾染了他的衣襟。终于，她自嘲地笑了笑，艰难地跪直了身子。

是的，她必须离他远一点。这具肉身早已肮脏不堪，哪怕是一个拥抱，一个亲吻也会沾染他，将他变得同样污秽。

亚当斯也在看着她。

他知道，自己此刻的任何一个动作，对于她都是致命的。哪怕只是一个拒绝的眼神，都能彻底打碎她仅有的尊严与希望。

他禁不住有些迟疑。

沉默，仿佛一场漫长的凌迟。每一秒，都让Candy在绝望的深渊更深陷一分。终于她

尴尬地笑了笑,将双手从他掌心一寸寸抽回。

　　灯光下,她失色的嘴唇轻轻颤抖。亚当斯知道,她刚才一定祈求过世间所有的神明——祈求他不要拒绝,不要嫌弃她已沾满污秽的身体。

　　他轻轻叹了口气,将她拉入怀中。

Chapter 27
兰斯洛特

※ 决赛第四日 ※

清晨。

Rafa早早守候在亚当斯卧室的门口，戴上耳机听着音乐。直到九点的钟声响起，他从管家手中接过放着早餐的托盘，轻轻敲门后走了进去。本来，这样的琐事不需要他来做，但多年来，亲自为亚当斯送上早餐，已经成为他的习惯。

今天，他特意嘱托做了双份。

卧室里分外明亮。阳光照进彩绘玻璃窗，在床单上投下瑰丽的影子。亚当斯已经坐起身，整理着睡袍领口的扣子。看到Rafa进来，他挥了挥手，示意Rafa将早餐放下，不要惊扰一旁的Candy。

她还在熟睡，双肩裸露在被子外，枕上还残留着斑斑泪痕。但，她脸上的微笑却那么甜，仿佛在梦中仍能感受到浓浓暖意。

此刻的她应该是幸福的。

这是她第一次留宿在他身边。

那一刻，Rafa竟有些失神。不知不觉中，托盘中的咖啡漾出了杯沿，他都没有察觉。

那一刻，万种思绪在他心中沉浮，五味杂陈，挥之不去。

过了很久，Rafa脸上才再度浮起了笑容。

这难道不是最好的结局吗？他应当从心底里祝福她才对。

这个执着的女孩，经历了那么多磨难，才有这一刻的安眠。

他轻轻叹息，将托盘放在远离她的一旁。然后支起床桌，铺开丝质桌布，拿出一支新鲜的玫瑰花，和骨瓷咖啡碟摆在一起。当早餐杯碟都整理好后，他看了亚当斯一眼，征询他的意见：是否现在叫醒Candy。

亚当斯摇了摇头，示意可以让她再多睡一会。而后伸手，让Rafa将报纸递给自己。

已经熨烫过的报纸叠得整整齐齐，就放在托盘下。

Rafa却没有像往常那样递给他。

看到他迟疑，亚当斯已经猜了出来，报纸上一定有Candy的照片。他宽容地笑了笑，将报纸抽了出来。

果然，娱乐头版上便是Candy大幅艳照。虽然经过了必要的遮挡，但暧昧的氛围仍然人脸红心跳。

亚当斯微微皱眉，翻看着那些图片。

虽然，他不准备动用国家力量，去平复这场舆论风暴。但他可以查出拍下这些照片的人是谁。无论Candy基于什么原因做过这件事，都是她的隐私，不应当被曝光在公众前。

用这种手段攻击对手的人，必然要遭受应有的惩罚。

正当他一幅幅浏览时，一个熟悉的身影跃入眼帘。

一位少年男子，半跪在床上，正将Candy横抱起来。

光晕挡住了少年男子的容貌，只能看出他穿着一身洁白的制服，胸前的口袋中，露出一支造型典雅的金笔。

亚当斯的脸色陡然改变。

良久，他缓缓将报纸放了回去："Rafa，你先回避片刻，我有事要和她谈。"

被子猛然掀开，Candy被从床上拖了起来。她还没明白发生了什么，只是下意识地抱住双肩，迷惑地看着他。

亚当斯脸上是少见的冷峻："Candy，我认真问你一次，当天参与录像的，都有哪些人？"

Candy怔了好久，才从朦胧的睡意中清醒，轻声道："我不想再提这件事了，好吗？"

金色的长发垂下，掩盖着她赤裸的身体。她此刻就像一个瓷娃娃，苍白而脆弱，只要轻轻一碰，就会破碎。

那一幕已成为她心底的梦魇。经不起一刻的回忆。她甚至已无力追究到底是谁设下了这个恶毒的圈套，只想尽一切力量将它遗忘。

亚当斯却控住她的双肩，逼她抬头直视着自己："你必须想。"

"我不知道，我早醉得不醒人事了……"她抗拒着，但他此刻的目光是那么冰冷，让她不得不退让。

Candy满含眼泪，努力回忆着："大概是我经纪人找来的男模、舞者、演员……"

Chapter27
兰斯洛特

"还有谁？"

还有谁？这重要吗？那些趁着酒醉侮辱她的混蛋们是谁、有多少人，这重要吗？

随着他步步追问，那些不堪的记忆片段又涌上心头。尘土、香水、体液混合出的气味仿佛还纠缠在空气中，让她忍不住作呕。

她拼命摇着头，想把这一切甩出脑海："我不记得了！"

亚当斯却没有就此作罢："你那天到底做了什么？"

做了什么？他是明知故问吗？

耻辱，仿佛是一柄刀，沿着他的目光刻下彻骨伤痕。她忍不住挣扎起来，想脱开他的掌控，他却将她的手腕握得更紧。

Candy突然抬起头，赌气般地大喊："我做过什么？全世界都亲眼看见了，只有你不知道吗？"

亚当斯却完全无视她的情绪，重复了一遍："回答我的问题。"

"我喝醉了，我做了最不该做的事，但，你昨晚已经原谅我了，不是吗？"

她语气中还带着赌气般的余怒，目光却已满是祈求。

——她在求他，求他不要再追究下去，不要将她的心撕开，血肉淋漓地暴露所有污秽，暴露在他面前。

亚当斯丝毫不为所动，将那张报纸拍到她面前："他也在其中吗？"

Candy泪眼模糊，根本没有看到重点："谁？"

"兰斯洛特。"

Candy一惊，兰斯洛特？他怎么可能在？她看着照片上那个人影，有些不确定："我也不知道，或许是很像而已……"

亚当斯冷冷打断她，一字字道："我只问，他怎么会出现在这里？"

Candy仔细想了想："也许是我的经纪人给他打了电话，也许是我无意中碰到了他给我的传感笔，让他知道了我在那里……"

还没等她说完，亚当斯压制已久的怒火爆发出来，他猛地挥手，将床桌上的杯碟都扫到地上："你自己已经如此下贱，还想让别人和你一样无耻吗？"

Candy一声惊叫，本能地蜷缩到床尾。她抬起头，就仿佛在看一个陌生人。

他不是已经原谅她了吗？在她最绝望的时候，是他的一个电话，一次拥抱，将她从炼狱中拉了回来。那一刻，她真的将全身心都交给他。毫无保留。

当他将自己拉入怀中的一刻，她真切地感受到令人窒息的温暖。整个灵魂都脱离了那具污秽的躯壳，而完全地归属于他。属于那个包容她、安慰她、保护她、掌控她

的男子。

她随时可以为他去死。

难道这一切都是幻觉吗？难道，他其实和别人没有什么两样，还是将自己当作毫无廉耻的女人？

她的眼中满是绝望："为什么？为什么我和那些混蛋发生了那样的事，你都肯原谅我，看到兰斯洛特在场就不行？"

亚当斯冷笑。

原谅？现在她有什么资格来和他谈原谅？一次次的欺骗，一次次堕落。如今，她的泪水也再无法让他感到怜惜，而只是厌恶。

"你做过什么我毫不关心！但你有什么资格把他卷进那荒唐的丑事里？"

Candy哽咽着，久久说不出话。

毫不关心吗？醉酒后，她被那么多人侵犯，他并不在意。她曾以为，这是他的宽容与谅解，并为之感激涕零。感激到恨不得以死来报答。

但，或许不是的。他之所以不在乎这件事，不是宽容，而仅仅是因为无所谓。

他关心的只是兰斯洛特。

Candy胸口起伏，很久才平静下来。渐渐地，她苍白的嘴角牵出一个怨毒的微笑："我为什么没有资格？他是我的前男友，不比那些舞伴更应该出现在我的'艳照'里吗？"

亚当斯深吸一口气，强行压制住怒火："他是你的男友？"

"你不信？垦利小镇上，每个人都知道我们在交往。"

"够了！"亚当斯怒然打断她，"你一定要毁掉他才甘心，是吗？"

Candy看着他，笑容中有些凄凉。如果说他的怒火是出于妒忌，哪怕打她骂她，她都不会感到难过。但事实是，他不是妒忌她和兰斯洛特发生过什么，而只是生气她带坏了他。

她让他卷入这场污秽的拍摄中。这就是她的罪。

无论她在其中遭受了什么，他关心的，只是他。

Candy缓缓坐直了身子，平静地道："你问我发生了什么，我真的不记得了。如果你非要我回忆，我以为，这些照片上的每一位男伴，我都认识。我想，兰斯洛特也不会例外。"

她霍然仰头："这样说，你满意了吗？"

"你……"亚当斯深吸一口气，强行压制住怒火。

Chapter 27
兰斯洛特

Candy却偏偏要继续挑衅："我只是奇怪一件事。我和那些家伙究竟是什么关系，你都无所谓；一看到兰斯洛特却立刻怒不可遏。他到底是谁，对你这么重要？"

她笑了笑："难道真的如传言所说，他是你的小情人，或者私生子？"

"啪"的一声轻响，一个耳光落在Candy脸上。

Candy惊讶地看着他，似乎完全没有料到他会对她动手。

亚当斯也沉默了。良久，他抬手指向门外："出去。"

她还要说什么，他已略略提高了声音："滚！现在！"

Candy怔了片刻，突然痛哭出声，一把抓起衣服，冲了出去。

门外，Rafa有些不知所措，他也不知道，这两个人为什么会突然反目。

亚当斯一言不发，片刻后他向Rafa挥了挥手："跟着她，别让她做傻事。"

Candy径直走了出去，走过小巷，走到繁华的大道上。

三月，已是春色旖旎。路人们都换上了春装，年轻的情侣们三三两两，牵手在路旁的橱窗前驻足。橱窗里有Candy的巨幅照片，笑容甜美，在草地上做出跳跃的姿势，却是她为某个高端服饰品牌的代言。

女孩们羡慕地看着她修长的双腿，男孩们则有些发愁地看着价签。

当他们从橱窗的反光中看到真正的Candy走过时，却个个惊得目瞪口呆，几乎不敢相信自己的眼睛。

这个在屏幕上光芒万丈的少女天后，独自穿过街道。她金色的长发凌乱披散着，眼神空洞，没有化妆。更让人惊讶地是，她不像照片中那样穿着各种华丽的衣服，而是只披着一件男式衬衫。衬衫下，除了白色的底裤外，什么都没有。春风吹起衬衫衣角，可以看到她笔直白皙的双腿。

她难道是疯了吗？

很快，各路狗仔便得到了消息，汇聚在街道上，举着长枪短炮，对Candy一阵追拍。她旁若无人地穿过话筒阵，不说话，不止步，不回头。

镁光灯闪烁不停，狗仔们从各个角度搜集着她的照片。他们感到无比兴奋：再也不用精心架设机位，趁她下车的时候，偷拍她裙底风光了。她如今就半裸地走到街上，任他们拍照。

联想起昨晚艳照事件，狗仔们脑海里都蹦出一个清晰的念头：这个女人终于疯了。

那一瞬间，没有人觉得惊讶。Candy这样的女孩，迟早会被媒体逼疯的。但想到那个围绕她而存在的绯闻帝国即将崩坏，大家还是感到了一些失落——就像是宿主死亡前，

寄生虫们所感到的那样。

在这个街区的交通彻底瘫痪之前，Candy转身走进了街道旁的一座摩天大楼。乘电梯登上了楼顶。而后，她做了一件更惊人的事：爬上天台，越过围栏，在露台边缘坐下。

她坐在一方突出的横梁上，双腿悬在半空，身下是104层的高楼。晨光中，她的背影是那么纤细，就像是一片竖在枝头的枯萎叶子，只要风一吹，就会坠落。

过了半晌，被惊呆的狗仔们终于反应过来：她想自杀。

这会是一个惊天新闻。

他们中有些人本能地摸出手机，准备报警。但只是一瞬间，职业精神压过了道德感。他们播出的号码从警局变成了报社，用各种语调向各大娱乐杂志、报纸的主编、社长们汇报着这一惊人的消息。仅仅几分钟后，更多的狗仔火速赶到现场，他们兵分两路，一部分到天台围追Candy，另一部分蹲守在楼下，架起机位严阵以待。有的还为了争夺更好的位置，互相推搡起来。

秘密悬赏已经在媒体界传开：谁第一个拍到Candy的死状，奖励一百万美金。

天台上，前线狗仔们组成一个水泄不通的圈，将Candy围在当中。

镁光灯闪烁的同时，他们争先恐后地向Candy喊着：

"Candy，你对昨天的艳照事件怎么解释？照片中的人真的是你吗？"

"有人说照片泄漏是别的选手的阴谋，你怎么看呢？"

"Candy，你为什么穿成这样上街？"

"你要去哪里？你是想自杀吗？"

……

Candy没有回头。她坐在天台边缘，在空中轻晃着双腿，感受着迎面吹来的风。

104层的高楼，工业时代的奇迹，繁华的见证。往下看，车水马龙，来来往往的人们都像蝼蚁，在世间徒劳地忙碌着。

她的双手撑着水泥横梁，只要轻轻一推，就能解脱这一切。

她也能想象到自己这样做的后果。当她躺在血污中的时候，最后一眼看到的，一定不是天堂的光芒，而是刺眼的镁光灯，和各种凑上来的镜头。

那些满脸血污的照片，会被刊登在报纸和杂志上，遍布世界每一个角落。在之后的一段时间内，大街小巷都会播放着她的歌曲，各大电台匆忙赶制出一个个大同小异的纪念专辑。各种讨论会充斥电视节目，阴谋论、事故论、精神失常论……最终，人们会暂时忘记她的恶，把她描述成一个圣女，一个媒体的牺牲品。几大媒体会跳出来，义愤填膺地指责同行的残忍，并用不痛不痒的篇幅，做一些矫揉造作的自我反思。这些大概会持续好几

Chapter 27
兰斯洛特

年，直到下一个能唱能跳、一脸甜美的小姑娘登上舞台，人们才会逐渐忘记她。

这就是结局。

突然，她站起身，迎着阳光张开了双臂。

满头金发被风吹散，白色衬衣猎猎飞扬，宛如放飞的鸽子。

那一刻，她整个人似乎都被阳光照亮，通透到圣洁。没有舞台灯光，没有美妆华服，却展现出一种任何舞台都无法给予的、惊人的美。

所有人都"喔"了一声，却极少有人按下镜头，捕捉这至美的瞬间。因为他们都屏气凝神，等待着接下来那历史性的一刻。

然而，出人意料的是，她并没有跳下去。

她只是尽情享受了晨风，而后缓缓回过头，对所有镜头竖起中指，轻轻吐出一个字：

"滚！"

当Candy旁若无人地翻过栏杆，走下天台时，再没有人敢围上前。

她脸上的悲怆仿佛是一面镜子，照出了所有人内心深处的罪恶。看着她走近，他们第一次放下了相机，因为那些昂贵而专业的镜头，此刻就像是杀人的工具。

他们心底明白，为了百万悬赏，刚才的自己是那么地期待她跳下去。期待自己的镜头第一个捕捉到这个22岁少女满是血污的脸。

他们不敢看她，默契地给她让出一条路来。

Candy高昂着头，穿过人群向楼下走去。此刻，她仍然裸露着大半身体，细瓷般的肌肤上沾满了天台的尘土、和栏杆留下的道道划痕，却不再让人感到肮脏或欲念，而只是一种说不出的苍凉。

就像是劫后余生。

她头也不回地走出大楼，跳上一辆出租车，扬长而去。

直到此刻，一直暗中跟随的Rafa才轻轻叹了口气。

出租车在视线中消失的瞬间，他的心猛地抽搐了一下，感到了前所未有的痛。望向Candy背影的目光，正一点点变得复杂。

另一栋摩天大楼上，Joker的身影缓缓浮现。他有些惊讶地看着Candy离去，描画成红色的眉头紧紧皱了起来。

"这样也不肯死去呢。"他轻轻叹了口气。

在他和妮可的推动下,命运已取走了她的一切,声望、爱情、梦想……在那个拍摄仓库里,她承受了人间最肮脏的伤害;而超级碗上,这难以启齿的一幕又被毫无掩盖地公布于所有人面前。这几天来,她的艳照贴满了无数人的床头,被人们以最污秽恶毒的言语评价着。如果这一切仍不能让她绝望的话,今天早上发生的事,则可以将她彻底打入深渊。她生命中唯一的一线希望、唯一的庇护,都已不复存在。

他甚至已经想不出,还有什么办法,能伤她更深。

就在刚才,所有人包括他都在等待那一刻:她从高楼上纵身一跃,终结这无休止的折磨。但她却没有这样做。

她又为什么,非要活着呢?

Joker深深皱眉,这个人类女孩的坚强,似乎超出了他的预想。

有那么一刻,他都禁不住有点佩服Candy。但既然受了格蕾蒂斯的委托,就不得不把任务继续下去。

他向着Candy的背影深深鞠躬:"很遗憾,我仍然要设法杀死你,但我会换一种方式。你是一个了不起的女孩,值得上一场惊人的谢幕。"

这天的得票数:

Candy,3624万。

妮可,1712万。

苏妲,2711万。

Chapter 28
决裂

※ 决赛第五日 ※

艳照门事件宛如一个惊天霹雳，在娱乐圈震响。一时，各大媒体争相转引，网络媒体更是投入了极大的热情。Candy纵欲享乐的照片爆出了每天过亿的点击率，几大门户网站几乎陷入瘫痪。整整一天，合众国都被这个消息堵塞了。电台、电视台长篇累牍地说着这件事。

全都是责骂。

Candy的得票率也应声而降。以前她每天都能得到一千多万张票，但现在，却被腰斩。所谓几家欢乐几家愁，当Candy绯闻缠身，人气大跌时，妮可却迎来了一个好消息。

范思哲公司宣布，签约妮可为最新代言艺人。范思哲公司的掌门人，詹尼·范思哲，将亲自为妮可量身定做每一套服装。

这个消息并没有引起太多人的注意，毕竟，真正的时尚只是个小圈子而已。但，当妮可穿着她的第一套定制服装出席活动时，却引起了一场轰动。

天蓝色的绒缎，平滑地覆盖在她的身体上，就像是一滩湖水，静谧而深沉。没有过多的花纹与雕饰，但精细的手工却诠释出奢华的真正含意，让这一款小礼服精致隽永，令人印象深刻。一串卡地亚的钻石项链，是这件礼服最完美的搭配。

当妮可穿着它出场时，惊叹声顿时响起。

那是不属于灰姑娘的惊叹，在这一刻，大家看到了一位真正的公主。仪态万方，高贵典雅。

妮可拉着裙角，含笑向大家致意的照片，成为第二天所有报纸的头条。许多记者都在感叹，她令她们想起了失踪已久的芙瑞娅公主。尽管相貌是如此不同，但她们都有公主那与生俱来的高贵。

这使得妮可的票数得到了成倍的增长。当她们在活动会场相遇时，一脸憔悴的Candy与春风得意的妮可，形成了鲜明的对比。

Candy静静地看着曾属于她的发布会，于今已换了主角。舞台并不属于任何人，任何

人都可以站在上面，展现属于自己的美。但只要你的美稍有褪色，它就会毫不留情地将你踢下去。大帮新鲜的、渴求的美在下面等着。她们年轻而愿意付出。

她看向妮可的目光中，没有任何嫉妒。

终于轮到她发言，只是短短应付几句后，就起身离场，回到化妆间，继续抱起她的酒瓶。

唯有沉醉能让她稍减痛苦。

这次选秀，已无法带给她任何愉悦了。

她已经失去了一切。

妮可看着她。虽然屡受打击，但少女天后的实力不容小视。她有太多的死忠fans，遍及世界各地。这些fans早适应了Candy秽乱的私生活传闻，并将之视为叛逆。

堕落，只是她的武器，是她对这个衣冠楚楚世界的反抗。他们爱她已深入骨髓，并不会因那些照片而改变。于今，这些死忠fans在街上在桥下在田野中无私地为她拉着票。艳照门重创了Candy，但不足以令她死。照这样下去，Candy仍然有可能获得最高的票数，成为冠军。

不会是妮可，也不会是苏姐。

妮可脸上露出了纯真的笑容。走过Candy身边的时候，她轻轻地说了一句话：

"我才是真正的替代者。"

"你被抛弃了。"

Candy茫然地看着她，酒精的麻醉让她暂时处于无法思考的状态。妮可停下来，慢慢转身，面对着Candy。

"这场选秀，就是'他'在寻找新的替代者，不是吗？"

她的笑容高贵，雍容，不容谛视。让每一个看到它的人禁不住深深动容。仿佛第一次走入教堂的孩子，抬头仰视高大的穹顶。拱窗上镶嵌的彩色玻璃将天堂的辉光仪态万方地折射下来。让每个看到这壮丽一幕的人，都深信不疑，自己看到的是上帝的慈柔。

这笑容熟悉之极，却不属于妮可。

——它属于所有合众国的人民。

它被印刷于每张百元钞上，高悬在每一处会场的中心，铭刻在人们胸前的挂坠上，塑造于每一处慈善场所。每当这个国家处于危难的时候，这个笑容都会展露出来，给民众最温暖的慰藉，和最坚定的信仰。

Candy像是突然想到了什么，身子剧烈地颤动了起来。她的手指，痉挛似的紧紧攥着

Chapter 28
决裂

威士忌的酒杯。

妮可笑了笑，在她耳边轻声道："你我都知道，这场选秀其实是为了找出他心中的公主——那个注定了要成为Queen的公主。但，其实这个人早就存在了。"

Candy冷冷地看着她，她所说的每个字，都在她心底生根发芽，紧紧地缠绕着她的心。

妮可优雅地转身，挽起手臂上的缎带。当她做出这个动作的时候，让人不得不惊叹，她的模仿的确是太像了，神形兼备。

"其实，无论是选秀寻找的公主，还是他心中的Queen，一直都是指'那个人'，不是吗？"

"啪！"酒杯破裂，碎片的尖刺刺入Candy的手掌，痛苦一瞬间钻入她的骨髓，让她几乎无法呼吸。

"我们，不过都是她的替代品，区别只不过是谁更像而已，不是吗？"

"而现在，最像'那个人'的，不是你，也不是相思，而是我。不是吗？"

不是吗？

不是吗。

不是吗！

他所说过的话，一句一句地掠过Candy的脑海。

"每一位公主，最后都会成为Queen，当她邂逅自己心爱的王子。"在电影发布会上，他对着镜头露出意味深长的微笑。

"我必须告诉你真相：我要找的Queen，一直都不是你。"注视着她的时候，他的目光是那样的遗憾，无可奈何。

她亦终于明白，路西法的圣灵，为什么以她为模型，却有着玛薇丝女王的容貌。

明白了当她穿上那件礼服为他起舞时，他的目光为何有着与往日不同的温柔。

是的。

是的！

是的!!

她本该早些发现这一点的，但"那个人"，是那样高贵不容亵渎，使人无法向这方面怀疑。但，这一切又是如此的合情合理！

也许，只有她，才能真正地配得上他。

别的人，只不过是相似、或者更相似的替代品。

他的Queen，他的女王。拥有同样的名字，拥有同样的功能。

Candy抬起头,眼神中闪着烈烈的火焰。

她知道,她该怎么做了。

妮可看着她,微微笑了笑,优雅地转身走开。

她什么都没有做,只不过是说了几句话罢了。这几句话也没什么了不起的,充其量只不过是对于名人的八卦而已。

谁没有做过这样的事情。

但,她的话,却在别人的心中,埋下了恶魔的种子。

迅速发芽。

选秀庄园后的小楼。

这座挂着阿尔芒医院住院部牌子的小楼,现在住着两位大人物。卓王孙和石星御。

石星御在路西法测试中受伤,自然要住在这里。卓王孙不久就搬了回去,理由是他要遵守承诺,给石星御送饭,并"妥善照顾"这位结义兄弟。

卓王孙占据了楼下宽大的主卧,石星御只好住在楼上。大天使机体东皇太一仿佛一座巨大的雕塑,矗立在花园里,胸舱直接堵住了石星御的窗口。让二楼原本阳光明媚的房间变得十分阴郁。

不过,石星御从未抱怨过。他腿上的伤势好得不太快,也不太慢。恢复行走能力后,也从不出门,每天只是安静地在房间中看书、弹琴、谱曲。

送饭?卓王孙已经连续叫了十天的披萨宅急送。还是方圆几公里内最难吃的那家。

这样的披萨,卓王孙自己绝不会碰的。每到用餐时间,他就散步去选秀庄园,蹭秋璇的饭。

离开时,他会故意将大门锁上。外卖员只好将披萨放到花园院墙外。东皇太一弯下腰,隔着高墙将袋子捡起,递入二楼的窗口。

石星御总是淡淡地接过来,一边看着书,一言不发地吃完。甚至,他还会将餐盒收拾好,交给东皇太一,让它扔到墙外的垃圾桶里。

这一切都会通过东皇太一身上的摄像头,直接传送到卓王孙手机上。

密切监控石星御的一举一动,让他在决赛前无法兴风作浪,这就是他和秋璇商定的计划。卓王孙每天三次的离开蹭饭,也是计划的一部分,看蕾切尔是否会利用这个时机,与石星御取得联系。

可这样的监视已经持续了10天,石星御并未表现出任何反常的迹象。吃普通的食

Chapter 28
决 裂

物，使用普通药物，每天入睡6-8个小时，听摇滚乐看畅销书。就和一个普通人没有两样。

蕾切尔也仿佛消失了，再也没有出现过。

这天卓王孙正百无聊赖地靠在沙发上。他甚至玩起了平时最不屑的Dwar游戏，以图打发时间。这样的监控计划，与其说是圈禁石星御，还不如说是折磨他。

监控画面上，石星御悠然自得地抱起了吉他，弹出一串流畅的音符。卓王孙忍不住狠狠地将手机摔开，恨不得立即告诉秋璇监控的结论：

楼上那个戏子绝不是人类，否则怎么能住这么阴暗的房间，吃这么难吃的食物，过这么无聊的生活！

这时，他的电话响了起来。卓王孙没好气地接过来，话筒那头竟然是Candy的声音。

"大公子？"

卓王孙："Candy？你怎么会打电话给我？"

Candy："大公子，还记得吗？你在请我做艺术指导时，曾说过，会答应我一件事。"

卓王孙沉默了片刻："当然记得。随时效劳。"

Candy："好吧，我只要你做一件很简单的事情……"

湖边别墅。

树影在风中低哑地响着，风声像是琴键上飘荡的音符，并不确切，有些散漫。在西斜的阳光下，紫藤花的阴影长长地浸在湖水中，又倒映在有华丽雕花的白色廊柱上。

Candy站在门前，出神地看着这幢房子。

她曾经多少次来过这里？多少次奉他的宣召？多少次让青春在此处沉沦？

记不清了，只是流年。

Rafa看着一脸失神的她。Candy穿着T恤、牛仔短裙，长发扎起马尾，最朴素的衣着，脸上几乎没有妆痕。那一刻，时光仿佛回到了五年前，每次她羞怯地叩开这扇门。每次应门的都是他。

他们多少次的会面，都在一瞥间。

记不清了，只是流年。

他不禁叹了口气："他不在这里，你知道的。"

Candy："他会来吗？"

Rafa摇了摇头。

Candy："我可以进去等他吗？"

Rafa迟疑了一下，并没有让开。亚当斯大公的决定，他当然清楚。

Candy见他没有动，笑了笑。她的笑容有些凄楚："知道今天是什么日子吗？"

Rafa没有回答。

"今天是我的生日。"

"我做了生日蛋糕，本想跟他一起庆祝的。但是，我没有这样的福份，是吗？"

Rafa这才注意到，她手上提了个纸制的蛋糕盒。透过盒盖上的玻璃纸，可以看到里面那个制作粗糙的奶油蛋糕。

不知怎地，他忽然想起了，那天他和她一起坐在地毯上，一起写歌的时候。

他突然明白了，她的表情为什么那么伤感。不由地叹了口气，说："进来吧。"

他彬彬有礼地让在一边，躬身，将Candy让了进来。

五年前，他曾多次做过这个动作，最近的一次，正是那场生日晚宴结束后的深夜。

只是，清晨的阳光让这个房间显得空旷了太多。所有的陈设依旧华美无比，却都在阳光下无声沉寂着，没有丝毫生气。

Candy在椅子上坐下来，将蛋糕盒放在膝盖上，双手放在蛋糕盒上。她双腿微微斜着，并拢在一起，就像是一个普通的，像她这样年龄的女孩子。

只是，她的眼睛中却有了沧桑。

Rafa的心紧了紧。几天前，她的眸子还并不这样。

这几天的折磨，大起大落，大悲大喜，竟让她变了如此多。

他想说点什么，缓解一下尴尬的气氛，突然，他的手机响了。一看到那个号码，Rafa立即接了起来。

"大公子。"

卓王孙的声音传出来："Rafa，你到厨房去。"

Rafa怔了怔："大公子，有什么事吗？"

卓王孙："当然有事了。赶紧去。"

Rafa满腹狐疑，卓王孙喜怒无常，但往往有惊人之举，是绝对不能得罪的。他躬身向Candy致礼："请允许我告退片刻。"

Candy："你有事就去忙吧，不用陪我。"

Rafa捧着电话，匆匆来到厨房："大公子，我已来到厨房了。"

卓王孙："现在，泡一壶茶。"

Chapter 28
决 裂

Rafa："大公子……"

卓王孙："别说废话，赶紧泡！"

Rafa无奈，只好放下电话，烧水，洗壶杯、泡茶。等忙完了，卓王孙说："有好的茶点吗？也准备一点。"

Rafa也豁出去了，照办不误。当一切都妥帖了，他忍不住问："大公子，是您马上要来吗？"

卓王孙："不。你来了客人，难道不该好好招待吗？现在，你可以端出去给客人了。Rafa，你的礼仪很不够，还要我教你这么简单的东西，你该如何谢我？"

他不容Rafa分说，就挂断了电话。

Rafa怔了怔。连他这样好脾气的人，也禁不住一时气结。不过，他很快笑了笑，并未再在意。

他取过一张贺卡，在上面写了一串字，放在茶点旁边，端了出去。

Candy仍然静静地坐着，连脸上的笑容都一模一样。

她那些飞扬的灵气，竟似已消失不见，这让Rafa感到一丝酸楚。他轻轻将茶盘放下来，为Candy斟满了一杯茶。那张贺卡，就放在骨瓷茶具旁边，上面用花体写着

"Happy Brithday ——Rafa. Dec, 2nd"。

Candy拿起贺卡时，略略有些失神，目光落在那个日期上：12月2日。

——那才是她真正的生日。

他早就知道自己这个借口是假的，却还是放她进来了。

更让她动容的是，五年过去了，他竟然还记得自己的生日。这让心事备感沧桑的她，亦泛起一阵温暖。无论她多么肮脏，堕落，只有Rafa仍当她是朋友，待她一如既往。就算她被世界抛弃，他仍会如此温和地待他。

从起始的零点，就从未改变过。

Candy一阵酸楚，她轻轻地，很小心地收起贺卡，笑容尽可能地妩媚："谢谢。"

Rafa也报之一笑，当他将骨瓷的茶具一件件摆在桌子上时，Candy突然问："他不想再见我吗？"

Rafa怔了怔，迅速明白，Candy已然猜出，亚当斯大公一定提前做过指示，不想再和她有任何瓜葛。

他斟酌着字眼："亚当斯大公最近的确很忙，真的没有时间过来。"

Candy笑了笑："他有没有说，希望我以后不要再来这里了？"

对于这句话，Rafa没有回答。

Candy端起茶杯，浅浅喝了一口。"你泡的茶，还是这么好喝。"

她露出了甜美的笑容："看在这么好喝的茶的分上，我就不让你为难了。"

"我走了。"

她提起蛋糕盒，径直走出了门外。她的这个举动，大出Rafa意外。他正在盘算如何安慰她，没想到她居然让这个难题化为乌有。

"我送你。"

"不用了。"

Candy很快地跳上了法拉利，发动了引擎。轰鸣声中，法拉利迅速地消失在湖光树影中。

Rafa轻轻皱起了眉。

他回到客厅，慢慢坐下，给自己倒了一杯茶，喝了下去。

他有些担心，Candy今天的举止有些反常。不像是想见亚当斯大公，倒像是专门要进这座房间似的……

而由于一直担心她的情绪，出门时他竟一时疏忽，没有去查看她手中的蛋糕盒。

他调出了监控录像。

他的眉头立即皱了起来，转身进了卧室。

卧室的南侧，拱形窗的旁边，是一座豪华的展示柜。Candy的蛋糕，端端正正地摆在展示柜中间。展示柜巨大的玻璃上，用淋漓的奶油写着一行字。

"我会成为Queen，在万众瞩目前。"

"Queen"这个单词下面，重重地画了两条线。

展示柜左面已经空了，再无它物。本悬挂在里面的礼服，早就不知去向。

Rafa立即接通了亚当斯大公的电话。

亚当斯大公静静地听完Rafa的话："那件礼服，被她拿走了？"

Rafa："是的。"

亚当斯大公声音中有罕见的郑重："是那件礼服？"

他刻意地强调了一遍。他相信，Rafa一定明白他指的是什么。

Rafa的回答没有半点犹豫："是的。"

亚当斯沉默了。

——我会成为Queen，在万众瞩目前。

只有一个时刻是万众瞩目的。亚当斯的脸色变得严峻了起来。

Chapter 28
决 裂

"请接兰斯洛特。"

法拉利在郊外的旷野里飞驰。Candy的手袋里响起一阵熟悉的铃声。

那是五年前,他托Rafa交给她的电话,只能接听,不能呼出。供他随时联系自己。

铃声固执地响着,在夜色中有些刺耳。她犹豫了片刻,还是接通了。

Rafa温和的声音传来:"Candy,是我。"

Candy微微冷笑,加快了车速:"他不敢亲自打电话给我了吗?要你来传话?"

"不,这次是我自己打给你的。"

Candy短暂沉默了一下:"不要再劝我了,我已经做了决定。你知道,我一旦下了决定,是不会轻易改变的。"

Rafa叹了口气:"那你到底想做什么?"

"我会在决赛的当晚,当着全世界,告诉民众他那些龌龊的想法,以及对我做过的那些事。"

"Candy……"Rafa的语气与其说是告诫,不如说是恳求:"别这样,你会毁了你自己的。"

她微微冷笑:"是吗?我以为五年前,我的人生已经被毁了。"

Rafa再一次沉默,良久才道:"Candy,我知道他爱的不是你,但我也想告诉你一件事。一件你和他这五年来,我唯一可以笃定的事。"

她的声音里有些嘲讽:"哦?"

"他之所以和你在一起那么长的时间,决不是因为你像'她',而是因为你身上有只属于自己的东西。"

"——因为你是Candy。"

Candy紧紧咬住嘴唇,眼泪还是不争气地落了下来。她报复般地将车速提到极致,在崎岖的山间公路上,这不是在飙车,而是在自杀。

她几乎忍不住调转车头,将那件礼服归还回去,但是,那晚他冰冷的眼神,却再度出现在她眼前。她死命地咬住嘴唇,迫使自己变得冷酷:"够了!我不想再听这些温柔的谎言了。请你转告他,决赛前休想找到我。而如果这几天我出了什么意外,一切依旧会被公诸于众。也不要妄想通过FCI、CIA那帮蠢货追踪我的电话了,因为一秒钟后,我就会把它扔到地狱里去。"

啪的一声尖啸,信号中断。

乡间小道上，法拉利疾驰而去，扬起大蓬尘土。

那部她精心保存了五年、日夜携带的手机，宛如一团废纸，被抛出了车窗。

当Rafa赶到那条小路上时，Candy早已不知去向，山道转弯处，还有两道急转留下的焦痕。

他静静地躬下身，拾起地上的手机残骸。

一声叹息。

这天的得票数延续着上一天的趋势：

Candy，3939万。

妮可，2531万。

苏妲，3304万。

Chapter 29
作茧自缚

※ 决赛第六日 ※

宣传活动仍在继续。但Candy却从人们的视线里消失了，不出席任何活动，甚至，没有人知道她在哪里。

似乎，她已对这场选秀失去了兴趣，又似乎，她早就认为胜利已在掌握。

或许，她是在酝酿着什么惊人的举动吧。她的fans都是这么想的。

很不幸的是，他们猜中了。

Candy所筹划的举动，将震惊合众国的所有人。

但现在还不到时候。如今占据他们视线的，是超级公主官方网站上放出的一则消息：

决赛将发起最后的冲票运动。超级电影的三位男主角龙皇、卓王孙、兰斯洛特少将将莅临现场，与三位选手同台互动。

这立即引起了一大堆龙皇fans、卓少拥趸的热情。这必将又是经典的一幕啊。就连很多不屑于选秀投票的中年大叔、家庭主妇，也跃跃欲试地拿起了手机，只要心目中的偶像宣布支持哪位，他们就立即将票投给她！

等等……第三男主角不是帕丁森吗？怎么换成了兰斯洛特少将？他是很帅不错，但是他不是演员啊！

卡梅隆的首席助理安德鲁给出了解释：帕丁森在一次活动中，左脚严重骨折，已无法再接任何片约，只能解除合同。

至于为什么选定兰斯洛特少将，那倒比较偶然。卡梅隆导演有次到选秀庄园去，正好路遇兰斯洛特少将。卡梅隆一见之后，极度惊艳，钦定为第三主角的完美演员。剧本中说第三主角就像是在旷野中沉睡的美少年恩底弥翁，连月神都忍不住驻足观看。好吧，当百度出杨逸之的照片后，帕丁森的fans也不闹了。

杨逸之走在庄园小道上，白桦树在他身上投下斑驳的阴影，他的神色中有罕见的

阴沉。

那天,他收到了传感金笔发过来的影像,立即赶往仓库。和赛琳娜、妮可一样,一开始他也被那罪恶而疯狂的一幕震惊了。但,与她们推波助澜、乐见于此不同,他立即站出来,终止了那场荒唐的拍摄。

当他脱下外套,盖在Candy身前,将她紧紧包裹起来的那一刻,他能感到,怀中的女孩,柔软得像一只垂死的小猫。

看着她那几乎全裸的身体,以及被汗水濡湿、妆容凌乱的脸,他的心一阵阵抽搐。

是他没有保护好她,辜负了第二大公的信任。

以及,Rafa的托付。

那一刻,他真有一种冲动,掏出隆基努斯之枪,给那些侮辱Candy的混蛋们一人来上一枪。但理智告诉他不能这么做。

他深深呼吸,强行压抑自己的冲动。这时,他清晰地闻到,空气中弥漫着一股暧昧的甜香。

紫毒。

足以令任何人丧失意志,沦为欲望奴隶的毒药。

他瞬间明白了一切。

真凶另有其人。片场这些人也不过是帮凶,或者另一批受害者而已。他不再看他们一眼,抱着Candy转身离开。

那一刻,他心中充满愤怒——多么可耻而恶毒的伎俩。

和杀人没有两样。

杨逸之来到了苏妲的门前,敲了敲门。

苏妲:"兰斯洛特少将,进来吧。"

杨逸之推开门。苏妲坐在正对着门的椅子上,脸上挂着无奈的笑容。杨逸之没有说话,轻轻地从怀中拿出了那本圣经,放在桌上:"你还有什么话说?"

苏妲注视着那本圣经,叹了口气:"看来无论我说什么,你也是不会放过我了?"

"除非你告诉我,Candy中的,不是你的紫毒。"

苏妲看了他一眼:"香水只不过是一个物件,可以送人,也可能被偷走。就算她中了紫毒,也未必是我下的毒才对。"

杨逸之淡淡道:"我已经查到,鲁特派人出来买东西的时候,你就站在大门外。"

苏妲见无法隐瞒,只好摊开双手:"好吧。香水是我给的。但,想给她下药的是鲁

Chapter 29
作茧自缚

特，拍照的是赛琳娜，逼她到绝境的是媒体大众。我只不过卖出了一瓶香水而已。就算没有我的香水，他们买来的可卡因、大麻的效果也会差不多。坦率地讲，现在人人都想看着她死，你应该去找这些人算账才对。"

人人都想看着她死。这句话让杨逸之沉默了片刻，而后，他缓缓将圣经打开。

隆基努斯之枪在他手中闪耀着光芒。

"记得吗？我说过，你若是再伤害无辜的平民，我将亲手逮捕你。"

苏妲："不等着选秀结束吗？"

杨逸之："请到伊甸园去等吧。我不会伤害你，但我不会再给你伤害别人的机会。"

隆基努斯之枪平平抬起，指向苏妲。

苏妲笑了："你觉得，凭这一把枪，就能抓得住能与Arch-angel势均力敌的上位SEVEN吗？"

门外有个人叹了口气："可惜的是，他真的能。"

秋璇徐步走了进来，走到了杨逸之跟苏妲的中间。

她才一出现，杨逸之就连忙收起了隆基努斯之枪。圣经合了起来，将这支神圣之枪遮住。杨逸之手捧圣经，神圣肃穆得就像是一名牧师。

秋璇："兰斯洛特少将虽然只是个见习骑士，但真打起来，还没几个嘉德骑士能胜得过他呢。我之所以来，并非怕你伤了他，而是怕他伤了你。"如此高的评价，让苏妲微觉惊愕。她看了看杨逸之，又看了看秋璇。秋璇的表情，一点都不像是说谎。她转过身来，看着杨逸之："兰斯洛特少将，我若是恳请您放过她，您愿意吗？"

杨逸之低下头，向她躬身行礼："您的要求，我一定会认真考虑。但是请您谅解，我必须保证合众国每位公民的安全。"

秋璇："如果我说，她是抓住青帝子的关键呢？"

杨逸之一惊："青帝子？你还想抓住青帝子？"

秋璇点了点头："路西法之战后，青帝子就没有再出现。但以我对她的了解，只要公主还活着，她就绝不会善罢甘休。明晚的决赛，她极有可能埋伏在会场，趁公主选出时将她刺杀。若我们掉以轻心，则会面临满盘皆输的局面。"

杨逸之沉默了片刻，这也正是他担心的。

秋璇："而现在这个房间里，至少有一个人，是青帝子的共谋……"她回头看了苏妲一眼："就是你。"

苏妲惊讶地道："怎么会是我？"

秋璇:"因你身份特殊,我事先在你房间安装了监控设备,这一点,我从一开始就没有瞒你。监控显示,从北海道回来后,青帝子曾在深夜去找过你。但恰好在你们会面那段时间,所有监控设备都被烧毁了,一点影像都没有留下。这实在是个很奇特的'巧合'。"

苏妲:"你怀疑这个啊,其实这场谈话没什么特别,告诉你也无所谓——她只是嘱咐我,一定要进入三甲。"

秋璇:"让你进入三甲?这听上去对她可没有什么好处。"

苏妲迎着她的目光:"我也觉得奇怪,但她不肯说原因,我也没有什么办法。"她回答得很坦然,因为在这一点上,她的确没有撒谎。

显然,秋璇的重点也不在于此:"我更想知道,你为什么会答应她?她杀了华伦,你们本该是敌人的。"

苏妲笑了起来:"你误会了。我并没有答应她什么。我努力进入三甲,只是出于好胜的本性而已。"

秋璇摇了摇头:"你参加选秀,并非出自本心。选秀之初,青帝子提出加入选秀,并以此为约:若冠军旁落,她便不再向人类开战。若她夺冠,则在决赛加冕时公开SEVEN的存在。为了争取备战时间,我不得不答应这场豪赌;为了给青帝子夺冠造成障碍,我才向Joker借来了你。你本对选秀并无兴趣,如今却一反常态,用各种手段争夺三甲席位,只有一种可能:青帝子给你开出了一个无法拒绝的条件——那么,它是什么?"

苏妲陷入了沉默。

这个条件,就是释放华伦的灵魂。但却是以侵占韩青主的躯体为代价。守护骑士与主君的关系,苏妲早有耳闻。若秋璇得知,韩青主身处如此危险的处境,一定会设法阻止。最要命的是,堕天使之心还在她手上,顷刻之间,便能将复活华伦的计划化为泡影。

她叹了口气,语气转为坚决:"很抱歉,我不能告诉你。"

有些出乎苏妲意料的是,秋璇并没有逼问,而是转向杨逸之:"兰斯洛特少将,我有几个私人问题要问她,您能暂时离开几分钟吗?"

兰斯洛特微微躬身:"遵命",退到了门外,轻轻将门关上。

等到一切重新安静下来,秋璇才开口道:"苏妲,你数度违反了当初的约定,在庄园内使用超能力。你可知道,我为何要一直包庇你,将你留在选秀中?"

苏妲:"想必是为了阻止蕾切尔夺冠。"

Chapter 29
作茧自缚

秋璇淡淡道:"你似乎忘记了一点,路西法之战后,蕾切尔就已退赛了。"

苏妲无奈地摊开手:"看来我已经没用,要被过河拆桥了。但不知您想过没有,若蕾切尔在冠军决出前将冠军杀死呢?没有人夺冠,这场赌约她就不算输。所以,您还是寄希望于我夺冠比较好,毕竟我也是超级生命体,不是那么容易杀死的。"

秋璇也笑了:"这一点,我一定会考虑。不过现在看来,夺冠只是蕾切尔的一个借口,她参加选秀的真实目的,是为了接近妖族的'皇'。"

苏妲露出难以置信的表情:"妖族的皇?这可真是神奇啊。我明白了,您接下来一定会说,这个'皇',就是A组艺术指导石星御吧?若真如此,蕾切尔早就找到了他,为什么不和他汇合,统领妖族,将人类世界化为灰烬呢?"

秋璇并不在意她话中的讥嘲:"那或许是因为,'皇'暂时还不想这样做。在这场选秀中,人类寻找着自己的'公主',于此同时,妖族之皇也想借助这场选秀,寻找到一个人。"

苏妲笑了:"我猜,您说的一定是某位叫作九灵儿的女人。"

秋璇静静注视着她,一字字道:"你就是九灵儿。"

这一次,苏妲是真的惊得不轻:"什么?"

秋璇从领口处挑起胸前的龙鳞项链:"你应该见过这串项链的。"

苏妲沉默了片刻,她当然还记得,在慕尼黑演唱会上,蕾切尔曾让她戴着这条项链出现在龙皇面前。但就在她现身的瞬间,这条项链竟从她脖颈上神奇地失踪了。作为超级生命体的她,也想不通这是怎么回事。

秋璇:"想必你也知道,这串项链有着神秘的力量。从出生起,父亲就将它戴在了我的脖子上。但,这并不意味着我就是它的主人。它很可能是我父亲从某个人手中夺来的。那个人很可能就是九灵儿。"

苏妲若有所悟:"你是说,这条项链,是九灵儿的信物?"

秋璇:"不错。蕾切尔让你戴着项链出现在龙皇面前,很可能是希望,龙皇通过项链认定你就是九灵儿。"

苏妲沉思了片刻。这个推论的确很有道理,也能解释她心底的很多疑惑。但,却有一个致命的疏漏。

她轻轻叹了口气:"我不是九灵儿。蕾切尔希望龙皇认为我是,只是因为她知道我的死穴,有控制我的方法。通过我,她便能左右龙皇。这串项链,在演唱会之前,我从未见过。"

秋璇皱起眉头:"你确定?"

苏妲点了点头:"如果我是人类,还可能解释为轮回中的迷失。但我是千年狐妖,早在上古时代,就已生存在这个世界上。由于天狐族特殊的能力,我们的记忆会在心底妥善封存,绝不会消失。我刚才搜索了所有记忆,其中没有这串项链的痕迹。"

秋璇陷入了沉思。她本以为,自己已找到了真正的九灵儿。并且希望她能解决人类和"皇"争端。但如今看来,苏妲是九灵儿的可能性并不大。蕾切尔让她出现在龙皇面前,只不过是想利用她控制龙皇而已。

她很怀疑,皇就是石星御。那么青帝子参加选秀的目的便不难推测:她想利用选秀之机,接近石星御,说服他回到北极,统领所有SEVEN与超级生命体,和人类决一死战。但从目前情况来看,皇似乎并没有答应。

人类社会中究竟有什么,是让'皇'留恋难舍的呢?繁华、财富、声望似乎都不值一提,唯一的可能,便是他仍要留在人类世界,寻找九灵儿。

石星御在请缨担任艺术指导时,曾说过一句意味深长的话:"我也要寻找我的公主。"

这场选秀,或许便有了双重含义:

当人类的公爵们耗资亿万,倾举国之力在无数少女中寻找出"公主"的同时,妖族的皇者也利用人类这场盛举,寻找着自己的公主。

九灵儿。

如果说,人类的公主具备真·神谕,可让合众国拥有与妖族一战的实力;这位妖族的公主,则可能成为人类与妖族和平的钥匙。

她亦是决定人类与妖族命运的关键。

但,真正的九灵儿又是谁?

秋璇叹了口气:"还是先想想如何抓住青帝子吧。"她打开门,将杨逸之请回了房间。

两人简单地交谈了两句,便默契地在桌上铺开了一张纸,设计起抓捕蕾切尔的方案来。两人议事时,完全无视了苏妲这个房间主人的存在,丝毫没有防备她的意思。甚至,杨逸之也忘了将她绳之以法的初衷。

苏妲深皱起眉头,不知这两个人有什么打算。

过了很久,秋璇终于抬起头,满意地微笑道:"兰斯洛特少将,我可是很期待决赛之夜呢。"

杨逸之也报以微笑:"愿决赛过后,所有人都得到一个公正的结果。"

"那当然,"秋璇的眸子挑起新月般的弧度:"那当然。愿上帝的归上帝,凯撒的

Chapter 29
作茧自缚

归凯撒。"

她伸出手,和杨逸之轻轻一击掌。

截至午夜零点整,三名选手的得票数定格在:
Candy,4215万。
妮可,3346万。
苏妲,3814万。

第二大公宅邸。

Joker无声无息地出现在房间里。他身上的油彩似乎能随意变幻着,就像是变色龙的伪装。当他刻意地隐瞒自己时,他就会跟周围的景物融为一体,没有人能发现他。

他恭敬地对亚当斯大公行礼。

"大公阁下,按照您的吩咐,我已去选秀庄园调查过了。"

亚当斯大公放下手中的文件:"结果怎样?"

Joker:"我不得不承认,秋璇小姐在六强前所做的甄选,实在是天衣无缝。就算让我再做一遍,也无法做得更好。她利用血型、外貌、家世背景,逐轮淘汰选手,从数以千万计的适龄少女中,甄选出最有可能的六强人选。逻辑清晰,细节严谨。我也必须得承认,她的甄选是合理的,'公主',的确应该存在于六强之中。"

亚当斯没有质疑这一点。也的确只有秋璇,能将这场选秀办的如此出色。

Joker:"之后,秋璇小姐认为最大的嫌疑者是Candy,她想用路西法甄别真·神谕来确定。但是,秋璇小姐不知道,Candy与路西法上的圣灵有某种联系。从这一点上来看,秋璇小姐或许并不是有意欺骗于您。"

亚当斯点了点头。他本来也只是怀疑而已:"她的意愿已经不重要了,重要的是,公主到底是谁。"

Joker恭敬地回答:"接到您的任务后,我对六强都进行了一次调查。六强中,蕾切尔、苏妲都不是人类,绝不可能是'公主'。我们又已有确凿的证据证明Candy不是。那么,剩下的人选,就只有莱拉、赛琳娜及妮可了。"

"莱拉的确是范思哲家的人,她并不是孤儿。赛琳娜虽然亦是被收养的,但幸运的是,我们知道她是谁的私生子。所谓的上流社会,并没有那么隐蔽。那么,就只剩下唯一一个可能的人选了。妮可。"

"妮可?"亚当斯大公皱起了眉头。

这个贫民少女在宫廷礼仪的比赛中,以酷似女王的笑容出场,震慑全场,他自然早有耳闻。而在上一轮的比赛中,她讲述了自己的悲惨身世。一个可怜的孤儿,自出生起就没有父亲母亲,连出生证明也没有,这让她甚至无法进入孤儿院,只得在世间流浪。这一切,和"公主"的特征莫不吻合。

Joker补充道:"秋璇小姐曾采集过选手胸前的图片,以对比星形胎记。当时有三个人符合。哈梅伊、Candy、妮可。哈梅伊已死,Candy的图案是纹身,有星型胎记的人就只剩下妮可一个。而这,也进一步佐证了我们的推论。"

亚当斯大公没有说话,从桌上找出妮可的照片,端详着。

那是她为范思哲代言时拍摄的写真。妮可穿着一身礼服站在宫廷廊柱下,夕阳勾勒出她清晰的侧容,角度与光线掩盖了她有些单薄的气场,让她如一位真正的公主般高贵雍容。

他的目光不由地有些恍惚起来。这个少女,与二十年前的玛薇丝还真有那么几分相似。

"难道,真的是她?"他低低地询问着,却不知是在问谁。

Joker立即露出成竹在胸的笑容:"我马上就会查出来的。绿毒的解药,她一定会喝下去。然后,我就会知道她究竟有没有真·神谕。"

"或许,在这个星球上,只有女王家族曾有过真·神谕骑士,但是,我族才是真·神谕的诞生地,没有人比我更清楚真·神谕了……"

亚当斯点点头。这亦是他将此事委托给Joker的原因。除了秋璇,也只有Joker能找出"公主"。因为他无比熟悉真·神谕。只是由于他的身份不能曝光,无法主持这场选秀而已。但在选秀进入尾声时让他介入,却可收到奇效。

Joker:"在我找到妮可时,有个小细节,也许你会感兴趣。"

亚当斯依旧注视着那张照片:"讲。"

Joker:"兰斯洛特之所以出现在片场,是妮可陷害Candy的阴谋。我很惊讶,她竟能推测出你和兰斯洛特的关系。"

"什么?"亚当斯骤然一惊,甚至连妮可的照片都放在了一边:"你是说,兰斯洛特出现在片场,是受了妮可的欺骗?"

"是的……"Joker迟疑地看了看亚当斯,显然他这番话的重点不在这里。他重新梳理了一下思路,试图将谈话引入正轨:"她以为,就算艳照被曝光,也不能致Candy死地。但兰斯洛特的露面,却会让Candy万劫不复。于是,她利用那只特工笔,将兰斯洛特引过去。兰斯洛特救走Candy的镜头,被赛琳娜拍下,造成他也参与其中的错觉。我不得

Chapter 29
作茧自缚

不怀疑,她已经猜出了你与兰斯洛特的关系,并企图用此来扼杀Candy。她的洞察力可真是令我惊讶。"

亚当斯陷入了沉思。Joker后来说了什么,他几乎没有听进去。他只知道,兰斯洛特出现在片场,并非Candy的本意。

她是被陷害的。

她与兰斯洛特之间,或许什么都没有发生。

这个误会,却引起了他与Candy的决裂。

必须得做点什么来挽回一下。想到Candy离去时的表情,亚当斯毫不怀疑,这个精神已经崩溃的少女,会干出什么疯狂的事情来。

他拨通了兰斯洛特的号码。

Chapter 30
替身

"母亲大人。"

秋璇用很舒服的姿势蜷在宽大的沙发上,手机托在肩与腮之间,一手端着红茶,一手拿着甜点。

午后的太阳透过窗棂,暖融融地照在她脸上。让她的神态里有几分娇慵,仿佛一只还未睡醒的猫。

"一切都进行得很顺利,等明天的决赛进行完之后,我的任务就圆满结束了。我担心的是,石星御依旧在住院部里疗养,蕾切尔也一直没有出现,他们或许会在决赛上有所动作。为此,我做了以下部署……"

玛薇丝淡淡地打断了她:"我曾让你在恰当的时候,找出一个错误的人选,迷惑亚当斯大公。你选的这个人是Candy?"

秋璇微微皱眉,母亲很少在她陈述计划的时候打断她,这有点不同寻常。但她随即笑了笑:"Candy是最恰当的人选。她通过路西法的认证时,Rafa跟兰斯洛特都在场,他们应该不会怀疑Candy具有真·神谕。因此,只要让Candy夺冠,再将她交给亚当斯叔叔,他一定会满足的,绝不会想到,'公主'另有其人。"

玛薇丝轻轻叹了口气:"芙瑞娅,你这一步棋,可以说完全错了。你给了他一个最不愿接受的人选,这甚至影响到他对你的信任。而更糟糕的是,他很可能已经知道,Candy不是'公主'。"

秋璇一惊,慌忙坐直了身子:"什么?"

玛薇丝:"前天晚上,Candy在他的房间留宿了。"

秋璇迟疑了片刻:"这没有什么奇怪,Candy本来就是他的情妇……"有句话她没敢说出口:何况,这场选秀本来就是寻找一个像你的人。亚当斯大公有意亲近她,也不足为奇。

玛薇丝加重了语气:"我暂时还不能向你解释。但我能保证,若Candy是'公主',他绝不会做这种事情。"

秋璇的脸色变了变。这句话中包含了太多信息,让她不禁陷入了沉思。

Chapter 30
替身

为什么若Candy是公主,他就绝不会再和她发生关系?为什么Candy是他最不愿接受的公主人选?秋璇回想起亚当斯大公听到这个结果时的震惊,心中突然一惊。

一个惊人的设想跃入她的脑海:

——难道,这场选秀寻找的"公主",竟是亚当斯大公的私生女?

毕竟,亚当斯贵为三位大公之一,拥有堪比古代帝王的声望权势,他的女儿称一句"公主"也不足为过。

如果真是这样,一切就显得合情合理。亚当斯大公希望通过选秀,找出自己流落世间的女儿。这个人绝不能是Candy。因为早在五年前,他就和Candy确立了情人关系,若Candy是"公主",他就将面对一场人伦悲剧。

自己的女儿成为自己的情人,这是任何人都无法接受的。

但,若将这场选秀的目的,归结于亚当斯大公寻找私生女,似乎也不能说通。这个孩子已流落人间十几年,为什么偏偏在这个时候寻找?她又怎么会具备真·神谕?又怎么可能有近似女王的外貌?难道,这个私生女和自己的家族,同样具有极深的渊源?

又或者,公主,竟是母亲和亚当斯大公的孩子?秋璇不敢想下去了。好几次,她都忍不住想向母亲询问点什么。但这个设想涉及到太惊人的真相。她一时无法接受,也不知该如何开口。

玛薇丝打断了她凌乱的思绪,平静地道:"Candy是怎么令路西法认可的?"

秋璇只好打起精神,将带Candy进入51区、以及跟青帝子的大战的事原原本本地复述了一遍。

玛薇丝仔细地听着,不放过任何一个细节:

"看来,Candy之所以能激起路西法的感应,并不是因为她具备真·神谕,而是与圣灵间有某种联系。而这种联系被亚当斯看透,才确认了Candy不是'公主'。"

秋璇点点头。路西法的感应和圣灵的感应毕竟还是有所区别。而这具圣灵是北美特区一手制造,它的性能亚当斯应该不会陌生。就算当时无法分辨,事后也可以用技术的手段确认。

玛薇丝叹了口气:"最严重的是,亚当斯大公已经开始怀疑你了。"

如果私生女的推测是真的,对于亚当斯大公而言,Candy是"公主"的消息不啻晴天霹雳。大多数人听到无法接受的噩耗时,都会本能地迁怒传信的人。若最后得知是虚惊一场,更会怀疑此人是别有用心。

秋璇似乎明白了什么:"难怪Joker会出现在庄园里。他应当是受到了亚当斯叔叔的指令,来亲自调查公主的人选。不过,他绝对不可能找到真'公主'的。"

玛薇丝:"为什么这么说?"

秋璇:"因为真正的'公主'不在六强中——她是薇薇安!"

玛薇丝微微一愕:"薇薇安?"

秋璇:"不错。我向亚当斯叔叔借钥匙,其实有两个目的。第一是借机进入路西法,拿到'天使之眼';第二的确是为了测试'公主'人选,但大家都没想到,我真正的目的不是Candy,而是薇薇安!"

玛薇丝思索了片刻,示意秋璇继续说下去。

"最初,我并不知道Candy能跟路西法共鸣,为了能让亚当斯叔叔相信她是公主,我想到了一个万全之策——借口保护Candy,征调薇薇安。因为要围剿青帝子,战场又在51区内,我便可以堂而皇之地征调薇薇安,而不引起任何人的怀疑。而当时我基本可以断定,薇薇安就是我要找的人,她在场时路西法有感应的可能极大。表面上她是保护Candy的骑士,Candy才是当天测试的主角。一旦路西法有了反应,其他人便会顺理成章地认为是Candy唤醒了机体。"

秋璇似乎颇为这个计策自豪:"Candy能和圣灵沟通这点,是个意外,但并不影响结果。因为在薇薇安接近机体时,我的确发现路西法产生了共鸣。而这种共鸣和您描述的我父亲与机体的共鸣完全相同,只有真·神谕才能唤起。"

这个计划听上去极为合理,既确定了薇薇安身怀真·神谕的可能,又成功地误导了北美大区,让他们以为Candy才是公主。但玛薇丝却并没有急于称赞她,而是沉吟了片刻:

"那么,你有没有想过,这感应是由别人引起的呢?"

秋璇语气十分笃定:"不会。当时在场的人,只有两位是选手,薇薇安与Candy。如果有共鸣,那只有薇薇安才能产生。别的人,Rafa,兰斯洛特,小卓,都是我刻意安排的幌子。"

玛薇丝:"兰斯洛特?芙瑞娅,我必须告诉你,共鸣很可能不是由薇薇安引起的,而是兰斯洛特。"

"什么?"秋璇顾不得再拿红茶与甜点,一把抓住手机。

这个消息,太令她震惊了。

"兰斯洛特竟有真·神谕?"

玛薇丝:"是的。兰斯洛特曾呈交过一份报告,Joker曾在垦利小镇上说过,他很可能具有真·神谕的潜力。"

秋璇用手揉着眉心。这一消息炸得她心神不定,几乎无法集中精力思考。因为,这会推翻她全盘计划。

Chapter 30
替 身

兰斯洛特若是具有真·神谕，那么，路西法所共鸣的对象，的确很可能不是薇薇安，而是他。因为薇薇安几乎一直在贴身保护着他。那么，薇薇安就极有可能不是"公主"！

真正的"公主"又是谁？

玛薇丝："Joker很可能也有鉴别真·神谕的能力。他来过庄园，只怕是已经找出'公主'的人选了。你必须要赶在决赛开始前，找出他怀疑的人，否则，'公主'就会落入亚当斯大公之手！"

形势的严峻，秋璇自然比谁都清楚。

突然，她眼睛一亮："是妮可！Joker怀疑的人，是妮可！"

她侃侃分析："我前几轮淘汰的选手，都的确不符合'公主'的标准，只有薇薇安，我刻意隐瞒下她胸口有胎记这件事，让她很早就退赛，Joker应该不会怀疑到这一点。他的目标应该在六强中。而蕾切尔、苏妲、Candy都排除后，只有莱拉、赛琳娜、妮可三人。莱拉、赛琳娜背景很清楚，都不是孤儿，所以，就只剩下妮可了！而Joker此次来庄园，唯一接触的人，就是妮可！"

玛薇丝仔细地听着，沉思说："你的判断很有道理。如此看来，妮可倒真的很有可能是'公主'。"

秋璇苦笑："可是，目前一切都只是推论而已。我们还有什么实证，能确认妮可究竟是不是'公主'吗？我想，这次亚当斯叔叔是不会再借路西法给我们了。"

玛薇丝笑了笑："我也没办法了。不过别人有。"

秋璇："谁？"

玛薇丝"Joker。"

秋璇的眼睛亮了起来。亚当斯大公既然找Joker来，必定是因为他知道某种鉴别真·神谕的办法！这从他在垦利小镇上断定杨逸之身怀真·神谕，也可见端倪。母亲说的没错，如果本军没有办法了，那就诱引敌军为我所用吧。

一开始，是亚当斯大公跟在她身后，看她甄选的结果，再伺机介入。正所谓螳螂捕蝉，黄雀在后。

现在也该倒过来，轮到她成为黄雀了。

只是，Joker究竟用什么方法来鉴别真·神谕？只有知道这一点，她才能在Joker之前，找出"公主"，并诱使Joker做出错误的判断。

她叹了口气："母亲大人，您可真是太厉害了。我究竟要到什么时候，才能追上您呢？"

玛薇丝淡淡一笑："那你要做的事还很多……在决赛上，你不仅要确认妮可的身

份,还要制造一个'替身',交给亚当斯大公。这一次,找一个很相似的替身,绝不能让他再怀疑你。"

"是的,母亲大人。"秋璇似乎想到了什么,脸上露出一丝娇俏的笑容:"母亲大人,我能否多问您一个问题呢?您应该知道,亚当斯大公举办这场选秀,主要是为了找出'公主'。但同时,他似乎也真的想拍一部电影,选出一位容貌相似的少女,来演出十九年前的您。如果说,前者还是为人与妖族的战争考虑,后者则明显带有私心。他甚至宣称,要借这部电影,让世人了解到更真实的您,我总担心,他之后的所作所为,会对您不利。"

玛薇丝淡淡地说:"我自有打算,这不是你该操心的。目前而言,你必须尽力争取他的支持,不能再做出让他起疑的事。"

通常听到这句话,秋璇就不会再追问。但这一次却不同。对"公主"身世的揣测,让她满心疑惑。在决赛来临前,她必须知道一件事:母亲对亚当斯大公的态度。

"这些年来,他越来越不掩饰对您的觊觎,测试Candy那天,我和小卓甚至发现了一件龌龊的事——路西法里的圣灵,竟被设计成您的样子……您明明知道这一切,为什么不生气呢?您就不觉得,有些太纵容他了吗?"

玛薇丝轻轻叹了口气:"芙瑞娅,纵容他的不是我,而是人民。民众敬仰我,却喜欢他。他的履历是整个合众国最引人入胜的传奇。人民需要一个来自社会底层的男人,通过自我奋斗,最终站在世界的顶端。他们或许会调侃、嘲笑他,但最终会宽容他那些不良的念头,就如宽容不完美的自己。他们会期待他看到一切、得到一切、征服一切。正如期待自己的成功。我却不同,我是女王,人民需要我一尘不染。终有一日,你也会登基为王,请你记住一点。就算和小卓比较,民众对你的要求,也要远远高于他。所以,永远要谨慎言行,不能留下任何污迹。"

秋璇敛起了笑容,肃然回答:"我一定会记住这一点。"

"为了维持这个世界的运转,你必须容忍一些自己不喜欢的人和事,并且整合他们的力量,来完成目标,只要这个目标是对的,他们本身的想法便无足轻重……"或许是感到气氛太严肃,玛薇丝淡淡微笑:"芙瑞娅,为决赛准备吧,我相信你能做到。——记住,必要的时候,整合一切可能的力量。"

秋璇肃然回答:"是的,母亲大人。"

挂上电话后,她终于松了一口气。虽然妮可的身世还扑朔迷离,至少有一件事可以确认。母亲对亚当斯大公并没有特殊的感情。

这样,就简单多了。她开始整顿思绪,为最后的决赛做准备。

Chapter 31
天使之眼

秋璇沉思了良久后，小心翼翼地拿出了一只密码盒。盒子不大，上面贴着军情六处的绝密封签。她用储君之戒印在密码锁上，盒盖应声弹开。一只宝石静静地躺在里面。

宝石呈翠绿色，通透得宛如一汪凝固的湖水。却在正中间，竖着一条黑痕，就像是紧闭的眸子。

天使之眼。

这是她进入路西法最重要的目的。

鉴别谁是"公主"固然重要，但，取得天使之眼却更为重要。

这是父亲留下的书信中，提到的唯一线索。这枚天使之眼镶嵌在路西法体内一个极为隐蔽的地方。信中说，天使之眼是路西法的眼睛，里面记录了一段影像，是路西法坠毁前的战斗画面。它的功能，近似于人类航班上的黑匣子，却要坚固得多。哪怕世界毁灭了，其中的数据都不会消失。秋璇的父亲A是人类中唯一具有真·神谕的骑士，当年曾跟路西法数次共鸣，知道某些别人不知的秘密并不奇怪。

知道了"皇"的存在后，秋璇就有了个奇特的想法：

导致路西法坠毁的敌人，是不是就是"皇"？

那么，拿到天使之眼后，不是就知道"皇"的真面目了吗？遗憾的是，天使之眼中的数据处于加密状态，只有特殊的仪器才能读取。这种仪器人类还不能制造，但幸运的是，路西法最初陨落在英格兰半岛时，当时的皇家科学院曾拆解过一部分设备封存，以备日后研究。又经过了几十年的努力，才能够部分运用。为了获取其中的秘密，秋璇不得不将它寄回了伦敦。经过军情六处长达数日的解密工作，才将影像调取出来。

她按照特定的方法，启动了盒子上自带的投影装置。

一段全息影像顿时在半空中展开。

只看了一眼，秋璇就感到了巨大的震撼，她惊讶地睁大了双眼，几乎无法呼吸。

那是一场激烈的战斗。

画面中零星能看到路西法的影子，但与51区几乎拆解报废的机体不同，路西法此时周身呈银白色，无数光链在它身周转动着，它的身体跟光融为一体，介乎于真实与虚幻

之间。六只百米多长的光翼自它背后展开,每一翕张,浓重的光潮就向四方暴涌,冲击力之大,附近激飞的钢铁甚至都被撞成碎片。

光翼一旋,路西法就以肉眼难见的速度飞出近千米。它手中握着一只三十多米长的光矛,每刺出一下,都会从矛上飞出无数道矛影,暴雨般向对手轰击。

影像中的路西法,就像是光之战神,毁灭天使,秋璇毫不怀疑,就算是人类最强的战机,在它面前,也只会被一招击沉。

但它的对手,却展现出比它更强的力量。路西法还有形体,但它的对手却只呈现出一蓬广大宛如山岳的蓝影。那团蓝影极为灿烂,极为耀眼,隐约之间,光影中似乎盘旋着一条鳞甲鲜明的怪兽,每一起伏,灿烂的蓝芒就会掀起一阵狂潮,路西法掷出的千枚光矛,都会被狂潮吞没。蓝芒不住地涌动着,大地为之震颤,苍穹为之拆裂。

战况之激烈,交战双方展现的超级力量,无不令秋璇难以置信。

影像剧烈地变幻着,突然,路西法六只光翼完全束起,机体全部的力量都贯注到矛身上。光矛骤然涨大,暴涨成百米多长的超级长矛,路西法双手握着矛身,一矛狠狠刺在了蓝影核心。

这是矛的实体第一次跟蓝影直接接触,立即爆出疯狂的炸裂。路西法身周旋舞的光链足足被炸裂了一小半,身子倒飞而出,而蓝影上腾起一声痛楚的龙吟,被轰开了一个巨大的缺口!

一柄蓝色的龙形巨剑出现在空中。

山岳崩摧般的巨响消失了,天地仿佛在瞬间回归了清明。

剑光后中,露出一张忧伤的面容。

他的双眉微挑,眼神广阔辽远,中间蕴蓄着无尽的悲伤。

只看了一眼,秋璇的心情,就立即沉了下去。她轻轻合上了盖子。

她的猜想,被证实了。

导致路西法坠毁的,正是石星御。

他就是"皇"。

但令秋璇震惊的是,他的力量之强,远远超出了她的预估。她本很有信心,能为人类消弭SEVEN之战,但现在看来,"皇"的强大,绝非人类所能比拟。

从影像中推测,制造出路西法的种族,科技实力仍远高于今天的人类。人类引以为傲的大天使机体,最多能达到路西法十分之一的战斗力而已。秋璇甚至怀疑,就算三位守护骑士携手,是否能挡得住它这光矛一击!

连路西法都陨落了,人类就算找到"公主",就能抵抗得了"皇"吗?

Chapter31
天使之眼

秋璇忍不住自嘲地笑了笑。难道，当初驾驶路西法的骑士，会没有所谓的真·神谕？即便找到"公主"、再战一场，结果又能有什么不同？

从天使之眼的影像来看，"皇"，是不可战胜的。人类费尽心机制造的这场选秀，很可能只是白费力气。

怎么办？

秋璇忽然感到前所未有的沮丧。这一次，无论她如何苦思冥想，都想不出对策来了。

门上，突然传来一阵轻轻的叩门声。

秋璇急忙将项链与盒子收起，整理了一下仪容，清声说："请进。"

一见到进来的人，秋璇不由地一惊。

石星御。

"皇"？她的脸色不禁变了变。

石星御微笑着走到了秋璇面前："我可以坐下来吗？"

他的脸色一如往常，倒令秋璇有些莫测高深："请坐。"

石星御在她桌前的椅子上坐下来，轻轻咳嗽了一声，说："想必你现在已经知道，我的身份。不错，我就是'皇'。SEVEN与超级生命体的共主，亦是导致路西法坠毁的元凶。"

他如此坦然承认，倒让秋璇一怔。这番话太突然，秋璇反而不知道该如何作答。

石星御却一脸无所谓的表情："但是，我并不像你想的那样，是个魔王。我对于开启人类与SEVEN之间的大战毫无兴趣。我很喜欢现在的生活，我是龙皇，人类历史上最炙手可热的超级巨星，King of Pop。我享受着人类创造的最奢侈的生活，名车、豪宅、华服……随心所欲，无拘无束。我爱这一切，我不想破坏它。"

秋璇凝视着他，淡淡地笑了笑："我并不这样认为。自选秀以来你做的事情，表示你并不安于做一位超级巨星。你另有目的。"

石星御笑了笑："不错。看来我不详细解释一遍的话，你是不会相信的。那要从我来的那个世界说起。"

他抬起头，眸子中的蓝色辽远而深沉。这使他像极了天使之眼中那个魔王。淡淡的忧伤，从他身上溢出，那并非因为这忧伤浅薄，而是因为它历经太久的时间，而让他习于承受。

"从出生时起，我就有极为强大的力量，几乎无所不能。但奇怪的是，我不知道如

何去爱别人，也无法感觉到别人对我的爱。我擅长的，只是杀戮与破坏。后来，我遇到一位天狐族的少女，我一次又一次地伤害她，她却一直陪伴在我身边……"说到这里，他沉默了片刻，似乎深陷入对往日的回忆。

秋璇试探地问了一句："九灵儿？"

石星御点了点头："在那个世界里，我成为妖族之皇，在西域建立了龙皇城，将她带入城中，让所有妖族称她为九公主，服从她、尊敬她。那时的我，却一心寻找最强大的力量，挑战世间唯一的神明。我远走绝域，将她独自留在我为她修造的城池，整整一百年……她没有想到，我当回到龙皇城时，带来的却不是爱怜蜜语，而是整个妖族的末日。"

"那一日，我与神明决战于龙皇城。我输了。神明之剑即将洞穿我时，她挡在我身前。我抱着她，看着她的血一点点流尽。那一刻，我的心是那么的慌乱、迷茫，却无法感到一丝悲伤。我不明白自己为何会如此，于是忘记了战斗，直到神明用剑将我封印。又过了百年，我再度出世，第一件事便是去找她。但她却在我面前自尽。我记得她逝去前笑着对我说：'你爱上的不是我，而只是自己的爱情'。我想她一定很恨我，才会让自己神形俱灭，不给我一丝解释的机会。"

"我爱上的只是自己的爱情吗？我想，她错了。因为她消失的那一刻，我突然感到了心痛。那是我数百年生命中的第一次。从此，我不再关心人类与妖族之战。只用尽一切办法找到她遗落在世间的精神，却终是一无所获。终于，我再度找到了那位神明。我虔诚地跪在我毕生最大的仇敌面前，祈祷他给我指引。他告诉我，九灵儿已在这个世界消失了，要找到她，我必须前往他处，寻找她散碎的精神。于是，我请求让我进入其中，寻找她残存的影子。"

秋璇："这就是你曾说起过的，五次重逢？"

石星御："是的。五次重逢，五个与她截然不同的影子。和她们的相处中，我慢慢学会了忍耐、付出、宽容。学会了爱。但我也发现了一个规律，亦或者一个诅咒——若我在重逢期间使用了魔王的力量，她就必定会消失，只留下一片染血的龙鳞。她足足在我的怀中死去了五次，我终于无法忍受这种折磨，但神明告诉我，在最后一次重逢时，我会找到最完美的她。"

"为了不让前五次的事情重新发生，我请神明封印了我的力量。我像个普通的人类一样来到这个世界。生活，工作，创作。我成为超级巨星，巡演天下，只为了能找到她。我让自己拥有极高的名望，只为了更多的人能知道我。终有一天，会有一位带着龙鳞项链的女孩，能出现在我面前，我会对她说：九灵儿，我知道怎么爱你了。"

Chapter 31
天使之眼

他的眸子深邃宛如星空，让秋璇动容。

她甚至不能质疑他的话。

他的神情，诚挚无比，绝无半点作伪。尽管她无法相信世间会有这种离奇的事情，但她竟冥冥中觉得，他的话并没有半点欺骗她。

她霍然明白了，石星御为什么从一见到她，就千方百计地接近她，为此不惜与卓王孙开战。

因为，那串龙鳞项链，就戴在她颈上。

她，是九灵儿？

秋璇苦笑。

她绝不可能是什么九灵儿，她是秋璇。

她只是秋璇，此外别的什么人都不是，她亦不想成为任何人。

石星御："我说这些，不是为了给你任何负担，而是让你相信，我的确没有任何恶意。我亦不愿你对我的态度有任何改观，我只希望你能给我一个机会，跟卓王孙正当竞争的机会。至于你会选择谁，我绝对尊重你的意见。"

他的眸子伤感无比："我已经明白，能够见到你，就已是我最大的幸运。能够看着你活着，开心，幸福，知道跟你生活在同一个世界，我就很满足了。我会尽我的努力守护着你，无论你嫁人，生子，苍老，甚至死去，我都绝不干涉。我只想让你知道一件事：九灵儿，我知道怎么爱你了。"

他静静地看着秋璇，就仿佛离别了多年的恋人，在岁月迟暮时的重逢。所有的悲喜爱恨，千言万语，都已被太漫长的岁月磨尽，剩下的只有长久无言的凝望。

这一刻，秋璇清晰地感觉到，这份爱意有多么的深沉。她的心，竟为之倏然一痛。

她随即用力摇了摇头，将这个奇异的感觉驱除："抱歉，我还是无法接受如此离奇的故事。过去是谁，我无法知道，也不想知道，我只想过好这辈子。"

石星御："我非常理解。我知道，你忌惮我是SEVEN的'皇'，生恐我对人类不利。我若是发誓我绝不会对人类出手，想必你亦不会相信。但我可以告诉你一件事，来表达我的诚意。"

"Joker来自长生族。真·神谕最初就产生自他的族群。所以，一旦潜在状态的真·神谕被催发，他必然会有感应。给妮可的解药中，就含有激发真·神谕潜力的药剂。一旦妮可服用，Joker就会感知到妮可是否有真·神谕了。"

秋璇眼睛不由地一亮。

这一情报太珍贵了，解决了一直困惑着她的大问题。如何鉴定出真·神谕，秋璇并

没有很好的办法。与路西法共鸣本是最好的方法，但，目前显然已无法再用。而石星御的情报，无疑解决了她的燃眉之急。

她并不担心石星御说谎，因为，她可以围绕着这一情报，构建起一整套计划来。石星御说的是不是真的，亦可在这一计划中得到验证。

她嘴角不由地挑起一丝微笑。这个简单的变化，让她本就明媚可人的脸更显动人。

石星御有些痴痴地看着她。他历尽轮回，万般辛苦，不就是为了再次看到这个笑容吗？他还有什么不满足的呢？

他缓缓说："我还可以给你一个更大的保证。"他举起了左手，亮出了手上带着的那只镶满钻石的手套："我提到过的'力量'，就被封印在这只手套中。只要将它脱下，我就与普通人一般无异。所以，我才无时无刻不戴着它。"

说着，他脱下手套，搁在秋璇面前的桌上。

秋璇不动声色："你是说，要把它交给我？"

石星御笑了笑："其实，我早就把它送给你了。"

秋璇不解："哦？"

石星御："你记得那次在阿尔芒医院中，大公子曾与我起过冲突，将药剂泼在这只手套上，迫使我脱下来吗？"

秋璇点点头。那次，她也在场。之后发生的事情颇具戏剧性，石星御竟跟卓王孙歃血为盟了。两个打到头破的对手，居然成了异姓兄弟。这令秋璇每次想到，都禁不住嘴角含笑。

石星御："早在那一次，大公子就将我的手套换走了。我现在戴的这只，是赝品。真品，在大公子手上。"

秋璇一惊："你已经知道了？"

石星御点头："大公子做的赝品的确很逼真，若它仅仅是手套，我无论如何都鉴别不出来。可是，这只手套中封印着我所有的力量，跟我有感应。它是真是假，我自然无比清楚。"

秋璇："既然如此，你为何还让小卓将它换走？"

石星御："我说过，要把它送给你。在他手中，就是在你手中。"

秋璇默然。

石星御："我曾一度执着地寻找最强的力量，但最终却发现，它本不该存在于世间。它是那么的不详，杀死了九灵儿整整五次。在这一世，我不想要力量，我只想你平安地活着，跟你有一次像'人'一样的邂逅。"

Chapter 31
天使之眼

秋璇依旧沉默。坦白说，她并不愿相信石星御说的话，哪怕一个字。

石星御并未逼迫她，只是指了指桌上的手套："这件赝品如今却极为有用，它能帮你在决赛上，引出青帝子来。"

秋璇微微抬起眸子："青帝子，她不是和你一伙的吗？"

石星御点了点头："青帝子本是我最忠诚的部下，但在转世到这个世界时，出了点意外，我们分散了，她暂时失去了力量。流浪人间时，她遭受了很多折磨，这使她非常痛恨人类。这些年来，她一直在暗中联系其他超级生命体，想将人类完全毁灭。我曾经想让她放弃这一想法，但她的恨意之深，连我也无法改变。她一直以为，我是为了寻找九灵儿，才留恋人类的世界。因此，当她发现你拥有龙鳞项链后，就混入了选秀，试图趁机控制你。她知道你对我有多重要，若控制了你，就能说服我与人类决裂。可惜，你并不是一个容易被控制的人。之后，她曾试图用孟婆汤将你投入另一个空间，或让我误以为苏妲才是九灵儿。但她不知道，我对九灵儿有很强的感应，绝不会认错。这一切都失败后，她非常失望，决心背叛我。唯一忌惮的，是我的力量。她一定会抢夺这只手套，因为一旦拿到手套，她就不再受我的约束，甚至可以号令所有超级生命体，令人类在两族决战中一败涂地。"

秋璇深深皱起眉头，这也正是她所担心的。青帝子是目前发现的超级生命体中，力量最强者，若再得到了这股被封印的力量，毁灭人类，只怕只是时间问题。

在她沉思时，石星御静静地注视着她，仿佛她的一颦一笑，一喜一怒都是价值连城的珍宝。

他展颜微笑："我可以帮你。决赛上，我可以利用这只假的手套，将青帝子引出来。青帝子想夺取手套，我便将计就计，将手套给她。而这个时候……"

石星御没有再说下去，而是抬起指尖，在桌下的阴影里迅速地写了一行字。他写得很快，也很隐蔽，即便有人在稍远处监控偷听，也无法看清。

"知道了这个弱点，就可能趁机擒获青帝子了。但是，你要小心一件事。青帝子杀死骑士S并非侥幸。她的确有这个实力。以我的估计，她的作战能力相当于三个S。但你目前能掌握的力量，只是薇薇安、兰斯洛特、韩青主。韩青主虽然刚晋升为第十三骑士，但实战能力比起S来还是差了许多。兰斯洛特的能力不容置疑，但他毕竟仅仅是见习骑士，还没有专属自己的大天使机体，作战能力受了很大的限制。三人中只有薇薇安能正面与青帝子交战，但她也仅仅是跟S在伯仲之间而已。青帝子完全可以忽视兰斯洛特与韩青主，秒杀薇薇安。而后，战局就呈现一边倒的局势了。以我的估计，你对战青帝子的胜率，应该在10%以下。我劝你，若没有十足的把握，不要跟她开战。"

秋璇沉吟了片刻，缓缓点头。

青帝子是个极为可怕的对手，这点毋庸置疑。围剿计划稍有不慎，便会重创人类社会。而由于SEVEN的存在还未对民众公开，她也不能再要求更多的武力支援，只能利用手中现有的资源，完成这个看似不可能的使命，给人类一段真正的和平。

她一定要亲手消弭两族大战。尽管艰难无比，但她一定要做到。

"你给我这么多情报，有什么要求吗？"

石星御一笑："我只希望一切问题都解决之后，你就能相信我的话。"

他的目光，逆着秋璇的注视，似是一抹蓝色的忧伤，镂刻在秋璇的眸底。

一瞥即相思彻骨。

这一刻，他的欲望无所隐藏。

秋璇笑了笑："龙皇先生，你知道我为什么一定要消弭人类与SEVEN的战争吗？"

石星御："不管你想要什么，我都会助你完成。"

秋璇："只有消弭足以让人类毁灭的战争，才能建立起能比肩女王的功勋。只有这样的功勋，才能让人民赋予我一次修宪的机会。现在的宪法，是不允许我跟小卓都作为大公继承人结婚的，而我们两人都不可能放弃继承，所以，我必须要修改宪法，与他完婚。"

"我从皇宫中逃出，建立弦月事务所，不惜以身犯险，与一个个危险的敌人周旋，都是为了这一目的。"

"对于我来讲，过去什么的，都已经过去了。历史只能存在于教科书中，供我们吸取教训，却不能代替现在。如果背负的太沉重，又如何真正地去爱一个人？"

"我的回答，够不够清楚呢？"

石星御沉默着。

他的目光缓缓收回，眸子再度悠远，寂寥。他起身，恭谨地行了一礼。

"已经很清楚了，我的公主。"

"我说过，获得不获得你，并不重要，重要的是，我能看着你，看着你平安，幸福，快乐。"

石星御离去很久后，秋璇都坐在桌前一动不动。

石星御带来的信息量太大，足以让她重新评估整个事态。

所有的计划都要重新制订，所有的线索都要重新梳理。甚至，对于每个人，都需要重新定位。

Chapter31
天使之眼

"世界，还真是复杂啊……"她喃喃地说着。

突然，一道光芒从抽屉里发出。那枚天使之眼，竟被一股神秘的力量托着，飞了出来。宝石中心的竖瞳竟自动打开。

一个陌生的声音响了起来：

"芙瑞娅。这段影像，只有在你开启过天使之眼，而天使之眼又接触到石星御的龙气后，才会出现。这就证明你已经知道了他的身份，而他又来找过你了。那么，他一定将四极御龙剑交给了你。如果是这样，我的安排就已接近成功，这个世界可以从毁灭的边缘被救回。石星御并没有骗你，四极御龙剑中封印着他所有的力量，只要剑不在手，他就和普通人一样。仔细记住下面的这段话，芙瑞娅，因为，这很重要，关系到这个世界是否会灭亡。第一，虽然四极御龙剑能号令超级生命体，但永远都不要用它。第二，永远不要让石星御有生命危险，因为，他的力量太大，封印无法完全封住。一旦面临生命危险，封印将会自动破开，他会恢复全部力量。那时，会是世界末日……芙瑞娅，好好记住，永远都不要让他有生命危险……"

声音越来越弱，天使之眼上的光芒也越来越弱，终于，啪的一声掉在地上，所有影像声音完全消失。

秋璇轻轻将它捡在手中。

天使之眼上残存的能量已完全消失，它变成了一块普通的宝石。

"永远都不能让他有生命危险……"

"这不意味着我要一直跟他和平相处吗……"

"父亲大人，您可给我留了个艰巨的任务啊……"

Chapter 32
决战之夜

※ 决赛第七日 ※

终于,迎来了最后一天。

决赛是以演艺的形式进行。每位选手都将演出一幕戏,在表演完之后,根据全国投票,来决定谁是冠军。由于"超级公主"是为了选出"超级电影"的女主角,这一方式并未出乎大家的预料。

由于三位选手的得票数惊人地接近,本被以为是纯粹表现性质的决赛,就变得极为重要了。谁的表现更佳,就很可能在最后赢得民众的支持,从而以微弱的优势夺冠。

三强在专业人士的指导下,全心全意地准备着自己的戏码。石星御、卓王孙、杨逸之也都来到庄园,与她们一起彩排。不过为了保持一定的神秘感,究竟哪位主演跟哪位选手配戏,事先并未确定,而由现场抽签决出。

但,出场的选手却仅有苏姐、妮可两人,始终未见到Candy的身影。任何方式都联络不到她,她就像是从人间蒸发了一般。

杨逸之全身甲胄,替苏姐配戏。他的目中微带忧虑。他奉亚当斯大公之命,寻找Candy,却一直没发现她的踪影。此事透着些诡异,但当他再度请示亚当斯时,大公却在片刻沉默后说,那就由她去吧。

听到这句话,杨逸之深深皱起了眉头。他有一种不详的预感,决赛上,会有一件出人意料的事发生。

夜晚来临。

决赛的地点,选在一个具有相当意义的地方。

——中华特区,北京。

北京奥林匹克体育中心,鸟巢。这场选秀刻意选择大型体育场,无非是想传达一个理念:不要竞争,而要竞赛。

选手们并非敌人,而是战友。她们向世人展现的,是一场华丽的竞技。这正是秋璇

Chapter32
决战之夜

所苦心传递的暗示。

而赛会另一个理念，就是平民选秀。所以，这场比赛并没有发售门票，任何人都可莅临现场观看。这场决赛成为各大fans会表演的最后的舞台，他们从世界各地云集而来，很快将偌大的北京奥体挤得水泄不通。早上7点，开门的时候，电视转播镜头上显出门口弯弯曲曲的队伍，整整4公里长！他们大都是年轻人，支着帐篷，玩着扑克，成群结队。有些人竟然排了两天的队！巨大的热情使这场选秀变成了超越任何一场狂欢节的嘉年华，就连周边的房地产，也被带动起来，据传旁边的盘古大观的顶层空中四合院以一亿每月的价格租出去了，不过一般民众惊讶之余，也纷纷质疑租房者的智商。

喧闹的会场衬托得舞台格外安静，只有保安在巡守着。出乎大家的预料，这个舞台显得比较简朴，丝毫没有世界第一选秀的排场。但这是无所谓的。因为看点在台下。举着Candy、妮可、苏妲牌子的fans山呼海啸地挑衅着对方，大有在开赛前先决一死战的架势。

夜幕，渐渐降临。

次第亮起的灯火，让fans稍稍降褪的热情重新激昂起来。北京的北四环，在这一刻成为世界的中心。鸟巢在绚丽的灯光中，就像是一颗巨大的通透的宝石，闪着迷人的光芒。十几万人的热情，让它美丽无比。持续的尖叫声喝彩声，让人错以为这里正在诞生的，将是多么伟大的奇迹。

突然，灯光骤黑。

突如其来的黑暗让喧闹戛然而止，片刻的宁静降临时，轰然一声响，万千烟火从舞台上喷发而出，将夜空照得五颜六色一片绚丽。聚光灯将舞台上空的大型液晶屏照亮，上面是三位选手的得票数。

Candy，4803万。

妮可，4116万。

苏妲，4557万。

三位选手，竟然全部突破了4000万！

这是个多么惊人的数字！

观众们还没来得及惊愕，灯光却又突然全暗。

等再度亮起的时候，舞台中央，多了三个人。齐齐华服盛装、向着观众轻轻招手。

Candy。

妮可。

苏妲。

看到偶像后的观众们发出一阵狂喊，几乎将整个北京城掀翻。他们热泪盈眶，拼命地呼喊着偶像的名字。声嘶力竭。只有组办方的人大为吃惊，失踪多日的Candy，竟然在开赛前一刻，回到了赛场。

大家正在震惊时，灯光再次全暗。

当它再度亮起时，舞台上又多了三个人，三个身穿礼服，微笑站在选手身边的人。

龙皇。

卓王孙。

杨逸之。

观众席上的狂喊声顿时强了足足一倍。杨逸之多执行秘密任务，不为大家所知，但另两位可全都是合众国最耀眼的偶像。天皇巨星，少年暴君，哪一个不是名动天下。尤其是两人最近传出的恩恩怨怨……中间还有个女人……仅仅传闻就让人热血沸腾！

而杨逸之温暖的笑容，春日般的俊美容颜，恰好是与他们两人并不相同的类型，而又不遑多让，准确地击中了那些还未曾拜倒在龙皇与太子魅力下的个性女人。

卡梅隆导演选角的眼光真是太独到了！

灯光再度骤然全暗。

还有更重量级的人物出席吗？观众们不由地压抑住了呼吸，兴奋地等待着惊喜。灯光再度亮起时，却不是打在舞台上，而是照在观众席。

他们看到了最熟悉的面孔。

在一群时尚名人与政客的簇拥中，亚当斯大公与蔻蔻·约瑟芬公爵并坐在一起，含笑向大家致意。旁边，是卡梅隆、斯皮尔伯格等一大批与超级电影有关的人员。

观众又响起了一阵疯狂的掌声。

灯光，却在此时回归舞台。

轻柔的音乐响起，六人在舞台上缓缓起舞。旋转，交错，在灯影下书写出无限浪漫。

这支舞曲瞬间吸引了所有人的目光。这已不再是表演，而是顶级的上流晚宴。而就算最顶级的上流宴会中，也绝难看到这些人同时出席。

这简直是神迹啊。有些时尚达人不由感动得热泪盈眶。

一支舞终，六人携手向观众致意。狂烈的掌声再次响起。

这支舞，为这场决赛拉开了序幕。这支舞，让赛前的预言变成了现实：仅仅是一个亮相，三位选手的票数就都激增了一千万。

Chapter32
决战之夜

这是之前，仅仅只有Candy能在一天内获得的总票数！

这让妮可、苏妲的fans看到了希望，她们与Candy的那点差距，还算得了什么！

Candy也在微笑着，她的笑容一成不变，总是那么灿烂、自信，似乎，她掌握着什么杀手锏，必能稳操胜券。她的目光有些恍惚，却似乎穿透了山呼海啸般的呐喊，准确地盯着观众席上的一个位置。

笑容中，却又有着一丝决然。

主持人宣布决赛开始的时候，观众们再次报以热烈的掌声。

随即，主持人说明了比赛规则。

由抽签的方式，决定配戏的组合。表演的内容完全由选手来决定，但，只有一次表演的机会，而且，表演中要有吻戏的部分。

这条规则又引起了一阵尖叫。

什……什么？这样的表演会不会太火爆？

为了公平起见，三位选手全部表演后，将有一个上台拉票的时间。然后，计票才会停止。由得票多寡的次序，决定冠、亚、季军。

装着选手号码的盒子，由相思捧着，送上台来。

但在相思上台之前，却发生了一件事。

她在更衣间里等着上台时，一个穿着艳丽的小丑，突然出现在她面前。相思吓了一跳，小丑却拿下礼帽，对她躬身行了一礼。

"年轻的女士，你不记得我了吗？"

相思一下子想起来了，就是这个小丑，指点她找到停在屋顶上的直升机，逃出了庄园。她站了起来，向小丑躬身致谢："是小丑先生。上次那件事，谢谢您了。"

小丑："你太客气了。我来找你，是因为一件很重要的事情。"

他的神情让相思也紧张起来，忍不住问："什么事情？"

小丑："一会你托着这个箱子，一定要先送给龙皇。否则……"

相思："否则将会怎样？"

小丑："否则它就会爆炸！"

相思"啊"的一声叫了起来："这，这不太可能吧？"

小丑脸上露出神秘的笑容："没有什么是不可能的。要不，你就试试？"

他将手按在签匣上，签匣里突然响起一阵急促的撞击声，似乎有什么东西要从中间跑出来一般。相思吓得脸色苍白，紧紧地按住了签匣，不敢放手。

小丑："记得哦，否则可是要出大事的哦。"

相思脸色苍白，大脑停止了运转。她捧着签匣，动都不敢动。

该报警吗？为了小丑的一句话就去报警，也太小题大做了吧？何况决赛就要开始了，现在报警，一定会导致比赛推迟。若最后证明是一场虚惊，她一定会被十亿观众用意念掐死的。

正在犹豫，上台的铃声已响了。一个小助理跑过来，催促着相思上台。相思大脑一片空白，身子僵硬，托着签匣，一步一挪地走上台来。

她获得了一些掌声。观众们还记得这个自愿退出比赛的小姑娘。相思对着他们笑了笑，满心都是"不先交给龙皇箱子就会爆炸"的恐慌占据，战战兢兢地向三位主演走去。

她毫不犹豫地将签匣先递给了龙皇，并眼巴巴地看着他。

龙皇向这个局促的小姑娘报以善意的微笑，伸手进去，拿了一个签出来，展开看了一眼，微微笑了笑。

随后，卓王孙跟杨逸之也都抽了签。

主持人："那么，抽签的结果是什么呢？请揭晓！"

龙皇："03号，妮可。"

台下妮可的fans响起一阵欢呼。能被龙皇抽到，这可是上上签啊！太子殿下虽然魅力无比，但还是龙皇的拥趸更多。要是能将龙皇的人气拉过来，妮可夺冠的可能性就大增！

卓王孙冷笑了一声，说："02号，苏妲。"

苏妲的fans也是一阵欢呼，虽然没有先前的响亮。剩下的两位主演，当然太子殿下的人气要比兰斯洛特将军高多了！怎样也不能捡到个最不出名的吧！

杨逸之当然没什么好说的了："01号，Candy。"

主持人："好，请各位下台去做准备。十分钟之后，由Candy小姐与兰斯洛特少将演出第一场！"

苏妲突然说："主持人先生，我可不可以看看卓公子手中的签牌？"

主持人怔了怔。

卓王孙："不行。"

苏妲："为什么呢？"

卓王孙："因为我怕你抢我的。"

这句笑话引得现场响起一阵笑声。大家第一次觉得，这位少年暴君也并不是一直冷

Chapter32
决战之夜

冰冰的。这场选秀如此盛大,选秀中使用过的道具当然具有极高的收藏价值。卓王孙显然是想收藏这张签牌。

他还有这嗜好啊?

令人不禁遐想啊。

主持人:"苏妲小姐,我想你太过小心了。三位主演联合起来骗人的可能性是多大?"

他戏谑地将话筒向观众席一伸,观众们大叫:"0!"

实际上,他们也并不关心这个。谁跟谁配戏都让他们心满意足。总之等着看好戏就可以了!

苏妲没再说话,幕布缓缓合上。

台下,那个脸上涂满油彩的小丑,出现在亚当斯大公座位之后,恭谨地站立着。他的身影隐藏在黑暗中,几乎没人发现他。他轻轻地笑了,用仅有亚当斯才能听到的声音说:"我已经对签匣做了手脚,兰斯洛特将与Candy配戏。他一定会在演出过程中,将那套礼服偷回来的。您放心好了。"

亚当斯大公脸上挂着笑容,不时跟观众们致意,似乎没有在意Joker说什么。

Chapter 33
丑闻独幕剧

幕布再打开的时候，Candy坐在一只大大的箱子上，微笑看着大家。她身上穿着一件色彩艳丽的戏服，跟身边杨逸之的西装革履格格不入。Candy勾了勾手，杨逸之俯身听她说什么。Candy突然一把揪着他的领带，将她拖过来，唇已印在了他的唇上。

这个动作让大家爆发出一阵惊讶的"哇"！

杨逸之也出乎意料，惊讶地看着Candy。

Candy却一把将他推开，顺手为他理好了西装："好了，吻完了，他已经没用了。下面，是我的独幕剧。"

"哦！"观众们又爆发出一阵惊声。Candy的特立独行，又一次让他们震惊。

Candy："男人，不就这点用处吗？"

这句话引起了一阵哄笑声。

Candy却突然脸色一正："有没有人记得我这件衣服？"

她指着身上的那件戏服，随即站起来，在台上转了个身，让大家看得更清楚些。

"我想能认识的人并不多，但这件衣服，对于我的意义极为重要。因为，这是我第一次演出的戏服。"

"也正是这件戏服，让我认识了一个人。或者说，让他，认识了我。"

她重新坐了下来。

"我很感激他。对于一个来自乡下、身无分文的小女生来讲，好莱坞实在太难生存了。我做杂工、搬道具、什么脏活都干，却仍然难以维持生计。在一次选角的面试中，副导演对我提出了用身体换角色的要求。如果他长得跟这位兰斯洛特少将一样，我也就认了，但是……"

Candy的笑话又引起了一阵哄笑，他们开始觉得这个独幕剧也挺有意思的。

"但是他实在太猥琐太粗俗。所以最后那一刻我后悔了，拼命反抗。他恼怒之下将我狠狠揍了一顿，反锁在废弃的道具间里。当我醒来的时候，全身剧痛，满脸血污。我本以为会死在那里。没想到，因为一个偶然的机会获得了重生：一位重要人物来片场视察，无意中发现了我。也许是出于同情，他救了我，并将我介绍给一个剧团，在那里，

Chapter 33
丑闻独幕剧

我演出了我的第一个剧目。是不是很幸运呢？我想，你们一定认为这是个灰姑娘遇到王子的故事。我也这么认为。他温柔、优雅、浪漫，教会了我很多东西。我很感激他，当他提出要我做他的情妇时，我毫不犹豫地答应了。不是为了钱，而是因为他真的比兰斯洛特少将还要帅。我心甘情愿。"

观众又是一阵哄笑声。

"我是全心全意爱着他的……"

Candy突然有点失神。

"但他只允许我两个星期见他一面，时间由他定。我想，他也应该有一点喜欢我，我记得有一次，他见我不开心，问我为什么。我说，我的同伴们都和男朋友去看电影了，我却永远没有机会跟他一起去看一场电影。他问我，真想看吗？我那时候很傻很天真，连连点头。他就带我去看电影了。"

她停顿了一下："啊，我忘了换衣服了。"

她打开她坐的那个箱子，就开始脱身上的衣服。这个动作引起了一阵口哨声。杨逸之皱了皱眉，拉过幕布，挡住了她。一会，当幕布揭开时，Candy已换成了一身小女生的装扮，白色T恤，牛仔裤，扎起马尾。

她虽然已红了这么多年，很多人都不由自主地把她当成是流行女王，乐坛传奇。但她其实年龄并不大，仅仅不过是20出头。当她穿上这身衣服时，大家不由地想起，其实她与绝大多数刚出道的乐坛新人是同龄的。只是，她的眼睛中却流露出太多的沧桑，已不再适合这样的装扮。

Candy："他的确带我去看电影了，但是，不是公共电影院，而是去他的私人影院。你们能想到吗？在比弗利山庄里，他有一座跟百老汇剧院差不多的电影院，观众只有他一个人。在那里，我们看了当时刚刚上映的一部影片。我们也做了所有情侣在电影院该做的事情——耗时整整两个小时，甚至和那部片子一样长。"

她的话又引起了一阵哄笑。而有些人，已开始猜测Candy说的"他"究竟是谁了。能在比弗利拥有一座电影院，那样的豪宅，几个人能拥有？有些"圈内"人士，已在掰着手指一个个数了。

Candy："这次并不是我印象最深刻的。有次他出访非洲……"

这句话又引起观众席上的一片"哇"！

"圈内"人士掰着的手指，立即减少了好几根。

"我执意去送他。在车上，我想着会很长时间见不到他，想送临别的'礼物'。"

"对了，我又忘了换衣服。"

她又打开了箱子，旁若无人地开始脱。杨逸之尴尬地拉上了幕布，为她遮挡。Candy再次出来的时候，换上了一件浴袍，看上去慵懒而性感。

她瞟了杨逸之一眼，说："他那天的装扮，有点像兰斯洛特少将，过分严谨而正经。我想送他一份特殊'礼物'，他却拒绝了，说机场会有重要人物送行，不想弄皱了衣服，更不想弄脏他的那辆Lincoln Continental Limousine。"

观众席突然陷入一阵死寂。

Lincoln Continental Limousine。只有一个人，用它为座驾。那就是加利·亚当斯大公。难道、难道Candy所说的"他"，就是指加利·亚当斯大公？

这消息实在太惊人，涉及到的人物实在太重要，让听到的人反而不敢再喧哗。

主持人："你是说……"

Candy打断他："不错！"

主持人："难道你……"

Candy继续打断："不错！"

主持人："Candy小姐，我必须提醒你，诽谤是犯罪，尤其是对国家领导人。"

Candy笑了："我正是想让大家更深入地了解这位饱受爱戴的领袖，他在镜头前面的时候，是优雅与浪漫的代表。而在单独相处时，他却和平日完全不同。"

这句话本来是应该引来笑声的，但现在已没有一个人笑得出来。

"Candy小姐，必须打住了，你要知道，你的fans中还有很多青少年……"

Candy点了点头："我知道。如果他们在电视机前，我希望他们能离开片刻。因为我接下来要说的，将会更加露骨。我知道这是不道德的，也不祈求任何人的原谅，但我必须说出真相。他们必须得知道，这个世界到底是什么样子，有多么肮脏。"

主持人倒吸了一口冷气："你仍然坚持……你说的都是真的？"

Candy扬了扬下巴："他就在那里，你为什么不问他呢？"

主持人与观众不由地把目光全都转向了亚当斯大公。他脸上的笑容依旧优雅从容，无懈可击。他示意将话筒传给他，咳嗽了一声："我倒是希望这一切都是真的。"

全场一愕，他已接着说了下去："Candy小姐是如此美丽，以至于有那么一刻，我也奢望，Candy小姐口中那个无所不能的完美情人就是我……"

他独有的调侃顿时让现场与电视机前的观众都笑了起来。他们原本的猜疑也随之烟消云散。亚当斯大公怎么会做这样的事呢？他对凯瑟琳是那么的专一。他的深情为世人所熟知，是这个时代不可磨灭的标志之一。

亚当斯做了一个遗憾的手势："但是，Candy小姐，幻想只是幻想。我们都必须明白

Chapter 33
丑闻独幕剧

这一点。"

Candy："幻想吗？可我有证据。"

"有一次，他曾带我去过一个很神秘的地方，让我在一个白色的舞台上为他跳一支舞。上台前，他给了我一件特殊的舞衣，那是一件极为精致的宫廷礼服，蕾丝与镶嵌的宝石是如此美丽，让我爱不释手。他告诉我，这件衣服，从十九年前开国典礼之后，就再没有人穿过了。人们都以为它藏在大都会博物馆中，但，那只不过是赝品，真正的正品，却一直在他手中……"

说到这里的时候，她下意识地顿了顿。到目前为止，她说的每一句话都是真的。她的确曾穿上这件礼服，在路西法内部的舞台上，为他起舞。但从现在起，她要在亿万人民面前，撒一个弥天大谎，让这件事的效果更加惊人。

她望着贵宾席，嘴唇挑起一抹残忍的笑："后来，他还把这件衣服放在自己的卧室里，每日把玩。"

她的话，宛如惊天霹雳，响在每个人心头，震得他们说不出话来。

这……这完全超出了一位大公的罗曼史，它甚至动摇了合众国的根基。

十九年前开国典礼上穿过的宫廷礼服……

只有一个人，在那次典礼上穿过宫廷礼服，也只有她有这个资格。

这件礼服，却被放在亚当斯大公的卧室里。

上帝，这实在太疯狂了！

所有人都紧张地绷直了身子，屏住呼吸，竖起耳朵，全神贯注地听着Candy接下来所说的每一个字。

但电视机前的观众们失望了。因为他们听到的是：

"那天，他命令我跳舞给他看，还……哔（技术消音）……"。

电视机前的观众们破口大骂这该死的消音，可以想见，正在负责转播的技术员是如何满头大汗地按着消音键，剔除着Candy口中那成片的粉红谍报。

但比赛现场是无法消音的。Candy每说一句，观众就爆发出一片"哇！"，声音越来越响，宛如台风携来的狂潮。

Candy："一整晚，他都在叫一个名字。他叫我……"

技术员紧张地盯着她的脸，生恐她说出什么令国民尴尬的词。但Candy接下来的话，却让他犹豫了，不知该不该消音。

"玛薇丝。"

仅仅片刻犹豫，这句话，已完整地被现场直播传递到世界的每一个角落。每一个听到

的人都清晰地爆发出同一个字。

"哇！"

亚当斯大公对女王原来怀着这么一份不可告人之心吗？

那岂不是跟我一样下作了？

所有人都破口大骂Candy的无耻。这肯定是赤裸裸的诽谤，恶毒的栽赃陷害。但同时，他们心底的某道壁障却似乎破裂了，他们听到了春天的声音。

镜头，准确地捕捉到了亚当斯大公的脸。他的脸上是一片不熟悉的冷峻。

"Candy小姐，你该明白你的话会有多么严重的后果。Queen的名誉不容任何污蔑。我希望你能有证据支持你的言论，否则……"

Candy："证据？证据就在这里。"

她拍了拍那只大箱子，肩头微微摇了摇，浴袍立即脱落。她做这个动作的时候，眼睛一直紧紧地盯着亚当斯大公，就像她无数次在他的府邸中所做的一样。

亚当斯的眼神却那么深邃，没有任何表情。

她说谎了，一个愚蠢而荒唐的谎话。但这个谎话却有着惊人的杀伤力——可以让他多年来的声望彻底崩坏。

在这一刻，他并不感到愤怒，而是有一丝悲凉：她竟然在这么多人面前，用这样的口气去描述他们的关系，用这样恶毒的谎言，来污毁他的一切。

是什么，让那个曾经纯真、执着、深深眷恋他的女孩，变成现在这个样子？

他静静地，看着Candy的表演。

是她吗？

幕布合上，然后拉开。

Candy一身白色华服，静静地站在舞台的正中央。灯光，从头顶落下，她就像是一片水晶，一尘不染。雍容的姿态，似乎是从这件衣服的每一个褶子里透出来的，经过碎钻与宝石的反射后，变成高贵与奢华的象征。

每个人都记得这件衣服。

当她穿着它，站在城楼上时，她还年轻。还没有穿着一成不变的黑色礼服，刻意将自己打扮得成熟稳重。

她还风华正茂，刚从核危机下拯救了全世界的人民。

从此收获所有人的尊敬。

合众国因她的倡议而建立，人民主动修宪，保留了她家族的皇室称号。

Chapter33
丑闻独幕剧

唯有她,被称为女王。

现场一片死寂。

深如渊,沉如夜的死寂。

每个人都认识这件衣服。纵然没有亲见十九年前的那场庆典,仍有无数人前去大都会博物馆,瞻仰那最为辉煌的一刻。教科书,纪录片,影视剧,都用史诗般的庄严,让这一幕定格为永恒。

三位大公站在楼台上,接受合众国人民的欢呼。这袭礼服,就在最中间。

那是属于这个国家建立时的记忆。每一次回念合众国的辉煌时,都会再一次将它陈列出来。

Candy静静地站立着,脸上露出胜利的微笑。

她知道自己赢了。只要拿出这件礼服,就没有人怀疑她的话。亚当斯大公对Queen那卑暗的窥视,也就被曝露在大众面前。

他亵渎了六十亿人民的信仰。必将名誉扫地。

她用一个谎言,将他深埋进最恶者的渊薮。唯有这样,才让她感到一丝报复的快意。她要用自己的手,撕碎他所有高尚深情的伪装。只有这样,他才会变成她的,与她融为一体,再也不会分开。他将跟她一样肮脏,破碎,深埋在同样的渊薮中。他再也不会嫌弃她,亦因此而平等。

主持人不安地看着Candy,然后看着亚当斯大公。

亚当斯大公的脸色,却没有丝毫的改变。他轻轻咳嗽一声:"我不知道Candy小姐是如何弄到这件衣服的,但我可以肯定,大都会博物馆中的,是正品。"

"十九年来,我一直深爱着我的亡妻,而对女王心存敬意。于公于私,从未有任何污秽的念头。这一点,上帝可以为我作证。"

他的语调仍然深情沉缓,极具感染力。但,此刻的可信度却极为虚弱。

蔻蔻公爵突然咳嗽了一声:"我可以作证,这件礼服,并非女王陛下穿过的那套。"

她的话,立即吸引了所有人的注意力。

Candy冷笑:"哦?蔻蔻公爵又怎会知道呢?"

蔻蔻公爵:"有一次公爵会议的时候,亚当斯大公调侃说,女王整天穿着黑色礼服,太不吉利。我当时也附议说,可以为女王设计一套新的礼服。在两位大公看来,这只不过是一次闲谈,我却记了下来。我想设计一套最适合女王的礼服,你们知道,我们对女王的记忆,都定格在十九年前。所以,我所设计的这套新礼服,几乎跟女王庆典上所穿的一模一样——当然,在细节上作了些时尚的微调。"

Candy：“哦，你的意思是，我所穿的，就是你设计的那套了？真是可笑！”

她笃信她所穿的这套礼服，就是女王19年前所穿的。因为，她五年前就见到它摆在那个橱窗里，而亚当斯亲口说过这套服装的来历，决不会有错。

蔻蔻现在所做的服装，怎么可能摆在五年前的橱柜里？可笑！

蔻蔻公爵：“你知道，我有个品牌叫香奈儿。我的这套衣服，就是在香奈儿的工厂里生产的，所以，它的衣领跟袖口都打着香奈儿的标。”

Candy冷笑：“如果是这样，我倒可以很快证明。19年前女王所穿的服装，是由皇家裁缝……”

她一面说着，一面翻开了领口。她突然尖声叫了起来：“这……这怎么可能！”

袖口上的蕾丝尽头，赫然，有一个小小的标签。标签上并不是皇家裁缝的马蹄形，而是香奈儿的法文。

Candy脸上万分错愕，一遍一遍地说着：“这怎么可能！这怎么可能！”

观众们发出一阵长吁声，鄙夷地看着她。

原来这一切，都是她编出来的。他们哄笑着看着她，满脸不屑。

Candy茫然不知所措，她的脑袋中一片混乱，几乎崩溃。她一遍遍地翻看着袖口，衣领。她明明记得，这是她亲手从橱窗里拿出来的礼服，怎么可能却成了香奈儿的仿制品呢？难道……只是她的臆想吗？不！这不是！她对着观众大喊。

但观众看着她，却像是看着一个疯子，一个不知廉耻的女人，一个臆想症深度患者，一个精神病人。

他们为相信了这个疯女人的话，居然亵渎亚当斯大公与女王的纯洁友谊，而感到羞愧。他们居然不相信女王的圣洁，这真是最大的亵渎！这个女人，竟诱惑着他们犯了亵渎之罪，真是太可恶了。

Candy终于哭了起来。她的哭声撕心裂肺，但已没有人在意。

亚当斯大公拿起了话筒：“我必须要说……Candy小姐的表演很精彩，这实在是个一波三折、出乎预料的独幕剧。我倒是希望大家送给她些掌声。”

他轻轻鼓起掌来。

观众们不以为然，但既然亚当斯大公这么说，也不得不附和出零星的掌声。

如果这些只是表演的话，作为一位歌星，Candy今天的表演发挥太超常了，达到了几可乱真的程度。

Candy尖叫了起来：“这不是表演！这是真的！这是真的！”

她哭着，想冲到亚当斯大公面前。

Chapter 33
丑闻独幕剧

观众席上爆出一声："Show is over!"

大家哄笑了起来。

主持人急忙将幕布拉过来，保安人员七手八脚地制止了Candy的挣扎。

杨逸之看着她，突然觉得一阵悲哀。他转过头，观众席上的亚当斯大公的目光，却已变得冰冷。

Show, is over.

他悄悄行了个礼，退了下去。

只有他知道真相是怎样的。两次拉住幕布的时候，他打开了Candy的箱子，将那件礼服换成了蔻蔻公爵所提供的赝品。

他并不想做这样的事情，但是亚当斯大公的话，却让他改变了心意。

"我的名誉并不重要，但是，女王却不容任何亵渎。你知道Candy所说的是假的，你愿意让女王因此而蒙受污垢吗？"

杨逸之叹了口气。是的，无论如何，Candy与亚当斯大公的事，都应该止于两人之间。

女王不容亵渎。任何人。

Chapter 34
不可原谅的爱

Candy的表演火爆热辣，高潮迭起，但并没有获得认同。大多数观众都觉得她疯了，居然拿禁忌的话题来开玩笑。用的手段又这么粗劣，稍有头脑的人都不会相信。可他们却一度信以为真了。也正因为如此，他们才格外痛恨Candy。这一点也可以从票数上看出来，表演结束后，她的票数仅仅增加了200万，达到5012万。

当然，这仍然是个惊人的数字，领先了第二名苏妲足足500万票。这当然是个巨大的压力，而且，Candy拥有极多死忠的fans，谁都不知道会不会临死反扑。

Candy却已不再关心这一切。

当主持人宣布中场休息时，她随着起身活动的人流，表情木然地走出了赛场。

她不知道自己该去哪里，只是感觉应该离开了。她的头脑一片混乱，至今还无法理解，为什么那件衣服会变成赝品。那件衣服，五年前就挂在亚当斯的卧室里，它不可能是今年才制作的赝品。

……是我想错了吗？它并没有挂在五年前的衣橱里？

Candy痛苦地捂住了头。亚当斯大公冰冷的眼神，掠过她的脑海。他看着舞台上的她，就像是看着一位陌生人，一只在台上表演荒诞戏的提线木偶。再没有丝毫爱意，冰冷如铁、形同陌路。

他和她，真的认识吗？她所叙说的那些纵情的欢娱，真的存在过吗？

那些毫不相间的亲密，那些拥抱，那些轻怜蜜爱，曾经存在过吗？不是她幻想出来的吗？

Candy发出一声压抑的抽泣。她突然觉得有些不确定起来。她发现，自己没有任何证据能证明这一切。

不是从电影上看来的吗？不是从小说中读来的吗？

亚当斯的眼神在她眼前闪烁，让她痛得无法呼吸。突然，她奋力奔跑起来，穿过惊讶的人流，穿过狭窄拥堵的通道。她不知道自己要去哪里，她只想逃，避开这一切。但无论逃多远，她都无法消除那双眼神，冰冷地矗在她的脑海里。

终于，她看到了体育场外面的灯光。是那么刺眼，夺目得仿佛梦中的辉光。

Chapter 34
不可原谅的爱

头好痛啊……

她忍不住蹲下，蜷缩在体育场入口处，哀声哭泣起来。

狗仔迅速地跟了上来，聚成一个半圆，将她包围。他们一边飞快地按着镜头，一边七嘴八舌地追问着。

"Candy，你要去哪里？"

"你刚才说的一切，都是幻想出来的吗？你有没有准备去看精神医生？"

"Candy，你意识到自己这样做，会让整个国家蒙羞吗？"

"……"

她低着头，躲避着狂轰滥炸的闪光灯，却躲无可躲。只得蜷缩在花台角落。泥土沾染了她的礼服，显得那么污秽。

此刻，她整个人都暴露在媒体的围攻下。这本是她见惯不惊、游刃有余的战场。但此刻，她完全没有了天台上镇静、从容；甚至也没有了初出道时的叛逆、愤怒。

而是只剩下无尽的惶恐。

她哭泣着抱住自己，喃喃说："走开……"

这些人却没有放过她，依旧用最难堪的问题，对她轮番轰炸。

他们步步紧逼。一双双躲在镜头后的眼睛里，没有任何同情，而是复仇的快意。

这些年，他们受够了这个自以为是的女孩。她对他们竖中指，泼咖啡，恶作剧。因为她当红，没有人敢招惹她。风头过后，他们还得低三下四地跟在她身后，彻夜不眠地蹲守在她家门口。这些记者们都念过大学，个个认为自己才华横溢，却不得不靠偷拍她的裙底为生，挣取可怜的稿费。

而这个女人，却只用露露面，就能大把大把地赚着钞票。

也该到了她倒霉的时候了。

镜头后面，是一双双幸灾乐祸的眼睛。

体育场三楼的贵宾休息室里，厚厚的帘幕垂下，隔绝了所有目光。八万人的喧嚣在此终结，室内沉寂得可怕。

杨逸之静静地站在亚当斯大公面前。

亚当斯沉默良久："你知道应该怎么做了？"

杨逸之沉吟着，他是个军人，服从命令是军人的天职，这一点，他从未怀疑过。无论亚当斯说下达什么命令，他都会毫不犹豫地完成。但这次，他脸上却泛起了犹豫之色，终于摇了摇头："不，公爵大人，我不能接受这个任务。"

他的声音很轻,却也无比坚决。

这是他第一次,违逆他的命令。

亚当斯却没有生气,只是一声轻叹:"你一定以为,我做出这个决定,是为了挽回自己的声誉。自私、冷酷无情、毫无良知。"

杨逸之没有回答。他不敢这样想,但也无法为亚当斯辩解。

亚当斯的笑容有一些苦涩:"她说得不错。五年前,她的人生就被我毁掉了。我给了她那顶虚幻的后冠,却在同时,也把她推入了最污秽的染缸——是我毁掉了她。"

他轻轻靠近窗户,将厚厚的帷幕挑起一线,久久眺望着,终于沉声道:"我不能再错第二次。"

杨逸之仍然迟疑着:"难道,就没有别的办法了吗?"

亚当斯没有回答,而是微微沉手,将遥控器按下。

休息室对面的大屏幕上,显示出体育场入口处的监控画面:

一群狗仔在门口围得水泄不通,挡住了体育场外炽烈的灯光。Candy被围在当中,困在令人窒息的阴影下,无法挣脱。

无论周围的人问什么,用什么样的话攻击她,她似乎都听不见了,只是颤抖着声音,反反复复只说着一句话:"Please go away(走开……求你们了)。"

"求你们了……"她哀伤地哭泣着。

倔强、尊严、执着此刻都灰飞烟灭,此刻的她,不再是舞台女王,掌控一切,颠倒众生。而是中世纪油画中被判处极刑的巫女,蜷缩在民众的石块与唾弃下,悲伤求告。

却没有人怜悯,没有人在意。

她抬头的那一瞬间,那双湖绿色的眸子完全失去了神光,仿佛两颗蒙尘的珠子,空洞地望着镜头。

杨逸之甚至有一种错觉,她在祈求。

不是祈求不可知的救赎,而是祈求有人能终结这一切。

仿佛久病垂死的孩子,呆呆望着窗外最深的黑暗,只盼解脱的到来。

亚当斯关上遥控器,将目光转向别处:"你明白了吗?"

他的声音已低沉到极致,必须顿了顿,才能说下去:

"她是一位Queen,不能这样活在这个世上。"

吐出最后一个字后,他注视着黑暗深处,久久沉默了。

那一刻,杨逸之看到他眼中闪过前所未有的悲凉。

围观的狗仔们终于停了下来。

Chapter 34
不可原谅的爱

他们冷冷看着跪倒在地的Candy，目光中有些鄙视，也有些遗憾。再问什么问题都没有用，这个女人已经彻头彻尾地疯了。

她完蛋了，毫无悬念。

没有希望，没有尊严。踩在她身上，甚至连报复的快感都没有。

当他们散开一线时，场外的灯光终于透入狭窄的入口区，Candy突然有了力气，冲出人群飞奔而去。但，这时已没有几个人再跟上去。毕竟，选秀还在进行，新科冠军比一个过气的疯女人有价值多了。

更衣室里，苏妲坐在镜子之前，有一下没一下地梳着头发，却已陷入了沉思。

卓王孙走了进来，站在她身后："你想表演什么，开始吧。"

苏妲从镜子里看着他。不论什么时候，卓王孙脸上都挂着一丝不耐烦，似乎只有在秋璇面前，他才会稍微克制一点，其余的任何人都只能承受他的傲慢。

苏妲："大公子，我能否问个问题，你为什么选上我呢？"

卓王孙："选上你？什么意思？"

苏妲："你我都知道，你手中拿着的号码，不是我。这次抽签，我曾拜托Joker做过手脚，我的号码一定会被龙皇抽到。但开签时，你却说你抽到的是我的号码，却并未亮出来。大公子，你能否告诉我，为什么龙皇和你这么有默契，互相为对方隐瞒？"

她的话让卓王孙微微怔了怔。原来她早就做过安排，让她的号码被龙皇抽到。但是，龙皇为什么隐瞒了她的号码？这一点，卓王孙无从得知。他冷冷说："他抽到什么号码，我不知道。至于我为什么选你，只是因为……"

"蓝毒。"

苏妲惊讶地看着他："蓝毒？你是说，龙皇演唱会上的蓝毒？你不是已经化解它了吗？"

卓王孙："不错。我是这么认为的，但是……"

他没有说下去，眉头却紧紧锁了起来。显然，事情没有那么简单。

苏妲看着他的脸色，惊讶慢慢变成了笑意："你是不是做了很多梦，梦中尽是你跟相思的缠绵，一次次爱恨情仇、一次次生离死别，是不是？"

卓王孙点了点头。

苏妲："你知道吗？相思在做梦。你若是知道她的梦的内容，你一定会大吃一惊。"

她一字一字地说："因为她的梦的内容，跟你的一模一样。"

卓王孙的身子轻轻颤抖了一下。

苏妲:"因为,那不是梦。那是真实发生过了的事情。那是……"

"你和她曾共同度过的前生!"

卓王孙恼怒地说:"住口!"

"我没有前生!就算是有,那也已经是过去的事情了!我不想要前生,我只想要今世!"

虽然在执念梦境中,他答应了秋璇,要靠自己的力量,来压制蓝毒。但是蓝毒毒性之猛,却超出了他的想象。他只有私下找到苏妲,谋求解药。

苏妲纵声笑了起来:"今世?前生未了,何言今世?"

卓王孙:"把解药给我!"

苏妲猝然住了笑声:"你想要解药?"

卓王孙:"是的!给我解药,你想要什么都可以!"

苏妲:"你可知道,这毒药是怎么制成的?"

她眸子挑起,冷肃地打量着卓王孙:"每一滴毒药,都是用我的血液提炼而成。禁锢之力的红毒、迷幻之力的紫毒,魅惑之力的白毒、傀儡之力的绿毒,以及爱蚀之力的蓝毒。"

卓王孙没有说话。或者说他早就想到了。只有美艳如苏妲的血,才能造出如此魅惑的香水。

苏妲:"至于解药,就是稀世之珍。必须以千年妖族——也就是我——的内丹为药引,才能制成。每用一次,都会损耗上百年的修为。你想要,就得付出足够的代价。"

卓王孙:"说出你的代价,无论它是什么,我都给你!"

卓王孙的话中没有犹豫。尽管他已经预料到,苏妲提出的条件,必定艰难苛刻之极,但他已准备好接受了。

他不想再做那个梦。也不想每当回忆起那个曾扇过他耳光的小姑娘时,心中就都会泛起苦涩的温柔。

他更不愿意屈从于前生后世的命运,若真有命运,也只该由他写下。

苏妲淡淡一笑:"我要跟龙皇一起演这出戏。"

卓王孙怔了怔:"这么简单?"

苏妲点头:"就这么简单。如果你答应了,我就给你解药。"

卓王孙的目光变得锐利:"你,究竟想从龙皇那里得到什么?"

他心头蓦然闪过慕尼黑演唱会上发生的事情。

——苏妲对龙皇的兴趣,似乎有点太高了。

Chapter 34
不可原谅的爱

苏妲笑了笑："我始终觉得，我要获取冠军，就必须要得到龙皇的支持。"

卓王孙凝视着她，这显然不是全部的实话。苏妲微笑着，不再多说一个字。

片刻后，卓王孙点了点头："好，我答应你。"

"我会向组委会建议，后面两场表演，同台进行。这样，你的条件就满足了。"

苏妲："真是太好了，比我预想的结果还好。但是，组委会为什么听你的呢？"

卓王孙："我这少年暴君的名号，不是白叫的。"

"那么，如果之后我拿不到解药……"

苏妲打断他："后果我知道。你这少年暴君的名号，不是白叫的。"

果然，在卓王孙要求下，组委会同意将两场表演合并，同台演出。这一结果公布后，并没有引起观众们的反对。毕竟，两场还是一场，只要表演就好。他们只是想看到自己的偶像而已。

四个人凑在一起，简单地沟通了一下。他们早就彩排过多次，因此，这并未引起多大的困难。不过，苏妲指出了一个问题。

"龙皇阁下，您的手套，太刺眼了。您饰演的是古代魔王，却戴着这么现代的手套，会影响观众们的代入感的。"

龙皇微笑点头："这倒是我没有考虑到的。就依你所说，我会将它留在更衣室里的。"

苏妲闻听，笑靥如花。

短暂的休息结束，幕布缓缓打开，一名戴着兔子耳朵的可爱的小姑娘拿着话筒，充当解说员。

"在很久很久很久以前，有一个蓝色的魔王。他住在很远很远很远的冰山宫殿中，他非常非常非常邪恶。"

伴随着略带童稚的声音，一只蓝色的椅子从幕布后滑了出来。龙皇静然端坐其上，英俊而冷肃的眼神，诠释出一位魔王的傲岸风华。观众席上立即响起一阵尖叫。

"魔王爱上了一位少女，就将她抓回了魔宫中，囚禁了起来。"

穿着一身白衣的妮可走了出来，蜷缩在龙皇的脚边，就像是一只猫。

"但是，少女并不快乐，因为，她爱的人，是勇士。"

卓王孙穿着一身铠甲，仗剑走到舞台中央。他那比拟龙皇毫不逊让的风采气度，立即又引发一阵尖叫声。

八卦杂志上不停地探讨着两人之间的斗争，此时终于发酵成熟。仅仅是两人同台，就引发了无数少女的八卦基因。观众席上，电视屏前，她们眼冒寒光，紧紧盯着对峙着的两人，只差一阵尖叫了。

"勇士为了夺回爱人，踏上了征讨魔王的旅程。而在中途，他结识了女扮男装的游侠。两人发誓，要一起打倒魔王。"

身披玫红色铠甲的苏妲，以男装上阵，与卓王孙站在一起。她那无边的艳色化成了倜傥帅气，又引起一阵尖叫声。

四个人在台上演绎着一场场爱恨情仇。

开始几章里，主要是苏妲与卓王孙的表演——勇士与游侠一起闯荡江湖，积攒着打倒魔王的力量。他们来到了一个小酒馆。

酒馆里的老板娘，是由薇薇安客串的。她熟透的风情，掩映在粗布村服中，令不少男性观众看直了眼。

亚当斯大公仍坐在包厢里，与蔻蔻公爵一起欣赏着这幕戏剧。虽然剧目有些荒诞，但他仍看得兴趣盎然。

突然，一个穿着黑色西装的人，走到他身后，悄悄对他说："FCI刚截获了一则机密信息。"

亚当斯大公并不回头，轻声道："等比赛结束了通知我。"

黑衣人："大公阁下，R说，这段信息极为重要，他已经打印了出来，您一定要现在就看看。这是芙瑞娅公主跟女王的通信内容。"

说着，他呈上了一封秘函。

亚当斯大公打开。秘函是个监听记录，上面列着断断续续的对话。

"……我向亚当斯叔叔借钥匙，……的确是为了测试'公主'人选，但大家都没想到，我真正的目的不是Candy，而是薇薇安！"

"最初，我并不知道Candy能跟路西法共鸣，为了能让亚当斯叔叔相信她是公主，我想到了一个万全之策——借口保护Candy，征调薇薇安。因为要围剿青帝子，战场又在51区内，我便可以堂而皇之地征调薇薇安，而不引起任何人的怀疑。而当时我基本可以断定，薇薇安就是我要找的人，她在场时路西法有感应的可能极大。表面上她是保护Candy的骑士，Candy才是当天测试的主角。一旦路西法有了反应，其他人便会顺理成章地认为是Candy唤醒了机体。"

"……在薇薇安接近机体时，我的确发现路西法产生了共鸣。而这种共鸣和您描述

Chapter34
不可原谅的爱

的我父亲与机体的共鸣完全相同,只有真·神谕才能唤起……"

秘函到此戛然而止。但亚当斯的眉头却皱了起来。他面容严峻,一言不发,将秘函递给了Joker。

Joker眼睛一闪,就将秘函全都看完了。他的眉头也惊愕地皱起。

"是薇薇安?这怎么可能?"

亚当斯冷冷看了他一眼:"这就要问你了。"他的语气里,已明显有了问责的意思。

Joker挠了挠凌乱的头发。薇薇安最初是以骑士的身份,进入选秀,目的是为了保护"公主"。但细说起来,她也符合金发、碧眼、孤儿的一切要求。只是她退赛太早,并没有成为Joker的怀疑对象。如果这是秋璇有意故布疑阵的话……

Joker脸上露出一丝笑容,他轻轻打了个响指:"请不必多虑。就让我确认一下,究竟是不是她好了。"

舞台上,薇薇安正端着酒壶走上来,Joker突然出现,大喊一声:"酒中有毒!"

苏妲与卓王孙对望一眼,都感到诧异。Joker怎么会出现?但观众们却以为这也是表演的一部分,兴味盎然地看着薇薇安。

薇薇安倒是很镇静,冷冷地看着Joker:"你敢说我的酒里有毒?"

Joker:"若是没有毒,你喝一口试试?"

他端起酒壶,倒了一杯酒,手指灵巧地转了转,酒杯像是被一只无形的手托着,向薇薇安飘去。

观众们被他的魔术手法吊起了兴趣。薇薇安冷冷一笑:"喝就喝!"

她一扬脖,将那杯酒喝了下去。

"怎么样?没有毒吧?"

Joker抓起酒壶:"怎么会没有毒?让我喝喝看!"

他昂头,将酒全都灌了下去。

他的脸突然变得通红,尖着嗓子大叫:"酒真的有毒!我……我要爆开了!"

"砰"的一声响,他爆成了一团七彩的烟雾,宛如油漆桶散开,洒了一地,将舞台染的五颜六色。他却已消失不见了。

对于这个滑稽的表演,观众们爆发出一阵热烈的掌声。

薇薇安不动声色,按照剧本继续演下去。几乎没有人注意到,那壶没有喝完的酒,在她的掩护下,被悄悄传到了后台。

Joker出现在亚当斯大公背后的黑暗中,轻声笑着说:"她已经喝下去了,再过片刻,如果她体内真有真·神谕,我就能感应到……"

Chapter 35
最后的谢幕

酒馆里的那场戏,并没有妮可参与。

按照事先安排,她来到后台换装,准备登场。她静静地坐在化妆镜前,握着Joker给她的玻璃瓶,脸色忐忑不安。

秋璇悠然走了进来:"Hi。"

妮可脸色一变,急忙站了起来,将双手藏在身后。

秋璇:"不用藏了。我知道你拿的是什么。"

妮可一惊。

秋璇:"是Joker给你的绿毒解药,是不是?你害怕Joker会害你,不敢喝下。但是,我可以向你保证,这瓶药,绝对无毒。目前看来,你是冠军最可能的人选。我不能让你发生任何意外。"说到这里,她轻轻叹了口气。

妮可认真思索着秋璇的话。她早就知道苏姐的身份可疑,人类是绝不会让她获得冠军的。而Candy……

当Candy拿出那件礼服之后,她就知道,无论这件礼服是真的还是假的,她都不用再为这个竞争者担心了,无论Candy的票数多高,都不可能获得冠军。

甚至,连生命都有可能走到尽头。

秋璇说的不错,她的确是冠军最可能的人选,而且,是唯一的人选!

她将玻璃瓶拿了出来,又看了一次,神色有些复杂。

秋璇等了片刻,似乎在全神贯注地聆听什么。耳廓里,有一个隐蔽的耳机。

突然,她的脸色严肃起来:"你必须得马上喝下去。根据小卓从前台传来的线报,苏姐已经准备发动绿毒了!到那个时候,你将彻底变为傀儡,连动一根小指,都要听她指挥,想喝解药也没有机会了。而绿毒极为奇特,一旦发动,就算我也没办法解救。"

她说得极为认真,让人无法怀疑。

妮可点点头,终于一咬牙,将瓶中液体饮下。

她感到一阵奇异的冰凉,循着筋脉,一直贯注到她的脚上。脚上立即泛起一阵酸麻,仿佛有什么紧缠在血肉上的东西溶化了,随之分解。

Chapter35
最后的谢幕

妮可悬着的心,终于松弛下来。

秋璇静静地坐着,望着她。

她的双耳,却在全神贯注地聆听着。耳机里传来卓王孙的声音:"Joker已经向亚当斯大公确认,他收到了真·神谕的反应!"

秋璇笑靥如花。

她的计划,已成功了。她利用Joker给妮可的药,几乎同时,让妮可与薇薇安喝下。由于她早就确认薇薇安不是"公主",因此,如果Joker有反应,那就证明,妮可才是"公主"。而同时,由于Joker刚让薇薇安喝下药,他一旦收到反应,肯定就会认为反应是薇薇安发出的,认定薇薇安是"公主"。

这简直是一箭双雕。既利用Joker确认妮可是"公主",又让Joker误认为薇薇安是"公主"。

这就是秋璇的计策。

她起身,对妮可说:"苏妲已经发动了绿毒。你一定要假装被她控制,这样,她才不会对你另施毒手。无论她交代你做什么,你都照着去做。"

妮可点点头。她自然知道秋璇的意思。

装傻的本领,她可最强了。

剧目很快进行到最后一场。

戴着兔子耳朵的主持人激情地解说着:

"游侠帮助勇士拿到了传说中的宝剑,杀上魔宫,站在魔王面前。他要打倒魔王,夺回自己的爱人。但魔王的力量实在太强大了,传说中的宝剑也无法匹敌。勇士失败了!他败在魔王的手下!他的力气用光了!他的血流尽了!他该怎么办?正义该怎么办?"

兔耳解说员眼睛里闪着泪光,激情地嘶喊着,完全投入到了戏文中。伴随着她的声音,观众们的心也被揪了起来。卓王孙挂剑而立的身姿,仿佛一幅剪影,诠释着无奈,悲伤,绝望。

端坐在椅子上的龙皇,仿佛一座冰山,万古不融,无人可凌越。

将一切希望,冷却成绝望。

慢慢地,蜷缩在龙皇脚边的妮可站了起来。她背对着卓王孙,缓缓朝龙皇跪了下来。

"可怜的少女,她要做什么?不要!你不能牺牲自己!你是这世上最后一朵纯洁的

花朵,你不能、不能雪藏在魔王的宫殿中!不能!"

"但是,这是唯一能救勇士的方法了。少女跪在魔王面前,祈祷着。她愿意永远留在魔宫中,只求魔王不要杀死勇士。"

"魔王答应了她。他对她下了诅咒,从此,她将永远坐在毒蛇缠绕的王座上,陪伴着魔王,永远、永远不能离开半步。"

妮可慢慢走进一个燃着火焰的牢笼中,慢慢向地下沉去。她悲伤地看着勇士,凄艳的表情令全场观众都屏住了呼吸。

而在此时,背对着观众,贴着妮可站立的苏妲,却隐秘地打了个手势:"你好,我的傀儡。"

妮可生硬地回过头,回答了一句:"你好,我的主人。"

确认了绿毒的效力后,苏妲露出一丝满意的笑容。

"听着,你要去龙皇的更衣室,找到一只镶满钻石的手套,然后,送到我的房间里。"

妮可生硬地回答:"是。"

而后,漫天火焰喷出,她从舞台上消失。

而一下了舞台,她脸上的生硬立即恢复。她避开后台忙碌的人群,悄悄进入了龙皇的更衣室。

那个白色的,镶满钻石的手套,正摆在桌子上,极为显眼。妮可轻轻拿了起来,脸上闪过一丝疑惑。

苏妲为什么想要这个手套?

这个手套中藏着什么秘密吗?

她摇了摇头,并不想深究。

秋璇的警告并不是没有道理的,她只想赶紧完成苏妲交代的事情,而后,她就安全了,只等加冕为冠军就可以了。

她露出一个天真的笑容,闪出了龙皇的更衣室。

Candy清醒过来,却发现自己不知什么时候,走进了体育场附近一间废弃的木屋里。这里似乎被流浪汉占据过,堆满了廉价的杂物。使用过,然后丢弃,没有人收拾。Candy全身的力气都用尽了,一头栽倒在满是灰尘的床上。

她用力将自己埋进床垫,呼吸着腐烂的尘霾,希望自己就此死去。然而,尖锐的痛苦仍然凌迟着她的躯体,让她不得安宁。

Chapter 35
最后的谢幕

他温柔的目光,他迷人的微笑,衣领上香水的气息,灯影下泛着光辉的侧容,以及他拥抱深处那五色迷离的温暖,此刻都化为一把把尖刀,寸寸剜割着她的灵魂。

这一切,真的存在过吗?

痛不欲生,必须想个办法,稍微缓解一下……

那半瓶熏香还在她口袋里。Candy挣扎着爬了起来,用颤抖的手打开瓶盖,按着打火机,将它点燃。

紫色的烟雾,从火焰中升起,将她吞没。她深深呼吸了一口,迷离的虚幻立即钻进她的身体,随着血液散入骨髓。

痛苦不见了,亚当斯的目光也消失了。她栽倒在床上,嘴角溢出一丝笑容。

是的,这才是她。这才是她要找的她。没有痛苦,没有依恋。

她缓缓合上眼睛,全心全意地沉醉在紫色的梦幻中。

泪水,从她眼角缓缓坠落,在尘土中锵然破碎。

木屋早就被废弃多时了,连门板也只剩下一半。杨逸之走进来时,需要小心避开地上的污水与垃圾。

呛人的灰尘充满其中,只有一点烛火照亮这个灰暗的空间,使之显得更加阴暗而压抑。屋中心是一张不知扔了多久的肮脏床垫,Candy正陷入半昏迷的状态,在上面轻轻扭动着身子,痛苦呻吟。

杨逸之缓缓走到她面前。

他轻轻俯下身来,手指掠过她的脸,拈起一点泪滴。

他出神地看着这滴泪。

回想着他所认识的Candy。

那个曾买了早点,守在他门口的Candy。那个只要说了要通过考试,就认真复习的Candy。那个识破了他的身份,却笑着将证据还给他的Candy。那个舞台上艳光四射的Candy。

那个在万众嘘声中,坚持跳完了整场舞,回头甜美一笑的Candy。

那不是他现在所看到的Candy。

他凝视着她。

她在痛苦中挣扎,脸上却又有迷醉的欢愉。她究竟是痛苦的还是欢愉的?没有人能分辨得出。痛苦与欢愉就像是两条蛇,缠绕在她身上,寸寸收紧,吮吸着她的生命。她已被凌迟至垂死,唯留呻吟。

紫色的迷幻之光，是她唯一能躲避的角落。当她笑的时候，她满脸泪水。

隆基努斯之枪缓缓展现，在暗室中折射着Candy的泪光。在这狭小的晶莹中，似乎能看到天堂。

这一刻，他理解了亚当斯大公的话。

她是一位Queen，不应该这样活在这个世界上。

不该任由堕落占据她的身体，不该让绝望一点点侵蚀她的尊严。更不该任由公众恶毒而苛刻的评价，一寸寸凌迟她的灵魂。

他轻轻抬手，隆基努斯之枪抵上了她的额头。

"Candy，你有首歌唱过，I never promise you a happy ending, you never say you wouldn't make me cry.（我不曾保证，给你一个完美结局；你亦何尝许诺，永不让我流泪）但现实是，我们不停地说着让你流泪的话，而你也未能留下一个happy ending。但是，Candy，最重要的是，你要活着。"

"……活着就好！"

他的手抚上了扳机。

表演结束。剩下的，是嘉宾表演和投票时间。选手和配戏的男主角们，都可以暂时下场休息。

龙皇回到更衣室，看到空空荡荡的化妆台，脸上露出了一抹微笑。

手套果然被取走，他所制定的计划，都已顺利开展。

而当苏妲回到休息间，见到那个钻石手套后，脸上也露出了笑容。

费尽辛苦，她终于拿到了它。

苏妲拿起手套，用纱巾将脸蒙住，走入了茫茫夜色中。

决赛仍在如火如荼地进行着，三强即将决出最后的名次。三人的票数交替上升，谁都可能夺冠。苏妲却已不再关心。

杨逸之犹豫着，却没有立即开枪，而是用枪口在她额侧一撞，将她从迷幻中唤醒。

Candy眸子失神地转动着，过了很久，才看清杨逸之的脸。

她逐渐清醒，目光停留在隆基努斯之枪上："杨，你是来杀我的吗？"

杨逸之没有说话。

Candy的笑容有些苦涩："是他叫你来的？"

杨逸之仍然沉默着。这个问题，已不用回答。

Chapter 35
最后的谢幕

Candy怆然一笑："那还犹豫什么，动手吧。"

杨逸之迟疑片刻，缓缓道："确切地来说，在我走进这间木屋时，命令有了改变。他说，只要你肯放弃和他一起的那些记忆，接受一场手术。之后，你会得到一笔钱，去非洲开始新生活。你放心，所有的一切都已经安排好了，我们会找最好的医生来做这场手术，不会伤到你的其他意识。"

Candy静静地听着："这是他给我的结局？"

杨逸之点了点头。

她笑了，笑容苍白而凄伤，一字一句："不，我宁愿去死。"

杨逸之有些惊讶："Candy，现在不是赌气的时候……"

Candy微笑着打断他："我没有赌气。事实上，当看到你的时候，我突然发现自己不恨他了。甚至，我仍然感激他。"

杨逸之看着她，等她继续说下去。

"五年前，我只身来到好莱坞，口袋里没有一分钱。由于没带出生证、我找不到工作。只能偷别人的盒饭、住在发霉的道具间，卑贱地活着。像我一样来这里碰运气的乡下女孩成千上万，大部分人出卖了自己却连登台的机会都换不来。但我不同，我遇到了他。短短五年时间，他让我成了巨星。我登上杂志的封面，我的歌曲传遍大街小巷，我站在台上，能听到成千上万人的喝彩。人们疯狂地叫着我的名字，用各种与我毫不相关的称谓来描述我，女神、公主、女王。我有了豪宅、珠宝、名望，人们羡慕的一切。因为他，我真正看到了这个世界，看到这个世界最好的一面。"

"但，这并不是我最感激的。真正令我铭记终生的，是他让我看到了爱。"

"很少有人知道，我妈妈是妓女，生父是嫖客，继父是沉迷毒品的王八蛋。我血脉里没有一点高贵的东西，只流着肮脏和粗俗的血液。而我也遗传了他们的一切：一个卑贱的女人，我生来如此。当我来到好莱坞的时候，就已经决定了出卖自己。所幸我遇到了他。和他交往的那些日子里，我终于明白，我是真的爱他，不是为了钱，不是为了享乐，也不是为了那个梦想中的似锦前程。这让我感到震惊，原来，我也可以这样深刻地爱上一个人，不计成败，不顾得失，只是爱。我没有想到，这样纯粹的情感会诞生自我污秽的体内，并经年不褪。这是我唯一能用高贵命名的情感，我深深为自己骄傲。"

她含着眼泪，缓缓笑了："那天，你对妮可说，真正的高贵来源于内心。我知道你是对的。生命中曾有那么几刻，我感到自己的确是一个Queen。不是因为我能在舞台上接受万众膜拜，也不是因为我征服了那个娱乐王国，而是因为我可以全心全意地爱一个人。他给了我一顶后冠，却不是让我成为巨星，而是让我看到了爱，看到了自己灵魂中

仅有的高贵。"

"所以,在我还拥有这段记忆的时候,在我还能记得这份高贵的时候,开枪吧。"

"因为,我是Candy,不能行尸走肉地活在这个世界上……不必为我惋惜,我已得到了想要的一切,请在这最完美的一刻,替我谢幕吧。"

她脸上绽放出动人微笑:"Show is over."

杨逸之看着她,没有说话。

他能理解她。

生命,只是一场寻找。它的价值,并不在于岁月长短,而在于那些有限的时光中,你是否找到了自己想要的。当最后那一刻来临时,能在爱与梦想中长眠,无疑是最幸福的。

她虽只有22岁,却已经历了那么多。人世间最美好与最丑恶,最繁华与最苍凉,最高贵与最卑贱。

她找到了自己想要的。她是一位Queen,有权在还保有尊严的时刻,为自己谢幕。

杨逸之目光中不再是同情,而是敬意,他轻轻躬身行礼:

"如你所愿,再见了,Candy。"

枪响,子弹准确地贯穿了她的左胸。

Chapter 36
忘却

苏妲静静地站着。

鸟巢旁边,是奥林匹克公园中另一座标志性建筑,玲珑塔。玲珑塔由七个金字塔形的立方体相互叠扣而成,通体都是由玻璃组成的,这使它就像是堆叠在一起的巨大晶体。夜晚时分,这些晶体会缓慢地变幻着不同的颜色,使它绚烂之极,就像是女神王冠落于地上的宝石。

从它上面俯瞰而下,整座奥林匹克公园都收入眼底。鸟巢宛如一个金色的巨蛋,绚烂无比。湛蓝色的水立方与它相辉映,恰如活泼的少年,与娴静的少女。由它们向北,就是一片黑暗的丛林,幽寂深沉。

而玲珑塔从外面看来虽极为耀眼,但里面却很安静。所有人都被鸟巢中正举办的比赛吸引,这里没有一个人。只有苏妲一个人站立着。但她并不觉得孤独。她的本身仍是只狐妖,离群索居、远离人类,不会让她感到孤单,反而格外安心。

她静静地等着。

良久,突然黑暗中传来一个淡淡的声音。

"带来了吗?"

蕾切尔不知什么时候已来到了她身边,静静地站在她面前,只相距三米的距离。但她是什么时候来的,怎么来的,苏妲却完全没有察觉。她就像是跟黑暗本为一体,随时能溶入黑暗,也随时会从黑暗中溶出来。

苏妲:"当然。要不我会来见你吗?"

她将那只钻石手套拿出来,小心地递给蕾切尔。一见到这只手套,蕾切尔的眼神变得炽烈无比,她伸出一只鸟爪般的手,将手套攫了过来,脸上露出了笑容。她发出一声尖笑:"我终于拿到你了,哈!"

苏妲:"现在,该轮到你实现承诺了。我要破解堕天使之心的方法,我要让华伦脱离卡俄斯!"

她的脸上浮现出一抹嫣红。

蕾切尔轻轻将手套拿起,她手上的晶球放出一团淡淡的青光,将手套包裹住,化成

一个篮球大的青色光球,悬浮在蕾切尔的头顶,渐渐隐没不见。

蕾切尔的笑容,也渐渐收缩,变成一抹意味深长的揶揄,嘲讽地盯着苏妲。

"如果,我说,我并没有这种方法呢?"

苏妲身子一震,忍不住失声说:"你说什么?"

蕾切尔:"我说,我并没有破解堕天使之心的方法,我骗了你。华伦的灵魂已跟卡俄斯融合,无法再分离!如果K得到了堕天使之心,那么,华伦的灵魂就一定会被永远囚禁于机体,绝无解脱的可能!"

苏妲发出一声长长的尖叫,暗褐色的战纹倏然在她脸上闪现,九条白茫茫的狐尾似实似虚,在她背后闪现,倏忽之间,已变得几十米长,将蕾切尔圈在中间。苏妲已完全化为了九尾妖狐的形象,厉声尖啸:"那我就杀了你!"

蕾切尔却丝毫不惧,淡淡一笑:"你知道我为什么要把龙鳞项链交给你,让皇认为你是九灵儿吗?"

苏妲:"我管你!"

蕾切尔:"你应该好好听听这个答案:因为你太好骗了,只要小小的伎俩,你就会上当。而你又是那么弱小,我想杀你,不用第二招。如果皇认为你是九灵儿,我就可以通过控制你,来控制他!"

她人影一闪,倏然消失在空中。苏妲脸色骤变,蕾切尔就像是完全不见了一般,她竟然连丝毫都无法感受到!但下一刻,人影倏然模糊,蕾切尔骤然出现在她面前,一道青芒从晶球中拉出,铮然声响中,变成一柄尖锐的青刃,一刀就刺进了苏妲的胸口!

青刃一没入苏妲的身体,立即轰然炸开。苏妲一声惨叫,身体竟被这一刀捅穿,刀芒从她背后透出,大蓬的鲜血如焰火般炸开。

苏妲竟连她一招都挡不住,蕾切尔一出手,就立即重伤。但苏妲是九尾妖狐,身体坚韧无比,虽受了如此一击,但仍不致命。她长啸中,身子飞退一百多米,跟蕾切尔拉开了距离。

她脸上的战纹更深,隐然已变成了狐形。她蜷伏在地上,两只前爪绷紧,双目喷射着怒火,狠狠地盯着蕾切尔,长长的舌头伸出来,舔着胸前的伤口。

那个伤口触目惊心之极。虽然苏妲生命力极为顽强,伤口以肉眼可见的速度恢复着,但伤口实在大的恐怖,却哪里能恢复得了?鲜血不住溢出,将她身前的大地染红。

蕾切尔缓步走近,微笑着说:"你还想动手吗?下一击,可就会要了你的命。苏妲,其实我一直等着这一刻,想看看,当你知道自己救不了华伦时,你究竟会有多绝望呢?"

Chapter 36
忘 却

她遗憾地叹了口气：

"其实，你若是一直按照我给你设计的，好好扮演九灵儿的角色，就会活得很好。可你为什么一定要有自己的心呢？你爱着华伦，就无法再爱皇了。真可惜啊，九灵儿，本就是为你量身定做的。"

苏妲嘶声说："我为什么要按你设计的活？我有我爱的人！"

蕾切尔："所以我说可惜。我好不容易才找到个跟九灵儿这么像的人，却要亲手杀死。"

苏妲："青帝子，难道，难道真的没有解救华伦的方法吗？"

蕾切尔："你还不死心吗？没有！没有！没有！"

她每说一个"没有"，苏妲眼中的光就黯淡一分。

她仰头向天，发出一声长长的悲号："这本是我活下去的唯一的希望，青帝子，是你毁了它。那么，你就跟我同归于尽吧！"

蕾切尔冷笑："恐吓我？那也要你有这个本事才行。杀了你后，我会再去杀了那个冠军。我已拿到了手套，人类会在与SEVEN的世界大战中灭亡。而你，一个爱上人类的愚蠢妖族，将为这场伟大的战争祭旗——你，荣幸吗？"

苏妲不答，一面悲号，一面调动着力量。她再也不分心去控制胸前的伤口，鲜血怒涌而出，却在离体的同时，被蒸发成浓重的红雾，沁入她的身体里。她背后九条乳白色的长尾，也都变成了鲜红的颜色，看去诡秘妖艳之极。

她已调动起全身的力量，只待发出最后的一击。

突然，一个声音传了过来："我还有另一个办法。"

木屋的门被猛地推开。

Rafa冲了进来，笔直地奔向那张铁床。

床垫上有猩红的血迹，还未干涸，但Candy的身体已经消失了。

仿佛，她从来不曾存在过。

Rafa抬头，脸上被愤怒占据。他冲到杨逸之面前："你……你为什么这么做？"

"她只不过是想要爱一个人，难道这也有错吗？"

"我们不能给她想要的爱，为什么还要杀死她？"

他用力摇晃着杨逸之，一拳一拳砸在杨逸之的胸膛上。他的身体在颤抖，剧烈地颤抖。

杨逸之一动不动，沉默地看着他。

Rafa没有掩盖自己的痛苦,也许,是掩盖的太久了,一看到那摊还有余温的血迹,就再也无法控制。

有的人,会一直微笑着看着你,给你想要的建议。他从来不对你有任何的要求,只是想看你好好地活着,想你快乐,幸福,爱人以及被爱。他只想看到你的笑容,听你说"我今天很高兴,因为那个人说爱我了。"

这并不表明他不爱你。

只是,他的爱,是守护,是静默。是小心地张开翅膀,替你挡住风尘,却又不愿意刺伤你。

他看着她与那个人缱绻缠绵,守在门外,谱写着曲子。每一次,他都尽可能地为她做点事。他并没有介入其中,因为,他知道她想要的是什么。

他不想增添她哪怕一点点负担,哪怕这会带给他至大的愉悦。

他,是在黑夜中一直伴随着的影子,当光源出现后,就被甩在身后。

或许,这是一个习惯了守护的人,能够给予的爱情。

他一拳一拳地砸在杨逸之身上。他的拳头是那么软弱无力,他不再是那个冷静地击退Joker的Knight R,他就像个没有受过任何训练的人,一拳拳砸着,Angel拉斐尔矗立在门外,跟他一样悲伤。

杨逸之静静地看着他。

痛苦已让这位以冷静著称的骑士,失去了理智。他眼中露出一丝悲哀。

或许,只有一种途径,能让他解脱。

"再见了,Rafa。"

隆基努斯之枪轰响,子弹钻进了Rafa的身体。

玲珑塔。

蕾切尔低垂的眸子倏然一抬,一道寒光扫过,只见一人穿着青色的骑士制服,缓步踏着落叶,走了过来。

蕾切尔的瞳孔收缩:"K?"

韩青主微笑抬手,向蕾切尔打了个招呼。他拾着玲珑塔的阶梯而上,就像是个寻幽探秘的游客,丝毫不受蕾切尔与苏妲间一触即发的争斗影响,笑容轻淡随和:"你好。想不到你还认识我。"

蕾切尔嗤之以鼻:"你是来送死的吗?排名13的人类骑士?"

韩青主不再看她,转头望着苏妲:"如果我说,我有能解救华伦的方法,你会不会

Chapter 36
忘 却

放弃同归于尽的念头，跟我一起逃走？"

苏妲："你？你有什么方法？"

韩青主笑了笑："也许，全世界只有我有办法……"

他伸手，他的手上戴着一只金属手套，一块芯片状的物体在掌心中闪着幽幽的光。一见到芯片，苏妲忍不住脸色一变："堕天使之心？"

韩青主："公主将它们交给我，说，卡俄斯里寄宿着华伦的灵魂，它们会侵吞我的意志，让我自己决定。只要我将这些碎片镶嵌到卡俄斯上，华伦的灵魂就会永远跟卡俄斯同化，再也无法影响到我。现在……"

他的手用力一握，碎片"砰"的一声响，被金属手套挤成了粉末，炸开，化为灰烬。

苏妲一惊："你……你做什么？"

韩青主："这样，你就不用冒着生命危险去寻求解救华伦的方法了。"

苏妲："可是，你会受到华伦的侵蚀，灵魂被渐渐吞没！"

韩青主："苏妲，你觉得我很没用吗？"

苏妲一愣："什么？"她不明白韩青主为什么突然这么问。

韩青主："身为嘉德骑士团第十三骑士，你为什么认为我一定会被他吞噬？难道我就不能吞噬他吗？华伦是个了不起的男人，他很爱你，也很无私。而我能给予他的，就是一场公平的竞争。答应我，无论谁输谁赢，你都不能干预。如果有一天，我吞噬了他，那么，你就接受这个事实，从此再也不寻求让他复活的方法。苏妲，你能答应吗？"

他微笑看着苏妲。

这一刻，夜晚的光芒反射进他的眸子里，让眸子深邃无比，苏妲突然觉得，他的微笑是那么温暖。

她忍不住点头："我答应你……"

韩青主扮了个鬼脸："你看，这不就解决了吗？蕾切尔，现在，我们可以决战了。"

他按动了胸前挂着的U盘型遥控器。

"卡俄斯，出来吧。"

伴随着巨大的轰鸣声，卡俄斯青铜机体轰然降临在韩青主身后。粒子光芒随着核动力的全力运转不停暴射而出，将卡俄斯映成了一尊遍布光芒的巨人。

蕾切尔嘴角挑起："第十三骑士，听起来还挺唬人的。但是，有S强吗？我可是能一

招打败S的！"

韩青主满不在乎："强不强，那也要打了再说！"

蕾切尔冷笑："看来，卡俄斯的变化让你信心大增呢。但你没有想到，这个变化也留下了巨大的漏洞。让你在我面前，宛如毫不设防的一般！"

"在梦境中坠落的灵魂，禁！"

卡俄斯身上的粒子光芒倏然凝滞，它那巨大的身体，竟似被一股巨大的力量约束住了，无法行动分毫。

蕾切尔脸上露出一丝笑意："你忘记了吗？所谓的华伦的灵魂，只是残留在梦境中的一缕执念；我有改写梦境的能力，便能轻易通过梦境将他操纵。华伦与卡俄斯结合，这就使我能控制卡俄斯了！失去卡俄斯之后，你还怎么跟我作战？"

韩青主脸色惨变。失去卡俄斯后，他的力量跟普通人没什么差别。对于蕾切尔这样的超级生命体来讲，更是脆弱得宛如一只被夺走了硬壳的蜗牛。

苏妲勉力挪动着身体，企图挡在韩青主身前。韩青主是来救她的，她绝不容他因此而被杀死。

蕾切尔："我是不是该给你们点时间，让你们说完那段话？不求同年同月同日生，但求同年同月同日死？苏妲，你真不亏是魅惑众生的狐妖，有个华伦甘为你死，还有个K也是如此。"

她掌心的晶球光芒大炽，眉峰渐渐吊起，显然，已动了杀心。

突然，一个慵懒的声音传了过来。

"K，你还真是不省心啊。"

Chapter 37
加百列

电梯打开，秋璇走出来，脸色并不愉悦。

一见到她，韩青主的脸色马上变了："老板……"

秋璇"哼"了一声，说："我把堕天使之心交给你，可不是让你拿来泡妞的。"

韩青主的脸腾地就红了，讷讷地说不出话来。苏妲的脸色更加苍白。

秋璇看了她一眼，叹了口气："K，带着苏妲先走吧，她伤势太重，再这样下去会有生命危险。"

韩青主知道没有了卡俄斯，他只不过是个累赘而已。这位第十三骑士此时满心羞愧，恼恨自己又没帮上忙，还让秋璇救他。不过他倒也干脆，抱起苏妲往外就跑。

蕾切尔冷笑："你以为我会放你们走吗？"

晶球一亮，青色的光刃倏然成形。

秋璇上前两步，挡住了光刃的去路："青帝子，你不想知道，我是如何知道你在这里的呢？"

她的话，让蕾切尔怔了怔，晶球倏暗。

"难道不是跟踪苏妲吗？"

秋璇从容地笑了笑："不，那是K才做的事情。"她拿起一只银色金属杖，在顶端的蓝色按钮上轻轻一按，一道光幕就在空中张开。蕾切尔和苏妲所在处，骇然表示着两个闪烁的红点，旁边还详细地标注着生命体征以及预估战斗值。

秋璇："这是专门针对SEVEN研发的新型探测仪。十五公里范围内，所有的SEVEN都会出现在侦测器上，超级生命体也不例外。所以无论是你和苏妲会面，还是潜入51区，都逃不过我的眼睛。路西法测试之后，你自作聪明地隐藏起来，以为我无法找到你。现在，你知道那是多么可笑的了吧？"

她悠然看着蕾切尔。蕾切尔的眉毛却渐渐竖了起来："人类的科技吗？我还真是害怕呢！但是，在绝对力量面前，这些花招有什么用呢？"

她的双目骤然一睁，一股凌厉的气势瞬间充塞了整座玲珑塔，化为凛然之威，傲然警示着每个敢于攫犯的无知者。

撄犯者必死!

探测仪发出一阵急促的响动,光幕上的战斗数值在迅速飙升,直到最后全部化为乱码。

刹那之间,秋璇甚至有种错觉,她面前站立的,并不是个弱质女子,而是一座高山,随时都会倾倒的高山。逼人的压迫感,让她都不禁露出了惊容。

她也曾屡历惊险。华伦、苏妲、Joker、玄田田,每一个都可怕之极,掌握着毁灭性的力量,而她却手无寸铁。但她从未害怕过,因为她相信以自己的智慧,能够击败他们。

但这次,她的信心动摇了。蕾切尔虽未出手,但显然,她的力量已远远超过那些对手。秋璇甚至无法判断,她的力量究竟有没有极限!

她手中的水晶球倏然一变,其中的人形,赫然变成了秋璇。

她的嘴角,溢出一丝笑容。

"你放K和苏妲离开,也许是你犯过的最大错误。虽然他们在我眼中不堪一击,但好歹能拖延一点时间。如今你孤立无援,只能任我摆布,之前的推论再正确,又有什么意义?人世间一切秘密,在我的晶球占卜中都无所遁形。我知道你的身份,只要我抓住你,我就能获得让人类臣服的筹码。是不是呢,我的小公主?"

她的目光眯成一条线,盯着秋璇。

压力,不住地膨胀。

秋璇却没有像她预期的那样惊慌失措:"你的晶球告诉你这些,那它有没有告诉你,合众国的法律规定了,在我身边,永远会有一位骑士?"

玲珑塔上,骤然卷起了一股狂风,将蕾切尔身上发出的凌厉威压切开。

"加百列,前来晋见!"

一具淡蓝色的Arch-angel,自空中缓缓降临。它手持一柄细长的尖刀,另一只手臂上装配的盾也呈细长型。与卡俄斯的不同,它的刀与盾都是由合金制成,而不是青铜。一只制作精良的面罩笼在它的面部,使它呈现出没有表情的冰冷形态。它的身体也是细长的,修颀纤舒,被一件淡蓝色的长袍笼罩,长长的袍摆垂下来,显得极为飘逸。最为显眼的,是它背后那两支修长的白色羽翼,展开后每一支都有三米多长,缓缓招展。

机体俯瞰着蕾切尔:"想不到我们不但要在选秀中决胜负,战场中也是如此。"

蕾切尔:"薇薇安?"

加百列发出一阵热情的笑声:"答对了!其实我参加选秀的目的,就是为了有一日

Chapter37
加百列

能与你作战！"

蕾切尔冷然一笑，毫不畏惧："我现在明白为什么K会离开你了。因为，你早就埋伏好了这枚棋子。"

秋璇："不错。她是北美特区的骑士。也是这场选秀中，亚当斯大公交给我使用的资源之一。所以她不能一直胜下去，在合适的时机，她就该隐藏起来，研究针对你的战术。"

蕾切尔冷冷一哼，抬头看着加百列："跟我作战，不是那么容易的事情哦。S也想隐藏起来，但万物于我之前皆有形。

"空气是由各种各样的气体组成的，其中有氢气，也有氧气。氢与氧，相遇就会产生爆炸，但，空气中的氢气实在太微量，所以能相安无事。但是，我的风之源力，却可以将它萃取出来……

"融爆！"

一个水晶球，骤然出现在加百列的脑后。火舌，从球体内溅出，宛如毒蛇般向加百列缠搅而去。加百列闪电般将盾牌抽回，挡在脑后，火舌却骤然一缩，轰然炸开。一股炽烈的火力将加百列炸得从空中倒跌下来。它的白翼倏然张开，将身子定住。

蕾切尔淡淡一笑："刚才，我抽取的是方圆十公里内的氢，感觉如何？"

薇薇安："很不好！"

她突然动了起来，双翼一展，高速向蕾切尔冲了过去。她不像卡俄斯，部分功能被锁死。她可以全力发挥Arch-angel的速度。这一冲，机体化身成一道淡蓝色的粒子芒，直飙蕾切尔！

蕾切尔手指在身前划了一划，十几个拳头大的水晶球排成一条线，倏然出现在她与加百列之间，猛然炸开。氢气燃烧产生的高温形成纯白色的火焰，炙烧着加百列的装甲。爆炸形成的强猛火力，却被一股神奇的力量约束着，形成十几个火样尖锥，向前猛戮。加百列不敢硬闯，机体倏然侧移，绕开火锥丛林，细剑猛然向蕾切尔刺下。

蕾切尔动也不动，两个水晶球突然出现在加百列的身前。

加百列细剑一展，光芒闪动，将一只晶球挑开。一串粒子闪光随着剑势展动透入晶球上，将它锁住，暂时并不爆开。加百列已乘机迫到了蕾切尔的面前。蕾切尔鼻尖皱了皱，形成一个蝴蝶般诡异的笑容。加百列突觉不妥，她赫然发现，一个小小的晶球竟然出现在驾驶舱中，几乎紧贴她的后背！薇薇安大惊，晶球倏然破裂。

1000多度的高温倏然充满整座驾驶舱，薇薇安一声惊呼，加百列动力全失，轰然栽倒在地上。

蕾切尔淡淡说："真是抱歉，我以为你能想到，既然我的融爆之球是由氢气形成的，只要有空气存在，它就可以透入任何地点，装甲并不能阻隔它。这具机体，并不能保护你，我亲爱的。"

"在我面前，你跟赤身裸体没有任何区别。如果我愿意，我甚至可以趁着呼吸，将融爆之球送入你体内。"

薇薇安咬牙，勉强撑着，驾驶着加百列站了起来。她伤的很严重，氢气燃烧产生的高温瞬间可达到1430℃，几乎可以熔金断铁。要不是她身上穿着高强度的防护作战服，抵消了大部分破坏力，她早就化为飞灰了。

本源之力吗？真是令人恐怖的力量。

她冷笑了下："你能萃取空气中的氢是吗？"

蕾切尔："不错。想到对付的办法了吗？"

薇薇安："很简单，我让你打不到我！"

加百列倏然发动，形成无数残影，隐没在塔顶。玲珑塔身上七彩颜色变幻着，就如魔幻的晶石。加百列高速移动在其中，残影连成一片，甚至无法区分哪一个是真的，哪一个是假的。

薇薇安的冷笑声从四面八方传过来："现在，你还能打到我吗？"

蕾切尔笑了笑："谁说我要打你了？"

"裂空！"

一团蓝色的影子以她为中心，倏然涨大，将整座塔都拢在中间。灯光被影子隔绝，也变得蓝森森的，仿佛玲珑塔变成了一只巨大的蓝色水晶球。这一幻象仅仅维持了几秒钟的时间，就消失不见。

轰然爆响中，加百列所有的残影都消失，巨大的机体摔倒在地上。薇薇安脸色苍白，吃惊地盯着蕾切尔："你……你做了什么？"

蕾切尔："我能操纵风，风就是空气。我刚才，只不过是命令玲珑塔中的空气，不能流动。"

"空气不能流动，所以，你就无法再呼吸到任何气体。就算机体供氧装置产生的氧也一样。"

"操纵机体，需要极高的专注力，因此，骑士作战时需要高纯度的氧气。一旦不能呼吸，哪怕仅有一秒钟的时间，也足以让你晕眩。"

"我说过，我不会打你。我只是想杀你而已。"

她微笑着望向加百列。

Chapter 37
加百列

"我杀人的时候，是很温柔的。其实除了氢跟氧，空气中还有很多有毒的气体，比如说氯气。如果将它们萃取出来，那就是我的第三招。你会被一个绿色的晶球包围住，氯气会穿透你的身体，令你的内脏中毒。仅仅三秒，你就会死去，一点痛苦都没有。我要施展了哦，你准备好没有？"

薇薇安大惊，想操纵着加百列站起来。但严重的缺氧让她的大脑仍处在晕眩中，平衡感几乎完全丧失。她只能晕晕乎乎地听着蕾切尔吐出两个字：

"蚀雾。"

她几乎可以肯定，自己会死在这一招之下。

但，蕾切尔的手，却在蚀雾发出的瞬间，停住了。同时，一个温和的声音响起："这位小姐，你要是再动一下，隆基努斯之枪，就将贯穿你的脑颅。"

薇薇安惊喜地大叫："主人！"

不知过了多久，Rafa苏醒过来。

房间里已空无一人。杨逸之不知什么时候已离开了。

他慢慢地站起来，废旧的木屋里遍地尘埃，四处散布着锈迹斑驳的金属碎片，撕碎的床品。

还有，她的血迹。

他怆然一笑，末日般的荒芜感迅速遍布全身。

胸口上的刺痛提醒他，方才发生了什么事。隆基努斯的枪伤，仍印在他的胸口。他捂着伤口，高温的烧灼使伤口周围的皮肉被烧焦，却没有大量流血。

他沉吟着。

却突然明白了，杨逸之留给他的讯息。

既然他不曾在这一枪下死去，那么Candy也不会。

Rafa苦笑了笑，推开门走了出去。

他的那台大天使战机——拉斐尔已经不在了，那似乎是杨逸之留给他的另一个讯息。

他知道自己该怎么做了。他的一生，都是为一个人活着的，没有自我。永远，都是跟在那人身边，听从那人的命令，为那人而思考，为那人而行动。

那个人是他的主君，灵魂，信仰，方向。是生活的驱使与目的。

他一直深信不疑，至此时亦未变。

自从那人来到布鲁克林的孤儿院，微笑着对他说："孩子，你愿不愿跟我走？"他

的生命，就为那人而活。

二十年来，他和他的关系，与其说是主君与骑士，不如说是挚友，是父子。

他是这样的爱他，崇拜他，信仰他，心甘情愿地为他付出一切。

甚至连感情，也舍弃了。

成为一个永远微笑的空壳，就像节日里摆在橱窗里的人偶，在霓虹掩映下虚假地欢乐。

但，或许，现在……

是该为自己活了……

哪怕，只有一次……

哪怕，只有一刻……

Chapter 38
风之精灵

一台纯白色的大天使机体出现在空中。它身上披着的袍子跟加百列的几乎一样，面罩、装甲都类似，背后也飘扬着一对宽大的羽翼。唯一不同的是，它并没有佩剑，而是左右各有一面盾牌。左臂的盾牌是普通的合金盾，右臂的盾牌则是由巴掌大小的鳞片组成的鳞盾。它通体都是洁白的，没有半点花纹。就像它的骑士一样，纯朴，简单。

杨逸之的声音从机体里传出来："薇薇安，退后。"

薇薇安："是，主人！"她大脑中的晕眩感在逐渐消退，勉强操纵着机体站了起来，躲到杨逸之的身后。她看了这台机体一眼，有些惊讶："主人，你把Rafa的拉斐尔借过来了？"

杨逸之点点头。

蕾切尔："原来是兰斯洛特少将，让我为你占个卜吧。"

她双手擎着的水晶球中，出现了杨逸之的身影。

"风中的精灵告诉我，你必将爆体而死。"

"融爆！"

萃取了高纯度氢气而形成的晶球，倏然出现在拉斐尔的身前。晶球爆裂，氢气与空气摩擦，瞬间喷射出纯白色的火焰，被压缩成一柄火剑，向机体头部戮去。

薇薇安惊叫："主人，快躲开！"

但拉斐尔却没有躲闪，雪白的翅翼一抖，一团火球向火舌射去。那是一枚燃烧弹，一触到氢气火舌，立即炸开，形成直径一米多的巨大火焰，将融爆之球裹在中间。急速燃烧的火焰迅速熄灭，融爆之球也消失得无影无踪。

杨逸之淡淡道："氢气并不会自己燃烧，所有的燃烧都需要一样东西——氧气。只要将氢气周围的氧气剥夺，燃烧的氢气自己就会熄灭。"

"这个道理很简单，不是吗？所以，你的融爆之球，对我已经无效了。我发射燃烧弹的速度，绝对比你萃取空气中的氢气的速度要快。"

两支白色的羽翼垂直竖起，那上面的每一根羽毛，赫然都是一枚炮弹。有导弹、燃烧弹、狙击弹……三米多长的翼身，至少携带了几百枚小型炮弹。虽然这些炮弹的

体型都极为细小，但威力并不低。有些是战术型的，像刚才释放的燃烧弹；有些却是攻击型的，具有大范围杀伤力。这无疑是一座不容小视的移动火药库，足以摧毁一座中型城市。

蕾切尔脸上闪过一丝惊讶："真让人刮目相看呢。那么，这一招呢？"

"裂空！"

薇薇安脸色一变："不好！"她急忙紧紧抓住控制柄，防止那突如其来的缺氧晕眩。薇薇安毫不怀疑，蕾切尔可以禁锢周围几公里内的空气流动。有这一招，无论多少台Angel，都无法对她围攻。蕾切尔可在短时间内使所有骑士都窒息而亡。

蓝色光影涨大，充满整座玲珑塔。虽然这一招并不是针对自己的，薇薇安仍然感到强烈的晕眩感袭来，加百列单膝跪倒在地上，另一只手执剑拄地，才勉强维持着不倒。

蕾切尔脸上露出了微笑，转身对秋璇说："现在，你该相信我的占卜了吧？"

作战开始后，秋璇就躲的远远的。裂空虽将氧气全都抽走，但短暂的缺氧对并未参与作战的秋璇的影响并不大。

秋璇："你的目光，不应该离开敌人的。"

蕾切尔笑了："哦？我还有敌人吗……"

突然，她失声惊叫起来。

拉斐尔的双翅静静地扇动着，伫立在她面前，没有受到丝毫影响。

蕾切尔忍不住大叫了起来："不可能！你应该无法呼吸了，你应该昏倒了！"

杨逸之淡淡笑了笑："我的确无法呼吸。但是，要是你稍微了解一下人类医学，你就会知道，还有另一种供氧方式，静脉注射。刚才你禁锢空气流动时，我命令机体的供氧装置制造出液态氧，直接注射进血液里，我就不再需要呼吸空气中的氧了。空气流动不流动，又有什么关系呢？"

他举起手来，一只注射器连在静脉上，正缓缓注入极细的蓝色液态氧。

"你，只能禁锢空气的流动，而无法禁锢液体，不是吗？"

薇薇安脸上露出惊喜之色："主人，你真是太聪明了！我怎么就没想到呢？"

她急忙按动按钮，供氧装置的工作模式立即切换，在圣灵的协助下，机舱内应急维生装置立即启动，将液态氧输送到薇薇安体内。她因缺氧而苍白的脸色，立即变得红润起来。涣散的双目，顿时恢复凌厉。轰然声响中，加百列重新站了起来。

蕾切尔的脸色，却变得一阵白一阵红，冷笑："那么，这一招呢？我能令你的机舱内全部充满高腐蚀性的有毒气体，就算你不呼吸，它也会从皮肤渗进去，让你无处可逃！"

Chapter38
风之精灵

"蚀雾！"

一团浓碧的雾团在拉斐尔的周围出现，将机体全部笼罩了起来。雾团内部，是浓得近乎液态的剧毒，循着拉斐尔装甲的缝隙向里钻去。蕾切尔冷笑着看着杨逸之。看他如何抵挡！

杨逸之有些无奈地叹了口气："难道你不知道，Angel的机舱是完全密闭的吗？无论你的蚀雾多毒，都绝不可能进来。"

蕾切尔刚露出的笑容一僵："那又怎样？我可以操纵机舱内部的空气，将它们变成有毒气体，你仍然死定了！"

随着她的话，空间突然起了一阵晃动。蕾切尔一指点在空处，浓碧的雾团，在她指间上成形，却倏然消失。她拥有控制空气的源力，任何气体，不论隔得多远，都能在她的命令下，任意转化。她想让它变成毒气，就一定会变成毒气！蕾切尔再度绽出笑容，她等着看杨逸之脸色青紫地倒下。她的毒气只需要一丝，就能将大象毒倒，杨逸之只不过是个普通的人类罢了，甚至连正规骑士都不是，又怎能挡得住？

一秒……两秒……三秒……

十秒……二十秒……

杨逸之的笑容依旧，没有半点中毒的迹象。蕾切尔几乎崩溃了："为什么！为什么你不中毒？"

杨逸之叹了口气："我不知道你的毒气究竟有多毒，但是，我告诉过你了，拉斐尔的机舱是完全密闭的。"

蕾切尔："这我知道！我可以忽视装甲，将机舱内的气体转化为毒气！我控制空气的能力绝非你能想象的！"

杨逸之："这我知道，但是，机舱完全密闭，我就可以将原来的空气抽走，换为惰性气体。你能将空气转为毒气，我想，是萃取空气中的氯，制造出氯气来。但是，仅有惰性气体的话，根本不会有氯，你又如何来制造毒气呢？"

蕾切尔的身子骤然僵住。

薇薇安忍不住欢呼起来。蕾切尔这三招，融爆、裂空、蚀雾，打得她几乎无还手之力，但在杨逸之面前，却毫无用武之地。

蕾切尔双目喷火，狠狠盯着杨逸之。这个少年，居然还笑得这么轻松，显然，他没将自己放在眼里。

没将超越SEVEN的超级生命体、强大而恐怖的青帝子放在眼里！

蕾切尔简直要气死了！她要剥下这个男子脸上的笑容，她要见着他颤抖、恐惧、尖

叫、求饶!

"你以为我就这点本事吗?好,接我这一招看看!"

"双倍融爆!"

她两只手分开,掌心各有一个晶球以肉眼可见的速度迅速长大着。那是她操纵风之源力,从空气中萃取出来的。一个晶球是高纯度的氢气,而另一个则是氧气。蕾切尔双手一挥,两个晶球高速旋转着,向杨逸之飙射而去。激烈旋转的晶球撞在一起,高速的摩擦爆出一串火舌。

轰的一声爆响,晶球以雷霆万钧之势炸开!

这一招比先前的融爆强了不止一倍!玲珑塔中的空气被撕裂,宛如狂涛般带着纯白色的火焰,呈雷霆万钧之势,向拉斐尔当头戮下。杨逸之大吃一惊,拉斐尔身子闪电下蹲,左腿前屈,后腿后蹬,摆出标准的防御姿势。而同时,它右手的鳞盾"嚓"的一声张开。几万片高强度合金打磨成的鳞片片片衔接起来,组成一张十米多长的巨盾,挡在前面。

但这次融爆之球的爆炸威力,超出了他的想象。缭乱火舌像是巨人的拳头一样不住地轰击在鳞盾上。拉斐尔巨大的机体,竟被硬生生地撞后一米多远!

杨逸之的脸色变了。

蕾切尔脸上绽出一丝微笑:"氢气在空气中的火焰温度是1430℃,但在纯氧中会高达2830℃!这样的高温,就算钢铁也能轻易烧穿!你挡得住吗?"

她发出一声冷笑,双手一挥,两团更大的晶球瞬间成型,化成一只凶猛的火焰之虎,尖啸着向拉斐尔扑去。机体再度被硬生生地撞后两米多。所幸制造鳞盾的高强度的合金熔点极高,堪堪能挡住这么炽烈的火焰,但,也已被烧得遍体通红。

蕾切尔冷笑声中,第三对晶球,已破空而出!

薇薇安:"主人,有什么破解的办法吗?"

杨逸之苦笑着摇了摇头。他又不是神,哪能在这么短的时间内就能破解?

薇薇安:"怎么办?"

杨逸之:"必须要用攻击来压制住她,不能让她任意发招!拉斐尔有大天使战机中最强的防御装甲,我不是Rafa,只能发挥出它80%的威力来,但勉强能扛住这样的攻击。我负责挡住她,你负责攻击!注意,速度要快,用最普通的机枪攻击,千万不能让她的融爆之球锁定你!"

薇薇安答应一声,加百列拔空而起,两肩上的装甲打开,露出两挺全自动机枪,哒哒哒哒……一阵狂响,密集的子弹擦出火舌,向蕾切尔狂袭而去。

Chapter 38
风之精灵

大天使战机所装备的机枪都是最顶级的装备,威力不亚于普通的加农炮。密集的子弹绕过鳞盾,转眼射到了蕾切尔跟前。

蕾切尔冷笑一声,完全不理。双手一聚,融爆之球甩向加百列。杨逸之大惊,拉斐尔闪电跃起,鳞盾张开,挡在了加百列身前。由于他身在空中,无法借力,融爆之球强大的爆炸力将他炸得翻滚着后退,轰然撞在了玲珑塔的墙上。

他本希望加百列的攻击至少能让蕾切尔暂缓发招,但蕾切尔为何却不招架呢?他定睛一看,不禁更惊。

加百列轰发出的子弹,在逼近蕾切尔的身体时,竟然仿佛受到了一股无形的冲击,自动向两边分开,连她的衣服都没有扫到!

蕾切尔见到他震惊的表情,笑了起来:"这是我操纵空气的第四招,在我身周十米之内,气压被强行扭乱,形成乱流。所有的攻击,都会偏离原来的方向,左边的,就更向左;右边的,就更向右。所以,我根本不用防御,只需要全力攻击就可以了!"

"融爆!"

火舌狂舞,炸裂成漫天火凤,向加百列、拉斐尔狂轰而下。可以自由伸缩的鳞盾虽然具有超强的防护力,但蕾切尔的火力攻击实在太强太猛,两人仍然不得不节节败退。

但,玲珑塔中能败退的余地,并不多。

杨逸之一面全力操控着鳞盾,一面仔细地观察着对手。凌厉的攻击,并没有让他慌乱,他的眼神,仍然冷静、锐利。

他相信,这世界上绝不存在无敌。任何强大的敌人都有破绽。而唯一能找出破绽的方法,就是收集足够的信息,加以科学的分析,以及冷静。

加百列仍在贯彻着他的作战方案,用暴雨般的火力攻击着蕾切尔。的确如她所言,子弹在接近她的身体时,便被强行扭转,偏离本来的轨道,擦身而过。

接近她的身体?

杨逸之眼睛猛然一亮:"薇薇安,我有办法了!"

鳞盾一收,万枚鳞片迅速折叠在一起,鳞盾收缩成一米见方,挡在身前。这使它的防御力提高了几十倍,拉斐尔顶着鳞盾,向蕾切尔疾冲而去。

在靠近她三米之处,拉斐尔肩头机枪猛然轰发!

蕾切尔不屑地撇了撇嘴,这个兰斯洛特看上去挺精明的,却是个死脑筋。他不知道这样的攻击是无效的吗?

但接下来发生的事情,却令她震惊了。杨逸之的子弹,虽然偏离了原来的轨迹,却并没有偏得太厉害。子弹本来是奔着她的胸口去的,虽被强行扭转,却仍将击中她

的肩头!

蕾切尔大惊，双手一合，挡在胸前。

融爆之球在她掌心形成，向外炸去。密集的子弹被强烈的爆炸力弹开。薇薇安的眼睛立即亮了起来："主人，这是怎么回事？"

杨逸之："道理很简单，子弹距离蕾切尔越远，空气乱流就能将它偏离得越远。如果我们深入到空气乱流中，缩短距离，那么，偏离距离也会被缩短。这样，就算不能击中既定目标，也很可能击中她！"

薇薇安："明白了，就是要近身作战是吧。我最擅长这个了。"

"准备好接受身体检查吧！"

铺天盖地的火舌中，加百列双翼倏然一收，猛然加速，像是炮弹一样冲向蕾切尔，在几乎撞到目标时，加百列身躯猛然拔起，疯狂的弹雨几乎贴着蕾切尔的身子，倾洒而下。

那些子弹几乎不再受空气乱流的影响，准确地瞄向蕾切尔身体的各个位置。大天使机体的强大性能这一刻完全显现出来，加百列围着蕾切尔切出眼花缭乱的各种弧线，炮火却像是把把尖刀，要将蕾切尔脆弱的身体切成薄片！

蕾切尔的脸色变了。

这是种极为有效的攻击方式，蕾切尔甚至无法再腾出手来攻击，双手忙乱地发出一招招融爆，将铺天盖地的弹药弹开。

薇薇安"哦呵呵呵呵"的狂笑声在玲珑塔里震响，攻得心花怒放。

但是，杨逸之的眉头却皱起来了。

薇薇安虽然占尽了上风，但，却无法取得胜利。蕾切尔看似完全被压制住，但她的融爆施展的实在太快，在空气乱流中更是快得不可思议，薇薇安这么密集的攻击，竟然还是没有一枚能够打中她。

而薇薇安的攻击中，有个致命的弱点。

任何机体携带的弹药都有极限，尤其在如此密集的攻击下，加百列的弹药库，只够维持三分钟。而现在，已过了大约两分多钟了。如果他不能在一分钟内找到克敌制胜的办法，他们就会陷入弹尽粮绝的境地。

就算是加上拉斐尔的弹药库，也只不过再撑三分钟而已。而后，如果不能继续压制住蕾切尔，这场战斗，他们就输了。

他苦苦思索着，却想不出对策。

近身搏斗，就无法使用大型重武器，否则只能两败俱伤。若是远距离攻击，又无法

Chapter38
风之精灵

突破守护在蕾切尔身边的空气乱流。经过第一轮的狂轰测试，杨逸之已得出结论，这些空气乱流的强度，大概在几百个大气压。要想突破它，除非是用大型导弹。但若是用大型导弹，只怕整个体育馆都毁了，平民伤亡将不可估量。

究竟该怎么办？

秋璇慢慢走了上来："我在想，左边的更偏向左，右边的更偏向右。那么，中间的呢？"

杨逸之精神一振。

中间的呢？他闭上双眼，运用神谕之力，将机体的侦查设备全都打开，侦测着蕾切尔周围空气的流向。在空气乱流的影响下，所有的攻击都像是浪涛，被分成两股，流向左右。但，在毫无偏离的正中心，偶尔会有一颗子弹漏网，轨迹并没有偏开，笔直地射向既定的目标。

那是非常非常狭小的一点空间，也许仅仅是0.01毫米的一线。这样狭小的空间，是无法攻击的，因为任何枪械都有一定的误差，如果目标点足够小，那么没有任何子弹能击中它。

但杨逸之却笑了。当人力无法做到时，就需要上帝的指引。

隆基努斯之枪。

这把枪，是北美特区耗资数十亿研发出来的超级武器，只有它，能够达到0.01毫米以上的精度。

在拉斐尔的辅助下，杨逸之调准了隆基努斯之枪，他在静静地等待着。终于，半自动瞄准器锁住了那狭小之极的一线。这并不容易，因为，随着蕾切尔的移动，这条线也在不断地闪动。仅仅是锁定，就几乎耗尽了杨逸之所有的专注力。

轰！

高速跃动的子弹如预期的越过了空气乱流的防护，直飙蕾切尔！杨逸之眼睛一亮。秋璇的判断没有错，子弹的轨迹，并没有偏移！

蕾切尔手心一扬，融爆之球乍现，向子弹迎去。但隆基努斯之枪的子弹跟别的子弹不一样，惊人的爆炸力将融爆之球轰开，子弹深深地嵌入了蕾切尔的掌心，炸开。

蕾切尔痛的一声惨哼，左手骨节几乎完全被炸碎。她的身子一窒，惊骇地看着杨逸之。杨逸之转头对秋璇微笑："多谢。"

秋璇冲他笑了笑，将目光转向蕾切尔，悠然道："看来，你的占卜要失败了。"

慢慢地，蕾切尔绽开一丝笑容。在铺天盖地的炮火中，她的笑容清晰而诡异。"原来是你在出主意。我真应该一开始就杀掉你的。"

秋璇摊了摊手，笑容里有些讥嘲："哦，难道你忘了，曾承诺过永不会杀死我吗？"

这番话，正唤起了蕾切尔内心深处对龙皇的恐惧，她恼羞成怒，厉声道："我如今连皇都能背叛，还在乎什么承诺！好吧，那就让你们见识一下我真正的力量！"

她冷冷一笑，突然，捏破了手中的晶球！

大蓬的青色烟雾，突然从晶球中腾起。化成直径半公里多的几乎透明的烟岚，将蕾切尔笼在其中。无数极为细微的声音，从烟岚上腾起，令人听得心旌摇动。

烟岚变幻，化成一个个形状各异的光团。渐渐地，光团中透出各式各样的影像，走马灯般变幻着。无数虚幻的人影在光团中奔走着，喜怒哀乐，无数的情绪被映照出来，却困在光团中，无法溢出。光团被他们撑得滚圆，却无论如何都无法解脱。

"身为孟婆的我，执掌着即将转世的灵魂们的梦境。他们的梦境中，有他们一生的记忆，亦是他们一生的精华。吞噬掉他们的梦境，会令我得到极为强大的力量。现在，你们就将见识到，这力量有多么强大！"

她猛然发出一声尖啸，诸般光团，突然全部破裂！无数透明的人影，从光团中被生生扯了出来。他们发出恐惧的尖叫，想要逃走，但是，蕾切尔双手环起，在身前画了个圆圈。一个透明的涡旋猛然在她身前形成，强大的吸力将这些人影牵扯着，全都拉了进去。

蕾切尔的啸声陡然一变，变得苍茫宏阔，整个大地仿佛都随之震动起来。

她身上的斗篷轰然炸裂，她的身体骤然涨大起来，却倏然破裂，化成一道透明的虚幻光影，瞬间就涨大到几百米长！

啸声丝毫不停，转瞬之间，那道虚幻光影，就渐渐饱实起来，一枚枚巨大的鳞片在光影上成形，散发着青色的宝石般的光芒，将光影包围住。

"嚓！"一声爆响，一只巨大的爪子从光影中探出，将玲珑塔的玻璃踩出一个缺口。巨爪攥住塔上的钢架，使塔身一阵猛烈地摇晃。一只又一只，足有四只巨爪在光影中生成，玲珑塔已承受不住如此强的冲击，有些钢架甚至弯曲起来。

塔正面的玻璃墙轰然炸开，一只巨大的青色头颅从虚空中探了进来。蕾切尔的声音从巨首中传出："现在，你可以死了！"

两只闪着炽烈光芒的龙睛，死死地盯住秋璇！

Chapter 39
守护的真义

体育场三楼的贵宾休息室里，门窗紧闭，厚厚的帘幕遮蔽了一切喧嚣。

Rafa静静地跪在房间中央。

亚当斯大公正翻看着一卷厚厚的卷宗。他没有看Rafa一眼，平静地翻看着，一页页，一次次。

Rafa也什么都没说，只是跪着。衣衫破烂的他，不再优雅，不再冷静，不再是那个强敌当前仍谈笑风生的骑士R。

终于，亚当斯大公批阅到了最后一页，他拿起来，长久地注视着，忽然，叹了口气。

他推动着轮椅，来到Rafa面前。

"Rafa，我对你很失望，你辜负了我对你的信任。你的所作所为，让合众国蒙羞。你让嘉德骑士团的荣耀遭到了玷污，也令人民的利益蒙受损失。"

"你，不配再做我的守护骑士。"

他伸手，将Rafa手指上套着的那枚宝石戒指取了下来。那是主君与骑士之间的联系纽带，也是守护骑士的象征。只有最优秀的骑士，才能获得这样的荣誉。

Rafa痛苦地闭上了双眼。

亚当斯大公将最后那份卷宗递给他："帮我处理掉这份废纸，你就可以离开了。"

Rafa沉默地接过来，他的身子突然颤抖了一下。

他认识这份卷宗，那是一份合同，5年前的合同。5年前，正是他，将这份合同递给Candy，作为亚当斯大公对这个少女最后的补偿，成就了她成为一位明星的梦想。

他抬头，吃惊地看着亚当斯大公。

亚当斯宽容地笑了笑。

五年前，他把这份合同交给Candy的同时，也交给她一顶用虚荣编织的后冠。如今，是该将这顶后冠毁掉的时候了。

从此，她不需要为任何人成为Queen了，她不是任何人的替代品，她只需要做真正的自己。

毁掉这份合同，也毁掉他一手缔造出的舞台女王。而后，这个年仅22岁的少女，会彻底摆脱这华丽的枷锁，在无人知晓的角落，简单而快乐地度过一生。

在没有他的日子里。

作为补偿，他会送她另一件临别礼物。

——那是一颗真心守护的心。

他轻轻扶起Rafa："我想，你终于找到你真正要守护的了。"

"去吧。守护你真正想守护的人。"

那一刻，他的目光宽容而慈爱，就像是看着自己的孩子。

总有一天，孩子会离开自己的。尽管他想将他们留在身边，但，外面的世界是如此宽大，他们想要驰骋，想要放飞。他们有自己的爱、自己的恨，他已无法再给予。

那么，就Let it go（让他走吧）。

他将手放在Rafa额头，沉默地叹了口气。

Rafa伏在他膝上，终于流下了泪水。

Rafa退出后，偌大的休息室里突然变得安静起来。

多少年来，Rafa一直跟随在他身边，从未离开过。从此之后，却要一位新人来接替他了。亚当斯大公挑起帷幕，望向仍在比赛的体育场，静静地思索着什么。

他突然长长地叹了口气。

他能为他们做的，就只有这么多了。

门外，突然传来一阵轻轻的敲击声。

"请进。"

Joker走了进来，又转身掩上门，向他鞠躬。他其实一直都在，只是为了表示避嫌，才故意暂时到门外等候。

亚当斯微微苦笑："Joker，什么事？"

Joker："我的主人，薇薇安与兰斯洛特在与青帝子作战。您该知道青帝子是多么危险的人物。您想让我出动，将他们救回来吗？还是调动其他的大天使战机，围剿青帝子？"

亚当斯摇了摇头："不。他们俩人是人类中唯一的两个具有真·神谕血脉的人，他们是人类的最后王牌。如果他们联手，连青帝子都胜不过的话，那我们还拿什么来对付妖族之皇？"

Joker的脸色有些为难："可是，两人的真·神谕都还处在潜在状态，需要大量的引

Chapter 39
守护的真义

导、训练，才能发挥出全部威力。现在就让他们与这样强大的敌人对战，难道不是太冒险了吗？"

亚当斯叹了口气："Joker，你的种族曾在百年前与皇对战。对他的实力了解多少？"

Joker皱起眉头："皇吗？他实在是太强大了。百年前，我族最优秀的骑士，驾驭路西法与他对战，都被击落了。随后，整个长生族也被他灭绝。我背叛自己的种族投靠于他，才逃得一条生路。这些年来，我佯装归顺，成为SEVEN族的长老，其实无时无刻，不想报灭族之仇。"

亚当斯点了点头。确认皇的身份，并在恰当的时候将他消灭，这是第二大区与Joker合作的契机。

"那么，按照你的评估，薇薇安和兰斯洛特的实力如何？"

Joker沉思了片刻："他们的真·神谕都受到了人类血统的稀释，原本就不太纯粹，大概能相当于纯血长生族的四分之一。但好在我们还有路西法。制造路西法时，凝聚了长生族最强的科技实力。由于技术太超前，当时我族最优秀的骑士也难以彻底驾驭。为了解决这个问题，我族进行了大量的研究，终于发现，若能让两位骑士共同驾驭，则可事半功倍。这并不是简单的叠加，而是用一位骑士成为另一位骑士的圣灵。这个方法的实现极为艰难，除了需要其中一位作出卓越牺牲外，还需要两位骑士血脉相通，DNA越接近，就融合得越好。幸运的是，'公主'与兰斯洛特恰好符合这个要求。这样可以让实力再提升一倍……综合而言，如果经过妥善的训练，并将路西法修复到最佳状态，可以发挥出当年二分之一的水平。"

亚当斯笑了："二分之一吗？这是远远不够的。更何况，现在大战迫在眉睫，我们已来不及按步就班地完成训练计划。"

Joker："那您的意思是？"

"我们千辛万苦才找到'公主'，而她立即与青帝子交手，还恰好与兰斯洛特并肩作战。我将之视为命运的安排。从牌面上看，我们的实力远不如你们长生族当年，但人类却有一个特点，能在绝境中爆发出远超自身的力量。如果他们真的是守护人类的最后希望，那么，我只能让他们在实战中成长。"

Joker深吸了一口气："话虽如此，可万一他们失败了呢？他们可是您的……"

亚当斯脸色严峻起来："若失败了，整个人类都只能为他们殉葬。人类有这样一个传说，雄狮会将自己的孩子推下悬崖，看着他们凭自己的力量爬上来。我虽然疼爱他们，但如今也不得不这样做出这样的决定。"

"如果,他们失败了,那就当之是命运吧!"

杨逸之的瞳孔骤然收缩起来。

蕾切尔变化出的龙身,他极为熟悉。当日在垦利小镇上,玄田田也曾变成过几乎同样的巨龙之体。那时涌出的强猛力量,使久经沙场的他,都不由地恐惧。两者唯一不同的,是颜色。玄田田的龙身是黑色的,而蕾切尔的龙身则是青色的,无数光影围绕在她身周,似虚还实,显得妖异之极。但她散发出的威压,却比玄田田还要强。巨大的龙身盘旋在玲珑塔上,连巨大的塔身都无法承载她如此大的身体。

一见她盯住秋璇,杨逸之立即一凛,几乎是本能般驱动着拉斐尔,向秋璇身前冲去。而薇薇安则腾空而起,双肩重机枪撕扯出两道火舌,向蕾切尔狠狠切下。

火舌爆击在蕾切尔巨大的龙身上,但龙身周围盘旋着的光影,却形成一道更强猛的空气乱流屏障,火舌在屏障上爆炸,竟完全无法透入。

蕾切尔的巨睛中闪过一丝嘲讽,一张口,一个巨大的火球向秋璇飞去。

这个火球,外型很像她之前施展的融爆。拉斐尔此时已赶到,双臂一弹,鳞盾与合金盾同时张开,挡住了火球。

蕾切尔冷冷一笑,口中猛然发出一串长长的龙吟。

龙吟浩茫之极,竟似某种奇异的符咒。

听到这串龙吟,杨逸之心中本能地一凛。就在同时,火球猛然爆开。

杨逸之有种奇异的感觉,火球并不是爆炸,而像是某个神秘生物的卵,幼体正努力出世,将蛋壳撑破。仿佛印证他的预感,倏然之间,一个全身闪着红光的奇异生物从火球中窜了出来。它的形体几乎跟蕾切尔的龙身一模一样,只是小了很多。但双目闪动,精灵无比,显然有极强的灵智。它才一出现,两只前爪立即抓住了鳞盾。杨逸之大惊,全力发动拉斐尔的特技。

"聚!"

以防御著称的拉斐尔,身上的装甲猛然蠕动起来,迅速地形成一层新的装甲,覆盖全身。同时,鳞盾上的鳞片折叠,随着遮挡的面积缩小,抗击力却成倍增强。就算如此,杨逸之仍感到不妥。

他无法解释这股不妥的感觉是如何来的。就在此时,抓住鳞盾的赤红妖物,突然不见了。杨逸之大惊,意念力急忙跟拉斐尔接驳在一起,发动全部的力量,进行探测。

高精度的摄像头,立即将赤红妖物再度找了出来。它竟已分散成无数极为细小的分身,每一只都跟蕾切尔的龙身一模一样,但仅仅有几微米大,此时宛如一道洪流,穿过

Chapter 39
守护的真义

了鳞盾的防御。鳞盾防护力虽然强，但哪能抵挡住这么小的敌人？

杨逸之还来不及做出反应，鳞盾上倏然泛起一阵赤红。

妖物的分身已钻进了鳞盾，从内部炸开。号称最强防御的拉斐尔之盾，从内部攻击亦是如此脆弱，顷刻间被炸得支离破碎。剩余的冲击力毫无阻挡地打在拉斐尔身体上，将这具机体重重砸在地上。杨逸之受到意念力的反措，瞬间痛彻心扉，几乎无法思考。一只巨爪狠狠踩了下来，巨大的力量将拉斐尔踩得穿透地板，砸进了玲珑塔的下一层。

"主人！"

薇薇安大惊，顾不得再攻击，急忙飞身来救。眼前蓦然黑影闪动，一条龙尾倏然飞了过来，密集的装甲破裂声响起，加百列的胸舱几乎被这一击击碎，以比飞过来时更快的速度倒飞回去，狠狠撞在了墙壁上。

两具大天使机体，在蕾切尔一击之下，几乎同时失去战斗力。

蕾切尔一只巨爪探出，悬在秋璇头顶。玲珑塔中一片狼藉，衬托着蕾切尔胜利的笑容。

"现在杀了你也不晚，是吗？"

秋璇微微仰头，看着眼前这只青郁的龙头。眼波流转，却没有如蕾切尔想象中的慌乱："杀了我，你不怕龙皇找你麻烦？"

蕾切尔手一指晶球，一只青色的光团出现，中间锁着那只钻石手套。

"又想拿龙皇来威胁我？忘了告诉你，有了这只手套，我就能主宰一切，再也不用惧怕任何人！"

秋璇竟然微笑起来："但愿你言而有信，一会见到他的时候，可不要吓得落荒而逃。"

蕾切尔勃然大怒："那就试试！"巨爪猛然向秋璇抓下。

突然，一个威严之极的声音响起："放开她！"

听到这个声音，蕾切尔不禁怔了怔，她向声音发出的地方看了一眼，脸色骤然一变。

卓王孙从大门走了进来。他满脸怒气，不怒而威盯着蕾切尔。

奇怪的是，蕾切尔也盯着他，失声说："皇……"

她又仔细地看了他一眼，大笑了起来："不对，是我看花了眼，你实在是太像了。"

卓王孙："放开她！"

蕾切尔冷笑："你凭什么命令我？不要以为你像'他'就可以命令我。你还拿着

剑，哦，这不是那柄传说中的剑吗？我好怕哦！哈哈哈哈哈……"

卓王孙手中拿着的，是决赛剧目中的道具剑。是剧中的勇士历经千辛万苦在迷雾森林中找到的神剑，传说中有能打倒魔王的力量。现实中却不过是一件道具。

"可惜，你只不过是个戏子。"

蕾切尔左爪一抬，爪心出现了一个水晶球。球体里出现的，是卓王孙的人形。

"看看你，你只不过是个可怜的人类而已。"

她随手颠倒着水晶球。

"怎么看都是个很普通的人类。你凭什么命令我？"

"就凭你长得像'皇'吗？"

她的冷嘲热讽并没有引起卓王孙的反击，他慢慢走了过去。他靠近的时候，蕾切尔竟然有种要退开的本能反应。这让她惊讶了一下。这是只有面临强敌时才会发生的事情，她怎么可能在这个弱小的人类身上感到？

一定是很久没催动龙身，她的感觉出问题了

卓王孙走到秋璇身前，才停住脚步。

"你对我说，要我什么都不做，凭借自己的力量，去收获声望。现在结果如何？你觉得自己能搞定所有的事情，却被人捉住，还要我来救你。"

秋璇叹了口气："小卓，你究竟想说什么？"

卓王孙："我想说的是，既然这世上还有你搞不定的事情，那么，有什么我搞不定的，也并不奇怪，是吧？"

秋璇："你搞不定什么？"

卓王孙："我无法完全控制住千百年前的记忆。你说只要我足够爱你，过去记忆就该不会困惑我。但是，不是这样的。等这里的事完了之后，你要给我好好想个办法。我可不想再做那些梦了。"

秋璇望着他。卓王孙皱着眉，满脸不高兴的样子。她不由地噗嗤笑了："好，等这里的事完了，我给你好好想个办法。"

卓王孙："一言为定！"

他反手，一剑向蕾切尔劈去。

杨逸之刚刚驱使拉斐尔回到战场，见卓王孙竟敢向蕾切尔攻击，不由地大惊："不要！"

蕾切尔的龙身威力无穷，仅一击就打得他跟薇薇安差点殒命。卓王孙只不过是个普通的人类，蕾切尔只要稍微反击一下就能将他拍成肉饼！

Chapter 39
守护的真义

但卓王孙却一副满不在乎的样子，似乎，他根本不在乎这一剑劈出，会给他带来什么后果。

蕾切尔讥嘲地笑了笑，打了个哈欠。一团炽烈的火，向卓王孙吹去。

"一个小小的融爆就足以杀死你了。老娘懒得麻烦。"

超浓压缩的氢气凝聚成团，激烈旋转着，在卓王孙面前擦出连串火花，轰然爆开。猛烈的火舌喷出成一条长龙，向卓王孙呼啸溅落。

蕾切尔摆动巨爪，向他告别。

火舌迅速缠卷到那柄长剑上。炽烈燃烧的火焰，竟将剑尖烧熔。连金属尚且无法抵御，何况是普通的人体？

火焰倏然膨大，向卓王孙吞噬而下。

只这一招，卓王孙就必死无疑。

杨逸之惊呼道："不！"欲要救援，却是鞭长莫及！

然而，火焰却在瞬间四分五裂。已经烧红的长剑上，陡然闪起了一阵涟漪。强猛的力量，在瞬间被压缩、膨胀，剑刃带起一个无形的力场，将火焰轰散。剑锋倏忽之间，已闪到了蕾切尔面前！

所有人都惊呼出声！

这股力量，绝不是人类能掌握的！更不是任何人类剑术！

秋璇脑中灵光一闪："你……"

这一招，赫然是超级电影发布会上，龙皇所施展的那一招！

那一招，可在瞬间施展完约翰尼斯·理查特纳尔的十三秘剑，并将十三剑的威力集中在一起，逼发出第十四剑。第十四剑才是真正的杀招，惊天地泣鬼神！

当时，卓王孙在这一招前，没有任何还手之力。

厉害的并不是这一招，而是施展这一招的手法。

——那已超出人类的剑术太多、太多，有化腐朽为神奇的力量。

显然，虽只看过一次，但卓王孙已学会了这一手法。他走近蕾切尔，就是想在近距离下施展出这一招，攻蕾切尔一个措手不及！

这一剑瞬间爆发出的威力，甚至能撕裂一台普通Angel的装甲！

但，他仍然低估了蕾切尔的能力。剑锋在接近蕾切尔身体时，空气乱流猛然加速，蕴含着毁灭性力量的剑锋，速度竟不由自主地放慢了下来。空气乱流切割着剑身，剑不由地嗡嗡震动着，去势越来越缓，被夹在其中。

奇怪的是，蕾切尔并没有招架。她像是受到了惊吓一样，错愕地看着卓王孙。

　　长剑被空气乱流疯狂地撞击着，卓王孙的衣袖，随之破裂。一只镶满钻石的手套，露了出来。

　　——卓王孙执剑的手上，竟然戴着一只钻石手套!

　　空气乱流切割在钻石手套上时，万枚钻石像是受到某种刺激，倏然腾起一阵蓝芒，在卓王孙身前聚合在一起，竟刹那间形成一个蓝色的龙形。

　　蕾切尔失声尖叫："四极御龙剑?"

Chapter 40
御龙

蕾切尔巨大的龙身陡然一颤,双睛中满是惊愕、惶恐、恐惧、迷茫。她竟完全放弃了招架,倏然跪倒在地,虔诚地拜伏着:

"皇!"

一声威严的龙吟从那个蓝色的龙形上腾起,龙体猛然一展,竟跟卓王孙手中的长剑融为一体。顿时,被空气乱流钳制住的剑身恢复了自由,剑势宛如流星一般,将空气乱流硬生生撕开,在蕾切尔的肩头切出一条深入骨髓的惨烈伤口。

蕾切尔发出一声痛楚的长啸,身子猛然后退。剑身撕拉在伤口上,发出一阵与骨骼摩擦的酸涩响声。蕾切尔巨大的身躯一阵摇摆,玲珑塔发出一阵不堪重负的呻吟,蕾切尔的龙身退后了几十米,离开了剑势笼罩范围。

她脸上的表情仍复杂之极,全然不管伤口,双目直直地盯着卓王孙手上的钻石手套。

"为什么?"

她困惑地询问着,一只水晶球在她面前出现,里面悬浮着一只一模一样的钻石手套。

"怎么会有两只手套?难道,苏妲给我的,是假的?"

秋璇微微一笑:"不错。你答对了。这就是我的计策,我知道你一定要得到这只手套,所以安排苏妲偷了只假的给你,以诱惑你现身。蕾切尔,你上当了!"

蕾切尔脸色骤变,却突然发出一阵尖锐的笑声。

"我看上当的人是你才对!无论哪只是真的,现在,两只都在我面前。只要我施展上古秘法,引龙惊蛰,就能将手套中的力量吸走。我会拥有皇全部的力量,君临天下!"

她身子猛然一抖,环绕在她身体周围的透明光影及空气乱流全部消失不见,化成一团炽烈的青色光芒,悬浮在她左爪指尖上。蕾切尔发出一声略带痛苦的啸声,庞大的身躯竟缩小了一倍有余,青色的精气不断从她身上溢出,在右爪的指尖上也形成了同样大小的一团青芒。

巨大的龙睛从四个人身上一一扫过:"人类的王子公主们,感谢你们齐聚于此,给了我一个一网打尽的机会……不过,你们不必悲伤,很快整个人类都会为你们殉葬的!"

她得意之极地大笑着,双爪一抖,两团青芒分别向两只手套飞去,瞬间没了进去。她不怕秋璇、卓王孙做什么,因为她确信,这些现代人类对她即将施展的上古秘术,没有半点了解!

随着她的动作,整座塔内的空气猛然一窒。跟着,天窗炸开,一道漆黑的云气从半空探了下来,笔直落在蕾切尔身上。空气被巨力拧结成风暴,形成一条以人类无法想象的高速运转的龙卷风,以蕾切尔为中心,轰然爆散开来。巨大的吸引力将塔内一切物体都缠卷在一起,猛烈地向龙卷中心吸纳而来,而同时,空气撞击形成炽白色的闪电,劈击在一切靠近之物上。

蕾切尔全然不顾身上的伤势,四爪张开,宛如一个惨白的十字架,缓缓在暴风中升空。她的身体处于暴风的正中心,肆虐的风力抽打在她身上,一片片巨大的绿宝石般的鳞片被掀起,带着鲜血没入风中,磨成粉尘。龙身不断抽搐,显然经受着巨大的痛苦,但她并未停下来,反而尖声大笑,笑声中尽是的疯狂欢悦。

粉尘漫漫搅在天际,整座玲珑塔被粉尘充满,刹那间宛如变化成琉璃世界。这些粉尘极为细碎,但每一粒都散发着炽烈的青芒,极为艳丽。猛然间,蕾切尔所有的动作都停止,一蓬鲜血从她口中喷出,笔直喷入粉尘中。

漫天疯狂搅动的粉尘,同时停止。

时间、空间仿佛在这一刻完全固化,成为一枚巨大的蛋壳。那两只手套被一股神秘而强大的力量扯起,在空中交缠成一个太极鱼的形状,恰好位于粉尘的正中心。由外部查看,粉尘仿佛变成了一个巨大的蛋壳。而两只手套,就是它的正中心。某种奇异的生命,正从这个蛋壳内孕育着,随时会破壳而出。

蕾切尔先前射入手套中的青光,此时炽烈地闪烁着,一枚枚钻石,在青光的缠撕下破碎,被青光完全吞噬。

蕾切尔脸上的兴奋,越来越强烈,她紧紧盯着手套,兴奋得全身颤抖。

突然,一枚手套经受不住青光的缠撕,化为粉尘碎开。

蕾切尔:"你没骗我,苏妲送给我的,的确是假。真是感谢你们,将真的给我送来……"

她的话还未说完,突然,另一只手套,也炸成粉尘。

蕾切尔大吃一惊:"怎么会?"

Chapter 40
御 龙

她倏然向手套冲去。巨大的粉尘蛋壳中被禁束的强猛力量,此时轰然爆发。蕾切尔觉察不妙,正想躲开,却已为时太晚,蛋壳破碎形成的强猛风暴,结结实实打在她身上。

整个玲珑塔的上部,轰然炸开。蕾切尔惨叫声中,左边身体被硬生生地炸成碎片,重重摔倒在地上。

她仍然不可置信地大叫:"这怎么可能?怎么可能是假的?我明明看到它释放出御龙的!它不可能是假的!"

她的身体蜿蜒在地上,巨大的痛苦,让她几乎失去了行动力,但她仍无法相信发生的事情,眼睛自然而然地望向秋璇和卓王孙。

他们正紧紧牵着手,躲在两台大天使机体用粒子盾搭成的间隙里。两人头发完全被狂风吹散,脸上也有了一些细小的伤痕,显得十分狼狈。

但此刻,秋璇的脸上却绽露出胜利的笑容:

"你看到的没错,那的确是御龙,而且,是由'皇'亲自施展出的御龙。只是,你没想到,世上有某种东西而已。"

她将自己和卓王孙紧扣的手抬起。他的手腕上用银链穿着一枚宝石。

"这叫天使之眼,'皇'与路西法作战时的影像,全被它存储于其中。我让小卓施展出秘剑时,同时启动天使之眼,将影像中的某个片段投射出来,你便上当了。"

蕾切尔难以置信地看着那枚宝石。

只是影像吗?这怎么可能?人类绝对制造不出如此逼真的影像!

她并不知道,天使之眼并非人类制造,而是本身就镶嵌在路西法上,是长生族最高科技的结晶。它释放的影像,其真实程度,远远超过了人类的极限。在夜色中看来,就和一柄实体长剑毫无分别。秋璇截取了四极御龙剑出鞘的一瞬——这也是影像的最后一个镜头,投射到卓王孙的剑上,竟连蕾切尔也骗过了。

秋璇:"两只手套都是赝品,我和小卓带它来,仅仅是为了诱使你施展出上古秘术而已。因为我知道,这种秘术需要消耗极大的力量,你施展完之后,会变得很虚弱,我就有机会杀死你。但没想到你竟会受到这么大的刺激,主动冲入风暴中,不需要我动手,就半死不活了。"

这也是石星御在密谈中写给她的那句话——秘术施展时,是青帝子最脆弱的一刻。

也是制服她的唯一机会。

蕾切尔脸色剧烈地变化着。

她不甘心。她拥有如此强大的力量,知晓如此多的天地之秘,却被这个普通的人类

玩弄于股掌之上。

巨大的龙身猛然一阵颤动,龙身渐渐收缩,重新恢复成人类的样子。

她的面色极为苍白,周身赤裸,狠狠地看着秋璇:"想杀我?没那么容易!我的力量虽然受到极大的创伤,但仍相当于一具大天使机体。就算打不过,至少也能全身而退!"

青芒在她身周闪烁,蕾切尔身体急速旋转,随时要破空而去。

她尖锐的笑声在黑暗中响起:"哦,我走的时候,一定不会忘记去看望一下体育场里的观众,我可是这场比赛的第四名啊,应该给他们一个印象深刻的返场!"

秋璇不禁一怔。她费了多少心血,才让蕾切尔身陷重围。若不能歼灭敌人,而被她逃脱,日后卷土重来,正是大难。更何况,玲珑塔下面的鸟巢体育场内装满了近10万观众,她只要在离去时现出龙身,扔下几团融爆晶球,就能制造出巨大的混乱和伤亡。

而现在,仅有的两台大天使机体都遭受了重创,战斗力几乎只相当于之前的十分之一。完全无力阻止她。

这该怎么办?

"你错了。"

一个温煦的声音,在她身后响起。蕾切尔猛然回首,就见杨逸之静静看着她。

"如果你仅仅相当于一具大天使机体的话,那么,我就能杀死你。"

隆基努斯之枪抬起。

蕾切尔猛然一凛。

杨逸之不知何时竟从拉斐尔中出来,神不知鬼不觉地来到她身后。刚才她太激动,竟未留意到矗立在一旁的拉斐尔已经空了!

"啪",一声轻响,隆基努斯之枪扣发。

蕾切尔发出一声不甘心的狂啸,却只能眼睁睁地看着一枚淡金色的子弹窜出枪口,以目力难测的高速飞行,倏然就来到了她身前。

蕾切尔发出一声尖啸,全力发动空气乱流,中心罅隙猛然缩小。她企图用这种方式夹住子弹,但,受伤后的她,已无法发动空气乱流的全部威力。她急忙全速往后飞退,而在此时,那枚子弹却突然爆开,中间藏着的一枚更小的子弹,以十倍的高速前进,笔直窜进了蕾切尔的额头。

蕾切尔甚至能感受到它进入身体时的温热,就像是淡淡的一个吻。接着,这枚弹头也轰然炸开,化身成几千枚微小的不可思议的弹片,就像是一团雾般,倏然张开,钻入了她的大脑深处。

Chapter 40
御 龙

她的头颅啪的一声碎响，轰然炸开。

却没有鲜血流下。她的体内是类似于水晶一样的晶体，散发着微淡的蓝光。薇薇安诧异地刚要近前查看，蕾切尔的身体却轰然爆散，成为一团晶雾，倏然涣散在空气中，化为乌有。

她就像是一场梦魇，消失后不留半点痕迹。

杨逸之绷紧着身子，静静地等待着。良久，却没有任何事情发生。他终于放松下来，却发觉自己在连番激战后，几乎虚脱。

可怕的青帝子，终于在两台Arch-angel及卓王孙的夹击下，被消灭了。如果SEVEN中再多几个这样的人物，人类还能赢得胜利吗？

杨逸之不由地有些忧虑。

同样沉思着的，还有秋璇。

卓王孙良久沉默着，终于收回长剑。剑身上，还残留着融爆的痕迹。

他看了秋璇一眼："你在想什么？"

秋璇："有天使之眼和龙皇的剑法，蕾切尔对这只手套信以为真并不奇怪。但她不仅错认了手套，还反复叫你'皇'，这究竟是什么意思？不会你们歃血为盟，就真的成为兄弟了吧？"

卓王孙："胡说！你明知道所谓的歃血为盟是假的。快说，你怎么解决我的过去记忆这个问题？"

秋璇看了他一眼："就用这个办法。小卓，你闭上眼睛。用今世的吻，消去过去的印记。"

她温柔的眼波，令卓王孙不由怦然心动，不由依言闭上了眼睛："那你可得多吻几次，我的过去记忆顽强得很呢。"

秋璇正俯身过去，突然，鸟巢之中，传来一阵铺天盖地的呐喊声。她怔了怔，忘记了刚才的一吻之约，跑到了塔边："看，选秀的冠军诞生了。"

冠军，已没有悬念。

妮可戴着后冠，站在台上，幸福地微笑着，冲着所有人挥手。

她赢了。赢得了青春，也赢得了整个世界。她的梦想，可以放飞。她的人生，从此绚烂多彩。

她再也不是那个为了一片面包就被毒打的灰姑娘了，她成了公主，一位全世界的少女都羡慕的公主。

　　如此灿烂的荣誉，不属于贵族，不属于久经训练的专业选手，不属于美艳绝伦的倾国佳人，不属于才华横溢的才女们，而属于她。属于一个从贫民窟的垃圾桶里走出来的可怜儿。但，这个结果，却让世界上所有的人都信服。

　　他们衷心地祝福着，不亚于当年，他们迎接芙瑞娅公主诞生时。

尾声

一个小时后。

一封信送到了亚当斯大公手里。

"兰斯洛特与薇薇安,已联手击败青帝子。"

亚当斯大公仔细地看着这封信,他的嘴角,绽出一丝笑容。他最担心的事情,终于没有成真。

他就像是草原上的雄狮,虽然将孩子推入悬崖,却从不曾离开。他亲眼盯着他们一次次攀爬,它们身上的每一丝伤痕,都令他感同身受心痛万分。但他知道,这是成长必需的代价。

"人类,终于有些屏障了……"

他宽慰地笑了笑。

"Joker,阿波罗之矛准备的怎么样了?如果SEVEN需要一场战争,那么,他们就必将得到它。"

"一场殊死的战争。"

几乎是同时,另一封讯息传到了女王手中。

信纸上没有任何字迹。但是,女王的脸上,却露出一丝宽慰的笑容。

粉红的信纸,报的是平安。

这是秋璇长久以来跟她的暗语。一共有两张信纸,一模一样的粉红信纸。

一张是为了说明秋璇的平安,另一张呢?

是说谁的平安?

这个哑谜,并不能难倒女王。

粉红,是公主的颜色。另一张粉红的信纸,就是说明,另一位"公主",是平安的。

她打开电视,超级选秀的最后夺冠镜头立即映入眼帘。妮可的笑容,是那么灿烂。她知道,秋璇的这张信纸是说明,亚当斯大公,并未发觉妮可是"公主"这一事实。

那段被截获的电话录音是她故意泄露给FBI的。录音完全真实，时间、地点都丝丝入扣，经得起最严密的考证。只是在关键的时候，用看似不经意的电磁干扰，掩饰掉了最关键的内容。

正是这些有意的空缺，将信息完全指向了相反的方向。

女王淡淡微笑，将信纸叠起。目前为止，芙瑞娅的表现都令她满意。寻找公主的任务已经圆满完成，接下来，便可以将更多、更重要的事交给她了。

一周后。

在世界的尽头，无尽的深渊中。

这里瘴气密布，从无人到过这里。这里栖息着无数可怕的怪物，它们以人为食，凶残无比。但，这些动物，今天却格外的安静。

青色的雾气，在深渊尽头翻腾着，呈现出诡异的形态来。一个人影，缓缓地从中成形。她遍体赤裸，身体残破不全。雾气紧紧地黏附在她身上，修补着残缺部分。她发出一阵阵凄厉的悲号。

一个蓝色的人影，慢慢地出现在她身前，浮在空中，垂头看着她。

人影一惊，抬头，看着蓝色的人："皇，是你？"

龙皇微微笑了笑："青帝子，你知道这是哪里吗？"

人影脸上泛起一阵痛苦之色："皇，到底发生了什么事？我……我怎么什么都想不起来？"

龙皇："这里，是你的执念梦境。青帝子，你的身体被重创，因为执念过于强大，精神才没有消散。"

青帝子有些惊讶："怎么会这样？"

龙皇："你不要怕。正如华伦的精神能附着在卡俄斯上一样，我亦能设法，让你用全新的形态，回到我身边。"

人影欣喜地说："皇，你肯原谅我吗？我似乎对您做过很不好的事情。"

龙皇："让它过去吧。不过，青帝子，有件事你说的很对，人类的世界中，需要有一位公爵由SEVEN来担当。我，会成为人类的公爵。"

人影惊喜："皇，这是真的吗？"

龙皇点点头，意味深长地说："D-war，就要开始了……"

两周后。

尾声

第二大公府邸。

杨逸之将一份报告放在亚当斯面前，轻轻躬身："公爵阁下，这是Candy一案的调查结论。"

亚当斯接过报告，一页页地翻看着。

随着简洁而清晰的文字一行行展开，Candy从错接信件，到参加选秀，到被人陷害，到在决赛舞台上的失控。一幕幕，全都再度浮现在眼前。

翻到最后一页时，亚当斯保持着握纸的姿态，久久沉默。

为了保守机密，他曾亲自下达过除掉她的命令，却在最后关头改变了决定，放她离开。

这并不是一个轻易能做出的决定。为此，他甚至失去了Rafa。那个跟随他十余年的守护骑士。

如果说，Candy希望成为一位Queen，那他最后圆满了她的心愿——他给了她只有Queen才有的特权。

一个守护骑士。

这是他能给予的最后的、也是最沉重的补偿。

作为曾经的情人，他真心放她离去，不问过去，不看未来，任时间让这段回忆渐渐淡去。但作为美洲共同体的执掌者，他敏锐地感觉到，幕后有个隐秘的推手，将Candy一步步推上绝路。

多年的政治生涯，让他能清楚地察觉到，这件事绝非是选手之间的争风这么简单，其中必定藏着更大的阴谋。若放任不管，终有一天会威胁到整个国家的基石。

这个调查，必须交给兰斯洛特去做。只有他是绝对正直，绝不徇私。亚当斯甚至相信，如果幕后指使者就是他自己，兰斯洛特也会毫不客气地写入报告。

他果然没有失望。

这份报告长达十数页，每一句，都直指格蕾蒂斯与Joker的交易。与秋璇纯粹靠推理得出的结论相比，这份报告完全从事实出发，每一条结论，都言之有据，附有充分的证据作为支持。调查甚至推测出了格蕾蒂斯付给Joker的报酬。每一种，都涉及到极为珍贵的国家资源，触目惊心。

亚当斯沉默了。

勾结外敌，陷害无辜，置国家利益于不顾。从哪方面而言，都是不小的罪责。

偏偏是格蕾蒂斯。

他的独生爱女，也是美洲共同体第一顺位继承人。这件事关系重大，如果不是杨逸之这样正直无私、恪守职责，再没有人敢将这份报告不加修饰地放在他面前。

而这,恰恰也是他找杨逸之调查此事的原因。

良久后,亚当斯终于将报告轻轻合上:"我知道了。"

而后,将厚厚的文件扔入了壁炉。

火焰跳跃着,一寸寸将这份数夜未眠、苦心写成的报告化为灰烬。

杨逸之的神色没有丝毫改变,他早就明白,自己的使命只是将事实真相提交上去,至于亚当斯大公会如何处置,本不是他应该过问的。

他微微躬身:"若没有别的事,我先告退了。"

亚当斯点了点头。就在杨逸之转身离开时,他突然问:"拉斐尔维修得怎样了?"

拉斐尔本是Rafa的机体,被杨逸之借调,用于与蕾切尔一战。

杨逸之立即止步,转过身,恭敬地回答道:"机体受损并不严重,已基本维修完毕,等技术部验收后,再报请公爵大人处置。"

所谓处置,意味着尽快为拉斐尔选出新的主人。这个国家只有26台Arch-angel,也只有26位以字母为名的嘉德骑士。每一位都是国家最高战斗力的执掌者。而骑士名额分配,也直接关系着某区域的军事实力。通常,如果一位骑士阵亡或离开,本特区的公爵很快便会推荐其他骑士作为替补,以免名额落入其他特区之手。

亚当斯沉吟了片刻:"骑士R的位置,就让它暂时空缺吧。"

"是。"虽然,这个决定有些违背常理,杨逸之却没有质疑,亚当斯执掌权柄多年,从不做没有理由的决定。

他再度躬身请示:"那么,是否要召回穆?"

这一问,涉及到另一个更为重大的决策——守护骑士的归属。骑士R的位置可以暂时空缺,但大公身边不可一日无骑士保护。R突然离去,会让亚当斯大公置于危险之中,必须尽快抽调其他骑士接任。这是宪法的规定,任何人都不能打破。

从实力、资历、人脉各方面看,穆都是接替R的最佳人选。

这的确是最合理的提议。但听到这个提议,亚当斯却没有任何回应——既不表示赞同,也没有表示反对。

缓缓地,他打开抽屉,拿出一枚戒指,在指间轻轻翻转着。

这枚有雄鹰图案的戒指,是R留下的守护骑士信物,戒身上嵌有最先进的微型通信装置,与大公手上的日之印章直接相连。

良久,亚当斯止住了把玩,将戒指握于掌心。他注视着杨逸之。一抹熟悉的微笑从他眼角漾开,这让他整个人都变得亲切起来:

"兰斯洛特,可惜你只是一位见习骑士,否则,我现在就将这枚戒指交给你。"

尾声

听到这句话，杨逸之一直从容的神色也为之惊动。

他绝没有料到亚当斯会这样说。

守护骑士的位置何等重要，是很多骑士毕生追求的荣耀。可他还是一位见习骑士，连嘉德骑士团都未能进入，有何德何能、能获得第二大公如此垂青？

但无论多么惊讶，杨逸之始终谨慎地沉默着，没有说一个字。

亚当斯意味深长地看着他："但，现在还不到时候。"

他叹了口气，将戒指放在桌子上，缓缓推开："你将这枚戒指交给格蕾蒂斯。在没有选出新的守护骑士之前，由她暂时接替R。"

杨逸之禁不住微微皱眉。

让格蕾蒂斯接替R，这到底是什么意思？

作为公爵继承人，暂时担任守护骑士一职，是表彰，还是处罚？

又或者，两者都有？

是说明亚当斯大公对女儿的无比信任，仍然愿意将最重要的职责交付给她；还是一种惩戒：命她时刻跟随，限制与监控她的言行，以免她再做出与公爵继承人身份不相符的事？

无论如何，在找到新的守护骑士之前，她必须寸步不离亚当斯大公左右。

对于这个令人费解的决定，杨逸之没有丝毫追问的意思。

他接过戒指，轻轻回答了一声"是"，随即转身离去。

一个月后。

南非。

卡卡马斯。

这里是北开普省荒原上最后一片绿洲，原始，荒芜，广大而空阔。如果没有紫花苜蓿，这里甚至没有颜色。

在沙漠的包围中，有一个小小的旅店。即使南非旅游最旺季，这里也没有几个人。大喇叭放着几十年前的流行音乐，旅店中，只有一位老板娘，在柜台上忙碌着，为自己制作一杯冰镇的长岛冰茶。

有没有客人来，她并不在意。她已习惯了在这里的生活，简单，艰苦，但是宁静。除了风吹过沙子的吼叫声，这里一无所有。

她系在腰间的围裙已经破旧了，柔软的金发被亚麻头巾包裹着，只在不经意间露出一缕碎发。她的衣袖捋起，露出纤长而又不失圆润的胳膊，却因制作冰块的缘故，有些

微微发红。

无论从那个方面看,她都只是一个偏僻小店的老板娘。

美丽而平凡。

冰茶做好了,她靠着树荫坐下,用手背擦了擦额上的汗珠,准备享受一天中难得的宁憩。

突然,一阵直升飞机的轰鸣声响了起来。

有客人来了。

老板娘急忙放下冰茶,露出笑容,准备迎接。

她的笑容突然僵住。

炽烈的太阳中,一个灰绒绒的毛团,张开双臂,满脸泪花,向她奔了过来。

"胡赛!"

老板娘惊喜地蹲下来,胡赛猛地扑到她怀里,哇哇大哭着,眼泪鼻涕抹了她一身。它紧紧抱着她,似乎生恐她再丢下自己,跑得影子都不见了。

老板娘也紧紧抱着它,再见到这只蜜獾,她突然想起了她曾经的岁月。想起那曾深入骨髓的痛,与缠绕心底的欢乐。她不禁也是泪流满面。

直升机卷起的风沙,慢慢消散,一人站在直升机旁边,微笑看着她。老板娘一阵惊愕,随即,于满面泪痕中绽放出动人的笑容。

Rafa缓缓朝她走去。

在南非,这个靠近天堂的地方,他又遇见了她。他心中的甜蜜糖果,他的安吉拉。

从此,他将守着她,护着她。他会让她笑,再也不要哭。他会亲手造一只沙滩椅,跟她一起,在沙漠里看海。

他找到了,他的公主,他的Queen。所以,他要用一生的忠诚,来做她的——

守护骑士。

——本季完——